SV

Marguerite Duras
Heiße Küste

Roman
Aus dem Französischen
von Georg Goyert

Suhrkamp Verlag

Titel der Originalausgabe: *Un barrage contre le Pacifique*
Die erstmals 1952 in München erschienene Übersetzung wurde für
diese Neuausgabe durchgesehen.

Erste Auflage 1987
Für die deutschsprachige Ausgabe
© Suhrkamp Verlag Frankfurt am Main 1987
Alle Rechte vorbehalten
© Éditions Gallimard, 1950
Druck: May + Co., Darmstadt
Printed in Germany

für Robert

Erster Teil

Alle drei hatten den Kauf des Pferdes für eine gute Idee gehalten. Und wenn es auch nur so viel einbrachte, daß Joseph seine Zigaretten damit bezahlen konnte. Vor allem war es eine Idee und bewies, daß sie noch Ideen haben konnten. Und dann fühlten sie sich auch weniger einsam, denn das Pferd verband sie mit der Außenwelt, aus der sie, wenn auch nicht viel, wenn auch nur hundswenig, doch etwas herausholen konnten, was sie bisher nicht gehabt hatten, was sie mitnehmen konnten in ihre von Salz gesättigte einsame Gegend, für sich, die von Langeweile und Bitterkeit gefüllt waren bis obenhin. Das brachten die Fahrten ein: auch aus der Wüste, in der nichts wächst, konnte man noch etwas herausholen. Man brauchte sie nur denen zugänglich zu machen, die anderswo leben, denen, die zur wirklichen Welt gehören.

Das dauerte acht Tage. Das Pferd war zu alt, für ein Pferd war es viel älter als die Mutter, war ein hundertjähriger Greis. Es versuchte, treu und brav die von ihm verlangte Arbeit, die schon längst weit über seine Kräfte ging, zu leisten. Dann krepierte es.

Als sie in ihrer Ebene wieder ohne das Pferd und wie bisher allein in der endlosen Einsamkeit und Verlassenheit waren, überkam sie plötzlich ein derartiger Überdruß gegen alles, daß sie am selben Abend noch beschlossen, alle drei am folgenden Tag nach Ram zu fahren, um zu versuchen, im Anblick von Menschen Trost und Zerstreuung zu finden.

Und am folgenden Tag sollten sie in Ram eine Begegnung haben, die ihrem Leben eine neue Richtung gab.

Eine Idee ist immer gut, wenn sie Handeln im Gefolge hat, auch wenn dieses Handeln falsch ist, wenn man zum Beispiel ein krepierendes Pferd kauft. Eine solche Idee ist immer gut, auch wenn alles jämmerlich fehlschlägt, denn man wird schließlich ungeduldig, und das wäre man nie geworden, wenn man die Idee von Anfang an für schlecht gehalten hätte.

An diesem Nachmittag gegen fünf Uhr also hörte man zum letztenmal das harte Rattern von Josephs Wagen fern auf der Straße, die nach Ram führt.

Die Mutter schüttelte den Kopf.

»Es ist noch früh. Er hat sicher keine Fahrgäste gefunden.«

Bald vernahm man Peitschenknallen und Zurufe, und Josephs Wagen wurde auf der Straße sichtbar. Joseph saß auf dem Bock. Auf dem Hintersitz saßen zwei Malaiinnen. Das Pferd ging sehr langsam. Es harkte gleichsam die Straße mit den Hufen. Joseph schlug mit der Peitsche auf das Tier ein, doch er hätte geradesogut die Straße peitschen können. Sie wäre gegen die Schläge nicht unempfindlicher gewesen. In der Höhe des Bungalows hielt Joseph. Die Frauen stiegen aus und setzten ihren Weg nach Kam zu Fuß fort. Joseph sprang vom Wagen, nahm das Pferd beim Zügel, verließ die Straße und bog in den kleinen Weg ein, der zum Bungalow führte. Auf der Erdterrasse vor der Veranda wartete die Mutter auf ihn.

»Der Gaul tut's nicht mehr«, sagte Joseph.

Suzanne saß unter dem Bungalow, mit dem Rücken gegen einen der Stützpfähle gelehnt. Sie stand auf und kam einige Schritte näher, ohne aber den Schatten zu verlassen. Joseph begann das Pferd auszuspannen. Er schwitzte, und der Schweiß rann ihm unter dem Tropenhelm her über die Bakken. Als er das Tier ausgespannt hatte, trat er ein wenig von ihm zurück, um es zu betrachten. In der vergangenen Woche war er auf den Gedanken gekommen, durch dieses Unternehmen ein wenig Geld zu verdienen. Er hatte Pferd, Wagen und Geschirr für zweihundert Francs gekauft. Aber das Pferd war älter, als man geglaubt hatte. Schon am ersten Tag war es nach dem Ausspannen auf der grünen Böschung, dem Bungalow gegenüber, stehengeblieben, hatte den Kopf hängen lassen und sich stundenlang nicht gerührt. Hin und wieder rupfte es ein paar Halme ab, wie zerstreut, als hätte es sich geschworen, nie wieder etwas zu fressen, und dieses Gelübde nur einen Augenblick lang vergessen. Abgesehen von seinem

Alter konnte man nicht ergründen, was dem Tier fehlte. Am Abend vorher hatte Joseph ihm Reisbrot und ein paar Stücke Zucker gebracht, um seinen Appetit anzuregen. Aber das Pferd hatte beides nur beschnuppert und sich dann wieder der ekstatischen Betrachtung der jungen Reispflanzen hingegeben. Wahrscheinlich hatte es in seinem bisherigen Leben, das darin bestanden haben mochte, Baumstämme aus dem Wald in die Ebene zu schleppen, nie etwas anderes gefressen als das vertrocknete und vergilbte Unkraut auf den urbar gemachten Feldern und fand in seinem jetzigen Zustand keinen Geschmack mehr an etwas anderem.

Joseph ging auf das Pferd zu und klopfte ihm den Hals.

»Friß«, schrie er das Tier an, »friß!«

Das Pferd fraß nicht. Joseph hatte gemeint, es wäre vielleicht tuberkulös. Dem hatte die Mutter widersprochen. Ihm wäre, genau wie ihr selbst, das Leben zuwider und es wolle einfach krepieren. Trotzdem hatte es bis jetzt nicht nur täglich den Hin- und Rückweg zwischen Banté und dem Bungalow gemacht, sondern war auch abends, wenn es abgeschirrt war, langsam und müde zu der grünen Böschung gegangen. Aber heute rührte es sich nicht vom Fleck, blieb, dann und wann leicht schwankend, vor Joseph stehen.

»Verfluchte Schweinerei«, knurrte Joseph, »jetzt rührt sich das Mistvieh nicht mal mehr.«

Die Mutter kam näher. Sie war barfuß und hatte den großen Strohhut tief ins Gesicht gezogen. Ein dünner grauer Zopf, den eine Schlauchklammer zusammenhielt, hing ihr über den Rücken. Ihr granatfarbenes, weites, ärmelloses Kleid aus einheimischem Baststoff war an der Stelle abgenützt, wo es die schlaffen, aber noch fleischigen Brüste bedeckte, die offenbar von keinem Büstenhalter gestützt wurden.

»Ich habe dir von vornherein geraten, das Pferd nicht zu kaufen. Zweihundert Francs für das halbkrepierte Tier und den klapprigen Wagen.«

»Sei still«, sagte Joseph, »sonst haue ich ab.«

Suzanne kam unter dem Bungalow hervor und näherte sich dem Pferd. Auch sie trug einen Strohhut, unter dem mehrere kastanienbraune Strähnen hervorschauten. Sie war barfuß wie Joseph, und die Mutter trug eine schwarze Hose, die ihr bis über die Knie reichte, dazu eine blaue ärmellose Bluse.

»Hast recht, wenn du abhaust«, sagte Suzanne.

»Ich hab' dich nicht nach deiner Meinung gefragt«, erwiderte Joseph.

»Ich sag' sie dir trotzdem.«

Die Mutter drehte sich nach dem Mädchen um und wollte es ohrfeigen. Suzanne aber entwischte ihr und flüchtete zurück in den Schatten unter dem Bungalow. Die Mutter seufzte. Die Hinterbeine des Pferdes sahen jetzt aus, als wären sie halb gelähmt. Es rührte sich nicht vom Fleck. Joseph ließ das Halfter los, an dem er es voranzuziehen versucht hatte, und schob es nun von hinten. Das Pferd bewegte sich ruckweise, schwankend bis an die Böschung. Als es die Böschung erreicht hatte, blieb es wieder stehen und senkte die Nüstern in das zarte Grün der Reispflanzen. Joseph, die Mutter und Suzanne erstarrten voller Hoffnung. Aber nein, es strich mit den Nüstern nur leicht über die Halme, einmal und noch einmal, hob ein wenig den Kopf, ließ ihn dann am Ende seines langen Halses wieder hängen, unbeweglich und schwer, wobei seine dicken Lippen die Spitzen der Halme fast berührten.

Joseph zögerte, dann drehte er sich um, steckte sich eine Zigarette an und ging zurück zum Wagen. Er legte das Geschirr auf den Vordersitz und zog den Wagen unter den Bungalow.

Meist ließ er den Wagen in der Nähe der Treppe stehen, aber heute abend zog er ihn unter den Bungalow zwischen die mittleren Stützpfähle.

Er schien zu überlegen, was er weiter tun sollte. Er sah noch einmal nach dem Pferd und ging dann zum Schuppen. Jetzt erst schien er die Schwester zu bemerken, die wieder an ihrem Stützpfahl lehnte.

»Was tust du hier?«

»Mir ist zu heiß«, erwiderte Suzanne.

»Nicht dir allein.«

Er betrat den Schuppen, holte dort den Sack mit dem Karbid und füllte etwas Karbid in eine Blechdose. Dann brachte er den Sack wieder in den Schuppen, kam zurück und zerkleinerte das Karbid in der Blechdose mit den Fingern. Er sog die Luft ein und sagte:

»Die Viecher stinken, müssen mal gelüftet werden. Daß du das hier aushältst!«

»Stinken weniger als dein Karbid.«

Er richtete sich auf und wollte, die Dose voll Karbid in der Hand, noch einmal zum Schuppen zurückgehen, besann sich aber anders, näherte sich dem Wagen und trat wütend gegen die Räder. Dann ging er mit entschlossenen Schritten die Treppe des Bungalows hinauf.

Die Mutter hatte das Jäten wieder aufgenommen. Zum drittenmal pflanzte sie auf der Böschung der Terrasse gegenüber rote Cannas an. Immer wieder gingen die Pflanzen infolge der Trockenheit ein. Aber sie gab nicht auf. Vor ihr lockerte der Caporal die Erde der Böschung, die er begossen hatte, mit der Harke. Er wurde immer schwerhöriger, und sie mußte ihm ihre Befehle immer lauter zubrüllen. Kurz vor der Brücke, in der Nähe der Straße, angelten die Frau und die Tochter des Caporal in einem Tümpel. Seit etwa einer Stunde kauerten sie in dem Schlamm und fischten. Seit drei Jahren aß man Fisch, immer dieselbe Art, die sie jeden Abend in demselben Tümpel vor der Brücke fingen.

Unter dem Bungalow war es einigermaßen erträglich. Joseph hatte den Schuppen offengelassen, und ein Luftzug, der gesättigt war von dem Gestank der erlegten Tiere, strich unter dem Bungalow her. Drei Rehe und ein Hirsch. Den Hirsch und eines der Rehe hatte Joseph am Vorabend erlegt, die zwei anderen vor drei Tagen. Diese bluteten schon nicht mehr. Jenen aber tropfte das Blut noch aus den geöffneten Kiefern. Joseph ging oft auf die Jagd, manchmal jede zweite Nacht. Die Mutter schimpfte, weil er seine Patronen für Wild vertat, das man nach drei Tagen in den Fluß warf. Aber Joseph konnte sich nicht dazu entschließen, ohne Beute aus dem Wald zurückzukommen. Und so tat man denn, als äße man die Rehe. Man hängte sie unter dem Bungalow auf, wartete, bis sie zu stinken anfingen, und warf sie dann in den Fluß. Alle ekelten sich vor dem Rehfleisch. Seit einiger Zeit aßen sie lieber das dunkle Fleisch der Stelzenläufer, die Joseph an der Flußmündung schoß: in den großen salzigen Sümpfen, die ihre Konzession zum Meer hin begrenzten.

Suzanne wartete darauf, daß Joseph sie zum Baden abholte. Sie wollte nicht als erste den Raum unter dem Bungalow verlassen. Es war schon besser, sie wartete auf ihn. Wenn sie mit ihm zusammen war, schimpfte die Mutter weniger.

Joseph kam die Treppe herunter.

»Beeil dich. Ich warte nicht.«

Suzanne lief in den Bungalow und zog den Badeanzug an. Sie war damit noch nicht fertig, als die Mutter, die sie den Bungalow hatte betreten sehen, schon anfing zu schreien. Sie schrie nicht, um besser verstanden zu werden. Sie schrie immer und überall, schrie irgend etwas, was mit dem, was gerade geschah, in keinerlei Zusammenhang stand. Als Suzanne den Bungalow verließ, sah sie, daß Joseph, der sich um das Geschrei der Mutter nicht kümmerte, sich wieder mit dem Pferd befaßte. Mit aller Kraft versuchte er, seinen Kopf in das Grün zu drücken. Das Pferd ließ alles mit sich geschehen, rührte aber keinen Halm an. Suzanne stand jetzt neben Joseph.

»Los, komm.«

»Ich glaube, es ist aus«, sagte Joseph traurig. »Es krepiert.«

Nur ungern verließ er das Pferd. Zusammen gingen sie zu der Holzbrücke, wo der Fluß besonders tief war.

Sobald die Kinder Joseph zum Fluß gehen sahen, verließen sie die Straße, auf der sie spielten, und sprangen hinter ihm ins Wasser. Die zuerst Gekommenen sprangen ins Wasser wie er, die andern ließen sich rudelweise in den grauen Schaum rollen. Joseph spielte immer mit den Kindern. Er nahm sie auf die Schultern, ließ sie Bocksprünge machen, und manchmal durfte sich eines von ihnen an seinem Hals festhalten. Dann schwamm er mit dem begeisterten Kind den Fluß hinab bis in die Nähe des Dorfes, jenseits der Brücke. Aber heute hatte er keine Lust zu spielen. An der tiefen, schmalen Stelle schwamm er hin und her wie ein Fisch in einem Glasbehälter. Das Pferd, das auf dem hohen Ufer stand, hatte sich nicht gerührt. Es stand auf dem steinigen Boden in der Sonne und hatte das verschlossene Aussehen eines Dings.

»Ich weiß nicht, was der Gaul hat«, sagte Joseph, »aber er geht bestimmt ein.«

Suzanne konnte nicht so gut schwimmen wie er. Immer wieder verließ sie das Wasser, setzte sich ans Ufer und schaute zur Straße hin, die auf der einen Seite nach Ram, auf der andern nach Kam und dann weiter zur Stadt, der größten Stadt der Kolonie führte, zur Hauptstadt, die achthundert Kilometer entfernt lag. Eines Tages würde endlich ein Auto vor dem Bungalow halten. Ein Herr oder eine Dame würden aus dem Auto steigen, sie oder Joseph um eine Auskunft oder eine Gefälligkeit bitten. Um welche Auskunft man sie bitten sollte, wußte sie nicht recht: in der Ebene gab es nur die eine Straße, die von Ram über Kam zur Stadt führte. Verfahren konnte sich also niemand. Aber man konnte ja nicht alles voraussehen, und Suzanne hoffte. Vielleicht hielt eines Tages ein Mann an – warum nicht? –, weil er sie in der Nähe der Brücke gesehen hatte. Es war ganz gut möglich, daß sie ihm gefiel und er ihr vorschlug, mit ihm in die Stadt zu fahren. Doch abgesehen von dem Autobus, kamen nur wenige Autos über die Straße, vielleicht zwei bis drei täglich. Und es waren immer dieselben Autos der Jäger. Sie fuhren nach Ram, das sechzig Kilometer entfernt lag, und kamen nach einigen Tagen von dort zurück. Sie fuhren immer schnell und hupten unaufhörlich, um die Kinder von der Straße zu verjagen. Lange bevor sie aus einer Staubwolke auftauchten, hörte man im Wald das dumpfe, laute Hupen. Auch Joseph wartete auf ein Auto, das vor dem Bungalow hielte. Eine hellblonde geschminkte

Frau würde am Steuer sitzen und die teuren 555 rauchen. Vielleicht bat sie ihn, ihr beim Flicken eines Reifens zu helfen.

Fast alle zehn Minuten blickte die Mutter von den roten Cannas auf, gestikulierte und schrie den beiden etwas zu.

Solange sie zusammen waren, kam sie nicht näher. Sie schrie und schimpfte dann nur aus der Ferne. Seit die Dämme zusammengebrochen waren, fing sie bei jedem Wort, das sie sagte, einerlei, um was es sich handelte, gleich an zu schreien. Früher hatten sich ihre Kinder nichts aus ihren Zornesausbrüchen gemacht. Aber seit der Geschichte mit den Dämmen war sie krank und, wie der Arzt meinte, in ständiger Lebensgefahr. Drei Herzanfälle hatte sie schon gehabt, die nach Ansicht des Arztes alle drei tödlich hätten verlaufen können. Ein paar Augenblicke lang durfte man sie wohl schreien lassen, aber nicht länger. Ihre Wut konnte leicht einen neuen Anfall auslösen.

Der Arzt brachte diese Anfälle mit dem Einsturz der Dämme in Zusammenhang. Wahrscheinlich aber irrte er sich. So viel Groll hatte sich nur sehr langsam, Jahr um Jahr, Tag um Tag anhäufen können. Dafür reichte die eine Ursache nicht aus. Tausend Ursachen hatte ihr Groll, und zu ihnen gehörten auch der Einsturz der Dämme, die Ungerechtigkeit der Welt und das Schauspiel, das ihre im Fluß badenden Kinder boten ...

Nichts in den Jugendjahren der Mutter hatte darauf hingedeutet, daß gegen Ende ihres Lebens das Unglück eine solche Rolle spielen würde und ein Arzt jetzt sogar die Ansicht äußern konnte, sie könnte an ihm, dem Unglück, sterben.

Sie war als Kind eines Bauern geboren und eine so gute Schülerin gewesen, daß ihre Eltern sie das Lehrerinnenseminar hatten besuchen lassen. Dann war sie zwei Jahre lang Lehrerin in einem Dorf in Nordfrankreich gewesen. Man schrieb damals das Jahr 1899. An manchen Sonntagen stand sie träumend vor den Plakaten in den Kästen der Bürgermeisterei, die für die Kolonien warben. »Tretet in die Kolonialarmee ein!« »Jugend, geh in die Kolonien, dort wartet deiner das Glück!« Im Schatten eines Bananenbaumes, dessen Äste und Zweige sich unter der Last der Früchte bogen, lag das weißgekleidete Kolonistenpaar in Schaukelstühlen, während Eingeborene es lächelnd umsorgten.

Sie heiratete einen Lehrer, der wie sie in einem Dorf im Norden vor Ungeduld und Sehnsucht verging, nachdem er die mysteriösen Schilderungen Pierre Lotis gelesen hatte. Kurz nach ihrer Heirat reichten beide zusammen ein Gesuch um Versetzung in die Kolonien ein und wurden als Lehrer der großen Kolonie zugeteilt, die damals Französisch-Indochina hieß.

In den ersten zwei Jahren dort wurden Joseph und Suzanne geboren. Nach Suzannes Geburt gab die Mutter ihre Stellung im Staatsdienst auf und erteilte nur noch französische Privatstunden. Ihr Mann war inzwischen Leiter einer Eingeborenenschule geworden. Damals hatten sie, wie sie erzählte, trotz der zwei Kinder ein reichliches Auskommen gehabt. Diese Jahre waren zweifellos die schönsten und glücklichsten ihres Lebens. Das sagte sie wenigstens. Sie erinnerte sich ihrer wie einer fernen Trauminsel. Je älter sie wurde, desto seltener sprach sie davon, aber wenn die Rede darauf kam, tat sie es stets mit der gleichen Versessenheit. Immer wieder entdeckte sie bei ihren Erzählungen für ihre Kinder eine neue Vollkommenheit an jener schon so vollkommenen Zeit, eine neue gute Eigenschaft ihres Mannes, einen neuen Aspekt des Wohlstands, den sie damals gekannt hatten und der auf dem besten Wege gewesen war, Reichtum zu werden, was Joseph und Suzanne ein wenig bezweifelten.

Als ihr Mann starb, waren Joseph und Suzanne noch klein. Von der Zeit, die dann folgte, sprach die Mutter nie gern. Sie sagte nur, es wäre eine schwere Zeit gewesen, und sie fragte sich immer wieder, wie sie sie eigentlich überstanden hätte. Zwei Jahre lang hatte sie weiterhin Privatunterricht erteilt. Da die Erträgnisse aus dieser Arbeit nicht genügten, hatte sie auch noch Klavierstunden gegeben. Als auch das nicht ge-

nügte – die Kinder wurden älter und verursachten größere
Kosten –, war sie im Eden-Kino Klavierspielerin gewesen.
Zehn Jahre lang. Nach diesen zehn Jahren hatte sie so viel gespart, daß sie an die Generaldirektion des Katasters der Kolonie ein Gesuch um Zuteilung einer Siedlerkonzession einreichen konnte.

Daß sie Witwe war, früher zur Lehrerschaft gehört hatte
und zwei Kinder besaß, gab ihr ein besonderes Recht auf eine
solche Konzession. Dennoch hatte sie Jahre warten müssen,
bis sie die Konzession erhielt.

Nun waren sechs Jahre vergangen, seitdem sie mit Joseph
und Suzanne in dem Citroën B 12, den sie immer noch fuhren,
in der Ebene angekommen war.

Gleich im ersten Jahr bestellte sie die Hälfte der Konzession. Sie hoffte, die erste Ernte würde den größten Teil der
Baukosten des Bungalows wieder einbringen. Aber die Juli-
Flut lief Sturm gegen die Ebene und ertränkte die Ernte. Da
die Mutter glaubte, das Opfer einer besonders hohen Flut geworden zu sein, fing sie gegen den Rat ihrer Freunde im nächsten Jahr wieder an, das Land zu bestellen. Aber das Meer
stieg noch höher. Nun mußte sie erkennen, wie die Dinge in
Wirklichkeit waren: ihre Konzession ließ sich nicht bestellen.
Jedes Jahr wurde sie vom Meer überflutet. Die Flut erreichte
nicht jedes Jahr die gleiche Höhe. Aber sie stieg doch so hoch,
daß sie alles entweder beim ersten Anprall oder durch Einsik-
kern in den Boden vernichtete. Ausgenommen hiervon waren
etwa fünf Hektar in der Nähe der Straße, auf denen sie den
Bungalow hatte bauen lassen. Sie hatte die Ersparnisse von
zehn Jahren in die Wogen des Stillen Ozeans geworfen.

Schuld an dem Unglück war ihre unglaubliche Einfalt. Die
zehn Jahre, die sie in vollkommener Selbstverleugnung gegen
geringen Lohn am Klavier des Eden-Kinos verbrachte, hatten
sie dem Kampf und den fruchtbaren Erfahrungen mit der Ungerechtigkeit der Welt entzogen, in dem sie sie vor neuen
Schicksalsschlägen und den Menschen bewahrten. Sie verließ
diesen Tunnel von zehn Jahren so, wie sie ihn betreten hatte:

unbeschädigt und einsam, unberührt von den Mächten des Bösen, ohne jede Kenntnis des Vampyrtums der Kolonien, das sie nach wie vor umgab. Die bestellbaren Konzessionen wurden im allgemeinen nur für das Doppelte ihres wirklichen Wertes abgegeben. Die Hälfte der Summe verschwand in den Taschen der Katasterbeamten, die mit der Verteilung der Bodenparzellen betraut waren. Diese Beamten hatten den ganzen Grundstücksmarkt in Händen und waren in ihren Forderungen immer unverschämter geworden. So unverschämt, daß die Mutter, da sie deren auch in Einzelfällen nicht durch Rücksicht gemäßigte Raffsucht nicht befriedigen konnte, auch wenn sie gewarnt worden wäre und die Absicht gehabt hätte, sich keine unbestellbare Konzession aufhängen zu lassen, auf den Kauf einer Konzession hätte verzichten müssen.

Als die Mutter das ein wenig spät begriff, suchte sie die Katasterbeamten in Kam auf. In ihrer Einfalt beschimpfte sie sie und drohte ihnen mit einer Beschwerde höheren Orts. Man sei an diesem Irrtum schuldlos, sagte man ihr, der Schuldige sei ihr Vorgänger und der sei längst wieder in der Heimat. Aber die Mutter war derartig hartnäckig in ihren Angriffen, daß man ihr schließlich drohte, wenn sie nicht bald aufhörte, würde man ihr vor Ablauf der vereinbarten Zeit die Konzession wieder abnehmen. Mit diesem Argument hatten die Beamten bisher noch jedes ihrer Opfer zum Schweigen gebracht. Denn diese wollten natürlich lieber eine illusorische Konzession als gar nichts mehr besitzen.

Die Konzessionen wurden immer nur unter gewissen Bedingungen vergeben. Wenn nach einer bestimmten Zeit nicht die ganze Konzession bestellt war, konnte das Katasteramt sie zurückverlangen. So war keine Konzession in der Ebene wirklicher Besitz. Gerade dieser Vorbehalt ermöglichte es dem Kataster, aus den anderen, den guten, bestellbaren Konzessionen, bedeutenden Profit zu schlagen. Denn da die Katasterbeamten das Gelände nach eigenem Ermessen zuteilten, bildeten die unbestellbaren Grundstücke für sie eine Art stiller Reserve, auf die sie immer wieder zurückgreifen konnten.

Auf den etwa fünfzehn Konzessionen in der Ebene von Kam hatten sie nacheinander vielleicht hundert Familien untergebracht, ruiniert und dann davongejagt. Die paar Konzessionsinhaber, die in der Ebene geblieben waren, lebten vom Schmuggel mit Absinth und Opium und mußten den Beamten von ihren unregelmäßigen Einnahmen – die Katasterbeamten nannten sie illegale Einnahmen – einen Teil abgeben, damit diese nichts gegen sie unternahmen.

Der gerechte Zorn der Mutter ersparte ihr – zwei Jahre nach ihrer Ankunft – nicht die erste Inspektion durch das Kataster. Diese ganz formellen Inspektionen beschränkten sich auf einen Besuch bei dem Konzessionsinhaber, den man daran erinnerte, daß die erste Frist abgelaufen sei.

»Keine Macht der Erde«, jammerte dann der Konzessionsinhaber, »kann auf diesem Stück Land auch nur einen Halm zum Grünen bringen.«

»Ich kann mir nicht vorstellen«, entgegnete der Beamte, »daß unsere Regierung eine Konzession vergibt, die sich nicht zur Bestellung eignet.«

Die Mutter, die anfing, die Schiebungen zu durchschauen, wies auf ihren Bungalow hin. Wenn der Bungalow auch nicht fertig war, so bedeutete er doch unbestreitbar den Anfang einer Ausnützung des Terrains und berechtigte zu dem Antrag auf Fristverlängerung. Die Katasterbeamten verschlossen sich dem Argument nicht. Sie gewährten ihr eine neue Frist von einem Jahr. Während dieses Jahres, des dritten seit ihrer Ankunft, hielt sie es für richtig, ihre bisherigen schlechten Erfahrungen nicht zu erneuern, und so ließ sie dem Ozean jegliche Freiheit. Was hätte sie auch anderes tun können, da sie über Geldmittel nicht mehr verfügte? Um ihren Bungalow fertig zu bauen, hatte sie schon zweimal bei den Banken der Kolonie um einen Kredit nachgesucht. Aber die Banken erkundigten sich beim Katasteramt. Und wenn die Mutter etwas Geld bekam, so wurde es als Hypothek auf den Bungalow eingetragen, für dessen Ausbau sie das Geld aufgenommen hatte. Denn der Bungalow gehörte ihr, und sie beglückwünschte sich immer wieder, ihn gebaut zu haben. Je größer ihre Armut wurde, desto höher stieg in ihren Augen der Wert des Bungalows.

Der ersten Inspektion folgte eine zweite. Sie fand damals in der Woche nach dem Einsturz der Dämme statt. Aber Joseph war inzwischen so alt geworden, daß er sich mit der Angelegenheit befassen konnte. Die Handhabung des Gewehrs war ihm vertraut geworden. Als der Katasterbeamte erschien, holte er das Gewehr. Der Beamte redete nicht mehr lange, sondern kehrte unverrichteter Dinge in dem kleinen Auto zurück, dessen er sich bei seinen Inspektionsreisen bediente. Seitdem hatte die Mutter von der Seite einigermaßen Ruhe.

Nach Gewährung der neuen Frist, die sie ihrem Bungalow verdankte, teilte sie den Beamten in Kam ihre neuen Pläne mit.

Diese Pläne bestanden darin, die Bauern, die kümmerlich auf dem Grund und Boden neben ihrer Konzession lebten, aufzufordern, zusammen mit ihr Dämme gegen das Meer zu bauen. Alle würden Nutzen davon haben. Die Dämme sollten am Meer entlang und den Fluß hinauf bis zu dem Punkt führen, den die Juli-Fluten erreichten. Die Beamten waren überrascht und hielten den Plan für etwas utopisch. Aber sie hatten nichts dagegen einzuwenden. Sie solle den Plan schriftlich ausarbeiten und dann einreichen. Im Prinzip, behaupteten sie, könnte die Trockenlegung der Ebene nur Gegenstand eines Planes von seiten der Regierung sein, aber ihres Wissens verböte keine Vorschrift dem Konzessionsinhaber, auf seiner Konzession einen Damm zu bauen. Nur eine Bedingung müßte erfüllt werden: das Katasteramt müßte benachrichtigt und die Zustimmung des Lokalkatasters vorgelegt werden. In nächtelanger Arbeit entwarf die Mutter den Plan, reichte ihn den Behörden ein und wartete dann auf die Genehmigung. Sie wartete lange, aber sie verlor den Mut nicht, denn solches

Warten war sie bereits gewöhnt. Dieses Warten allein stellte die dunkle Bindung zwischen ihr und den Mächten der Welt dar, von denen sie mit Hab und Gut abhängig war: Kataster und Bank. Nachdem sie wochenlang gewartet hatte, beschloß sie, nach Kam zu gehen. Die Katasterbeamten hatten den Plan erhalten. Wenn sie bisher nicht geantwortet hatten, dann nur deshalb, weil die Trockenlegung der Konzession sie nicht interessierte. Trotzdem gaben sie ihr stillschweigend die Erlaubnis, die Dämme zu bauen. Stolz auf das Ergebnis, kehrte die Mutter nach Hause zurück.

Sie wollte die Dämme mit Knüppeln aus Mangleholz stützen. Die Kosten hierfür mußte sie natürlich allein tragen. Sie nahm eine Hypothek auf den unfertigen Bungalow auf. Sie verbrauchte das Hypothekengeld für den Ankauf der Knüppel, und der Bungalow wurde niemals fertig gebaut.

So ganz unrecht hatte der Arzt nicht. Es sah tatsächlich so aus, als wäre der Bruch der Dämme der Anfang allen späteren Unglücks gewesen. Und wer wäre nicht erschüttert, nicht voller Entsetzen und Wut beim Anblick dieser Dämme gewesen, die mit so viel Liebe von Hunderten von Bauern der Ebene erbaut worden waren. Endlich waren sie aus ihrer tausendjährigen Dumpfheit durch eine plötzliche, törichte Hoffnung geweckt worden, und dann brachen die Dämme in einer Nacht wie ein Kartenhaus zusammen, in einer einzigen Nacht, unter dem elementaren und unversöhnlichen Anprall der Wogen des Stillen Ozeans. Und wer wäre nicht versucht gewesen, alle früheren Stadien von Not und Hoffnung zu vergessen – angefangen von der sich immer gleichbleibenden Not der Ebene bis zu den Anfällen der Mutter – und alles durch die Ereignisse der verhängnisvollen Nacht zu erklären und sich mit dieser summarischen, aber verführerischen Erklärung der Naturkatastrophe zufriedenzugeben?

Joseph zwang Suzanne immer wieder, ins Wasser zu gehen. Sie solle schwimmen lernen, damit sie in Ram mit ihm im Meer baden könne. Aber Suzanne war störrisch. Zuweilen, besonders in der Regenzeit, wenn in einer Nacht der Wald überschwemmt wurde, schwamm ein totes Eichhörnchen oder eine tote Moschusratte oder ein toter junger Pfau im Wasser, und vor solchen Begegnungen ekelten sie sich.

Als die Mutter immer wieder schrie, entschloß Joseph sich, den Fluß zu verlassen. Suzanne gab das Warten auf die Autos auf und folgte ihm.

»Zum Kotzen«, sagte Joseph. »Ich fahre morgen nach Ram.«

Er hob die Augen in Richtung zur Mutter.

»Wir kommen ja schon. Hör auf zu schreien.«

Er dachte nicht mehr an sein Pferd, weil er an die Mutter dachte. Er beeilte sich, sie zu erreichen. Sie hatte einen roten Kopf und jammerte, wie immer, seit sie krank war. Sie jammerte immer noch.

»Nimm lieber eine Pille«, sagte Suzanne, »statt zu jammern.«

»Was habe ich dem Himmel nur getan«, schrie die Mutter, »daß er mir so schlechte Kinder beschert hat?«

Joseph ging an ihr vorbei in den Bungalow und kam mit einem Glas Wasser und den Pillen zurück. Wie immer wollte die Mutter sie nicht einnehmen. Wie immer tat sie es dann doch. Jeden Abend, wenn sie gebadet hatten, mußten sie ihr eine Pille zur Beruhigung geben. Denn im Grunde konnte sie es nicht vertragen, daß die beiden von dem Leben, das sie in der Ebene führten, etwas Ablenkung suchten. »Sie ist bösartig geworden«, sagte Suzanne. Joseph konnte nicht das Gegenteil behaupten.

Suzanne ging in das kleine Badezimmer, säuberte sich mit dem dort in Krügen stehenden abgeklärten Wasser und zog sich wieder an. Joseph tat das nicht. Er blieb bis zum nächsten Morgen im Badeanzug. Als Suzanne das Badezimmer verließ, spielte das Grammophon schon auf der Veranda, wo Joseph auf einer Chaiselongue lag und nicht mehr an die Mutter, sondern wieder an das Pferd dachte, das er voller Ekel betrachtete.

»Haben kein Glück«, sagte Joseph.

»Wenn du das Grammophon verkaufst, kannst du ein neues Pferd kaufen und statt einer drei Fahrten machen.«

»Wenn ich das Grammophon verkaufe, verschwinde ich sofort von hier.«

Das Grammophon spielte in Josephs Leben eine große Rolle. Er hatte fünf Platten, die er regelmäßig, jeden Abend, nach dem Baden auflegte. Manchmal, wenn ihm alles zum Halse heraushing, legte er sie immer wieder und wieder auf, die halbe Nacht hindurch, bis die Mutter zwei-, dreimal aufstand und ihm drohte, das Grammophon in den Fluß zu werfen.

Suzanne nahm einen Sessel und setzte sich neben den Bruder. »Wenn du das Grammophon verkaufst und ein Pferd für das Geld kaufst, kannst du dir in vierzehn Tagen ein neues Grammophon anschaffen.«

»Vierzehn Tage ohne Grammophon! Das halte ich nicht aus.«

Suzanne schwieg.

Die Mutter machte im Eßzimmer das Abendessen fertig. Sie hatte die Azetylenlampe schon angezündet.

Schnell brach die Dunkelheit in diesem Land herein. Wenn die Sonne hinter dem Gebirge verschwand, zündeten die Bauern mit grünem Holz Feuer an, um sich gegen die wilden Tiere zu schützen, und schreiend kamen die Kinder in die Hütten gelaufen. Sobald die Kinder es begreifen konnten, brachte man ihnen bei, vor der furchtbaren Nacht der Sümpfe und den wilden Tieren auf der Hut zu sein. Aber die Tiger hatten viel weniger Hunger als die Kinder und fraßen nur wenige. Das, woran die Kinder in der sumpfigen Ebene von Kam starben – sie wird auf der einen Seite von dem Chinesischen Meer umgeben, während sie nach Osten hin durch die sehr lange Gebirgskette abgeschlossen ist, die weit oben im asiatischen Kontinent beginnt und sich bis an den Golf von Siam erstreckt, wo sie sich ins Wasser stürzt, um als immer kleiner werdende Insel wieder aufzutauchen –, das, woran die Kinder starben, waren nicht die Tiger, sondern waren der Hunger, die Krankheiten und die Abenteuer infolge des Hungers. Die Straße durchzog die schmale Ebene in ihrer ganzen Länge. Sie war gebaut worden, um die zukünftigen Reichtümer der Ebene nach Ram zu schaffen, aber die Ebene war derart arm, daß sie kaum andere Reichtümer hatte als die Kinder mit den rosigen Mündern, die vor Hunger immer offenstanden. So diente denn die Straße nur den Jägern, die über sie fuhren, und den Kindern, die sich wie eine hungrige Meute auf ihr versammelten und spielten: der Hunger hindert Kinder nicht am Spielen.

»Ich gehe heute abend«, erklärte Joseph plötzlich.

Die Mutter hörte auf, am Kocher zu hantieren, und stellte sich vor Joseph.

»Das tust du nicht. Ich will es nicht.«

»Ich gehe trotzdem«, erwiderte Joseph. »Kannst sagen, was du willst, ich gehe.«

Wenn Joseph zu lange auf der Veranda blieb und zu dem Wald schaute, konnte er der Lust, auf die Jagd zu gehen, nicht widerstehen.

»Nimm mich mit«, sagte Suzanne, »nimm mich mit, Joseph.«

Die Mutter schimpfte.

»Ich nehme keine Frau mit auf die Nachtjagd. Und wenn du weiterschimpfst, gehe ich sofort.«

Er schloß sich in sein Zimmer ein, um sein Mausergewehr und die Patronen in Ordnung zu bringen. Immer noch jammernd, kehrte die Mutter in das Eßzimmer zurück und befaßte sich wieder mit der Zubereitung des Essens. Suzanne hatte sich nicht von der Veranda gerührt. An den Abenden, an denen Joseph auf die Jagd ging, legten sie sich spät ins Bett. Die Mutter benützte die Zeit, um ›abzurechnen‹, wie sie sagte. Was sie abrechnete, wußte niemand. Auf jeden Fall fand sie in diesen Nächten keinen Schlaf. Hin und wieder stand sie auf, ging auf die Veranda, horchte auf die Geräusche des Waldes und versuchte, den Lichtschein von Josephs

Lampe zu erkennen. Dann machte sie sich wieder an ihre Abrechnungen. Die »Abrechnungen einer Verrückten«, sagte Joseph.

»Kommt essen«, sagte die Mutter.

Es gab wieder Geflügel mit Reis. Die Frau des Caporal brachte außerdem ein paar gebackene Fische.

»Wieder eine schlaflose Nacht«, sagte die Mutter.

In dem phosphoreszierenden Licht der Lampe sah sie blasser aus. Die Pillen begannen zu wirken. Sie gähnte.

»Nur keine Sorge, Mama, ich bin bald wieder zurück«, sagte Joseph freundlich.

»Wenn ich Angst vor einem Anfall habe, dann nur, weil ich Angst um euch habe.«

Sie stand auf, nahm aus dem Büfett eine Dose mit gesalzener Butter und eine Büchse kondensierte Milch und stellte sie vor ihre Kinder hin. Suzanne goß sich reichlich kondensierte Milch über den Reis. Die Mutter bestrich für sich ein paar Scheiben Brot mit Butter und tauchte sie in eine Tasse mit schwarzem Kaffee. Joseph aß von dem Geflügel. Es war schönes, dunkles blutiges Fleisch.

»Stinkt nach Fisch«, sagte Joseph. »Ist aber sehr nahrhaft.«

»Soll es auch sein«, erwiderte die Mutter. »Sei nur ja vorsichtig, Joseph.«

Wenn es sich um ihr Essen handelte, war sie immer zärtlich zu ihnen.

»Nur keine Angst, ich bin schon vorsichtig.«

»Dann gehen wir heute nicht nach Ram«, sagte Suzanne.

»Morgen«, entgegnete Joseph. »In Ram findest du nichts Gescheites. Sind alle verheiratet. Nur Agosti nicht.«

»Agosti bekommt sie nie«, sagte die Mutter, »und wenn er mich auf den Knien anfleht.«

»Fällt dem gar nicht ein«, erwiderte Suzanne. »Hier jedenfalls findet man nichts.«

»Die Finger leckt er sich nach dir«, sagte die Mutter. »Ich weiß genau, was ich sage. Aber der kann sich warmlaufen.«

»Er denkt nicht einmal an sie«, meinte Joseph. »Leicht ist das nicht. Manche von den Mädchen heiraten trotz ihrer Armut. Aber dann müssen sie sehr schön sein, und selbst dann kommt das nur selten vor.«

»Ich will nicht nur deshalb nach Ram«, sagte Suzanne. »Am Posttag ist immer was los in Ram, sie haben elektrisches Licht und ein Mordsgrammophon in der Kantine.«

»Bist du mit dem dösigen Ram bald fertig?« erwiderte Joseph.

Die Mutter legte das Reisbrot vor sie hin, das der Omnibus alle drei Tage aus Kam brachte. Dann begann sie, ihren Zopf aufzuflechten. Zwischen den abgearbeiteten Fingern knisterte das Haar wie trockenes Laub. Sie war mit dem Essen fertig und betrachtete ihre Kinder. Wenn sie aßen, setzte sie sich ihnen gegenüber und verfolgte jede ihrer Bewegungen. Sie hätte es gern gesehen, daß Suzanne noch etwas wüchse und Joseph auch. Sie hielt das noch für möglich. Aber Joseph war schon zwanzig Jahre und weit größer als sie.

»Nimm etwas Geflügel«, sagte sie zu Suzanne, »die kondensierte Milch hat keinen Nährwert.«

»Und verdirbt auch die Zähne«, sagte Joseph, »meine Bakkenzähne sind alle faul. Lange machen sie es nicht mehr mit.«

»Wenn wir Geld haben, bekommst du neue Zähne«, sagte die Mutter. »Nimm doch etwas Fleisch, Suzanne.«

Suzanne nahm ein Stückchen. Das Fleisch war ihr zuwider, und sie aß es in kleinen Bissen.

Joseph war mit dem Essen fertig. Er brachte seine Jagdlampe in Ordnung. Die Mutter flocht ihren Zopf und wärmte eine Tasse Kaffee für ihn auf. Als Joseph die Lampe gefüllt hatte, zündete er sie an und befestigte sie am Tropenhelm, den er aufsetzte. Dann ging er auf die Veranda und stellte die Lampe ein. Zum erstenmal an diesem Abend dachte er nicht an das Pferd. Aber im selben Augenblick sah er es wieder im Lichtkreis der Azetylenlampe.

»Verfluchte Sauerei«, schrie er, »der Gaul ist krepiert!«

Die Mutter und Suzanne eilten auf die Veranda. Im hellen

Licht der Lampe sahen sie das Pferd. Es lag der Länge nach auf dem Boden. Der Kopf ragte über die Böschung, und seine Nüstern, die das junge Grün berührten, streiften das graue Wasser.

»Furchtbar«, sagte die Mutter.

Bedrückt hob sie die Hand an die Stirn und blieb unbeweglich neben Joseph stehen.

»Sieh lieber mal nach, ob es wirklich tot ist«, sagte sie schließlich.

Joseph ging langsam die Treppe hinunter hinter dem Licht der Lampe her, die er immer noch vor der Stirn trug, zur Böschung hin. Bevor er das Pferd erreichte, kehrte Suzanne in den Bungalow zurück, setzte sich wieder an den Tisch und versuchte, das Stück Fleisch auf ihrem Teller zu essen. Aber ihr bißchen Appetit war nun ganz verflogen. Sie hörte auf zu essen und ging in das Wohnzimmer. Hier kauerte sie sich in einen Rohrsessel und wandte der Stelle, wo das Pferd lag, den Rücken zu.

»Das arme Tier«, stöhnte die Mutter, »und dabei ist es heute noch bis nach Banté gelaufen.«

Suzanne hörte die Mutter seufzen, sah sie aber nicht. Sie war sicher noch auf der Veranda und blickte Joseph nach. In der vergangenen Woche war in dem Weiler hinter dem Bungalow ein Kind gestorben. Die Mutter hatte die ganze Nacht bei ihm gewacht, und als das Kind dann am nächsten Morgen starb, hatte sie genauso gestöhnt wie jetzt.

»So ein Unglück!« jammerte die Mutter. »Nun, Joseph?«

»Es atmet noch.«

Die Mutter ging in das Eßzimmer zurück.

»Was sollen wir nur tun? Suzanne, hole die alte karierte Decke aus dem Auto.«

Suzanne verschwand unter dem Bungalow, ohne dabei nach dem Pferd zu sehen. Sie nahm die Decke vom Hintersitz des B. 12, kam wieder zum Vorschein und reichte sie der Mutter. Die Mutter ging zu Joseph, und einige Minuten später kam sie mit ihm zurück.

»Furchtbar«, sagte sie. »Es hat uns angesehen.«

»Jetzt aber Schluß mit dem Pferd«, sagte Suzanne. »Morgen fahren wir nach Ram.«

»Was?« erwiderte die Mutter.

»Joseph hat's gesagt«, sagte Suzanne.

Joseph zog seine Tennisschuhe an. Mit bissigem Gesicht machte er sich auf den Weg. Die Mutter räumte den Tisch ab, dann machte sie sich an ihre Abrechnungen. »Die Abrechnungen einer Verrückten«, wie Joseph sagte.

Wenn sie nach Ram fuhren, steckte die Mutter den Zopf auf und zog Schuhe an. Aber das granatrote Baumwollkleid wechselte sie nicht. Das zog sie nur aus, wenn sie sich schlafen legte. Wenn sie es gewaschen hatte, legte sie sich ins Bett und schlief, bis das Kleid trocken war. Auch Suzanne zog Schuhe an, das einzige Paar, das sie besaß, Ballschuhe aus schwarzem Satin, die sie in einem Ausverkauf in der Stadt erstanden hatte. Aber sie zog sich um, zog die malaiische Hose aus und ein Kleid an. Joseph blieb, wie er war. Meist zog er nicht einmal Schuhe an. Nur am Posttag, wenn der Dampfer aus Siam kam, zog er die Tennisschuhe an, um mit den weiblichen Passagieren tanzen zu können.

Als sie die Kantine in Ram erreichten, sahen sie im Hof eine herrliche, siebensitzige schwarze Limousine parken. Im Innern wartete geduldig ein livrierter Chauffeur. Keiner von ihnen hatte den Wagen bisher gesehen. Ein Jäger-Auto war es bestimmt nicht. Die Jäger hatten keine Limousine, sondern Kabrioletts. Joseph sprang aus seinem B. 12. Er näherte sich langsam dem Auto und ging zweimal darum herum. Dann stellte er sich vor den Motor und betrachtete ihn lange unter den erstaunten Blicken des Chauffeurs. »Talbot oder Léon Bollée«, sagte Joseph. Da er nicht genau sagen konnte, welche Marke es war, entschloß er sich, mit der Mutter und Suzanne in die Bar der Kantine zu gehen.

Hier saßen die drei Zollbeamten, ein paar Marine-Offiziere mit Passagieren, der junge Agosti, der nie einen Posttag versäumte, und dann, allein an einem Tisch, jung, unerhofft, der vermutliche Besitzer der Limousine.

Vater Bart erhob sich, entfernte sich langsam von seiner Kasse und ging auf die Mutter zu. Seit zwanzig Jahren war er Inhaber der Kantine in Ram. Er hatte sie nie verlassen. Hier war er alt und dick geworden. Er zählte jetzt etwa fünfzig Jahre, war apoplektisch und dickbäuchig, mit Pernod vollgelaufen. Vor einigen Jahren hatte Vater Bart ein Kind aus der Ebene adoptiert, das ihm in der Kantine alle Arbeit abnahm und ihm, wenn es mal etwas Zeit übrig hatte, hinter der Theke Luft zufächelte, wohin er sich zurückzog, um seinen Pernodrausch in buddhistischer Unbeweglichkeit auszuschlafen. Wann immer man ihn auch sah, Vater Bart schwitzte, und in greifbarer Nähe von ihm stand ein Pernod. Er verließ seinen Platz nur, um seine Kunden zu begrüßen. Anderes tat er nicht. Langsam, wie ein Seeungeheuer, das sein Element verläßt, fast ohne die Füße vom Boden zu heben, so sehr behinderte ihn sein unvergeßlicher Bauch, der ein wahres Absinthfaß war, ging er auf sie zu. Er trank ihn nicht nur. Er schmuggelte Alkohol und war dabei reich geworden. Von weit her kamen die Leute, von den Pflanzungen im Norden, und kauften Alkohol bei ihm. Er hatte keine eigene Familie und hing dennoch so sehr an seinem Geld, daß er sich nie bereit finden konnte, es zu verleihen, oder wenn doch, zu so hohen Zinsen, daß niemand in der Ebene die Torheit oder die Schlauheit besaß, es anzunehmen. Und das gerade wollte er, denn er war davon überzeugt, daß alles Geld, das er den Leuten der Ebene lieh, verlorenes Geld war. Und doch war er der einzige Weiße in der Ebene, von dem man sagen konnte, daß er die Ebene liebte. Er hatte dort nicht nur einen Lebensunterhalt, sondern auch einen Grund zu leben gefunden: den Pernod. Man nannte ihn gut, weil er ein Kind angenommen hatte. Und wenn das Kind ihm Kühlung zufächelte, dann sagte man sich, daß das Kind es so besser hatte, als wenn es in der glühenden Sonne der Ebene die Büffel gehütet hätte. Diese edle Tat und der Ruf, den sie ihm einbrachte, sicherten ihm vollkommene Ungestörtheit in seiner Schmugglertätigkeit. Beide spielten sicher auch eine Rolle, als das Gouvernement der Kolonie ihm die Ehrenlegion verlieh, weil er zwanzig Jahre lang, um das Prestige Frankreichs besorgt, die Kantine des ›abgelegenen Postens‹ Ram geleitet hatte.

»Wie geht's?« fragte Vater Bart die Mutter und reichte ihr die Hand.

»So einigermaßen«, erwiderte die Mutter.

»Sie haben ja piekfeine Gäste«, sagte Joseph. »Die Limousine…«

»Gehört einem Kautschuk-Plantagenbesitzer aus dem Norden. Da sitzt mehr Geld als hier.«

»Sie haben auch keinen Grund zum Klagen«, erwiderte die Mutter. »Dreimal das Postschiff in der Woche. Das heißt schon was. Und dann der Pernod.«

»Ist gefährlich. Die kreuzen jetzt dreimal auf in der Woche. Gefährliche Sache, jede Woche eine tolle Corrida.«

»Zeigen Sie uns doch mal den Pflanzer aus dem Norden«, sagte die Mutter.

»Der neben Agosti, da in der Ecke. Er kommt aus Paris.«

Sie hatten ihn schon neben Agosti entdeckt. Er saß allein an einem Tisch. Ein etwa fünfundzwanzigjähriger junger Mann. Er trug einen Anzug aus Seide. Auf dem Tisch vor ihm lag ein Hut aus demselben Stoff. Als er einen Schluck Pernod trank, gewahrten sie an seinem Finger einen herrlichen Diamanten, den die Mutter bestürzt und schweigend betrachtete.

»Tolle Kutsche«, sagte Joseph. Dann fügte er hinzu: »Im übrigen ist das ein Affe.«

Der Diamant war sehr groß, der seidene Anzug von allerfeinstem Schnitt. Joseph hatte noch nie einen seidenen Anzug besessen. Der weiche Hut war wie aus dem Film, ein Hut, den man nachlässig aufsetzte, bevor man in seinen 40 PS stieg und nach Longchamp fuhr, wo man die Hälfte seines Vermögens verspielt, weil man mit einer Frau nicht zurechtkommt. Gut gebaut war er nicht. Die Schultern waren schmal, die Arme kurz. Er war etwas unter Mittelgröße. Die kleinen Hände waren gepflegt, ziemlich mager und schön. Und der Diamant verlieh ihnen etwas Königliches, ein wenig Dekadentes. Er war allein, war Pflanzer und jung. Er betrachtete Suzanne. Die Mutter sah, daß er sie betrachtete. Jetzt betrachtete auch die Mutter ihre Tochter. Im elektrischen Licht sah man ihre Sommersprossen weniger als bei Tageslicht. Sie war bestimmt ein schönes Mädchen. Sie hatte leuchtende, anmaßende Augen. Sie war jung, eben erwachsen und nicht schüchtern.

»Weshalb machst du so eine Leichenbittermiene?« fragte die Mutter. »Mach doch ein freundliches Gesicht.«

Suzanne lächelte dem Pflanzer aus dem Norden zu. Zwei Platten verklangen, Foxtrott, Tango. Bei der dritten, wieder einem Foxtrott, erhob sich der Pflanzer aus dem Norden, um Suzanne aufzufordern. Als er stand, sah man, wie schlecht er gewachsen war. Während er auf Suzanne zukam, betrachteten alle seinen Diamanten: Vater Bart, Agosti, die Mutter, Suzanne. Die Passagiere nicht, die hatten schon ganz andere gesehen. Aber alle aus der Ebene. Auch Joseph sah nicht nach dem Diamanten, er hatte nur Augen für Autos. Dieser Diamant, der von seinem nichtsahnenden Besitzer am Finger vergessen war, war annähernd soviel wert wie alle Konzessionen der Ebene zusammen.

»Sie gestatten, gnädige Frau?« fragte der Pflanzer aus dem Norden und verbeugte sich vor der Mutter.

Die Mutter erwiderte: »Bitte sehr«, und wurde rot. Schon tanzten die Offiziere mit den Damen vom Schiff. Der junge Agosti tanzte mit der Frau des Zollbeamten.

Der Pflanzer aus dem Norden tanzte nicht schlecht. Er tanzte langsam, mit fast akademischer Genauigkeit, vielleicht von dem Gedanken geleitet, auf diese Weise Suzanne seinen Takt, seine Herkunft und seine Hochachtung zu bezeigen.

»Würden Sie mich Ihrer Frau Mutter vorstellen?«

»Gewiß«, erwiderte Suzanne.

»Wohnen Sie hier?«

»Ja, hier in der Gegend. Gehört das Auto unten Ihnen?«

»Stellen Sie mich bitte als Herr Jo vor.«

»Wie kommen Sie an den Wagen? Der ist ja großartig.«

»Lieben Sie Autos?« fragte Herr Jo lachend.

Seine Stimme klang anders als die der Pflanzer und Jäger. Sie kam anderswoher, war mild und vornehm.

»Sehr«, erwiderte Suzanne. »So etwas gibt es hier nicht, höchstens Kabrioletts.«

»Ein so schönes Mädchen wie Sie langweilt sich doch sicher in der Ebene...«, sagte Herr Jo leise, nahe an Suzannes Ohr.

Eines Abends, das war jetzt zwei Monate her, hatte der junge Agosti sie aus der Kantine, in der das Grammophon *Ramona* spielte, mit nach draußen genommen, und am Hafen hatte er ihr gesagt, sie wäre ein schönes Mädchen, und dann hatte er sie geküßt. Ein anderes Mal, es war einen Monat später, hatte ein Offizier des Postschiffes ihr vorgeschlagen, ihr sein Schiff zu zeigen, und sie gleich zu Anfang ihres Besuches mit in eine Kajüte erster Klasse genommen und ihr gesagt, sie wäre ein schönes Mädchen, und dann hatte er sie geküßt. Sie hatte sich küssen lassen. Und jetzt sagte man ihr das zum dritten Male.

»Welche Marke ist es?« fragte Suzanne.

»Ein Maurice Léon Bollée. Meine Lieblingsmarke. Wenn es Ihnen Freude macht, können wir eine kleine Fahrt unternehmen. Vergessen Sie nicht, mich Ihrer Frau Mutter vorzustellen.«

»Und wieviel PS?«

»Vierundzwanzig, glaube ich«, erwiderte Herr Jo.

»Und was kostet ein Maurice Léon Bollée?«

»Es ist ein Sonderwagen, in Paris bestellt. Er hat mich fünfzigtausend Francs gekostet.«

Der B. 12 hatte viertausend Francs gekostet, und die Mutter hatte vier Jahre gebraucht, um ihn zu bezahlen.

»Verdammt teuer«, sagte Suzanne.

Herr Jo betrachtete Suzannes Haar aus immer dichterer Nähe und von Zeit zu Zeit auch ihre gesenkten Augen und unter den Augen ihren Mund.

»Wenn wir so 'n Wagen hätten, wären wir jeden Abend in Ram, das wäre eine Abwechslung. In Ram und überall anderswo.«

»Reichtum macht nicht glücklich«, sagte Herr Jo wehmütig. »Sie scheinen das Gegenteil zu glauben.«

Die Mutter hatte immer wieder gesagt: »Nur Reichtum ist

Glück. Nur Dummköpfe behaupten das Gegenteil«, und sie fügte dann hinzu: »Wenn man reich ist, muß man sich bemühen, den Verstand zu behalten.« Und noch kategorischer als sie behauptete Joseph, daß Reichtum Glück bedeute. Das war doch klar. Herrn Jos Limousine allein hätte Joseph überglücklich gemacht.

»Ich weiß nicht«, erwiderte Suzanne. »Ich glaube, wir würden die Sache schon so anfassen, daß sie unser Glück wird.«

»Sie sind noch so jung«, sagte er mit säuselnder Stimme. »Ach, das können Sie noch nicht verstehen.«

»Das hat mit meiner Jugend nichts zu tun«, entgegnete Suzanne. »Sie sind zu reich.«

Herr Jo preßte sie jetzt sehr fest an sich. Als der Foxtrott zu Ende war, bedankte er sich.

»Diesen Tanz hätte ich gern weitergetanzt...«

Er folgte Suzanne an ihren Tisch.

»Ich stelle dir Herrn Jo vor«, sagte Suzanne zur Mutter.

Die Mutter erhob sich, um Herrn Jo zu begrüßen, und lächelte. Joseph blieb sitzen und lächelte nicht.

»Setzen Sie sich doch zu uns«, sagte die Mutter, »und trinken Sie einen Schluck mit uns.«

Er setzte sich neben Joseph.

»Ich darf Sie wohl einladen«, sagte er. Er wandte sich an Vater Bart:

»Eisgekühlten Champagner«, bestellte er. »Seit meiner Rückkehr aus Paris habe ich noch keinen guten Champagner gefunden.«

»Den kriegen Sie bei mir an jedem Posttag. Wollen uns hinterher mal wieder sprechen«, sagte Vater Bart.

Herr Jo lachte und zeigte dabei seine schönen Zähne. Joseph fielen sie auf, und an Herrn Jo interessierten ihn nur noch die Zähne. Er machte ein verdrießliches Gesicht: seine Zähne waren schlecht, und er konnte sie nicht in Ordnung bringen lassen. Bis seine Zähne drankamen, mußten noch so viele andere Dinge in Ordnung gebracht werden, daß er schon oft gedacht hatte, die Zähne kämen niemals dran.

»Sie sind gerade aus Paris zurück?« fragte die Mutter.

»Ja. Ich bleibe drei Tage in Ram. Ich muß die Verladung des Rohkautschuks beaufsichtigen.«

Die Mutter, die einen roten Kopf bekommen hatte, lächelte und trank Herrn Jos Worte. Dieser merkte das wohl und schien sich darüber zu freuen. Augenscheinlich kam es nur selten vor, daß man ihm voller Staunen zuhörte. Er bedachte die Mutter mit einem Blick und vermied es, der, die ihn allein interessierte, zu große Aufmerksamkeit zu widmen: Suzanne. Von ihrem Bruder hatte er bisher kaum Notiz genommen. Aber es fiel ihm auf, daß Suzanne nur Augen für diesen Bruder hatte, der immer wieder auf seine Zähne oder mit traurigem und wütendem Gesicht auf die Tanzfläche starrte.

»Sein Auto ist ein Maurice Léon Bollée«, sagte Suzanne.

Sie fühlte sich Joseph immer sehr nahe, wenn ein Dritter zugegen war, besonders aber, wenn er so verdrießlich war wie heute abend. Joseph schien auf einmal lebendig zu werden. Mürrisch fragte er:

»Wieviel PS hat die Karre?«

»Vierundzwanzig«, erwiderte Herr Jo lässig.

»Verdammt noch mal, vierundzwanzig… Wahrscheinlich vier Gänge?«

»Ja, vier.«

»Und braust gleich im zweiten los?«

»Ja, wenn man will, aber das tut dem Motor nicht gut.«

»Und liegt gut auf der Straße?«

»Wie hingegossen bei achtzig. Aber ich mag den Wagen nicht besonders. Ich habe einen Zweisitzer, mit dem komme ich ohne Schwierigkeiten auf hundert.«

»Wieviel Liter auf hundert?«

»Fünfzehn auf der Straße. Achtzehn in der Stadt. Und was für einen Wagen haben Sie?«

Joseph sah Suzanne bestürzt an und lachte dann laut auf. »Nicht der Rede wert…«

»Einen Citroën«, erwiderte die Mutter. »Einen guten, alten Citroën, der uns sehr viele Dienste geleistet hat. Für unsere Straße genügt er vollkommen.«

»Man merkt, daß du ihn nicht oft fährst«, sagte Joseph.

Die Musik erklang wieder. Herr Jo schlug leise den Takt mit dem Finger, der den dicken Diamanten trug. Auf seine Antworten folgte langes, tiefes Schweigen von seiten Josephs. Zweifellos aber wagte Herr Jo nicht, das Gesprächsthema zu wechseln. Während er Josephs Fragen beantwortete, ließen seine Augen Suzanne nicht los. Das konnte er ohne weiteres wagen. Suzanne war innerlich derart mit Joseph beschäftigt, daß sie nur ihn ansah.

»Und der Zweisitzer?« fragte Joseph.

»Wie bitte?«

»Wieviel auf hundert braucht der Zweisitzer?«

»Mehr«, erwiderte Herr Jo. »Achtzehn auf der Straße. Dreißig PS.«

»Verflucht«, sagte Joseph.

»Ein Citroën verbraucht wohl nicht soviel?«

Joseph lachte laut. Er leerte sein Glas und füllte es gleich wieder. Es sah so aus, als wollte er das Thema so bald nicht fallenlassen.

»Vierundzwanzig«, sagte er.

»Allerhand«, erwiderte Herr Jo.

»Das ist leicht erklärlich«, fuhr Joseph fort.

»Ist viel.«

»Zwölf müßten genügen«, sagte Joseph, »aber das ist erklärlich... der Vergaser ist kein Vergaser mehr, der ist das reinste Sieb.«

Josephs lautes Lachen steckte an. Es war ein erstickendes, noch kindliches Lachen, das unwiderstehlich aus ihm herausbrach. Die Mutter wurde rot, versuchte, sich zu beherrschen, aber es gelang ihr nicht.

»Aber das ist nicht alles«, fuhr Joseph fort.

Die Mutter lachte aus vollem Hals. »Ja«, sagte sie, »wenn es nur der Vergaser wäre...«

Auch Suzanne lachte. Sie hatte nicht Josephs Lachen, ihr

Lachen war ein wenig pfeifend, schärfer. In ein paar Sekunden war es da. Herr Jo schien bestürzt. Vielleicht fragte er sich, ob sein Erfolg nicht ein wenig gefährdet wäre und wie er diese Gefahr abwenden könnte.

»Und der Kühler!« sagte Suzanne.

»So was haben Sie noch nicht gesehen, ein Prachtstück«, sagte Joseph.

»Sag doch wieviel, sag es doch…«

»Bevor ich ihn ein wenig reparierte, brauchte er fünfzig Liter auf hundert.«

»Ja«, lachte die Mutter. »Das findet man selten, fünfzig Liter auf hundert.«

»Ja, wenn der Vergaser und der Kühler das einzige wären«, sagte Joseph.

»Ja, wenn die das einzige wären«, sagte die Mutter, »dann wären wir zufrieden.«

Herr Jo versuchte zu lachen. Er tat sich ein klein wenig Zwang an. Vielleicht vergaßen sie ihn. Sie schienen ein wenig betrunken.

»Und unsere Reifen«, sagte Joseph, »unsere Reifen… Die…«

Joseph konnte vor Lachen kaum sprechen. Dasselbe unüberwindliche und geheimnisvolle Lachen schüttelte auch die Mutter und Suzanne.

»Raten Sie mal, womit unsere Reifen gefüllt sind«, sagte Joseph, »raten Sie das mal.«

»Los, raten Sie das mal«, sagte Suzanne.

»Das ist nicht so einfach«, fuhr Joseph fort.

Das Adoptivkind hatte auf Herrn Jos Wunsch hin eine neue Flasche Champagner gebracht. Agosti hörte ihrem Gespräch zu und lachte. Die Offiziere und ihre Damen, die nicht wußten, um was es sich handelte, lachten auch, aber nicht so laut.

»Nun raten Sie doch mal«, drängte Suzanne. »Eins will ich Ihnen verraten. Gott sei Dank ist das nicht immer…«

»Ich weiß es nicht, mit Luftschläuchen«, sagte Herr Jo und

38

machte ein Gesicht wie jemand, der weiß, wie man auf so etwas reagiert.

»Falsch, ganz falsch«, sagte Suzanne.

»Mit Bananenblättern«, sagte Joseph, »damit stopfen wir sie voll…«

Zum erstenmal lachte Herr Jo aus vollem Halse. Aber doch nicht so laut wie sie, er hatte nicht das gleiche Temperament. Josephs Heiterkeit hatte einen solchen Grad erreicht, daß er fast keine Luft mehr bekam und sein lautloses Lachen den toten Punkt des Paroxysmus erreicht hatte. Herr Jo hatte darauf verzichtet, Suzanne zum Tanzen aufzufordern. Er wartete geduldig, bis dieser Fall erledigt war.

»Originell, phantastisch, wie man in Paris sagt.«

Niemand nahm Notiz von seinen Worten.

»Wenn wir abbrausen«, fuhr Joseph fort, »binden wir den Caporal auf den Kotflügel und eine Gießkanne neben ihn.«

Vor Lachen konnte er kaum die Worte herauskriegen.

»Statt Scheinwerfer… er dient auch als Scheinwerfer… der Caporal ist unser Kühler und unser Scheinwerfer«, sagte Suzanne.

»Ich kann nicht mehr, hör auf… sei still…«, sagte die Mutter.

»Und die Türen«, fuhr Joseph fort, »die Türen werden mit einem Stück Draht zugemacht…«

»Ich weiß nicht mehr«, sagte die Mutter, »ich weiß wirklich nicht mehr, wie die Türgriffe aussahen…«

»Wir brauchen keine Türgriffe«, fuhr Joseph fort. »Ein Sprung, und wir sitzen drin, das heißt, wenn wir die Seite erwischen, auf der sich noch das Trittbrett befindet. Das ist nur eine Frage der Gewohnheit.«

»Und die haben wir«, sagte Suzanne.

»Sei still, sonst bekomme ich noch einen Anfall«, sagte die Mutter.

Sie war sehr rot geworden. Sie war alt, hatte so viel Unglück und so wenig Gelegenheit gehabt, darüber zu lachen, daß das Lachen, das sich ihrer bemächtigte, sie gefährlich erschütterte. Ihr lautes Lachen schien nicht aus ihr zu kommen. Es klang peinlich und ließ an ihrem Verstand zweifeln.

»Scheinwerfer brauchen wir nicht«, sagte Joseph. »Eine Jagdlampe tut dieselben Dienste.«

Herr Jo betrachtete sie wie jemand, der sich fragt, ob das wohl jemals ein Ende nehmen wird. Aber er hörte geduldig zu.

»Es ist angenehm, einmal so lustigen Menschen zu begegnen«, sagte er, zweifellos in dem Versuch, sie von dem unerschöpflichen B. 12 abzubringen und endlich aus diesem Labyrinth herauszukommen.

»Lustig?« sagte die Mutter bestürzt.

»Was sagt er, wir wären lustig?« wiederholte Suzanne.

»Ach! Wenn der wüßte, verdammt noch mal«, sagte Joseph.

Aber Joseph war noch nicht fertig.

»Und wenn es sich nur um die Scheinwerfer und den Tank handelte... wenn es sich um nichts anderes handelte...«

Die Mutter und Suzanne sahen ihn gespannt an. Was mochte Joseph noch gefunden haben? Sie ahnten es nicht, aber das Lachen, das schon verebbte, packte sie von neuem.

»Und der Draht«, fuhr Joseph fort, »und die Bananenblätter – ja, wenn es nur das wäre...«

»Ja, wenn es nur das wäre...«, wiederholte Suzanne fragend.

»Wenn es nur das Auto wäre«, sagte Joseph.

»Das wäre nichts, rein gar nichts...«, sagte die Mutter.

Ungeduldig und dem ihren voraus, steckte Josephs Lachen sie an.

»Das Auto allein ist es nicht. Wir hatten Dämme... Dämme...«

Die Mutter und Suzanne schrien begeistert auf. Agosti konnte sich vor Lachen nicht halten. Und das dumpfe Glucksen aus der Nähe der Kasse ließ erkennen, daß Vater Bart an der Unterhaltung teilnahm.

»Ja, die Krabben... die Krabben«, rief die Mutter.

»Die Krabben haben sie aufgefressen«, sagte Joseph.

»Selbst die Krabben«, sagte Suzanne, »haben sich einge-
mischt.«

»Ja, auch die Krabben«, sagte die Mutter, »sind gegen
uns.«

Ein paar Gäste hatten wieder angefangen zu tanzen. Agosti
lachte weiter lauthals, weil er ihre Geschichte genauso gut
kannte wie die seine. Es hätte seine Geschichte, die aller Konzessionsinhaber der Ebene sein können. Die Dämme der
Mutter waren in der Ebene das große Unglück und der große
Spaß zugleich, es kam nur auf den Tag an, an dem man darüber sprach. Furchtbar war es und lustig zugleich. Es kam nur
darauf an, wie man es betrachtete, vom Standpunkt des Meeres aus, das die Dämme einfach weggerissen hatte, vom
Standpunkt der Krabben aus, die sie durchlöchert hatten wie
ein Sieb, oder vom Standpunkt derer aus, die sie in sechsmo-
natiger Arbeit geschaffen hatten, ohne auch nur einen einzigen Gedanken an die gewiß vorhandene Bosheit des Meeres
und der Krabben zu verwenden. Das Erstaunliche war, daß
zweihundert Menschen, die die Arbeit leisteten, das vergessen hatten.

Alle Männer der benachbarten Dörfer, zu denen die Mutter den Caporal geschickt hatte, waren gekommen. Sie hatte
sie in der Nähe des Bungalows versammelt und ihnen dann
auseinandergesetzt, was sie vorhatte.

»Wenn ihr wollt, können wir Hunderte von Reisfeldern
schaffen, und zwar ohne die Hilfe dieser Hunde vom Kataster. Wir bauen Dämme. Zwei Arten Dämme, die einen par-
allel zum Meer und die anderen etc.«

Die Bauern waren ein wenig überrascht gewesen. Erstens
weil sie sich während der vielen tausend Jahre, die das Meer
in die Ebene drang, schon derart daran gewöhnt hatten, daß
ihnen nie der Gedanke gekommen war, man könnte es daran
hindern. Und dann, weil ihre ewige Not sie an eine Passivität
gewöhnt hatte, die angesichts ihrer verhungerten Kinder oder
ihrer durch das Salz verbrannten Ernten ihre einzige Wehr

41

war. Dennoch waren sie drei Tage hintereinander und in immer größerer Zahl wiedergekommen. Die Mutter hatte ihnen auseinandergesetzt, wie sie die Dämme zu bauen gedächte. Ihrer Meinung nach sollte man sie mit Knüppeln aus Mangleholz stützen. Sie wüßte, wo man sie beschaffen könnte. Ganze Haufen gäbe es in der Nähe von Kam, die, seit die Straße fertig war, unbenutzt dalagen. Bauunternehmer hätten sie ihr billig angeboten. Die Kosten würde sie allein übernehmen.

Etwa hundert waren von vornherein bereit gewesen. Und als dann die ersten in ihren Booten dorthin fuhren, wo mit dem Bau begonnen werden sollte, hatten sich ihnen andere in großer Zahl angeschlossen. Eine Woche später arbeiteten fast alle am Bau der Dämme. Ein Nichts hatte genügt, sie aus ihrer Passivität aufzurütteln. Eine alte, mittellose Frau sagte ihnen, sie wäre bereit, den Kampf aufzunehmen, und stimmte die andern durch ihre Worte so schnell um, als hätten sie von Uranfang an nur darauf gewartet.

Aber die Mutter hatte keinerlei Fachmann um Rat gefragt, sich nicht vergewissert, ob der Bau des Dammes wirksam sein würde. Sie glaubte das einfach. Sie war davon überzeugt. So handelte sie immer, gehorchte dem Augenschein und einer Logik, an der sie keinen Menschen teilnehmen ließ. Die Tatsache, daß die Bauern geglaubt hatten, was sie ihnen sagte, bestärkte sie in der Gewißheit, endlich gefunden zu haben, was notwendig war, um das Leben in der Ebene zu ändern. Hunderte von Hektar Reisfeldern würden so der Flut entzogen. Alle würden reich oder nahezu reich werden. Die Kinder würden nicht mehr sterben. Man würde Ärzte haben. Man würde längs des Dammes eine Straße bauen und über sie den Ertrag der neu geschaffenen Äcker befördern.

Als die Knüppel gekauft waren, mußte man ein Vierteljahr lang warten, bis sich das Meer vollkommen zurückgezogen hatte und das Land so trocken war, daß man mit den Erdarbeiten beginnen konnte.

Während dieser Wartezeit hatte die Mutter die große Hoffnung ihres Lebens erlebt. Ihre Nächte verbrachte sie damit, die Bedingungen für die zukünftige Teilnahme der Bauern an dem Ertrag der demnächst kulturfähigen fünfhundert Hektar aufzustellen und immer wieder zu verbessern. Ihre Ungeduld war derart, daß es ihr nicht genügte, bis zu dem lang erwarteten Augenblick nur Pläne zu machen. Sie ließ mit dem Geld, das ihr nach Ankauf der Knüppel blieb, unverzüglich an der Mündung des Flusses drei Hütten bauen, die sie das ›Wachtdorf‹ nannte. So viele Bauern hatten an das Gelingen ihres Planes geglaubt, daß es für sie keinerlei Zweifel oder auch nur Bedenken mehr gab. Keinen Augenblick kam ihr der Gedanke, daß man vielleicht nur deshalb an sie glaubte, weil sie sich so sicher zeigte. Aber sie hatte mit solchem Vertrauen zu ihnen gesprochen, daß sich sogar ein Katasterbeamter von ihren Worten hätte überzeugen lassen. Als die Mutter mit dem Bau des Dorfes fertig war, brachte sie drei Familien in ihm unter, gab ihnen Reis, Boote, alles, was zum Leben notwendig war, bis das befreite Land selbst eine Ernte brachte.

Endlich kam der Augenblick, in dem mit dem Bau des Dammes begonnen werden konnte. Die Männer hatten die Knüppel von der Straße bis ans Meer geschafft und dann mit der Arbeit angefangen. Die Mutter brach bei Morgengrauen mit ihnen zusammen auf und kam abends wieder mit ihnen zurück. Suzanne und Joseph hatten in dieser Zeit viel gejagt. Auch für sie war es eine Zeit der Hoffnung gewesen. Sie glaubten an das Unternehmen der Mutter: wenn die Ernte beendet war, würden sie eine lange Reise in die Stadt machen und drei Jahre später die Ebene für immer verlassen.

Abends verteilte die Mutter oft Chinin und Tabak unter die Bauern und sprach bei dieser Gelegenheit über die Veränderungen, die sich in ihrem Leben vollziehen würden. Sie lachten mit ihr im voraus über die dummen Gesichter, die die Katasterbeamten angesichts der baldigen ungeheuren Ernte machen würden. Allmählich erzählte sie ihnen ihre Geschichte und sprach mit ihnen lange über die Organisation des Handels mit Konzessionen. Um sie bei der Stange zu halten, erklärte sie ihnen auch, wie die Enteignungen, deren Opfer viele zugunsten der chinesischen Pfefferhändler geworden waren, nur durch die Gemeinheit und Schamlosigkeit der Beamten in Kam hatten zustande kommen können. Sie sprach voller Begeisterung zu ihnen, denn sie konnte der Versuchung nicht widerstehen, sie an ihrer Erkenntnis und ihrem jetzt vollständigen Wissen um die Schiebungen der Beamten in Kam teilnehmen zu lassen. So befreite sie sich von einer Vergangenheit der Illusionen und Unkenntnis, und es war, als hätte sie eine neue Sprache, eine neue Kultur entdeckt, von der sie nicht genug sprechen konnte. »Hunde sind das, Hunde«, sagte sie. Und die Dämme wären die Rache. Die Bauern lachten vor Freude.

Während des Baus der Dämme ließ sich kein Beamter blicken. Darüber wunderte sie sich manchmal. Sie mußten doch wissen, wie wichtig die Dämme waren, und sich Gedanken machen. Sie selbst jedoch hatte nicht gewagt, ihnen zu schreiben, aus Furcht, sie zu alarmieren und die Fortsetzung einer trotz allem nur inoffiziellen Unternehmung verboten zu bekommen. Erst als die Dämme fertiggestellt waren, wagte sie zu schreiben. Sie teilte ihnen mit, daß ein riesiges Viereck von fünfhundert Hektar, das die gesamte Konzession umfaßte, bestellt werden würde. Das Kataster hatte nicht geantwortet.

Dann kam die Regenzeit. Die Mutter hatte in der Nähe des Bungalows große Flächen bestellt. Dieselben Männer, die die Dämme gebaut hatten, hatten die jungen Reispflanzen in das große Viereck gesetzt, das die Abzweigungen der Dämme umschlossen.

Zwei Monate waren vergangen. Die Mutter betrachtete oft die jungen, grünen Pflanzen. Sie gediehen gut, bis dann die große Juli-Flut kam.

Im Juli hatte das Meer wie immer seinen Angriff auf die Ebene unternommen. Die Dämme waren nicht stark genug. Sie waren von den Zwerg-Krabben der Reisfelder angenagt worden. Eines Nachts brachen sie zusammen.

Die Familien, die die Mutter in dem Wachtdorf untergebracht hatte, waren mit den Dschunken, den Lebensmitteln
an einen andern Teil der Küste gefahren. Die Bauern aus den
Dörfern in der Nachbarschaft der Konzession waren in ihre
Dörfer zurückgekehrt. Die Kinder waren wieder vor Hunger
gestorben. Aber niemand hatte der Mutter einen Vorwurf gemacht.

Im nächsten Jahr war dann der kleine Rest des Dammes,
der gehalten hatte, auch eingestürzt.

»Die Geschichte unserer Dämme ist zum Totlachen«, sagte
Joseph.

Mit zwei Fingern machte er auf dem Tisch in Richtung auf
Herrn Jo zu den Gang einer Krabbe auf den Damm zu nach.
Geduldig wie bisher, interessierte sich Herr Jo nicht für Krabben und betrachtete nur Suzanne, die, mit erhobenem Kopf
und die Augen voller Tränen, lachte.

»Sie sind lustige, furchtbar lustige Menschen«, sagte Herr
Jo.

Er schlug den Takt zu dem Fox, der gespielt wurde. Vielleicht wollte er auf diese Weise Suzanne zum Tanzen reizen.

»So was wie die Geschichte mit den Dämmen gibt es so
leicht nicht wieder«, sagte Joseph. »An alles hatte man gedacht, nur nicht an die Krabben...«

»Wir hatten ihnen den Weg versperrt«, sagte Suzanne.

»Aber sie ließen sich nicht aufhalten«, erwiderte Joseph.
»Die standen auf der Lauer. Knips, knaps mit den Scheren –
und die Dämme waren erledigt.«

»Kleine, erdfarbene Krabben«, sagte Suzanne, »die extra
für uns geschaffen wurden.«

»Beton hätten wir haben müssen«, sagte die Mutter. »Aber
wo hätten wir den gefunden?«

Joseph unterbrach sie. Das Gelächter ließ nach.

»Was wir gekauft haben, ist keine Erde«, sagte Suzanne.

»Wegschwimmen tut es«, sagte Joseph.

»Meer ist es, der Pazifik«, sagte Suzanne.

»Kurzum, Dreck«, sagte Joseph.

»Kein anderer Mensch wäre auf die Idee gekommen…«, sagte Suzanne.

Die Mutter lachte nicht mehr. Sie wurde plötzlich ernst.

»Sei still«, sagte sie zu Suzanne, »oder ich haue dir eine runter.«

Herr Jo fuhr zusammen. Die andern blieben ruhig.

»Dreck ist es, weiter nichts«, sagte Joseph, »die reinste Scheiße, aber kein Land. Und wir warten wie die Idioten darauf, daß das anders wird.«

»Eines Tages wird es schon anders«, sagte Suzanne.

»In fünfhundert Jahren«, erwiderte Joseph. »Aber wir haben ja Zeit.«

»Wenn's richtige Scheiße wäre«, sagte Agosti im Hintergrund der Bar, »dann wäre das schon besser…«

»Hast recht«, antwortete Joseph wieder lachend. »Lieber das als gar nichts…«

Er zündete sich eine Zigarette an. Herr Jo zog ein Päckchen 555 aus der Tasche und hielt es Suzanne und der Mutter hin. Ohne die Miene zu verziehen, hörte die Mutter leidenschaftlich auf das, was Joseph sagte.

»Als wir das Land kauften, glaubten wir, nach Jahresfrist Millionäre zu sein«, fuhr Joseph fort. »Wir haben den Bungalow gebaut und dann darauf gewartet, daß das Zeug anfing zu wachsen.«

»Und das tat es auch«, sagte Suzanne.

»Aber dann kam das Wasser. Da haben wir die Dämme gebaut… Na ja. Und nun sitzen wir da und warten wie die Idioten, wir wissen nicht einmal mehr, worauf…«

»In unserem Haus warten wir, in unserem Haus…«, fuhr Suzanne fort.

»Das noch nicht fertig ist«, sagte Joseph.

Die Mutter versuchte, zu Wort zu kommen.

»Hören Sie nicht auf das, was die beiden reden. Es ist ein gutes, solides Haus… Wenn ich es verkaufte, bekäme ich allerhand dafür… Dreißigtausend Francs…«

»Kein Mensch kauft dir die Bude ab«, erwiderte Joseph.

»Oder du müßtest ganz besonderes Glück haben und jemand finden, der genauso dämlich ist wie wir.«

Er schwieg plötzlich. Alle schwiegen kurze Zeit.

»Ja, man muß schon einigermaßen dämlich sein...«, sagte Suzanne verträumt.

Joseph lächelte Suzanne zu.

»Ganz dämlich...«, sagte er.

Dann verstummte das Gespräch.

Suzanne betrachtete die Tänzer. Joseph erhob sich und forderte die Frau des Zollbeamten auf. Sie war monatelang seine Geliebte gewesen, jetzt aber war er sie leid. Es war eine kleine, hagere Frau mit dunklem Haar. Agosti war Josephs Nachfolger. Herr Jo forderte Suzanne auf. Jeden Tanz tanzte er mit ihr. Die Mutter saß allein am Tisch und gähnte.

Dann gaben die Offiziere mit ihren Damen das Zeichen zum Aufbruch. Herr Jo tanzte noch einmal mit Suzanne.

»Wollen Sie nicht einmal meinen Wagen ausprobieren? Ich könnte Sie nach Hause fahren. Es wäre mir ein Vergnügen.«

Er drückte sie fest an sich. Er war ein sauberer und gepflegter Mann. Wenn er auch häßlich war, sein Auto war jedenfalls wundervoll.

»Vielleicht könnte Joseph den Wagen fahren?«

»Ich weiß doch nicht«, erwiderte Herr Jo zögernd.

»Joseph fährt jeden Wagen«, erwiderte Suzanne.

»Wenn Sie gestatten, vielleicht ein anderes Mal«, sagte Herr Jo sehr höflich.

»Ich will die Mutter fragen«, sagte Suzanne. »Joseph fährt dann vor, und wir kommen nach.«

»Ihre... Ihre Frau Mutter soll uns begleiten?«

Suzanne entfernte sich ein wenig von Herrn Jo und betrachtete ihn. Er machte ein enttäuschtes Gesicht, das nicht gerade zu seinem Vorteil sprach. Die Mutter saß immer noch allein am Tisch und gähnte. Sie war sehr müde, weil sie so viel Unglück erlebt hatte und alt war und nicht mehr gewohnt war zu lachen. Das viele Lachen hatte sie müde gemacht.

»Ich möchte gern, daß Mutter Ihren Wagen kennenlernt.«

»Darf ich Sie wiedersehen?«

»Wenn Sie wollen«, erwiderte Suzanne.

»Danke.« Er drückte Suzanne fester an sich.

Er war wirklich sehr höflich. Sie betrachtete ihn mit einem gewissen Mitleid. Aber vielleicht war Joseph nicht damit einverstanden, wenn er nun öfters in den Bungalow kam.

Als der Tanz beendet war, stand die Mutter auf. Sie wollte nach Hause. Herrn Jos Vorschlag, die Mutter und Suzanne nach Hause zu fahren, fand allgemeine Zustimmung. Herr Jo bezahlte die Zeche, und alle begaben sich in den Hof vor der Kantine. Während Herrn Jos Chauffeur den Wagen verließ und die Tür öffnete, verschwand Joseph in dem Léon Bollée, stellte den Motor an und probierte fünf Minuten lang alle Gänge. Dann verließ er fluchend den Wagen, und ohne sich von Herrn Jo zu verabschieden, befestigte er die Jagdlampe am Kopf, setzte mit der Kurbel den Motor des B. 12 in Gang und fuhr allein voraus. Die Mutter und Suzanne sahen bekümmert hinter ihm her. Aber Herr Jo schien sich schon an seine Manieren gewöhnt zu haben und wunderte sich weiter nicht.

Die Mutter und Suzanne nahmen hinten im Wagen Platz, und Herr Jo setzte sich neben seinen Chauffeur. Sie hatten Joseph bald eingeholt. Suzanne wäre es lieber gewesen, sie hätten Joseph nicht überholt, aber sie sagte hiervon nichts zu Herrn Jo, der sie doch nicht verstanden hätte. Im Licht der gewaltigen Scheinwerfer des Léon Bollée sahen sie ihn, als wäre es hellichter Tag; was von der Windschutzscheibe noch übrig war, hatte er heruntergelassen und holte aus dem B. 12 heraus, was er herausholen konnte. Er schien noch schlechterer Laune als bei der Abfahrt, und als der Léon Bollée ihn überholte, würdigte er ihn keines Blicks.

Kurz bevor sie den Bungalow erreichten, schlief die Mutter ein. Während eines Teils der Fahrt hatte sie überhaupt nicht an das Auto gedacht, in dem sie saß, sondern nur an den unverhofften Glücksfall dieser neuen Bekanntschaft. Aber auch der Gedanke hatte gegen ihre Müdigkeit nichts vermocht, und sie war eingeschlafen. Überall schlief sie ein, auch in dem Wagen, auch in dem B. 12, der keine Windschutzscheibe und kein Verdeck mehr hatte.

Als sie den Bungalow erreicht hatten, wiederholte Herr Jo seine Frage. Ob er diese Menschen, mit denen er einen so köstlichen Abend verbracht hatte, wiedersehen dürfte? Die Mutter, die wieder halb wach geworden war, sagte feierlich, ihr Haus stehe Herrn Jo jederzeit offen und er könne kommen, wann er wolle. Als Herr Jo auf dem Heimweg war, erschien Joseph. Er knallte die Tür des Wohnzimmers zu und sagte kein Wort. Er schloß sich in sein Zimmer ein, und wie jedesmal, wenn etwas ihn ärgerte, nahm er die Gewehre auseinander und fettete sie bis spät in die Nacht ein.

So also war ihre Begegnung verlaufen.

Herr Jo war der einzige Sohn eines sehr reichen Spekulanten, dessen Vermögen ein Musterbeispiel für Kolonialvermögen war. Er hatte zu Anfang in Grundstücken in der Nähe der größten Stadt der Kolonie spekuliert. Die Stadt war so schnell gewachsen, daß er nach Verlauf von fünf Jahren seine beträchtlichen Gewinne anderswie investieren konnte. Anstatt weiter in Grundstücken zu spekulieren, hatte er die Grundstücke bebauen lassen. Er hatte billige Mietshäuser geschaffen, sogenannte ›Eingeborenenhäuser‹, die ersten dieser Art in der Kolonie. Die Häuser waren Reihenhäuser und gingen auf der einen Seite auf einen gemeinsamen Hof, auf der andern auf die Straße hinaus. Die Baukosten waren nicht hoch, und die Häuser entsprachen den damaligen Bedürfnissen einer ganzen Klasse von eingeborenen kleinen Händlern. Sie waren bald sehr begehrt. Zehn Jahre später fand man derartige Häuser überall in der Kolonie. Die Erfahrung zeigte übrigens, daß sie der Verbreitung von Pest und Cholera ausgezeichnete Dienste leisteten. Da aber nur die Besitzer der Häuser von dem Resultat der Untersuchungen der Lokalbehörden unterrichtet wurden, wuchs die Zahl der Mieter dieser Wohnungen immer mehr.

Dann hatte Herrn Jos Vater den Kautschukpflanzern im Norden sein Interesse zugewandt. Die Kautschukgewinnung erlebte einen derartigen Aufschwung, daß Menschen, die von ihr auch nicht die blasseste Ahnung hatten, von heute auf morgen Pflanzer wurden. Ihre Plantagen machten pleite. Auf diesen Augenblick wartete Jos Vater. Er kaufte die Pflanzungen. Und da sie sich in miserablem Zustand befanden, bekam er sie sehr billig. Dann setzte er einen tüchtigen Verwalter ein und baute sie wieder auf. Der Kautschuk brachte viel Geld, aber seiner Meinung nach nicht genug. Ein oder zwei Jahre später verkaufte er die Plantagen für viel Geld an die, die neu ins Land kamen, vor allem an die Unerfahrensten. Zwei Jahre später konnte er die Plantagen dann meist zurückkaufen.

Herr Jo war der lächerlich ungeschickte Sohn des findigen Mannes. Sein ungeheures Vermögen hatte nur einen Erben, und dieser Erbe besaß nicht die geringste Spur von Phantasie. Das war der einzig schwache Punkt in diesem Leben, der nicht aus dem Wege zu räumen war: man spekuliert nicht mit seinem Kind. Man glaubt, einen kleinen Adler auszubrüten, und zum Vorschein kommt ein Gimpel. Was war dagegen zu machen? Was vermochte man gegen das ungerechte Schicksal?

Er hatte ihn nach Europa geschickt, wo er Dinge studieren sollte, die ihm nicht lagen. Aber auch Dummheit ist hellsichtig; er hatte sich um kein Studium gekümmert. Als der Vater das erfuhr, ließ er ihn wieder nach Hause kommen und versuchte, ihn für einige seiner Geschäfte zu interessieren. Herr Jo versuchte ehrlich, die Ungerechtigkeit wiedergutzumachen, deren Opfer sein Vater war. Aber es kommt vor, daß man zu nichts Bestimmtem taugt, nicht einmal zu diesem kaum verschleierten Nichtstun. Dennoch bemühte er sich ehrlich. Denn er war ehrlich und hatte guten Willen. Aber darum ging es nicht. Und vielleicht wäre er nicht so dumm geworden – sein Vater hatte sich mit seiner Dummheit abgefunden –, wenn er richtig erzogen worden wäre. Ohne seinen Vater, ohne die Behinderung durch dieses erdrückende Ver-

mögen hätte er seiner Natur vielleicht entgegenwirken können. Aber sein Vater hatte nie daran gedacht, daß Herr Jo das
Opfer einer Ungerechtigkeit sein könnte. Die einzige Ungerechtigkeit, die er erlebt hatte, hatte ihn in seinem Sohn getroffen. Und da diese Ungerechtigkeit Schicksal war und
unabänderlich, konnte er nur traurig darüber sein. Die Ursache der anderen Ungerechtigkeit, deren Opfer sein Sohn war,
hatte er nie entdeckt. Und doch hätte er diese Ungerechtigkeit
zweifellos wiedergutmachen können. Vielleicht hätte er
Herrn Jo nur zu enterben brauchen, und damit wäre Herr Jo
der schweren Belastung, die diese Erbschaft für ihn darstellte,
entzogen worden. Aber daran hatte er nicht gedacht, obwohl
er ein kluger Mann war. Aber auch Klugheit hat ihre Denkge-
wohnheiten, die sie daran hindern, die eigenen Verhältnisse
zu erkennen.

So sah der Liebhaber aus, der eines Abends in Ram Suzanne zufiel. Nicht nur Suzanne, sondern auch Joseph und
der Mutter.

Die Begegnung mit Herrn Jo war für jeden von ihnen von bestimmender Wichtigkeit. Jeder setzte auf seine Weise seine Hoffnung auf Herrn Jo. Schon in den ersten Tagen, als es augenscheinlich wurde, daß er regelmäßig im Bungalow erscheinen würde, hatte die Mutter ihm zu verstehen gegeben, daß sie mit seinem Antrag rechnete. Herr Jo lehnte die dringende Aufforderung der Mutter nicht ab. Er hielt sie durch Versprechungen und vor allem durch verschiedene Geschenke an Suzanne in Atem, wobei er versuchte, mit Hilfe der vorteilhaften Rolle, die er in ihren Augen zu spielen glaubte, aus dieser Verzögerung Nutzen zu ziehen.

Das erste größere Geschenk, das er ihr vier Wochen nach ihrer Begegnung machte, war ein Grammophon. Er überreichte es ihr, wie man einem anderen eine Zigarette anbietet, dennoch versäumte er nicht, dadurch etwas bei Suzanne zu erreichen. Erst als er erkannte, daß Suzanne sich nicht für seine Person interessierte, versuchte er, seinen Reichtum und was er ihm erlaubte, einzusetzen. Und das erste, was er ihm gestattete, war augenscheinlich, in ihre in Einsamkeit gefangene Welt durch ein neues Grammophon eine klingende, Freiheit versprechende Bresche zu schlagen. An diesem Tage schrieb Herr Jo Suzannes Liebe in den Schornstein. Und abgesehen von dem Geschenk, das er ihr später machte – es war der Diamant –, durchfuhr während der ganzen Zeit ihrer Bekanntschaft nur dieser eine Strahl von Hellsichtigkeit seine blasse Figur.

Sie hatte das Grammophon mit keinem Wort erwähnt, hatte nicht einmal daran gedacht. Herr Jo war derjenige gewesen.

Sie waren wie gewöhnlich im Bungalow allein, als er mit ihr darüber sprach. Ihr Tête-à-tête dauerte täglich drei Stunden, während deren Joseph und die Mutter dies und das taten, bis endlich der Augenblick der Fahrt nach Ram im Léon Bollée gekommen war. Herr Jo kam nach der Siesta. Er nahm den Hut ab, setzte sich lässig in einen Sessel und wartete drei Stunden lang auf irgendein Zeichen der Hoffnung durch Suzanne, auf eine noch so kleine Ermutigung, die ihn erkennen ließ, daß er dem Vorabend gegenüber Fortschritte gemacht hatte. Dieses Tête-à-tête gefiel der Mutter sehr. Je länger es dauerte, desto mehr hoffte sie. Und wenn sie verlangte, daß die Tür des Bungalows offenblieb, dann nur, weil sie Herrn Jo keinen anderen Ausweg aus dem Verlangen nach dem Körper ihrer Tochter lassen wollte als die Heirat. Deshalb blieb die Tür weit geöffnet. Mit dem Strohhut auf dem Kopf und von dem Caporal gefolgt, der mit der Gartenhacke bewaffnet war, ging sie zwischen den Reihen der Bananenbäume, die den Fahrweg säumten, hin und her. Von Zeit zu Zeit warf sie einen zufriedenen Blick zur Tür des Wohnzimmers: die Arbeit, die hinter dieser Tür geleistet wurde, war wertvoller und wirksamer als die, die sie den Bananenbäumen zu widmen vorgab. Solange Herr Jo da war, betrat Joseph den Bungalow nicht. Seit das Pferd krepiert war, machte er sich dauernd an dem B. 12 zu schaffen. Und wenn dem Wagen nichts fehlte und er keiner Reparatur mehr bedurfte, dann wusch er ihn. Nie gönnte er dem Bungalow einen Blick. Wenn er die Arbeit an dem B. 12 leid war, machte er sich auf die Suche nach einem neuen Pferd. Und wenn er nicht auf der Suche nach einem andern Pferd war, ging er ohne jeden Grund nach Ram, nur um nicht in der Nähe des Bungalows zu sein.

So waren denn Suzanne und Herr Jo einen großen Teil des Nachmittags über allein, bis sie nach Ram fuhren. Hin und wieder, getreu den Anweisungen der Mutter und um sie einigermaßen bei guter Laune zu halten, fragte Suzanne Herrn Jo nach genaueren Angaben über seine Heiratsabsichten. Mehr konnte man von Herrn Jo nicht verlangen. Er verlangte nichts. Er sah Suzanne immer nur mit verwirrten Augen an und versuchte, seinem Blick etwas Zusätzliches zu verleihen, wie man das gewöhnlich tut, wenn man vor Leidenschaft nicht aus noch ein weiß. Und wenn Suzanne dann einschlief, weil diese Blicke sie langweilten und ermüdeten, sah sie beim Wachwerden, daß er sie immer noch, mit noch wilderen Augen, betrachtete. So war das jedesmal. Und wenn es zu Anfang ihrer Beziehungen Suzanne auch nicht mißfallen hatte, derartige Gefühle in Herrn Jo zu wecken, so war sie es seitdem doch einigermaßen leid geworden.

Dennoch hatte nicht sie von dem Grammophon zu reden angefangen. So unerwartet das auch sein mochte, Herr Jo hatte als erster davon gesprochen. An jenem Tage übrigens hatte sein Gesicht einen ganz seltsamen Ausdruck, und in seinen Augen flackerte eine ungewohnte Beweglichkeit, ein bezeichnendes Licht, das vielleicht bedeutete, daß Herr Jo – einmal ist keinmal – einen Gedanken hatte.

»Was ist das für ein Grammophon?« fragte er und zeigte dabei auf Josephs alten Apparat.

»Das sehen Sie doch«, erwiderte Suzanne. »Es gehört Joseph.«

Suzanne und Joseph hatten es schon immer gekannt. Ihr Vater hatte es ein Jahr vor seinem Tode gekauft, und die Mutter hatte sich nie davon trennen wollen. Ehe sie die Konzession übernahm, hatte sie die alten Platten verkauft und Joseph beauftragt, neue zu besorgen. Von diesen Platten waren heute noch fünf vorhanden, die Joseph eifersüchtig in seinem Zimmer aufbewahrte. Er betrachtete das Grammophon als sein Eigentum, und nur er hatte das Recht, es aufzuziehen oder die Platten zu berühren. Suzanne hätte das auch nie versucht, dennoch war er mißtrauisch, und jeden Abend nahm er, nachdem er sie hatte spielen lassen, die Platten mit in sein Zimmer und schloß sie weg.

»Seltsam, daß er so sehr an dem Grammophon hängt«, sagte die Mutter. Manchmal bedauerte sie, den Apparat mit auf die Konzession genommen zu haben, denn die Musik erweckte in Joseph den Wunsch, alles stehen- und liegenzulassen und für immer zu verschwinden. Suzanne teilte diesen Standpunkt nicht, sie glaubte nicht, daß das Grammophon so schlecht auf Joseph wirkte. Und wenn er die Platten hatte spielen lassen und dann stets erklärte: »Ich weiß wahrhaftig nicht, weshalb wir in dieser Einöde bleiben«, dann stimmte sie dem vollkommen zu, auch wenn die Mutter wieder anfing zu schimpfen. Wenn *Ramona* erklang, erwachte unvermeidlich die Hoffnung, daß die Autos, die sie in die Ferne tragen sollten, bald erscheinen würden. Und dann meinte Joseph auch: »Wenn man keine Frauen hat und kein Kino, wenn man überhaupt nichts hat, dann ist ein Grammophon ein kleiner Trost.« Die Mutter bestritt das, sagte, das wäre gelogen. Er hatte mit allen weißen Frauen in Ram, die das Alter dazu befähigte, geschlafen. Mit allen schönsten Eingeborenenfrauen in der Ebene von Ram bis Kam. Als er sein Fuhrunternehmen noch hatte, hatte er sich manchmal mit seinen Kundinnen im Wagen vergnügt. »Ich kann's nicht ändern«, entschuldigte sich Joseph, »ich glaube, ich könnte mit allen Frauen der Welt schlafen.« Aber auch die schönsten Frauen der Ebene hätten ihn nicht dazu gebracht, auf das Grammophon zu verzichten.

»Es ist alt«, sagte Herr Jo, »ein ganz altes Modell. Ich verstehe mich auf Grammophone. Ich habe ein elektrisches Grammophon aus Paris mitgebracht. Sie wissen es vielleicht nicht, aber ich bin ein großer Verehrer von Musik.«

»Wir auch. Aber Ihren Apparat kann man nur gebrauchen, wenn man Strom hat, und da wir den nicht haben, kommt so einer für uns nicht in Frage.«

»Es gibt auch andere Grammophone«, sagte Herr Jo mit fast verlegenem Gesicht. »Es gibt auch gute, nicht elektrische Grammophone.«

Er strahlte förmlich. Er hatte Suzanne bereits ein Kleid, eine Puderdose, Nagellack, Lippenstift, feine Seife und Gesichtscreme geschenkt. Aber bisher hatte er seine Geschenke spontan mitgebracht, ohne sie vorher anzukündigen. Er kam, zog ein kleines Paket aus der Tasche und reichte es Suzanne. »Raten Sie mal, was ich Ihnen mitgebracht habe«, sagte er schelmisch. Suzanne nahm das kleine Paket und öffnete es. »Eine seltsame Idee«, sagte sie. Meist trug sich das so zu. Aber an jenem Tage war alles anders. An jenem Tage geschah etwas Neues.

Ja, etwas Neues. Nach ihrem Gespräch über die Grammophone und ihre verschiedenen Vorzüge bat Herr Jo Suzanne, ihm die Tür des Badezimmers zu öffnen, damit er sie nackt sähe. Dafür würde er ihr das neueste Modell der ›Stimme seines Herrn‹ und die allerneuesten Pariser Schlagerplatten schenken. Während Suzanne sich, wie jeden Abend vor der Fahrt nach Ram, duschte, klopfte er leise an die Tür des Badezimmers.

»Machen Sie auf«, sagte Herr Jo leise. »Ich berühre Sie nicht. Ich rühre mich auch nicht von der Stelle. Ich will Sie nur ansehen. Weiter nichts. Öffnen Sie.«

Suzanne rührte sich nicht. Sie starrte auf die Tür des dunklen Badezimmers, vor der Herr Jo stand. Noch kein Mann hatte sie nackt gesehen, nur Joseph, der sich zuweilen gerade dann die Füße waschen mußte, wenn sie badete. Aber da das seit ihrer Kindheit immer so gewesen war, zählte das nicht. Suzanne betrachtete sich vom Kopf bis zu den Füßen, betrachtete lange, was Herr Jo sehen wollte. Überrascht lächelte sie, ohne zu antworten.

»Nur einen Blick«, seufzte Herr Jo. »Joseph und Ihre Mutter sind auf der andern Seite. Ich flehe Sie an.«

»Ich will nicht«, sagte Suzanne leise.

»Warum? Warum, liebste Suzanne? Den ganzen Tag bin ich bei Ihnen gewesen und habe nun so schrecklich Lust, Sie einmal zu sehen. Nur eine einzige Sekunde.«

Suzanne bewegte sich immer noch nicht, sie überlegte, ob sie es tun sollte. Ganz mechanisch hatte sie die Weigerung geäußert. Nein. Zuerst ein gebieterisches Nein. Aber Herr Jo flehte weiter, und langsam wandelte sich das Nein, und Suzanne wehrte sich nicht mehr und ließ den Dingen ihren Lauf. Er wollte sie so gern sehen. Ein Mann begehrte sie. Und sie war in der Nähe dieses Mannes, und ihr Anblick war eine Freude. Sie brauchte nur die Tür zu öffnen. Kein Mann auf der Welt hatte bisher die gesehen, die hinter dieser Tür stand. Sie war nicht geschaffen, um sich zu verbergen, sondern um gesehen zu werden, ihren Weg in der Welt zu machen, in jener Welt, zu der Herr Jo gehörte. Aber gerade in dem Augenblick,

als sie die Tür des dunklen Badezimmers öffnen wollte, damit
Herr Jo sie sähe und dieses Geheimnis endlich kennenlernte,
begann Herr Jo von dem Grammophon zu sprechen.

»Morgen bekommen Sie Ihr Grammophon«, sagte Herr
Jo. »Gleich morgen. Eine herrliche ›Stimme seines Herrn‹.
Liebste, kleine Suzanne, öffnen Sie doch nur eine Sekunde
lang, und Sie bekommen das Grammophon.«

In dem Augenblick, in dem sie die Tür öffnen und sich der
Welt zeigen wollte, prostituierte die Welt sie. Schon hatte sie
nach dem Riegel gegriffen. Sie ließ die Hand wieder sinken.

»Sie sind ein schmieriger Kerl«, sagte sie leise. »Joseph hat
schon recht, ein schmieriger Kerl.«

Ich spucke ihm ins Gesicht, dachte sie. Sie öffnete die Tür,
aber sie spuckte nicht. Es war nicht der Mühe wert. Dieser
Herr Jo war ein weiteres Unglück in der Reihe, wie die
Dämme und das Pferd, das krepierte, nichts anderes war er
als ein Unglück.

»Da«, sagte sie, »nun rutschen Sie mir den Buckel runter.«
Joseph hatte gesagt: »Mein B. 12 ist mir schon lieber.«
Und jedesmal, wenn er an dem Léon Bollée vorbeikam, ver-
setzte er den Reifen einen Tritt.

Herr Jo, der sich am Türrahmen festhielt, betrachtete sie.
Sein Gesicht war rot, und er atmete mühsam, als hätte er einen Schlag erhalten, als wollte er gleich zu Boden sinken. Suzanne schloß die Tür wieder. Er blieb einen Augenblick
unbeweglich vor der geschlossenen Tür stehen, sagte nichts,
dann hörte sie ihn in das Wohnzimmer zurückkehren. Sie zog
sich schnell an, wie sie es in der Folge immer tat, nachdem
sie sich umsonst den Blicken Herrn Jos, aus denen sie sich
nichts machte, dargeboten hatte.

Am nächsten Tag brachte Herr Jo mit jener Pünktlichkeit, die
er für eine der sichersten Formen der Würde hielt – »was ich
verspreche, halte ich auch« –, das Grammophon.

Sie sah ihn, oder besser, sie sah ein dickes Paket, das er vor
sich hertrug, kommen. Sie wußte, daß es das Grammophon

war. Sie blieb in ihrem Sessel sitzen, festgenagelt durch die fast göttliche und geheime Freude dessen, der das von ihm angeregte Ereignis Wirklichkeit werden und Staunen hervorrufen sieht. Denn nicht nur sie hatte das Paket gesehen. Auch die Mutter und Joseph hatten es gesehen. Und während Herr Jo das Paket über den Weg trug, hatten sie die Augen nicht von ihm abgewendet, und nun sahen sie dauernd auf die Tür, durch die es verschwunden war, als warteten sie auf ein Zeichen, das ihnen gestattete, den Inhalt des Paketes zu erkennen. Aber Suzanne wußte, daß weder die Mutter noch vor allem Joseph auch nur einen Schritt tun würden, um zu erfahren, was es war, und wäre es so groß gewesen wie ein Auto. Auch nur die geringste Neugierde in bezug auf das zu verraten, was Herr Jo geschenkt, mitgebracht oder auch nur gezeigt hatte, nein, das hätten beide nicht über sich gebracht. Bisher waren die Pakete, die Herr Jo Suzanne mitbrachte, immer so klein gewesen, daß er sie in die Tasche stecken oder bequem in der Hand halten konnte, aber dieses, das mußte Joseph sich logischerweise sagen, enthielt, angesichts seiner Dimensionen, zweifellos einen Gegenstand von allgemeinerem Interesse als die vorhergehenden. Keiner von ihnen erinnerte sich, daß jemals ein für sie bestimmtes Paket dieser Größe auf irgendeinem Weg den Bungalow erreicht hatte. Seit sechs Jahren hatte, abgesehen von den Mangleknüppeln und den seltenen Briefen des Katasters oder der Bank, dem Besuch des jungen Agosti, niemand und nichts Neues sie erreicht. Wenn auch Herr Jo das Paket brachte, so hinderte das nicht, daß es von viel weiter her kam als er, aus einer Stadt, einem Laden, daß es etwas Neues war, was nur ihnen dienen sollte. Aber weder Joseph noch die Mutter betraten den Bungalow. Und auch das ungewöhnliche Verhalten Herrn Jos, der ihnen mit sicherer Stimme ›Guten Tag‹ zugerufen und ohne Hut über den Weg gegangen war und vor einem Sonnenstich keine Angst zu haben schien, das alles hatte nicht vermocht, sie ihre gewöhnliche Zurückhaltung aufgeben zu lassen.

Keuchend kam Herr Jo bei Suzanne an. Er stellte das Paket auf den Tisch des Wohnzimmers und seufzte erleichtert. Das Paket mußte schwer sein. Suzanne rührte sich nicht. Sie betrachtete nur das Paket und konnte sich nicht genug freuen bei dem Gedanken, daß es für die zwei, die draußen waren und starrten, ein großes Geheimnis war.

»Das ist schwer«, sagte Herr Jo. »Es ist das Grammophon. Ich bin nun mal so, was ich verspreche, halte ich auch. Hoffentlich lernen Sie mich noch genauer kennen«, fügte er hinzu, um seinem Sieg eine festere Grundlage zu geben und für den Fall, daß Suzanne nicht schon selbst diesen Gedanken gehabt hatte.

Einerseits stand hier das Grammophon auf dem Tisch. Im Bungalow. Und andererseits standen vor dem Bungalow die Mutter und Joseph, brannten darauf, etwas zu sehen, wie Gefangene hinter Gitterstäben. Daß das Grammophon jetzt hier stand, hatten sie nur ihr zu verdanken. Sie hatte die Tür des Badezimmers geöffnet, hatte sich Herrn Jos irren und häßlichen Blicken preisgegeben, und nun stand das Grammophon auf dem Tisch. Und sie war der Meinung, daß sie dieses Grammophon verdiente. Daß sie es verdiente, um es Joseph schenken zu können. Denn alles, was mit Grammophonen zusammenhing, gehörte natürlich Joseph. Ihr genügte es, das Grammophon aus Herrn Jo herausgeholt zu haben.

Zitternd und triumphierend ging Herr Jo auf das Paket zu. Mit einem Sprung stand Suzanne neben ihm und verbot ihm, näher zu kommen. Verdutzt ließ er die Arme sinken und sah sie verständnislos an.

»Wir müssen warten, bis sie da sind«, sagte Suzanne.

Nur in Josephs Gegenwart sollte das Paket geöffnet werden. Nur in Josephs Gegenwart sollte das Grammophon erscheinen, das Unbekannte verlassen. Aber das Herrn Jo klarzumachen, war ebenso unmöglich, wie ihm zu erklären, wer Joseph war.

Herr Jo setzte sich und begann nachzudenken. Die Stirn

runzelte sich unter der Anstrengung seiner Gedanken, seine Augen wurden größer, und er schnalzte mit der Zunge.

»Ich habe kein Glück«, erklärte er. Herr Jo verlor leicht den Mut.

»Ich hätte geradesogut ins Wasser spucken können. Nichts rührt Sie, auch nicht meine zartesten Absichten. Ihnen gefallen nur Männer vom Schlage dieses...«

Joseph wird staunen, wenn er das Grammophon sieht! Gleich mußten sie kommen. Herr Jo war später erschienen als sonst. Zweifellos wegen des Grammophons, aber nun war gleich der Augenblick da, in dem sie es erfuhren. Was Herrn Jo angeht, so existierte er nicht mehr, nachdem er das Grammophon gebracht hatte. Hätte er sein Auto, seinen seidenen Anzug oder seinen Chauffeur nicht mehr gehabt, vielleicht wäre er so durchsichtig gewesen wie ein ausgeräumtes Schaufenster.

»Vom Schlage wessen?«

»Dieses Agosti und Josephs«, erwiderte Herr Jo schüchtern.

Suzanne lachte laut, und Herr Jo, den das Grammophon sicher machte, stimmte in das Lachen ein.

»Ja«, sagte er mutig, »vom Schlage Josephs.«

»Und wenn Sie mir zehn Grammophone brächten, es bliebe doch so.«

Betroffen ließ Herr Jo den Kopf hängen.

»Ich habe kein Glück. Nun muß ich mir wegen des Grammophons von Ihnen auch noch Bosheiten sagen lassen.«

Joseph und die Mutter kamen über den Weg. Herr Jo, der ein Schweigen aus beleidigter Würde beobachtete, sah sie nicht.

»Da sind sie«, sagte Suzanne.

Sie erhob sich und näherte sich Herrn Jo.

»Machen Sie doch nicht so ein Gesicht.«

Herr Jo fand immer schnell seinen Mut wieder. Er stand auf, zog Suzanne an sich und umarmte sie.

»Ich bin ganz verrückt auf Sie«, sagte er düster. »Ich weiß

nicht, was los ist, so etwas habe ich noch nie für jemanden empfunden.«

»Dürfen aber nichts verraten«, sagte Suzanne.

Mechanisch machte sie sich aus Herrn Jos Umarmung frei, aber sie lächelte immer noch bei dem Gedanken an Joseph und das, was gleich kommen würde.

»Nachdem ich Sie gestern abend nackt gesehen habe, habe ich die ganze Nacht kein Auge zugetan.«

»Wenn sie fragen, was es ist, will ich es ihnen sagen.«

»Ich bedeute Ihnen noch weniger als nichts«, sagte Herr Jo wieder mutlos. »Das empfinde ich jeden Tag mehr.«

Joseph und die Mutter kamen die Treppe des Bungalows herauf. Joseph ging voran. Sie betraten das Wohnzimmer. Sie waren staubig und schwitzten, ihre Füße waren mit trockenem Schlamm bedeckt.

»Guten Tag«, sagte die Mutter, »wie geht's?«

»Guten Tag«, erwiderte Herr Jo. »Vielen Dank für die gütige Nachfrage. Und Ihnen?«

Aufzustehen und sich vor der Mutter zu verbeugen, die er verabscheute, das brachte Herr Jo immer wieder vollendet fertig.

»Es muß eben gehen, nachdem ich mir das Anpflanzen von Bananenbäumen in den Kopf gesetzt habe. Das hält mich ein bißchen aufrecht.«

Wieder einmal machte Herr Jo zwei Schritte auf Joseph zu, dann gab er die Partie auf. Joseph sagte Herrn Jo nie guten Tag, da war alles Reden umsonst.

Sie hatten bestimmt das Paket auf dem Tisch stehen sehen. Ganz bestimmt. Aber nichts verriet, daß sie es gesehen hatten, bis auf das Bemühen, nicht hinzublicken, in größerer Entfernung um den Tisch zu gehen, um nicht zu deutlich so zu tun, als wenn sie nichts sähen. Bis auf eine Art verhaltenen Lächelns auch auf dem Gesicht der Mutter, die heute abend nicht schimpfte und nicht über Müdigkeit klagte, sondern sie heiter ertrug.

Joseph ging durch das Eßzimmer zum Baderaum. Die Mutter zündete die Spirituslampe an und rief den Caporal. Sie rief nicht, sie schrie, wenn sie auch wußte, daß das ganz nutzlos war und sie seine Frau hätte rufen sollen, damit diese ihm Bescheid sagte. Von da, wo sie sich gerade befand, jagte die Frau dann hin zu ihrem Mann und versetzte ihm einen Schlag auf den Rücken. In diesem Augenblick kauerte der Caporal auf der Böschung vor der Veranda, genoß die Ruhe, die die Mutter ihm endlich ließ, und wartete geduldig auf das zweite Vorbeikommen des Omnibusses. Jeden freien Augenblick verbrachte er mit der Beobachtung der Straße, manchmal eine ganze Stunde, wenn sie nach Ram wollten, bis er ihn dann unhörbar, mit der Geschwindigkeit von sechzig Kilometern in der Stunde, aus dem Wald auftauchen sah.

»Er wird immer tauber«, sagte die Mutter, »er wird immer tauber.«

Sie ging in die Vorratskammer und kam mit gesenkten Lidern in das Eßzimmer zurück. Aber das Paket war sichtbarer als alles andere im Bungalow.

»Ich habe mich schon immer gewundert, daß Sie einen Schwerhörigen beschäftigen«, sagte Herr Jo in gewöhnlichem Gesprächston. »Es gibt in der Ebene doch genug andere Männer.«

Meist, wenn sie nicht nach Ram fuhren, verließ er kurz nach Josephs und der Mutter Erscheinen den Bungalow. Aber heute abend blieb er, mit dem Rücken an die Tür des Wohnzimmers gelehnt, und wartete offensichtlich auf seine große Stunde, die des Grammophons.

»Ja, die gibt es schon«, erwiderte die Mutter. »Aber dieser hat derart viel Schläge erhalten, daß ich mir, wenn ich seine Beine sehe, sage, daß ich ihn mein Lebtag nicht wieder loswerde...«

Wenn man ihnen nicht bald sagte, was das Paket enthielt, dann passierte sicher etwas. Joseph, den seine Neugierde außer sich brachte, hätte am liebsten dem Tisch einen Tritt versetzt und wäre dann allein in dem B. 12 nach Ram gefahren.

Aber obwohl sie Josephs Ausbrüche kannte, schwieg Suzanne immer noch und rührte sich nicht aus dem Sessel. Der Caporal erschien, sah das Paket, betrachtete es lange, stellte den Reis auf den Eßtisch und begann den Tisch zu decken. Als er damit fertig war, betrachtete die Mutter Herrn Jo mit einem Gesicht, als dächte sie: »Was will der denn jetzt noch hier?« Die Zeit, nach Ram zu fahren, war vorbei, und das schien der andere gar nicht zu merken.

»Sie können zum Essen bleiben«, sagte sie zu ihm. Sie war für gewöhnlich ihm gegenüber nicht so liebenswürdig. Ihre Einladung verbarg zweifellos die heimliche Absicht, Josephs und Suzannes Qual zu verlängern. In ihr flackerte noch etwas Jugendliches, plötzlich aufkommende Schelmerei.

»Vielen Dank«, erwiderte Herr Jo. »Von Herzen gern.«

»Was Besonderes gibt es nicht«, sagte Suzanne. »Ich warne Sie. Immer wieder dieses ekelhafte Geflügel.«

»Sie kennen mich nicht«, sagte Herr Jo, dieses Mal nicht ohne Bosheit. »Ich bin nicht verwöhnt.«

Joseph kam aus dem Badezimmer und betrachtete Herrn Jo mit einem Gesicht, als wollte er sagen: »Was will der denn um diese Zeit noch hier?« Als er dann die vier Teller auf dem Tisch sah und es nicht mehr ändern konnte, setzte er sich, entschlossen, auf alle Fälle satt zu werden. Der Caporal erschien wieder und zündete die Azetylenlampe an. Jetzt waren sie von der Nacht umgeben und mit dem Paket im Bungalow eingeschlossen.

»Verdammt, ich habe Hunger«, sagte Joseph. »Immer wieder dieses Sau-Geflügel.«

»Setzen Sie sich«, sagte die Mutter zu Herrn Jo.

Joseph saß bereits am Tisch. Herr Jo rauchte gierig seine Zigarette, wie er das immer tat, wenn Joseph zugegen war. Er hatte irrsinnige Angst vor ihm. Instinktiv setzte er sich ihm gegenüber. Die Mutter gab ihm ein Stück Geflügel und sagte freundlich zu Joseph, zweifellos, um ihn zu besänftigen:

»Ich wüßte nicht, was wir essen sollten, wenn du uns nicht mit Wild versorgtest. Schmeckt zwar ein bißchen nach Fisch, aber es ist gut und nahrhaft«, fügte sie, zu Herrn Jo gewandt, hinzu.

»Vielleicht ist es nahrhaft«, sagte Suzanne, »aber ein Saufraß ist es deshalb doch.«

Wenn ihre Kinder aßen, war die Mutter immer voller Nachsicht und Geduld.

»Es ist jeden Abend dasselbe. Nie sind sie zufrieden.«

Sie sprachen über den Stelzvogel, und es war, als hätten diese Vögel eine geheime, bisher unbekannte Beziehung zu dem Paket, das immer noch, gewaltig und jungfräulich, wie eine noch nicht geplatzte Bombe, auf dem leichten Rohrtisch stand. Joseph, der noch schneller und unmanierlicher aß als gewöhnlich, fraß gleichzeitig seine Wut in sich hinein.

»Jeden Abend dasselbe«, fuhr Suzanne fort. »Jeden Abend Geflügel. Nie mal was anderes.«

Dieses Mal fand die Mutter den Weg in die Zukunft.

Mit einem Lächeln, das verhaltene Schelmerei köstlich machte, sagte sie:

»Ja, Neues gibt es in der Ebene selten, in jeder Hinsicht.«

Suzanne lächelte. Joseph tat so, als hätte er nichts gehört.

»Manchmal kommt es dann doch«, sagte Suzanne.

Herr Jo, der sich freute verstanden zu haben, machte sich, ganz gegen die sehr pariserische Art, mit der er zu Anfang die ihm neue Speise probiert hatte, über das Geflügel her.

»Es ist ein Grammophon«, sagte Suzanne.

Joseph hörte auf zu essen. Unter den halb geöffneten Lidern schienen seine Augen zu funkeln. Alle betrachteten ihn, auch Herr Jo.

»Wir haben schon eines«, sagte Joseph.

»Ich glaube, dieses ist... moderner«, erwiderte Herr Jo.

Suzanne stand vom Tisch auf und näherte sich dem Paket. Sie zerriß die Klebestreifen und öffnete den Karton. Dann nahm sie das Grammophon vorsichtig aus dem Karton und stellte es auf den Tisch des Eßzimmers. Es war schwarz, das Leder gerippt und der Griff verchromt. Joseph hatte aufgehört zu essen. Er rauchte und sah ihr gespannt zu. Die Mutter war ein wenig enttäuscht. Grammophon und Jagd waren Josephs Liebhabereien, von denen er nun einmal nicht abließ. Suzanne öffnete den Deckel, und das eigentliche Grammophon wurde sichtbar: die Scheibe mit dem grünen Tuch und ein verchromter, glänzender Metallarm. Auf der Innenseite des Deckels befand sich eine kleine Kupferplatte, auf der ein kleiner Foxterrier vor einem Trichter saß, der dreimal größer war als er. Unter dem Trichter standen die Worte: *Die Stimme seines Herrn.* Joseph hob die Augen, betrachtete das kleine Schild mit gemachter Kennerschaft und versuchte, den verchromten Arm zu bewegen. Nachdem er den Arm betrachtet und betastet hatte, vergaß er Suzanne, Herrn Jo und auch, daß das Grammophon von Herrn Jo kam, daß sie alle bereit waren, an seinem Glück teilzunehmen, vergaß das Versprechen, das er sich sicher gegeben hatte, wegen des Grammophons keinerlei Überraschung zu verraten. Wie im Traum zog er den Apparat auf, schraubte eine Nadel in den verchromten Arm, stellte den Apparat an, stellte ihn ab. Suzanne schritt wieder zu dem Karton, entnahm ihm die Platten und brachte sie ihm. Bis auf eine waren es englische Platten. Die nichtenglische Platte hatte die Aufschrift: *Ein Abend in Singapur.* Joseph betrachtete die Platten eine nach der anderen.

»Alles Quatsch«, erklärte er mit leiser Stimme. »Aber das schadet nichts.«

»Ich habe die neusten Pariser Schlager gewählt«, erwiderte Herr Jo schüchtern und etwas betroffen über diesen Angriff Josephs und die Gleichgültigkeit, in die man ihn verbannte. Aber Joseph sagte nichts. Er bemächtigte sich des Grammophons, stellte es auf den Tisch des Wohnzimmers und setzte sich daneben. Dann nahm er eine Platte, legte sie auf die mit grünem Tuch bezogene Scheibe und stellte die Nadel auf die Platte. Eine Stimme erklang. Zuerst ungewöhnlich, frech, fast schamlos inmitten der schweigenden Zurückhaltung aller.

Un soir à Singapour,
Un soir
d'amour,
Un soir sous les palmiers,
Un soir
d'été.

Als die Platte abgelaufen war, war das Eis gebrochen. Suzanne war begeistert. Und auch die Mutter sagte: »Herrlich.« Herr Jo brannte darauf, endlich zu seinem Recht zu kommen. Er ging vom einen zum andern, wollte endlich als Wohltäter der Familie anerkannt werden. Aber umsonst. Für keinen der Anwesenden bestand eine Beziehung zwischen dem Grammophon und seinem Spender. Nach dem *Abend in Singapur* legte Joseph die anderen neuen Platten auf, eine nach der andern, wie's gerade kam, weil er von Englisch keine Ahnung hatte. Übrigens konnte man an diesem Abend nicht feststellen, ob er sich für die Musik oder nur für den tadellos funktionierenden Mechanismus des Grammophons interessierte.

Endlich ging Herr Jo. Als er gegangen war, fragte die Mutter Suzanne, ob sie wüßte, wieviel das Grammophon kostete. Suzanne hatte vergessen, Herrn Jo danach zu fragen. Ein wenig enttäuscht, bat die Mutter Joseph, endlich mit dem Spielen aufzuhören. Aber an diesem Abend hätte sie ihn geradesogut bitten können, nicht mehr zu atmen. Ohne ihn weiter zu drängen, begab sich die Mutter in ihr Zimmer. Als sie gegangen war, sagte Joseph: »Jetzt noch *Ramona*.« Er holte seine alten Platten, von denen *Ramona* die wertvollste war.

Ramona, j'ai fait un rêve merveilleux.
Ramona, nous étions partis tous les deux.
Nous allions,
Lentement
Loin de tous les regards jaloux,
Et jamais deux amants
N'avaient connu de soirs plus doux...

Nie sangen Joseph und Suzanne die Worte. Sie summten nur immer die Melodie. Nie hatten sie Schöneres, Beredteres gehört. Süß wie Honig floß die Melodie dahin. Herr Jo hatte behauptet, schon seit Jahren sänge kein Mensch in Paris mehr *Ramona*. Aber das war ihnen einerlei. Wenn Joseph die Platte auflegte, wurde alles klarer, heller, wahrer. Die Mutter, die die Platte nicht leiden mochte, schien dann älter, und sie hörten die Jugend an ihre Schläfen klopfen wie ein eingesperrter Vogel. Manchmal, wenn die Mutter nicht zu sehr schimpfte und sie, ohne sich zu sehr beeilen zu müssen, vom Baden nach Hause gingen, pfiff Joseph die Melodie. Wenn sie dereinst von hier fortgingen, dachte Suzanne, würden sie diese Melodie pfeifen. Sie war die Hymne der Zukunft, der Fahrt in alle Weite, des Ziels aller Ungeduld. Nur nach einem sehnten sie sich: dort zu sein, wo die Melodie geboren wurde aus dem Schwindel der Städte, für den sie geschaffen war, wo sie gesungen wurde, der verfallenden, fabelhaften Städte, die voll waren von Liebe. Sie weckte in Joseph das Verlangen nach einer Frau, die so ganz anders war als die Frauen der Ebene, daß man sie sich kaum vorstellen konnte. Vater Bart in Ram besaß auch *Ramona,* und seine Platte war weniger abgespielt als die Josephs. Als sie eines Abends nach dieser Melodie mit Agosti getanzt hatte, hatte der sie plötzlich aus der Kantine mitgenommen zum Hafen. Er hatte ihr gesagt, sie sei ein schönes Mädchen geworden, und dann hatte er sie geküßt. »Warum, das weiß ich nicht, aber plötzlich hatte ich Lust, dich zu küssen.« Zusammen mit ihrem Bruder war sie zum Bungalow zurückgefahren. Joseph hatte Suzanne damals ganz seltsam angeschaut und sie dann traurig und verständnisvoll angelächelt. Der junge Agosti hatte jenen Abend zweifellos längst vergessen, und auch Suzanne dachte kaum noch daran, dennoch blieb das, was damals geschehen war, mit der Melodie von *Ramona* eng verbunden. Und jedesmal, wenn Joseph die Platte auflegte, dachte sie an Jean Agostis Kuß.

Als die Platte abgelaufen war, fragte Suzanne:

»Wie findest du das Grammophon?«

»Großartig, das braucht man ja kaum aufzuziehen.«

Und dann nach einem Augenblick:

»Hast du ihn darum gebeten?«

»Ich habe ihn um nichts gebeten.«

»Und er hat es dir so ohne weiteres geschenkt?«

Suzanne zögerte kaum:

»Ohne weiteres hat er es mir geschenkt.«

Joseph lachte still vor sich hin, dann sagte er:

»So 'n Hammel! Aber das Grammophon ist herrlich.«

Eines Abends in Ram – es war kurz nachdem Herr Jo ihnen das Grammophon geschenkt hatte – beschloß Joseph, mit Herrn Jo zu sprechen.

Herr Jo hatte unter dem Vorwand, er müßte die Verladung von Pfeffer und Kautschuk beaufsichtigen, seinen Aufenthalt in der Ebene verlängert. Er hatte in der Kantine in Ram ein Zimmer gemietet und ein anderes in Kam. Bald schlief er in diesem, bald in jenem, zweifellos, um der Beaufsichtigung durch den Vater zu entgehen. Manchmal verbrachte er ein oder zwei Tage in der Stadt, aber jeden Nachmittag erschien er auf der Konzession. Nachdem er lange gehofft hatte, sein Reichtum würde Suzanne beeindrucken, begann er jetzt daran zu zweifeln, und vielleicht trug diese Enttäuschung dazu bei, daß er nun anfing, sich wirklich in Suzanne zu verlieben. Die Wachsamkeit der Mutter und Josephs förderte zweifellos, was er bald für wirkliches, ernstes Gefühl hielt.

Zu Anfang war der ein wenig einfältige Zweck seiner Besuche gewesen, sie mit nach Ram zu nehmen und mit ihnen ein paar lustige Stunden zu verbringen.

»Ich will Sie mal ein wenig an die frische Luft führen«, verkündete er sportsmännisch.

»An Luft fehlt es uns ebensowenig wie an Wasser«, erwiderte Joseph.

Aber bald wurden diese abendlichen Fahrten nach Ram derart zur Gewohnheit, daß Herr Jo sie schon nicht mehr dazu aufforderte. Meist war es Suzanne, die zur Fahrt nach Ram mahnte und drängte. Trotz seines Widerwillens begleitete Joseph sie. Erstens, weil eine halbe Stunde in dem Léon Bollée einer ganzen Stunde in dem B. 12 vorzuziehen war – das allein hätte ihn schon dazu bestimmt –, und zweitens, weil es ihm nicht unangenehm war, auf Herrn Jos Kosten zu trinken und manchmal auch zu essen. Joseph entdeckte bald, daß Trinken eine ganz angenehme Beschäftigung ist.

Aber es entging niemand, daß die Ausflüge von Herrn Jo nur vorgeschlagen wurden – die Geschenke dienten dem gleichen Zweck –, um dem auszuweichen, was man von ihm erwartete. Sie vollzogen sich übrigens immer mehr in einer Atmosphäre gegenseitiger Abneigung und Wut, die weder Herrn Jos Liebenswürdigkeit noch seine Hochherzigkeit aufzuhellen vermochten. Die Spannung ließ erst dann nach, wenn sie, besonders Joseph, so reichlich getrunken hatten, daß sie Herrn Jo vernachlässigten und dabei so weit gingen, ihn gar nicht mehr zu bemerken. Da alle drei – und das aus guten Gründen – nicht an Champagner gewöhnt waren, ließ die gewünschte Wirkung nicht auf sich warten. Auch die Mutter, die eigentlich nicht gern trank, trank. Sie trank, so behauptete sie, »um ihre Scham zu ersäufen«.

»Nach zwei Glas Champagner vergesse ich, weshalb ich nach Ram gekommen bin, und habe ein Gefühl, daß ich ihn reinlege und nicht er uns.«

Herr Jo trank nur wenig. Er hätte immer viel getrunken, behauptete er, und der Alkohol hätte kaum noch Wirkung bei ihm. Nur eine Wirkung hatte er; sein Bemühen um Suzanne wurde immer melancholischer. Wenn er mit ihr tanzte, sah er sie manchmal derart schmachtend an, daß Joseph, wenn die Kantine ihm keine andere Zerstreuung bot, den beiden interessiert zuschaute.

»Er zieht seine Rudolf Valentino-Nummer ab«, sagte er, »schade, daß er so 'n Kalbskopf hat.«

Diese Äußerung machte der Mutter Spaß, und sie lachte. Suzanne, die tanzte, ahnte, weshalb sie lachte. Herr Jo dagegen nicht, vielleicht aber verzichtete er auch bewußt darauf, den Grund für ihre Heiterkeitsausbrüche zu kennen.

»Kalbskopf ist großartig«, erwiderte die Mutter ermutigend.

Die Vergleiche Josephs waren an diesem Abend zweifellos wenig geschmackvoll, aber das kümmerte die Mutter nicht. Sie fand sie großartig. Ihre Abneigung hatte ihren Gipfel erreicht. Wie befreit hob sie ihr Glas.

»Immerhin...«, begann sie.

»Allerdings«, stimmte Joseph bei und konnte sich vor Lachen kaum halten.

»Sie trinken auf unser Wohl«, sagte Suzanne zu Herrn Jo, während sie tanzten.

»Das würde mich wundern«, erwiderte Herr Jo. »Bisher haben sie das noch nie getan, wenn wir bei ihnen sind.«

»Vor lauter Schüchternheit nicht«, sagte Suzanne lächelnd.

»Ihr Lächeln macht mich ganz toll...«, sagte Herr Jo leise.

»So viel Champagner habe ich noch nie getrunken«, fing die Mutter wieder an.

Joseph sah die Mutter gern in diesem Zustand gewöhnlicher, hemmungsloser Lustigkeit, die er allein bei ihr hervorzurufen vermochte. Manchmal, wenn er sich zu sehr langweilte, machte er den ganzen Abend über seine Scherze, und, wenn auch weniger direkt, sogar in Herrn Jos Gegenwart. Wenn Herr Jo nicht tanzte und Lieder vor sich hinträllerte, deren Doppelsinn er für seine Zwecke für besonders geeignet hielt: Paris, je t'aime, je t'aime, je t'aime..., dann fiel Joseph ein und machte aus dem je t'aime etwas, was wie das Muhen eines Kalbes klingen sollte. Alle lachten, aber Herr Jo hatte nur ein mühsames Lächeln.

Meist aber tanzte Joseph, trank und kümmerte sich weiter nicht um Herrn Jo. Manchmal plauderte er mit Agosti oder sah am Hafen dem Beladen des Dampfers zu oder badete am Strande. In diesem Falle sagte er Suzanne und der Mutter Bescheid, die ihn dann begleiteten, während Herr Jo den Frauen in einiger Entfernung folgte. Wenn er ein wenig zuviel getrunken hatte, behauptete Joseph, er könne bis zu der drei Kilometer entfernten Insel schwimmen. Wenn er nüchtern war, sprach er nie davon, aber an solchen Abenden war er davon überzeugt, daß das für ihn eine Kleinigkeit wäre. In Wirklichkeit wäre er ertrunken, bevor er die Insel erreicht hätte. Aber die Mutter fing an zu schimpfen. Sie befahl Herrn Jo, den Léon Bollée anzulassen. Nur das Brummen des Motors könnte Joseph von seinem Plan abbringen. Herr Jo, der den Plan seines Henkers für sehr interessant hielt, gehorchte der Mutter nur widerwillig.

Im Laufe eines dieser solchermaßen in der Kantine in Ram verbrachten Abende sprach Joseph mit Herrn Jo über Suzanne und legte ihm ein für allemal seinen Standpunkt dar. Dann sprach er lange kein Wort mehr mit ihm und behandelte ihn mit geradezu königlicher Verachtung.

Suzanne tanzte wie gewöhnlich mit Herrn Jo. Die Mutter sah ihnen traurig zu. Manchmal, besonders wenn sie nicht genügend trank, wurde sie bei Herrn Jos Anblick traurig. Obwohl an diesem Abend viele Gäste und besonders die Damen vom Schiff in der Kantine waren, tanzte Joseph nicht. Vielleicht hatte er von dem allabendlichen Tanzen genug. Vielleicht aber hatte ihm sein Entschluß, mit Herrn Jo zu sprechen, die Lust dazu genommen. Er sah, wie Herr Jo viel freier als sonst mit Suzanne tanzte.

»Der Kerl ist ein sogenannter Versager«, begann er plötzlich.

Die Mutter war nicht ganz seiner Meinung.

»Was heißt das schon? Ich bin der allergrößte Versager.«

Sie wurde noch trübsinniger.

»Der Beweis dafür ist, daß es für mich keine andere Lösung gibt, als meine Tochter mit diesem Versager zu verheiraten.«

»Es ist nicht dasselbe«, erwiderte Joseph. »Du hast nur kein Glück gehabt. Aber du hast schon recht, heißen tut das nichts. Vor allem soll er Farbe bekennen. Ich bin das Warten leid.«

»Ich habe immer nur gewartet«, seufzte die Mutter. »Wegen der Konzession und wegen der Dämme. Und auf die Hypothek auf die fünf Hektar warte ich nun schon zwei Jahre.«

Joseph sah sie an, als käme ihm eine Erleuchtung.

»Ja, man wartet. Aber man braucht sich nur zu entschließen, nicht mehr zu warten. Ich werde mal mit ihm sprechen.«

Herr Jo kam mit Suzanne zurück. Während er über die Tanzfläche schritt, sagte die Mutter:

»Manchmal, wenn ich ihn betrachte, meine ich, ich sähe mein Leben vor mir, und das ist kein schöner Anblick.«

Als Herr Jo Platz genommen hatte, begann Joseph:

»Zum Kotzen langweilig ist's«, erklärte er.

Herr Jo hatte sich an Josephs Ausdrucksweise gewöhnt.

»Verzeihung«, sagte er, »ich bestelle noch eine Flasche Champagner.«

»Darum geht es nicht«, erwiderte Joseph. »Ihretwegen ist es zum Kotzen langweilig.«

Herr Jo errötete über und über.

»Wir sprachen über Sie«, sagte die Mutter, »und dabei haben wir festgestellt, daß es zu langweilig ist. Die Sache dauert nun schon zu lange, und wir wissen ganz genau, worauf Sie hinauswollen. Wenn Sie uns auch jeden Abend nach Ram fahren, wissen wir doch genau Bescheid.«

»Wir haben uns auch gesagt, daß das Verlangen, mit meiner Schwester zu schlafen, das Sie seit mehr als einem Monat quält, unmöglich gesund ist. Ich hielte das nicht aus.«

Herr Jo schlug die Augen nieder. Suzanne rechnete damit, daß er aufstünde und das Lokal verließe. Aber wahrscheinlich hatte er so wenig Phantasie, daß ihm nicht einmal der Gedanke kam. Joseph hatte nicht übermäßig viel getrunken, er sprach unter dem Einfluß einer Traurigkeit und eines Ekels, die er beide bisher derart unterdrückt hatte, daß man ihre Äußerung eigentlich nur begrüßen konnte.

»Ich bestreite nicht«, erwiderte Herr Jo mit sehr leiser Stimme, »daß ich für Ihre Schwester eine tiefe Zuneigung empfinde.«

Jeden Tag erzählte er Suzanne, wie sehr er sie verehre. Aber wenn ich ihn heirate, dachte sie, dann geschieht das ohne jede Zuneigung meinerseits für ihn. Ich pfeife auf alle Gefühle. Sie fühlte sich Joseph enger verbunden als je.

»Weiter«, drängte die Mutter, die plötzlich grob wurde und versuchte, Josephs Tonart nachzuahmen.

»Das mag schon sein«, fuhr Joseph fort. »Aber darum geht es nicht. Es geht einzig und allein darum, daß Sie sie heiraten.«

Er zeigte auf die Mutter.

»Ihretwegen. Aber je mehr ich Sie kennenlerne, desto weniger gefällt es mir.«

Herr Jo war etwas ruhiger geworden. Immer noch hielt er die Augen gesenkt. Alle betrachteten dieses verschlossene Gesicht, diesen Menschen, der genauso blind war wie das Kataster, die Bank, der Pazifik, und gegen dessen Millionen sie genauso machtlos waren wie gegen jene Kräfte. Wenn Herr Jo auch nur wenig wußte, eines wußte er bestimmt: er konnte Suzanne nicht heiraten.

Mit schüchterner Stimme sagte er: »Innerhalb von vierzehn Tagen kann man sich doch nicht entscheiden, jemand zu heiraten.«

Joseph lächelte. Im allgemeinen stimmte das schon.

»In manchen besonderen Fällen«, sagte er, »kann man sich in vierzehn Tagen entschließen. Ein solcher Fall liegt vor.«

Herr Jo hob für eine Sekunde die Augen. Er verstand nicht. Joseph hätte versuchen sollen, sich genauer auszudrücken, aber das war schwer, und es gelang ihm nicht.

»Wenn wir reich wären«, sagte die Mutter, »wäre das etwas anderes. Reiche Leute können zwei Jahre warten.«

»Schade, daß Sie das nicht kapieren«, sagte Joseph. »Entweder so oder nichts.«

Er wartete ein wenig und sagte dann langsam und deutlich:

»Sie kann natürlich schlafen, mit wem sie will, aber wenn Sie mit ihr schlafen wollen, müssen Sie sie heiraten. Schreiben Sie sich das hinter die Ohren.«

Wieder blickte Herr Jo auf. Sein Staunen über diese schändliche Offenheit war so groß, daß er vergaß, beleidigt zu sein. Übrigens fühlte er sich durch Josephs Worte kaum getroffen. Vielleicht hatte Joseph ihn nicht gemeint. Vielleicht wollte er sich nur äußern hören, was er entdeckt zu haben glaubte: daß Menschen wie Herr Jo immer so sind.

»Das wollte ich Ihnen schon immer sagen«, fügte Joseph hinzu.

»Sie sind hart«, erwiderte Herr Jo. »Das hätte ich nach unserem ersten Abend nie geglaubt...«

Er log. Seit einer Woche schon war jeder darauf gefaßt.

»Kein Mensch zwingt Sie, sie zu heiraten«, sagte die Mutter versöhnlich. »Wir wollten Sie nur warnen.«

Herr Jo steckte alles ein. Seine Einfalt hätte manchen gerührt.

»Und noch etwas«, sagte Joseph plötzlich lachend, »wenn wir auch alles annehmen, das Grammophon und den Champagner, damit kommen Sie nicht weiter.«

Die Mutter blickte Herrn Jo fast mitleidig an.

»Wir sind Menschen, die kein Glück haben«, sagte sie erklärend.

Herr Jo hob endlich die Augen und sah die Mutter an. Er war der Meinung, daß er, angesichts der ungerechten Behandlung, eine Erklärung verlangen könnte.

»Auch ich bin niemals glücklich gewesen«, sagte er, »immer mußte ich tun, was ich nicht wollte. Seit vierzehn Tagen tue ich nun mal, was mir Freude macht, und schon...«

Joseph achtete nicht weiter auf ihn.

»Bevor wir gehen, möchte ich mit dir tanzen«, sagte er zu Suzanne.

Er bat Vater Bart, die *Ramona*-Platte aufzulegen. Und dann tanzten die beiden. Joseph sagte kein Wort mehr über Herrn Jo. Er sprach nur von *Ramona*.

»Wenn ich mal mehr Geld habe, kaufe ich eine neue *Ramona*-Platte.«

Von ihrem Platz aus sah die Mutter ihnen beim Tanzen zu. Herr Jo, der ihr gegenübersaß, spielte mit dem Diamantring. Er zog ihn vom Finger und steckte ihn wieder auf den Finger.

»Wenn er manchmal grob ist«, sagte die Mutter, »so ist das nicht seine Schuld. Er hat eben keinerlei Erziehung genossen.«

»Sie macht sich nichts aus mir«, sagte Herr Jo leise. »Kein einziges Wort hat sie gesagt.«

»Da Sie so reich sind...«, sagte sie.

»Das hat nichts damit zu tun. Im Gegenteil.«

Vielleicht war er doch nicht so dumm, wie es den Anschein hatte.

»Ich muß mich verteidigen«, erklärte er.

Die Mutter überlegte, gegen was er sich verteidigen wollte. Sie tanzten immer noch nach der *Ramona*-Melodie. Es waren doch schöne Kinder. Schöne Kinder hatte sie wenigstens zur Welt gebracht. Und wie glücklich sahen sie aus, wie sie da zusammen tanzten. Sie fand, daß sie einander glichen. Sie hatten die gleichen Schultern, ihre Schultern, die gleiche Hautfarbe, das gleiche etwas rötliche Haar, genau wie auch sie, und in den Augen die gleiche glückliche Frechheit. Immer mehr glich Suzanne Joseph. Sie glaubte, Suzanne besser zu kennen als Joseph.

»Sie ist jung«, sagte Herr Jo bekümmert.

»Nicht zu jung«, erwiderte die Mutter lächelnd. »Ich an Ihrer Stelle würde sie heiraten.«

Der Tanz war zu Ende. Joseph setzte sich nicht wieder.

»Los, gehn wir«, sagte er.

Von diesem Tage an sprach er kein Wort mehr mit Herrn Jo.

Das Benehmen der ganzen Familie wurde Herrn Jo gegenüber immer kühler. Sie sprachen und verhielten sich ihm gegenüber mit einer Freiheit, die noch größer war als bisher.

Immer im Wohnzimmer und immer von der Mutter beobachtet, zeigte Herr Jo Suzanne, wie man sich die Nägel lackiert. Suzanne saß ihm gegenüber. Sie trug ein schönes blauseidenes Kleid, das er ihr nach dem Grammophon neben vielen anderen Dingen mitgebracht hatte.

Auf dem Tisch standen drei Fläschchen mit Nagellack verschiedener Farbe, eine Dose mit Creme und eine Flasche Parfüm.

»Wo Sie mir die Haut weggeschnitten haben, tut's weh«, knurrte Suzanne.

Herr Jo hatte es nicht eilig, fertig zu werden, zweifellos, um Suzannes Hand möglichst lange in der seinen zu halten. Er hatte schon drei Versuche gemacht.

»Der paßt am besten zu Ihnen«, sagte er schließlich und betrachtete sein Werk mit Kennermiene.

Suzanne hob die Hand, um sie besser zu betrachten. Der von Herrn Jo gewählte Lack war fast orangerot und ließ die Haut brauner erscheinen. Sie hatte hierzu keine bestimmte Meinung. Sie reichte Herrn Jo ihre andere Hand, damit er die Nägel lackierte. Er ergriff sie und küßte die Handfläche.

»Müssen uns beeilen«, sagte Suzanne, »wenn wir noch nach Ram wollen.«

Durch die offene Tür sahen sie Joseph, der zusammen mit dem Caporal versuchte, die kleine Holzbrücke des Weges wieder in Ordnung zu bringen. Die Sonne brannte. Von Zeit zu Zeit stieß Joseph einen Fluch aus, der offenbar für Herrn Jo bestimmt war. Aber Herr Jo, der zweifellos an diese Art Behandlung gewöhnt war, schien ihn nicht auf sich zu beziehen.

»Der Saukerl, mit seinen 24 PS kann er mich mal...«

»Ja«, sagte Suzanne, »Sie haben mit Ihrem Wagen die Brücke kaputtgefahren. Lassen Sie den Wagen doch auf der Straße stehen.«

Nach den Fingernägeln lackierte Herr Jo ihr die Fußnägel. Er war fast fertig. Sie hatte einen Fuß auf den Tisch gestellt, damit der Lack trocknete, und an dem anderen nahm er die letzten Verbesserungen vor.

»Das genügt«, sagte Suzanne. Sie vergaß, daß es nicht in Herrn Jos Macht lag – auch wenn er das gern getan hätte –, noch mehr an ihr zu lackieren.

Herr Jo seufzte, ließ Suzannes Fuß los und lehnte sich im Sessel zurück. Er war fertig. Er schwitzte leicht.

»Wenn wir ein wenig tanzten, anstatt nach Ram zu fahren?« fragte Herr Jo. »Nach dem neuen Grammophon.«

»Joseph will nicht, daß wir es anrühren«, sagte Suzanne. »Und ich habe keine Lust zu tanzen.«

Herr Jo seufzte wieder und sah sie flehend an.

»Ich kann nichts dazu, wenn ich mich danach sehne, Sie in meinen Armen zu halten...«

Suzanne betrachtete zufrieden ihre Hände und Füße.

»Ich habe kein Verlangen danach, von jemand in den Armen gehalten zu werden.«

Herr Jo ließ den Kopf hängen.

»Sie tun mir sehr weh«, sagte er bekümmert.

»Ich mache mich für Ram fertig. Bleiben Sie da sitzen. Wenn sie Sie nicht sieht, schnauzt sie mich an.«

»Keine Sorge«, erwiderte Herr Jo und lächelte traurig.

Suzanne ging auf die Veranda und rief:

»Joseph, wir fahren nach Ram.«

»Nur wenn ich will«, schnauzte die Mutter. »Nur wenn ich will.«

Suzanne wandte sich zu Herrn Jo um.

»Das ist nur Gerede. Natürlich will sie.«

Herrn Jo interessierte die Auseinandersetzung nicht. Er betrachtete Suzannes Beine, die durch das Seidenkleid schimmerten.

»Sie sind unter Ihrem Kleid ganz nackt«, sagte er, »und mir wird alles vorenthalten.«

Er schien vollkommen mutlos zu sein und zündete sich eine Zigarette an.

»Ich weiß nicht mehr, was ich tun soll, um Ihre Liebe zu

gewinnen«, fuhr er fort. »Ich glaube, daß ich sehr unglücklich würde, wenn wir heirateten.«

Anstatt sich anzuziehen, setzte sich Suzanne ihm gegenüber und betrachtete ihn mit einer gewissen Neugierde. Aber bald gingen ihre Gedanken andere Wege. Sie betrachtete ihn, aber sie sah ihn nicht, als wäre er durchsichtig gewesen und als müßte sie durch dieses Gesicht hindurchschauen, um die schwindelerregenden Versprechungen zu erkennen, die Geld bedeuteten.

»Wenn wir heiraten, würde ich Sie einsperren«, sagte Herr Jo schließlich resigniert.

»Und was für ein Auto bekomme ich, wenn wir heiraten?«

Diese Frage stellte sie wohl zum dreißigsten Mal. Diese Art Fragen wurde sie nie leid. Herr Jo versuchte, ein gleichgültiges Gesicht zu machen.

»Welches Sie wollen, das habe ich Ihnen doch schon gesagt.«

»Und Joseph?«

»Ob ich dem ein Auto schenke, weiß ich nicht«, platzte Herr Jo los. »Das kann ich Ihnen nicht versprechen. Aber auch das habe ich Ihnen schon gesagt.«

Suzannes Blick hörte auf, die fabelhaften Regionen des Reichtums zu durchforschen, und stand wieder vor diesem Hindernis, das ihr den Eintritt verbot. Ihr Lächeln schwand. Ihr Gesicht wandelte sich derart, daß Herr Jo sofort hinzufügte:

»Das hängt ganz von Ihnen ab, das wissen Sie, ganz von Ihrer Haltung mir gegenüber.«

»Sie könnten auch ihr ein Auto schenken«, sagte Suzanne mit überraschender Milde. »Das käme auf das gleiche raus.«

»Es ist nie die Rede davon gewesen, Ihrer Mutter ein Auto zu schenken«, sagte Herr Jo verzweifelt. »Ich bin nicht so reich, wie Sie annehmen.«

»Was sie angeht, so wäre das auch einerlei, aber wenn Joseph kein Auto bekommt, können Sie alle Autos, meines inbegriffen, behalten und eine andere heiraten.«

Herr Jo ergriff Suzannes Hand, um zu verhindern, daß sie weiter in Grausamkeit abglitt. Er sah sie flehend an und war dem Weinen nahe.

»Sie wissen ganz genau, daß Joseph sein Auto bekommt. Sie treiben es noch so weit, daß ich böse werde.«

Suzanne wandte sich zu Joseph um, der die kleine Holzbrücke wieder in Ordnung gebracht hatte. Jetzt befestigte er die Pfeiler mit Steinen, die er von der Straße holte. Er keuchte immer noch.

»Das nächste Mal bringt der Kerl, der sie kaputtgemacht hat, sie wieder in Ordnung, sonst findet er Sand in seinem Vergaser, und der ist hier reichlich vorhanden.«

Seit einiger Zeit befiel Suzanne jedesmal tiefe Traurigkeit, wenn sie an Joseph dachte. Zweifellos weil Joseph keinen Menschen hatte, während sie wenigstens Herrn Jo hatte.

»Wenn ich nur Ihre Hand halte«, sagte Herr Jo mit veränderter Stimme, »wird mir ganz anders.«

Sie hatte ihm ihre Hand überlassen. Manchmal überließ sie ihm ihre Hand einen kurzen Augenblick. Zum Beispiel, wenn von dem Auto die Rede war, das er Joseph schenken sollte, wenn sie heirateten.

Er betrachtete sie, sog ihren Duft ein, küßte sie, und im allgemeinen genügte das, ihn bei bester Stimmung zu erhalten.

»Auch wenn ich nicht Josephs Schwester wäre, würde es mir eine Mordsfreude machen, ihm ein Auto zu schenken.«

»Liebling, seien Sie versichert, daß es mir Freude macht.«

»Ich glaube, er gerät ganz aus dem Häuschen, wenn er ein Auto bekommt«, sagte Suzanne.

»Er bekommt es, kleine Suzanne. Er bekommt es, mein Schatz.«

Suzanne lächelte. Ich fahre das Auto unter den Bungalow, wenn er auf Jagd ist, und auf das Steuerrad lege ich einen kleinen Zettel mit den Worten: Für Joseph.

Herr Jo hätte auch dem Caporal ein Auto versprochen, um aus der leuchtenden Geistesabwesenheit Suzannes für sich

Nutzen zu ziehen. Jetzt faßte er ihren Oberarm, etwas oberhalb des Ellenbogens. Plötzlich kam das Suzanne zu Bewußtsein.

»Ich muß mich fertigmachen«, sagte sie und entzog ihm den Arm.

Sie erhob sich und ging in das Badezimmer, das sie hinter sich abschloß. Einen kurzen Augenblick später klopfte Herr Jo an die Tür. Seit dem Grammophon war das bei ihm und ihr zur Gewohnheit geworden. So war es jeden Abend.

»Machen Sie auf, Suzanne, machen Sie auf.«

»Wenn sie jetzt raufkäme, das möchte ich…«

»Eine Sekunde nur, um Sie eben zu sehen…«

»Sie oder Joseph. Joseph ist stark. Ein Fußtritt, und der andere liegt im Wasser.«

Herr Jo hörte nicht.

»Nur ein klein wenig, nur eine Sekunde.«

Herr Jo wußte, was er riskierte. Er hörte das Wasser über Suzannes Körper rieseln, und dagegen vermochte auch seine Angst vor Joseph nichts. Mit aller Kraft drückte er gegen die Tür.

»Der Gedanke, daß Sie nackt, ganz nackt sind«, sagte er mit tonloser Stimme.

»Das ist auch was«, erwiderte Suzanne. »Wenn Sie hier ständen, ich hätte kein Verlangen, Sie zu sehen.«

Wenn sie sich Herrn Jo ohne seinen Diamanten, ohne Hut, ohne Limousine, im Badeanzug am Strand von Ram vorstellte, packte sie die Wut.

»Warum baden Sie nicht in Ram?«

Herrn Jos Erregung ließ etwas nach, und er drückte weniger stark gegen die Tür.

»Baden im Meer ist mir verboten«, sagte er mit der Festigkeit, die ihm noch zu Gebote stand.

Suzanne seifte sich ein. Er hatte ihr Lavendelseife geschenkt, und seitdem badete sie zwei- oder dreimal täglich, nur des herrlichen Duftes der Seife wegen. Der Lavendelduft drang bis hin zu Herrn Jo. Er gestattete ihm, die einzelnen Stadien von Suzannes Bad besser zu verfolgen, und das machte seine Qual noch tiefer.

»Weshalb dürfen Sie nicht baden?«

»Weil meine Konstitution schwach ist und die Meerbäder mich ermüden. Machen Sie auf, Suzanne, nur eine Sekunde...«

»Das ist gelogen. Weil Sie nicht ordentlich gebaut sind.«

Sie wußte, daß er vor der Tür stand, daß er alles einsteckte, was sie sagte, weil er sicher war, das Spiel doch zu gewinnen.

»Eine Sekunde, nur eine Sekunde...«

Sie dachte an das, was Joseph in Ram zu ihm gesagt hatte. »Meinetwegen kann sie schlafen, mit wem sie will. Aber wenn Sie mit ihr schlafen wollen, müssen Sie sie heiraten. Schreiben Sie sich das hinter die Ohren.«

»Joseph hat recht, wenn er sagt...«

Herr Jo lehnte sein ganzes Gewicht gegen die Tür.

»Was Joseph sagt, ist mir einerlei.«

»Das ist nicht wahr. Sie haben Angst vor Joseph, gewaltige Angst.«

Er schwieg wieder und verminderte den Druck gegen die Tür.

»Ich glaube«, sagte er leise, »ich habe noch nie einen so bösen Menschen gesehen wie Sie.«

Suzanne hörte auf, sich einzuseifen. Die Mutter sagte das auch. War das wahr? Sie betrachtete sich im Spiegel und suchte, ohne es zu finden, nach einem Zeichen, das ihr irgendwelche Aufklärung gegeben hätte. Joseph sagte, sie sei nicht böse, wohl aber hart und stolz. Er beruhigte die Mutter. Aber daß jemand das jetzt sagte und daß dieser Jemand Herr Jo war, erfüllte sie mit Entsetzen. Wenn Herr Jo das sagte, öffnete sie die Tür. Deshalb sagte er es immer öfter.

»Sehen Sie nach, ob sie noch auf der andern Seite sind.«

Sie hörte ihn in das Wohnzimmer eilen. Er stellte sich auf

die Schwelle der Haustür und zündete sich eine Zigarette an. Er bemühte sich, ruhig zu sein, aber seine Hände zitterten. Joseph und der Caporal waren immer noch damit beschäftigt, die Pfeiler der kleinen Brücke durch Steine zu befestigen. Es sah nicht so aus, als würden sie das Haus bald betreten. Die Mutter stand jetzt neben ihnen und schien wie immer ganz mit dem beschäftigt, was Joseph tat. Herr Jo kehrte zum Badezimmer zurück.

»Sie sind immer noch unten. Schnell, Suzanne.«

Suzanne öffnete halb die Tür. Herr Jo machte einen Sprung auf sie zu. Suzanne knallte die Tür zu. Herr Jo blieb draußen.

»Und nun gehen Sie ins Wohnzimmer«, sagte Suzanne.

Sie begann sich anzuziehen. Sie beeilte sich, ohne sich zu betrachten. Am Abend vorher hatte er ihr gesagt, er würde ihr einen Ring mit einem Diamanten schenken, wenn sie mit ihm in die Stadt reiste. Sie hatte ihn gefragt, was der Diamant wert wäre. Genau hatte er sich nicht geäußert, aber er hatte seinen Wert auf den des Bungalows geschätzt. Mit Joseph hatte sie nicht darüber gesprochen. Herr Jo hatte ihr dann erzählt, er habe den Diamanten schon zu Hause, er warte nur auf ihren Entschluß, um ihn ihr zu geben. Suzanne zog das Kleid über. Daß sie ihm die Badezimmertür öffnete, genügte nicht. Für das Grammophon hatte es genügt, aber nicht für den Diamanten. Der Diamant war zehn, zwanzig Grammophone wert. »Drei Tage in der Stadt, ich werde Sie nicht berühren«, ins Kino würden sie gehen. Nur einmal hatte er davon gesprochen, ganz leise beim Tanzen, am Abend vorher in Ram. Ein Diamant, der soviel wert war wie der Bungalow.

Suzanne öffnete die Tür und ging auf die Veranda, um sich zu schminken. Dann ging sie zu Herrn Jo, der im Wohnzimmer war. Das war der einzige Augenblick des Tages, in dem sie sich undeutlich fragte, ob er nicht doch ein wenig Zuneigung verdiente. Nach der Badezimmerszene hätte man annehmen sollen, er wäre wie vernichtet, wäre bei seiner Schwä-

che unter der Last eines solchen Sturmes der Begierde zusammengebrochen. Daß er dazu auserkoren war, sich einer
solchen Probe zu unterziehen, gab ihm etwas Menschliches.
Aber Suzanne mochte sich noch so sehr bemühen, sie fand
nicht die Worte, die ihn nicht getäuscht hätten. Sie sagte also
nichts. In diesem Augenblick entschied es sich, ob der all-
abendliche Ausflug nach Ram stattfinden sollte, und das
wurde schnell wichtiger als alles andere. Joseph war mit der
Reparatur der Brücke fertig. Aber die Mutter sprach immer
noch mit Joseph, worüber, wußte sie nicht.

»Sie sind schön«, sagte Herr Jo, ohne die Augen zu heben.

Schon hörte man die Stimmen der Kinder, die im Fluß
spielten. Die Mutter hatte keine Lust, nach Ram zu fahren.
Sie war alt. Sie war halb verrückt und bösartig. Männer kamen nach Ram, Jäger und Pflanzer, aber was gingen sie die
an? Eines Tages würde Suzanne die Ebene und die Mutter
verlassen. Sie betrachtete Herrn Jo. Vielleicht doch mit ihm,
weil sie so arm und die Ebene so fern war von den Städten,
in denen die Menschen lebten.

»Schön sind Sie und begehrenswert«, sagte Herr Jo.

»Ich bin erst siebzehn Jahre alt und werde noch schöner.«
Herr Jo hob den Kopf.

»Wenn ich Sie hier heraushole, laufen Sie mir doch weg.«

Die Mutter und Joseph kamen die Treppe herauf. Beide
schwitzten. Joseph wischte sich mit dem Taschentuch über
die Stirn. Die Mutter hatte den Strohhut abgenommen. An ihren Schläfen sah man rote Streifen.

»Hast dich ja herrlich geschminkt«, sagte Joseph zu Suzanne. »Wie 'ne Fose siehst du aus.«

»Sie sieht genauso aus, wie sie ist«, sagte die Mutter. »Weshalb bringt er ihr all das Zeug mit?«

Sie ließ sich in einen Sessel sinken, während Joseph angeekelt in sein Zimmer ging.

»Fahren wir nach Ram?« fragte Suzanne.

»Was habt ihr beiden getrieben?« fragte die Mutter Herrn
Jo.

»Ich verehre Ihre Tochter zu sehr...«

»Wenn ich auch nur das geringste merke, werde ich Sie zwingen, sie innerhalb von acht Tagen zu heiraten.«

Herr Jo stand auf und lehnte sich gegen die Tür. Wie immer in Gegenwart der Mutter oder Josephs rauchte er eine Zigarette nach der andern und blieb nicht ruhig auf seinem Stuhl sitzen.

»Nichts haben wir getan«, sagte Suzanne, »nicht mal angerührt hat er mich, zerhab dich nur nicht. So dumm bin ich nicht. Ich weiß genau...«

»Schweig. Davon verstehst du nichts.«

Herr Jo ging auf die Veranda. Suzanne fragte sich weiter nicht, ob aus der Fahrt nach Ram etwas würde oder nicht. Bei der Mutter war man nie sicher. Mit Joseph konnte man nicht rechnen. Er empfand gegen Herrn Jo eine derartige Abneigung, daß das Wort Ram nie mehr über seine Lippen kam, obwohl er brennend gern hingefahren wäre. Die Mutter zog einen Sessel heran und legte die Beine darauf. Man sah ihre Fußsohlen, die ein wenig an die des Caporal erinnerten. Die Haut war hart und von den Kieseln der Böschung zernagt. Von Zeit zu Zeit seufzte sie und wischte sich die Stirn ab. Ihr Gesicht war hochrot.

»Gib mir Kaffee.«

Suzanne stand auf und holte den Litertopf mit kaltem Kaffee, der auf dem Büfett stand. Sie füllte eine Tasse und brachte sie ihr. Die Mutter stöhnte leicht, als sie die Tasse aus Suzannes Händen in Empfang nahm.

»Ich kann nicht mehr. Hole mir meine Pillen.«

Suzanne holte die Pillen und gab sie ihr. Schweigend gehorchte sie. Das war das beste: stillschweigend gehorchen. Die Wut der Mutter verflog. Herr Jo war immer noch auf der Veranda. Joseph duschte sich: man hörte ihn im Badezimmer hantieren. Die Sonne war fast untergegangen. Die Kinder kamen aus dem Fluß und liefen zu den Hütten.

»Gib mir meine Brille.«

Suzanne holte die Brille aus dem Zimmer und brachte sie

ihr. Noch manches andere konnte die Mutter verlangen, ihr Ausgabenbuch, ihre Handtasche. Suzanne würde gehorchen. Die Geduld ihrer Kinder auf die Probe zu stellen machte der Mutter Freude und beruhigte sie. Sie setzte die Brille auf und betrachtete Suzanne heimlich und aufmerksam. Suzanne, die der Tür gegenübersaß, wußte, daß die Mutter sie betrachtete. Sie wußte auch, was nun kommen würde, und versuchte, ihrem Blick aus dem Weg zu gehen. Sie dachte nicht mehr an Ram.

»Hast du mit ihm gesprochen?« fragte sie endlich.

»Die ganze Zeit. Ich glaube, daß er sich des Vaters wegen nicht entschließt.«

»Mußt ihn offen fragen. Wenn er sich in drei Tagen nicht entschließt, spreche ich mit ihm und gebe ihm eine Frist von acht Tagen.«

»Er möchte schon. Aber sein Vater… Der will, daß er ein reiches Mädchen heiratet.«

»Der soll sich wundern. Ein reiches Mädchen, das die Wahl hat, nimmt so einen nicht. Man muß sich schon in unserer Lage befinden, wenn eine Mutter ihre Tochter einem solchen Mann gibt.«

»Ich werde mit ihm sprechen. Mach dir deswegen keine Sorgen.«

Die Mutter schwieg. Sie betrachtete immer noch Suzanne.

»Ist was passiert?«

»Nichts. Dazu habe ich keine Lust.«

Die Mutter seufzte, dann sagte sie schüchtern, mit leiser Stimme:

»Und wenn er anbeißt?«

Suzanne drehte sich um und sah sie lächelnd an. Aber die Mutter lächelte nicht. Ihre Mundwinkel bebten. Als wenn sie gleich weinen wollte.

»Mit dem werde ich schon fertig«, sagte Suzanne. »Sollst mal sehen, wie ich mit dem fertig werde…«

»Wenn du glaubst, daß du es nicht kannst, bleib lieber hier. Ich habe an allem Schuld…«

»Red doch kein dummes Zeug«, erwiderte Suzanne. »Niemand hat Schuld.«

»Doch, doch, ich habe Schuld.«

»Sei still«, flehte Suzanne, »sei still, wir wollen lieber nach Ram fahren.«

»Ja, tun wir das. Dann hast du wenigstens etwas, wenn es dir so viel Freude macht.«

Die Mutter änderte ihren Standpunkt: Sie wollte nicht mehr, daß sie allein im Bungalow bliebe, auch wenn die Tür offenstand. Zweifellos war sie der Ansicht, daß das nicht mehr genügte, um Herrn Jos Ungeduld zu reizen. Seit Herr Jo auf irgend etwas wartete, und sie wußte ganz genau, worauf er wartete, genügte das nicht mehr, ihn zu dem Heiratsantrag zu zwingen.

So empfing denn Suzanne Herrn Jo auf den Böschungen, die den Fluß begrenzten, im Schatten der Brücke. Alle warteten darauf, daß er sich entschied. Die Mutter hatte mit ihm gesprochen und ihm eine Frist von acht Tagen gegeben. Herr Jo war mit dieser Frist einverstanden gewesen. Er gestand der Mutter, daß sein Vater andere Absichten mit ihm hätte, und wenn es auch in der Kolonie nur wenig junge Mädchen gäbe, deren Reichtum es mit dem seinigen aufnehmen konnte, so wären sie doch zahlreich genug, so daß es sehr schwierig wäre, seinen Vater zum Nachgeben zu bewegen. Er versprach der Mutter aber, alles zu tun, um sein Ziel zu erreichen. Während die Tage verstrichen, die er, wie er sagte, dazu benutzte, seinen Vater umzustimmen, sprach er immer mehr, aber nur mit Suzanne, von dem Diamanten. Er wäre soviel wert wie der Bungalow. Er würde ihr den Diamanten schenken, wenn sie sich bereit erklärte, mit ihm eine dreitägige Reise in die Stadt zu machen.

Suzanne empfing ihn an der Stelle, von der aus sie noch vor einigen Wochen die Autos der Jäger beobachtet hatte.

»Noch nie hat mich jemand so behandelt«, sagte Herr Jo.

Suzanne lachte. Auch sie empfing Herrn Jo lieber hier. Sie war ganz der Meinung ihrer Mutter. Sie konnte jetzt auch in aller Gemütsruhe baden, während Herr Jo unter der Brücke auf sie wartete. Er wurde so von fast unwiderstehlicher Lächerlichkeit, und sie konnte ihn leichter ertragen.

»Wenn ich das meinen Freunden erzählte, keiner würde mir glauben«, fuhr er fort.

Der Nachmittag war heiß, und die Sonne stand hoch am Himmel. Die kleineren Kinder schliefen noch im Schatten der

Wurzelbäume. Die größeren hüteten die Büffel. Die einen saßen auf dem Rücken der Tiere, die anderen angelten dabei in den Tümpeln. Alle sangen. Ihre kleinen, grellen Stimmen erhoben sich in die ruhige, glühende Luft.

Die Mutter stutzte die Bananenstauden. Der Caporal setzte Stützstöcke und begoß die Pflanzen.

»Es gibt in der Ebene zuviel Bananen«, sagte Herr Jo spöttisch, »man füttert die Schweine damit.«

»Muß sie tun lassen, was sie will.«

Die Mutter tat so, als glaubte sie, ihre besonders gepflegten Bananenstauden brächten besonders schöne Früchte, die sie leicht verkaufen könnte. Aber vor allem pflanzte sie gern, einerlei, was es auch war, und selbst Bananen, von denen die Ebene voll war bis oben hin. Seit dem Mißerfolg mit den Dämmen verging kein Tag, an dem sie nicht etwas pflanzte, was wächst, Holz oder Früchte oder Blätter gibt oder auch nichts, was nur wächst. Vor einigen Monaten hatte sie einen Guau gepflanzt. Bis der Guau ein ausgewachsener Baum ist, vergehen hundert Jahre. Dann erst kann der Schreiner das Holz verwerten. Sie hatte ihn an einem Tage, an dem sie besonders traurig war, vielleicht weil sie an der Zukunft verzweifelte und nicht mehr aus noch ein wußte, gepflanzt. Als sie den Guau gepflanzt hatte, begann sie zu weinen und jammerte, daß sie keine bessere Spur ihres Erdenlebens hinterlassen könnte als einen Guau, dessen erste Blüten zu sehen ihr nicht einmal vergönnt wäre. Am nächsten Tag suchte sie den Guau vergebens: Joseph hatte ihn ausgerissen und in den Fluß geworfen. Die Mutter wurde böse. »Bäume, die hundert Jahre wachsen müssen, sind zum Kotzen.« Die Mutter hatte sich gefügt und sich seitdem den Pflanzen zugewendet, die schneller wachsen. »Hast genug andere Dinge, über die du jammern kannst«, hatte Joseph gesagt. »Pflanz doch Bananen.« Und das hatte sie getan, und nun galt ihre ganze Sorge den Bananen.

Wenn die Mutter sich nicht für die Pflanzen interessierte, dann interessierte sie sich für die Kinder.

Überall waren die Kinder. Sie waren eine Art Plage. Sie saßen in den Bäumen, auf den Zäunen, auf den Büffeln, hockten am Rande der Tümpel, fischten oder suchten im Schlamm die Zwergkrabben der Reisfelder. Auch im Fluß planschten sie, spielten oder schwammen. Und auch vorn in den Booten, die auf das Meer hinausfuhren, zu den grünen Inseln des Pazifik. Sie lachten und freuten sich, bis an den Hals steckten sie in großen Weidenkörben, lachten herzlicher als jeder andere auf der Welt. Und ehe man die Dörfer an der Flanke des Gebirges erreichte, ehe man noch die ersten Wurzelbäume sah, begegnete man den ersten Kindern der Walddörfer. Sie waren gegen die Mücken von oben bis unten mit Safran eingerieben, und hinter ihnen liefen ganze Rudel streunender Hunde. Denn wo die Kinder standen und gingen, immer waren sie von streunenden Hunden begleitet. Mager und verhungert und räudig waren die Hunde. In die Hühnerställe brachen sie ein, und die Malaien verjagten sie mit Steinwürfen und aßen sie nur in Zeiten großer Hungersnot, so mager waren sie und so zäh. Nur die Kinder freuten sich ihrer Gesellschaft. Und zweifellos hätten sie sterben müssen, wenn sie den Kindern nicht gefolgt wären, deren Exkremente ihre Hauptnahrung waren.

Sobald die Sonne untergegangen war, verschwanden die Kinder in den Strohhütten, wo sie auf dem Fußboden aus Bambusrohr einschliefen, nachdem sie ihre Schale Reis gegessen hatten. Mit Anbruch des Tages füllten sie wieder die Ebene, und die Hunde folgten ihnen. Sie hatten die ganze Nacht zwischen den Stützpfeilern der Hütten in dem warmen, stinkenden Schlamm der Ebene gelegen.

Mit den Kindern war es genau wie mit dem Regen, den Früchten und den Überschwemmungen. Jedes Jahr kamen sie, mit der Regelmäßigkeit der Flut, der Ernte oder der Blüte. Jede Frau der Ebene bekam, solange sie jung genug war, von ihrem Mann begehrt zu werden, jährlich ihr Kind. Während der trockenen Jahreszeit, wenn die Arbeiten auf den Reisfeldern nicht so dringlich waren, dachten die Männer mehr an die Liebe, und die Frauen wurden in dieser Zeit begattet. In den folgenden Monaten schwollen die Bäuche. Außer denen, die den Bauch der Mutter schon verlassen hatten, gab es die, die sich noch in ihm befanden. So ging das in aller Regelmäßigkeit weiter, vollzog sich wie in einem Rhythmus, als füllte sich in einem langen, tiefen Atemzug der Bauch jeder Frau jährlich mit einem Kind, stieße es aus, um ein neues einzuatmen.

Etwa ein Jahr lang lebten die Kinder in einem Sack aus Baumwolle, den sich die Mutter um Bauch und Schultern befestigte. Bis zum zwölften Lebensjahr rasierte man ihnen den Kopf, denn dann konnten sie sich selbst die Läuse absuchen. Und bis fast zu diesem Alter waren sie nackt. Dann bekamen sie einen Baumwollschurz. War das Kind ein Jahr alt, überließ die Mutter es den größeren Kindern. Sie nahm es nur zu sich, um es zu nähren oder ihm, von Mund zu Mund, von ihr vorgekauten Reis einzuflößen. Tat sie das zufällig in Gegenwart eines Weißen, so wandte er sich angeekelt ab. Die Mutter lachte darüber. Was bedeutete schon dieser Ekel in der Ebene? Seit tausend Jahren wurden die Kinder hier so ernährt. Um zu versuchen, ein paar vor dem Tode zu retten? Denn die Kinder starben in großen Mengen, und der Schlamm der Ebene enthielt viel mehr tote Kinder als der feste Boden lebendige, die herangewachsen waren und nun auf den Büffeln saßen und sangen. Sie starben in solchen Mengen, daß man keine Träne mehr um sie vergoß und ihnen schon lange kein Begräbnis mehr gönnte. Wenn der Vater von der Arbeit nach Hause kam, grub er vor der Hütte ein Loch und legte sein totes Kind hinein. Die Kinder wurden einfach wieder Erde, wie die wilden Wurzelbäume auf den Höhen, wie die kleinen Affen an der Mündung des Flusses. Sie starben besonders an der Cholera, die der Genuß der grünen Früchte des Wurzelbaums mit sich bringt, aber das schien niemand in der Ebene zu wissen. Jedes Jahr, wenn der Wurzelbaum Früchte ansetzte, sah man die Kinder in den Bäumen oder unter ihnen sitzen, wo sie ausgehungert warteten, und in den nächsten Tagen starben sie dann zahlreicher. Und im nächsten Jahr saßen andere in denselben Wurzelbäumen und starben ihrerseits, denn die Gier der ausgehungerten Kinder nach den grünen Früchten des Wurzelbaums ist ewig. Andere ertranken im Fluß. Wieder andere starben am Sonnenstich oder wurden blind. Andere hatten die gleichen Würmer wie die streunenden Hunde und starben den Erstickungstod.

Und es war gut, daß sie starben. Die Ebene war nur schmal, und es würden, im Gegensatz zu dem, was die Mutter immer hoffte, Jahrhunderte vergehen, bis die Flut zurückwich. Jedes Jahr vernichtete die Flut, die mehr oder weniger weit vordrang, einen Teil der Ernte und zog sich, wenn sie Schaden genug angerichtet hatte, wieder zurück. Aber ob sie nun weiter oder weniger weit vorstieß, die Kinder wurden deshalb doch geboren. Es war schon gut, daß so viele starben. Denn hätten die Kinder auch nur ein paar Jahre lang aufgehört zu sterben, die Ebene hätte derart von ihnen gewimmelt, daß man sie, die man nicht ernähren konnte, in der Nähe des Waldes ausgesetzt hätte. Aber wer weiß, vielleicht wären die Tiger ihrer auch bald überdrüssig geworden. Die Kinder starben also, und zwar auf die verschiedenste Weise. Und immer wieder kamen neue auf die Welt. Aber die Ebene lieferte an Reis, Fisch, Wurzelbaumfrüchten immer nur, was sie vermochte, und der Wald, was er konnte, an Ebern, an Mais und Pfeffer. Und die rosigen Münder der Kinder waren immer zusätzliche Münder, die Hunger hatten.

Während der ersten Jahre ihres Aufenthaltes in der Ebene hatte die Mutter immer ein oder zwei Kinder zu sich genommen. Aber jetzt war sie das leid. Denn auch mit den Kindern hatte sie kein Glück gehabt. Das letzte, dessen sie sich angenommen hatte, war ein einjähriges Mädchen gewesen, das sie einer Frau auf der Straße abgekauft hatte. Die Frau, die einen kranken Fuß hatte, hatte acht Tage gebraucht, um den Weg von Ram zurückzulegen. Immer wieder hatte sie unterwegs versucht, das Kind loszuwerden. In den Dörfern, in denen sie haltmachte, hatte man ihr gesagt: »Gehen Sie nach Banté,

dort lebt eine weiße Frau, die sich kleiner Kinder annimmt.«
Die Frau hatte die Konzession glücklich erreicht. Sie erklärte
der Mutter, das Kind behindere sie auf ihrer Rückwanderung
in den Norden, und bis dahin würde sie es niemals tragen
können. Eine furchtbare Wunde hatte ihr den Fuß von der
Ferse an zerfressen. Sie sagte, sie liebe ihr Kind so, daß sie
fünfunddreißig Kilometer auf der Spitze des kranken Fußes
gewandert sei, um es ihr zu bringen. Aber nun könne sie nicht
mehr. Sie wolle versuchen, auf dem Dach eines Autobusses
einen Platz zu finden und in ihre Heimat im Norden zurückzukehren. Sie kam aus Ram, wo sie ein Jahr lang als Lastträ-
gerin tätig gewesen war. Die Mutter hatte die Frau einige
Tage bei sich behalten und versucht, ihren kranken Fuß zu
heilen. Drei Tage lang hatte die Frau auf einer Matte im
Schatten des Bungalows geschlafen, war nur zum Essen aufgestanden und hatte dann weitergeschlafen, ohne sich nach
ihrem Kind zu erkundigen. Dann hatte sie sich von der Mutter verabschiedet. Die Mutter hatte ihr etwas Geld gegeben,
damit sie ein Stück des Weges nach Norden hin fahren
könnte. Sie hatte ihr das Kind wiedergeben wollen, aber die
Frau war noch jung und schön und wollte etwas vom Leben
haben. Sie wollte das Kind nicht. Die Mutter hatte das Kind
dann behalten. Es war ein kleines einjähriges Mädchen, das
aussah, als wäre es drei Monate alt. Die Mutter, die sich darauf verstand, wußte vom ersten Tage an, daß das Kind nicht
lange leben würde. Und doch hatte sie für das Kind – weshalb, weiß kein Mensch – eine kleine Wiege anfertigen lassen,
die sie in ihr Zimmer stellte. Auch Kleider hatte sie für das
Kind genäht.

Das kleine Mädchen lebte drei Monate. Als die Mutter es
eines Tages auszog, um es zu waschen, sah sie, daß die kleinen
Füße geschwollen waren. An diesem Tage wusch die Mutter
das Kind nicht. Sie legte es wieder in die Wiege und umarmte
es lange. »Das ist das Ende«, sagte sie, »morgen die Beine und
dann das Herz.« Die zwei Tage und die Nacht vor dem Tode
wachte sie bei dem Kind. Das Kind erstickte und erbrach

Würmer, die sie ihm aus dem Halse zog, indem sie sie um den Finger wickelte. Joseph hatte das Kind dann in seiner Wiege auf einer Lichtung im Walde beerdigt. Suzanne hatte das tote Kind nicht sehen wollen. Das war furchtbarer gewesen als mit dem Pferd, schlimmer als alles, schlimmer als die Dämme, als Herr Jo, als alles Unglück. Die Mutter, die von Anfang an damit gerechnet hatte, hatte tagelang geweint, war wütend geworden und hatte geschworen, sich nie wieder, »weder aus der Ferne noch aus der Nähe«, um Kinder zu kümmern.

Aber dann hatte sie es doch wieder getan. Jetzt aber nahm sie keine Kinder mehr zu sich.

»Man muß sie tun lassen, was sie will«, sagte Suzanne. »Sie läßt sich von niemand dreinreden.«

Sie zwang sie weiterhin, sich draußen aufzuhalten.

»Nein«, wiederholte Herr Jo, »so bin ich noch niemals behandelt worden.«

Er warf der Mutter einen haßerfüllten Blick zu. Jetzt mußte er jeden Tag ihretwegen sein Leben aufs Spiel setzen. Nicht immer war es unter der Brücke schattig, und er rechnete jeden Augenblick mit einem Sonnenstich. Als er das der Mutter andeutete, hatte sie geantwortet: »Ein Grund mehr, die Heirat zu beschleunigen.«

»Im Kino werden augenblicklich sehr gute Filme gegeben«, sagte er.

Suzanne, die barfuß war, versuchte, Grashalme mit den Zehen zu pflücken. Auf der Böschung ihr gegenüber weidete gemächlich ein Büffel, und auf seinem Rücken saß eine Amsel, die sich an seinen Flöhen delektierte. Das war das einzige Kino in der Ebene. Das und dann die Reisfelder, und wieder die Reisfelder, die sich, eins wie das andere, von Ram nach Kam unter einem eisengrauen Himmel erstreckten.

»Das erlaubt sie niemals«, sagte Suzanne.

Herr Jo grinste. In seinem Milieu war es selbstverständlich, daß die Mädchen bis zur Ehe unberührt blieben. Aber er wußte, daß man in anderen Milieus anders dachte. Er war der

Meinung, daß jene es, angesichts ihres Milieus, zum mindesten an Natürlichkeit fehlen ließen.

»Sie haben doch keine Jugend«, sagte er. »Ihre Mutter hat die eigene Jugend vergessen. Das kann doch unmöglich so bleiben.«

Ja, sie hatte genug von der Ebene, von den Kindern, die starben, der ewigen, alles beherrschenden Sonne, den flüssigen und grenzenlosen Räumen.

»Sie will nun einmal nicht, daß ich mit Ihnen schlafe.«

Er antwortete nicht. Suzanne wartete einen Augenblick.

»Jeden Abend ins Kino?«

»Jeden Abend«, versprach Herr Jo.

Er hatte sich eine Zeitung untergelegt, um seine Hose nicht zu beschmutzen. Er schwitzte, aber vielleicht nicht so sehr der Hitze als Suzannes Nacken wegen, der sich unter dem Haaransatz zeigte. Noch nie hatte er ihn berührt. Die andern paßten zu scharf auf.

»Jeden Abend ins Kino?«

»Jeden Abend«, wiederholte Herr Jo.

Für Suzanne wie für Joseph bedeuteten allabendlicher Kinobesuch und Autofahren eine der Formen, die das menschliche Glück annehmen konnte. Kurzum, alles, was trug, alles was sie trug, sei es die Seele oder den Körper, sei es über die Straßen oder in die Träume auf der Leinwand, die wirklicher waren als das Leben, alles, was ihnen die Hoffnung gab, die langsame Entwicklung der Jugend schnell zu erleben, war Glück. Während der wenigen Male, die sie in der Stadt gewesen waren, hatten sie fast den ganzen Tag im Kino gesessen, und sie sprachen heute noch von den Filmen, die sie gesehen hatten, mit einer Genauigkeit, als hätte es sich um die Erinnerung an gemeinsam erlebte Wirklichkeiten gehandelt.

»Und dann gehen wir tanzen, und jeder bewundert Sie. Sie werden die schönste von allen sein.«

»So bestimmt ist das nicht. Und weiter?«

Nie würde die Mutter ihre Zustimmung geben. Und selbst wenn sie es tat, Joseph würde sich widersetzen.

»Dann gehen wir schlafen«, sagte Herr Jo. »Ich rühre Sie nicht an.«

»Das ist nicht wahr.«

Sie glaubte nicht mehr an diese Reise. Sie war übrigens der Meinung, alle Überraschungen ausgeschöpft zu haben, die Herr Jo ihr bieten konnte, und so war ihr alles einerlei. Seit ein paar Tagen schaute sie wieder nach den Autos der Jäger, während sie mit ihm von Stadt, Kino und Heirat sprach.

»Und wann heiraten wir?« fragte sie. »Die Frist ist bald vorbei.«

»Ich wiederhole Ihnen«, antwortete Herr Jo langsam, »wenn Sie mir einen Beweis Ihrer Liebe gegeben haben. Wenn Sie bereit sind, diese Reise mit mir zu machen, werde ich bei der Rückkehr Ihre Mutter um Ihre Hand bitten.«

Suzanne lachte wieder und wandte sich ihm zu. Er senkte die Augen.

»Ist ja doch nicht wahr.«

Herr Jo errötete.

»Die Zeit, darüber zu sprechen, ist noch nicht gekommen«, fuhr er fort, »und es hätte auch keinen Sinn.«

»Ihr Vater würde Sie enterben.«

Die Mutter hatte ihr das Gespräch mit ihm wiederholt.

»Ihr Vater ist ein ausgemachter Esel. Das behauptet Joseph auch von Ihnen.«

Herr Jo antwortete nicht. Er zündete sich eine Zigarette an, als wollte er warten, bis sie mit ihren Fragen fertig war. Immer wieder verlangte die Mutter von ihr, diese eine Frage an ihn zu richten. Sie hatte es sehr eilig. Wenn Suzanne erst mal verheiratet war, würde ihr Herr Jo die Mittel zum Bau ihrer Dämme geben (sie sollten doppelt so stark sein wie die ersten und durch Zementpfeiler gestützt werden). Dann wollte sie auch den Bungalow ausbauen, das Dach erneuern, ein neues Auto kaufen und Josephs Zähne behandeln lassen. Sie war nun der Meinung, daß Suzanne allein für die Verzögerung ihrer Pläne verantwortlich sei. Diese Heirat müsse zustande kommen, sagte sie. Sie wäre die einzige Hoffnung, aus der

96

Ebene herauszukommen. Käme sie nicht zustande, bedeutete das, genau wie die Dämme, einen neuen Mißerfolg. Joseph ließ sie reden und sagte zum Schluß lediglich: »Tut der Kerl doch nicht, und das ist nur gut für Suzanne.« Suzanne wußte, daß diese Ehe nie zustande kommen würde. Sie hatte Herrn Jo nichts mehr zu sagen. Hundertmal hatte er ihr seinen Reichtum geschildert und von den Autos gesprochen, die sie haben würde, wenn sie verheiratet wären. Jetzt war es zwecklos, noch darüber zu sprechen. Wie über alles andere auch, die kleine Reise und den Diamanten.

Plötzlich empfand sie noch größere Langeweile. Wenn Herr Jo jetzt verschwände und Joseph käme, könnten sie zusammen zum Baden gehen. Seit Herr Jo sie besuchte, sah sie ihren Bruder kaum noch, erstens, weil Joseph behauptete, in Herrn Jos Gegenwart keine Luft zu bekommen, und zweitens, weil es zum Plan der Mutter gehörte, sie und Herrn Jo möglichst lange jeden Tag allein zu lassen. Suzanne sah Joseph nur noch in der Kantine in Ram, wo er sie dann und wann zum Tanz aufforderte, und dann badeten sie auch manchmal zusammen im Meer. Da Herr Jo nicht badete, hielt es die Mutter für wenig geschickt, ihn sich selbst zu überlassen. Sie fürchtete, das könnte ihn verbittern. Und richtig, wenn sie zusammen in Ram badeten, sah Herr Jo Joseph an, als wollte er ihm an die Kehle springen. Aber Joseph hätte Herrn Jo mit einem Faustschlag erledigt. Das war derart offensichtlich, wenn man sie nebeneinander sah, daß Herr Jo sich sagte, er könnte es nie und nimmer mit Joseph aufnehmen. Da war es schon besser, ihn nach Herzenslust zu verabscheuen.

»Ich habe sie mitgebracht«, sagte Herr Jo ruhig.

Suzanne fuhr auf.

»Was? Die Diamanten?«

»Die Diamanten. Sie sollen selbst aussuchen. Das sollen Sie immer. Man weiß ja nie, ob man das Richtige getroffen hat.«

Sie sah ihn zweifelnd an. Aber schon hatte er ein kleines Paket in Seidenpapier aus der Tasche genommen, das er lang-

sam öffnete. Drei Seidenpapiere fielen auf die Erde. Drei
Ringe lagen in seiner hohlen Hand. Suzanne hatte bisher Diamanten nur an den Fingern anderer gesehen, und von allen
Menschen, die Diamanten trugen, hatte sie nur Herrn Jo kennengelernt. Da lagen die fingerlosen Ringe nun in Herrn Jos
offener Hand, die er ihr entgegenstreckte.

»Sie haben meiner Mutter gehört«, sagte Herr Jo gefühl-
voll. »Sie liebte sie sehr.«

Wem die Ringe einmal gehört hatten, war ihr ganz einerlei.
Ihre Finger schmückte kein Ring. Sie streckte die Hand aus,
nahm den Ring mit dem größten Stein zwischen zwei Finger,
hob ihn gegen das Licht und betrachtete ihn lange mit ernstem Gesicht. Dann ließ sie die Hand sinken, legte den Ring
auf die Handfläche und steckte ihn an den Ringfinger. Ihre
Augen ließen den Diamanten nicht los. Sie lächelte ihn an.
Als sie noch klein war und ihr Vater noch lebte, hatte sie
zwei Kinderringe besessen. Der eine hatte einen kleinen Sa-
phir und der andere eine Perle. Die Mutter hatte sie später
verkauft.

»Was kostet der?«

Herr Jo lächelte, als hätte er auf diese Frage gewartet.

»Das weiß ich nicht, vielleicht zwanzigtausend Francs.«

Instinktiv betrachtete Suzanne Herrn Jos Ring: der Diamant war dreimal so groß. Aber dann wanderten ihre Gedanken ab... Der Diamant besaß eine ganz besondere Realität.
Weder sein Leuchten noch seine Schönheit waren wichtig,
sondern allein sein Wert, die bisher für sie unvorstellbare
Möglichkeit, ihn zu Geld machen zu können. Er war ein Gegenstand, ein Vermittler zwischen Vergangenheit und Zukunft. Er war ein Schlüssel, der die Zukunft öffnete und die
Vergangenheit für immer verschloß. Durch das reine Wasser
des Diamanten breitete sich funkelnde, leuchtende Zukunft
dar. Man betrat diese Zukunft ein wenig geblendet, verwirrt.
Die Mutter schuldete der Bank fünfzehntausend Francs. Bevor sie die Konzession kaufte, hatte sie Unterricht zu fünfzehn Francs die Stunde gegeben, hatte jeden Abend, zehn

Jahre lang, für vierzig Francs pro Abend im ›Eden‹ Klavier ge-
spielt. Nach zehn Jahren hatte sie mit ihren Ersparnissen eine
Konzession kaufen können. Suzanne wußte über alles genau
Bescheid, kannte alle Zahlen genau: die Höhe der Schuld bei
der Bank, den Preis des Benzins, den eines Quadratmeters des
Dammes, einer Klavierstunde, eines Paars Schuhe. Aber den
Preis des Diamanten hatte sie bisher nicht gekannt. Schon
früher hatte er ihr gesagt, er wäre soviel wert wie der ganze
Bungalow. Aber diesen Vergleich begriff sie erst jetzt, als sie
das kleine Ding über den Finger streifte. Sie dachte an alle
Preise, die sie kannte, verglich sie mit dem Wert des Ringes
und fühlte sich auf einmal ganz mutlos. Sie legte sich rück-
lings auf die Böschung und schloß die Augen vor dem, was
sie eben gehört hatte. Herr Jo wunderte sich, aber vielleicht
hatte er sich schon an das Wundern gewöhnt, denn er sagte
nichts.

»Gefällt Ihnen der am besten?« fragte er leise nach einem
Augenblick.

»Ich weiß es nicht. Den teuersten möchte ich haben«, sagte
Suzanne.

»Sie denken immer nur daran«, erwiderte Herr Jo.

Er lachte etwas zynisch bei diesen Worten.

»Den teuersten«, wiederholte Suzanne ernst.

Jo wurde ärgerlich.

»Wenn Sie mich liebten...«

»Auch wenn ich Sie liebte. Es ist unmöglich, wenn Sie mir
den Ring schenkten, würde man ihn verkaufen.«

Sie sah in der Ferne Joseph über die Straße kommen. Er war
immer noch auf der Suche nach einem andern Pferd und lief
seit acht Tagen von einem Dorf ins andere. Suzanne erhob
sich. Sie hatte ein fröhliches, helles Lachen. Sie rief ihn und
ging ihm entgegen.

»Komm mal schnell, Joseph.«

Ohne sich zu beeilen, kam Joseph näher. Er trug ein Khaki-
hemd und dazu eine kurze Hose in der gleichen Farbe. Den
Tropenhelm hatte er in den Nacken geschoben. Er war wie

immer barfuß. Seit sie Herrn Jo kannte, fand Suzanne ihren Bruder viel schöner als früher. Als Joseph neben ihr stand, streckte sie die Hand aus, und an ihrem Finger sah er den Diamanten. Er zeigte keinerlei Überraschung. So ein Diamant war vielleicht zu klein. Ein Auto hätte wahrscheinlich Eindruck auf ihn gemacht, aber nicht ein Diamant. Joseph hatte von Diamanten keine Ahnung. Das tat Suzanne leid. Aber auch das würde er noch lernen.

Nachdem Joseph den Ring zerstreut betrachtet hatte, erzählte er von dem Pferd.

»Unter fünfhundert Francs ist keines zu haben. In diesem Land hält es nicht einmal ein Pferd aus. Eins nach dem andern krepiert.«

Suzanne, die neben ihm stand, zeigte ihm die ausgestreckte Hand.

»Sieh doch mal.«

Joseph betrachtete den Ring.

»Ein Ring«, sagte er.

»Ein Diamant«, sagte Suzanne, »er ist zwanzigtausend Francs wert.«

Joseph betrachtete wieder den Ring.

»Zwanzigtausend Francs? Blödsinn!« sagte Joseph.

Er lächelte. Dann überlegte er. Plötzlich ging er, trotz seines Widerwillens, auf Herrn Jo zu, der fünfzig Meter entfernt unter der Brücke stand. Suzanne folgte ihm. Er ging bis dicht an Herrn Jo heran, setzte sich neben ihn und starrte ihn an.

»Warum haben Sie ihr den Ring gegeben?« fragte er nach einem kurzen Augenblick. Herr Jo war sehr blaß geworden und blickte auf seine Füße. Suzanne griff ein.

»Er hat ihn mir nicht geschenkt«, sagte sie und sah ihrerseits Herrn Jo an.

Joseph schien nicht zu verstehen.

»Er hat ihn mir nur geliehen, ich sollte ihn mal anprobieren.«

Joseph verzog das Gesicht und spuckte in den Fluß. Dann

starrte er Herrn Jo, der sich eine Zigarette angezündet hatte, wieder an. Als er ihn lange genug angestarrt hatte, spuckte er wieder in den Fluß. Das wiederholte sich. Joseph überlegte und spuckte bei jedem neuen Gedanken in den Fluß.

»Wenn's weiter nichts ist«, sagte er schließlich. »Das ist nicht der Rede wert.«

»Es eilt nicht«, sagte Herr Jo fast tonlos.

»Mußt ihn zurückgeben«, sagte Joseph zu Suzanne.

Dann wandte er sich an Herrn Jo.

»Sie haben ihn also nur mitgebracht, um ihn ihr zu zeigen?«

Herr Jo suchte vergeblich nach einer passenden Erwiderung. Joseph, der ihm gegenüberstand, schien sich zu beherrschen. Seine Stimme war schnell, rauh, aber er schrie nicht. Herr Jo wurde immer blasser. Suzanne sprang auf, stellte sich vor Herrn Jo und starrte ihn ihrerseits an. Wenn sie Joseph nicht sofort sagte, wer dieser Herr Jo war, würde sie es ihm nie mehr sagen können. Übrigens war das schon halb geschehen. Von diesem Schlag würde Herr Jo sich nie wieder erholen. Und dann hatte sie auch genug. Eines Tages mußte das ja doch ein Ende haben.

»Er will ihn mir schenken, wenn ich mit ihm fahre«, sagte Suzanne.

Herr Jo machte eine Bewegung, als wollte er Suzanne am Weitersprechen hindern. Er wurde noch blasser.

»Wohin?« fragte Joseph.

»In die Stadt.«

»Für immer?«

»Für acht Tage.«

Herr Jo fuhr mit der Hand durch die Luft, als wollte er Suzannes Worte widerlegen. Er schien einer Ohnmacht nahe.

»Suzanne drückt sich nicht richtig aus...«, sagte er mit flehender Stimme.

Joseph hörte nicht mehr zu. Er schaute jetzt auf den Fluß. Suzanne erkannte an seiner Miene, daß sie nie mit Herrn Jo fortgehen würde, ob verheiratet oder nicht.

»Wenn du den Ring nicht zurückgibst, schmeiße ich ihn in den Fluß«, sagte Joseph ruhig.

Suzanne zog den Ring vom Finger und reichte ihn Herrn Jo, hinter Josephs Rücken. Sie konnte nicht dulden, daß Joseph sich des Ringes bemächtigte und ihn in den Fluß warf. In diesem Punkt stand Suzanne auf Herrn Jos Seite. Der Diamant mußte gerettet werden. Herr Jo nahm den Ring und steckte ihn in die Tasche. Joseph drehte sich um und sah es. Er stand auf und ging auf den Bungalow zu.

»Jetzt ist alles aus«, sagte Herr Jo nach einem Augenblick.

»Das mußte so kommen«, erwiderte Suzanne. »Das kommt immer so.«

»Warum haben Sie es gesagt?«

»Einmal hätte ich es doch getan, ich hätte ihm bestimmt von dem Diamanten erzählt.«

Sie schwiegen einen Augenblick. Sie waren am Abend vorher lange in Ram geblieben, und Suzanne fühlte, daß sie müde war.

Herr Jo schien sehr bedrückt. Sein Auto stand auf der andern Seite der Straße, jenseits der Brücke. Es war wirklich eine herrliche Limousine. Nun fuhr sie wieder in den Norden, aus dem sie kam, und Herr Jo würde mit ihr davonfahren. Vielleicht hatte er nicht verstanden.

»Ich glaube, es hat keinen Sinn, daß Sie wiederkommen«, sagte Suzanne.

»Furchtbar«, versicherte Herr Jo. »Warum mußten Sie das sagen?«

»Ich hatte noch nie einen Diamanten gesehen, ich mußte es sagen. Sie hätten ihn mir nicht zeigen sollen. Aber das verstehen Sie nicht.«

»Furchtbar«, wiederholte Herr Jo.

Am Himmel flogen Knäkenten und hungrige Raben. Manchmal kam eine Ente herunter und tanzte über das trübe Wasser des Flusses. Monatelang und wieder monatelang sehe ich nun nichts anderes von der Welt.

»Eines Tages finde ich schon einen Jäger«, sagte Suzanne,

»oder einen Pflanzer aus der Gegend, oder einen Jäger von Beruf, der sich in Ram niederläßt, vielleicht Agosti, wenn er sich entschließt.«

»Ich kann nicht, es ist unmöglich«, stöhnte Herr Jo.

Er schien sich gegen ein unerträgliches Bild zu wehren. Er bebte.

»Ich kann nicht, ich kann nicht«, wiederholte er.

Wenn er jetzt abhaute, ginge ich mit Joseph zum Baden.

»Suzanne!« rief Herr Jo so laut, als wäre sie schon fort.

Er war aufgestanden und schien wie befreit, voller Jubel und Freude. Er hatte es gefunden.

»Ich schenke ihn Ihnen trotzdem«, rief er. »Sagen Sie das Joseph.«

Auch Suzanne erhob sich. Er hatte den Ring aus der Tasche genommen und reichte ihn Suzanne. Sie betrachtete ihn wieder. Er gehörte ihr. Sie nahm ihn. Sie steckte ihn nicht an den Finger, hielt ihn in der fest geschlossenen Hand und lief, ohne sich von Herrn Jo zu verabschieden, zum Bungalow.

Suzanne war zum Bungalow gelaufen. Joseph war nicht da. Aber die Mutter hatte sie angetroffen. Sie stand am Kocher und bereitete das Essen. Suzanne hatte ihr von weitem schon den Ring gezeigt.

»Sieh mal, ein Ring. Zwanzigtausend Francs. Und er hat ihn mir geschenkt.«

Die Mutter hatte nur aufgeblickt. Sie hatte nichts gesagt.

Herr Jo hatte unter der Brücke darauf gewartet, daß Suzanne zurückkäme, aber sie war nicht zurückgekommen, und er war fortgefahren.

Eine Stunde später, kurz bevor sie sich zu Tisch setzten, hatte die Mutter Suzanne besonders freundlich gebeten, ihr den Ring anzuvertrauen, damit sie ihn genauer betrachtete. Joseph, der in diesem Augenblick im Wohnzimmer saß, hatte gehört, wie sie Suzanne um den Ring bat.

»Gib ihn mir«, hatte sie freundlich gesagt, »ich habe ihn kaum gesehen.«

Suzanne hatte ihr den Ring gegeben. Sie hatte ihn in die offene Hand gelegt und lange betrachtet. Dann war sie, ohne weiter etwas zu sagen, in ihr Zimmer gegangen und hatte die Tür hinter sich abgeschlossen. Angesichts der Miene geheuchelten Zorns, die sie, als sie das Eßzimmer verließ, plötzlich aufgesetzt hatte, begriffen Suzanne und Joseph sogleich: sie wollte den Ring verstecken. Sie versteckte alles, das Chinin, die Konserven, den Tabak, alles, was verkauft oder gekauft werden konnte. Sie hatte ihn versteckt, weil sie von der abergläubischen Furcht besessen war, er könnte Suzannes zu jungen Händen entgleiten. Jetzt war der Ring vielleicht zwischen zwei Brettern der Wand oder in einem Sack mit Reis oder in der Matratze ihres Bettes versteckt. Vielleicht trug sie ihn auch an einer Schnur unter dem Kleid am Halse.

Bis zum Essen war von dem Ring nicht mehr die Rede gewesen. Suzanne und Joseph hatten sich zu Tisch gesetzt. Sie aber nicht. Sie saß abseits vom Tisch, an der Wand, in einem Sessel.

»Iß was«, sagte Joseph.

»Laß mich in Ruh.« Ihre Stimme klang böse.

Sie aß nicht, nicht einmal das Butterbrot, und verlangte auch nicht wie sonst ihren Kaffee. Joseph betrachtete sie voller Unruhe. Sie aber betrachtete ihn nicht, betrachtete nichts, starrte auf den Fußboden, ohne ihn zu sehen. Ihr Gesicht war wie von Haß verzerrt. Joseph konnte es aus irgendeinem Grund nicht ertragen, daß sie abseits von ihnen an der Wand saß, während sie aßen.

»Weshalb machst du so ein Gesicht?« fragte Joseph.

Sie wurde rot und schrie: »Der Kerl hängt mir zum Hals raus, zum Halse hängt er mir raus, und seinen Ring sieht er sein Lebtag nicht wieder.«

»Davon ist nicht die Rede«, erwiderte Joseph, »du sollst was essen.«

Sie stampfte mit dem Fuß auf und schrie:

»Und was ist dabei? Jeder andere würde ihn auch behalten.«

Dann schwieg sie wieder. Ein Augenblick verging. Joseph begann wieder: »Mußt deinen Kaffee trinken. Trink wenigstens deinen Kaffee.«

»Ich mag keinen Kaffee. Ich bin alt und müde und bin es leid, solche Kinder zu haben...«

Sie zögerte. Wieder errötete sie, und ihre Augen wurden trübe.

»Saubere Tochter, das...«

Dann begann sie wieder von dem, was sie beschäftigte.

»Nichts ist ekelhafter als Schmuck. Wozu eigentlich so was? Wer ihn trägt, braucht ihn nicht, braucht ihn weniger als alle anderen.«

Wieder schwieg sie und so lange, daß man, wäre ihr Körper nicht so starr gewesen, den Eindruck haben konnte, sie hätte sich beruhigt. Joseph hatte sie weiter nicht gedrängt, etwas zu sich zu nehmen. Es war das erstemal in ihrem Leben, daß die Mutter einen Gegenstand in der Hand hielt, der zwanzigtausend Francs wert war. »Gib ihn mir«, hatte sie freundlich gesagt. Suzanne hatte ihr den Ring gegeben. Sie hatte ihn lange betrachtet, war von seinem Anblick wie berauscht. Zwanzigtausend Francs. Das war doppelt soviel wie die Hypothek auf dem Bungalow. Während sie den Ring betrachtete, hatte Joseph den Kopf abgewandt. Ohne ein Wort zu sagen, war sie in ihr Zimmer gegangen und hatte den Ring versteckt. Nein, essen konnte sie jetzt nicht.

»So ein Lump! Ihm den Ring zurückgeben – kommt nicht in Frage. Nach all den Sauereien, die er hier gemacht hat.«

Weder Suzanne noch Joseph wagten sie anzusehen oder ihr zu antworten. Es war ihr mehr als peinlich, daß sie den Ring so ohne weiteres an sich genommen hatte und nun behielt. Denn eines war sicher: zurückgeben konnte sie ihn schon nicht mehr. Wie eine Irre wiederholte sie immer dasselbe und starrte dabei voller Scham auf den Fußboden. Es war nicht leicht, sie zu betrachten. Was hatte Suzanne getan, als sie ihr den Ring zeigte? Welche Jugend, welche alte, zurückgedrängte Glut, welche bisher ungeahnte Gier war in ihr beim Anblick des Ringes wach geworden? Schon war sie fest entschlossen, ihn zu behalten.

Als Suzanne sich vom Tisch erhob, war der Sturm losgebrochen. Sie war endlich aufgestanden. Sie hatte sich auf sie gestürzt und mit aller ihr noch verbliebenen Kraft mit den Fäusten auf sie eingeschlagen. Mit der ganzen Kraft des ihr zustehenden Rechts, die der ihres Zweifels gleichkam. Während sie sie schlug, sprach sie von den Dämmen, der Bank, von ihrer Krankheit, von dem Dach, den Klavierstunden, vom Kataster, von ihrem Alter, ihrer Müdigkeit und ihrem Tod. Joseph hatte nicht protestiert und sie Suzanne schlagen lassen. Zwei Stunden lang hatte es gedauert. Sie stand auf, fiel über Suzanne her und sank dann erschöpft in ihren Sessel, erschöpft, aber doch irgendwie beruhigt. Dann sprang sie wieder auf und stürzte sich wieder auf Suzanne.

»Sag's, und ich lasse dich in Ruh.«

»Ich habe nicht mit ihm geschlafen, er hat ihn mir so geschenkt, ich habe ihn nicht einmal darum gebeten. Er hat ihn mir erst gezeigt und dann geschenkt.«

Sie schlug wieder auf sie ein, wie unter einem Zwang, dessen sie nicht Herr werden konnte. Suzanne lag halbnackt in ihrem zerrissenen Kleid zu ihren Füßen und weinte. Als sie aufzustehen versuchte, stieß die Mutter sie mit dem Fuß zurück und schrie:

»Sag's, und ich lasse dich in Ruh.«

Sie konnte anscheinend nicht ertragen, daß Suzanne sich immer wieder bemühte, aufzustehen. Sobald Suzanne nur eine Bewegung machte, schlug sie wieder zu. Suzanne hob die Arme über den Kopf und schützte sich geduldig. Sie vergaß ganz, daß diese Gewalt von ihrer Mutter kam, und nahm sie hin wie die des Windes, der Wellen, wie sie jede andere unpersönliche Gewalt hingenommen hätte. Erst als die Mutter in ihren Sessel zurücksank, bekam sie wieder Angst wegen ihres durch die Anstrengung verzerrten Gesichtes.

»Sag's endlich«, wiederholte die Mutter. Ihre Stimme klang manchmal fast ruhig.

Suzanne antwortete nicht mehr. Die Mutter wurde es leid, sie vergaß. Manchmal gähnte sie, und sogleich schlossen sich ihre Lider, und der Kopf wackelte. Aber bei der geringsten Bewegung Suzannes oder wenn das Wackeln des Kopfes sie weckte und sie Suzanne zu ihren Füßen liegen sah, sprang sie auf und schlug wieder auf sie ein. Joseph blätterte in dem *Hollywood-Cinema*, dem einzigen Buch – es war sechs Jahre alt –, das die Familie besaß und dessen er noch nie überdrüssig geworden war. Wenn die Mutter wieder zuschlug, hörte er auf, in dem Buch zu blättern. Plötzlich sagte er:

»Du weißt doch ganz genau, daß sie nicht mit ihm geschlafen hat, verdammt noch mal. Weshalb haust du sie immer wieder?«

»Und wenn ich sie totschlage? Wenn es mir Spaß macht, sie totzuschlagen?«

Joseph blieb, weil er sie mit der Mutter in diesem Zustand nicht allein lassen wollte. Vielleicht war er seiner Sache doch nicht ganz sicher. Nachdem er sie eben angeschrien hatte, hatte sie Suzanne wieder geschlagen, aber weniger fest und jedesmal weniger lange. Jedesmal hatte Joseph sie von neuem angeschrien.

»Und wenn sie mit ihm im Bett gelegen hat, so ist das doch ganz einerlei.«

Ja, sie schlug mit weniger Sicherheit. Seit zwei Jahren schlug sie Joseph nicht mehr. Früher hatte sie auch ihn viel geschlagen, bis zu dem Tage, an dem er ihren Arm ergriffen und sie auf diese Weise unbeweglich gemacht hatte. Zuerst erstaunt, hatte sie schließlich mit ihm gelacht, im Grunde glücklich, daß er so stark geworden war. Seitdem hatte sie ihn nicht mehr geschlagen, nicht, weil sie ihn fürchtete, sondern weil Joseph ihr gesagt hatte, er ließe sich das nicht länger gefallen. Joseph war der Meinung, daß Kinder, besonders Mädchen, Prügel haben müßten, aber nur im Notfall. Seit dem Einsturz der Dämme und seit sie Joseph nicht mehr schlug, schlug die Mutter Suzanne viel öfter als vorher. »Wenn sie niemand mehr hat, dem sie Prügel austeilen kann«, sagte Joseph, »wird sie sich selbst in die Fresse hauen.«

Joseph würde bleiben, bis die Mutter sich schlafen gelegt hatte. Das war gewiß. Suzanne war ganz still.

»Und wenn sie mit ihm für den Ring geschlafen hat«, sagte er, »was ist dabei?«

Tief innerlich zufrieden und still. Das Getue der Mutter war ganz überflüssig. Der Ring war da, war im Hause. Zwanzigtausend Francs waren im Hause. Das war es, was zählte. Sie wußte auch sicher schon, was sie damit machen würde. Sie heute abend danach zu fragen war ausgeschlossen, aber morgen konnte sie sicherlich schon offen darüber sprechen. Ihn zurückzugeben war schon nicht mehr möglich. Meist ließ sich Suzanne nicht so ohne weiteres schlagen, aber heute abend fand sie das besser, als wenn die Mutter, nachdem sie den Ring an sich genommen hatte, sich wie sonst ruhig an den Tisch gesetzt hätte.

»Was ist schließlich ein Ring? In gewissen Fällen muß man einen Ring behalten.«

»Und ob man das muß!« sagte Joseph.

Wer hätte anderer Ansicht sein können? Vielleicht konnten sie nun ein neues Auto kaufen und einen Teil der Dämme wieder aufbauen. Vielleicht wurden sie, da sie den Ring hatten, reich an Reichtümern ganz anderer Art als denen von Herrn Jo. Sollte die Mutter doch schimpfen, soviel sie wollte.

Dieser Abend war ein besonders bedeutsamer Abend. Man hatte Herrn Jo den Ring abgeluchst, und der Ring war irgendwo im Hause, und keine Macht der Erde brachte ihn wieder aus dem Hause heraus. Lange hatte man auf diesen Abend gewartet, aber nun war es soweit, nun war er da. Nach all den Jahren, die ihnen immer nur Mißerfolg gebracht hatten, war es auch höchste Zeit. Ihr erster Erfolg. Kein Zufall, sondern ein Erfolg. Denn durch ihr jahrelanges Warten allein hatten sie diesen Ring verdient. Lange hatte es gedauert. Aber nun war es soweit. Der Ring war da. Sie hatten ihn. Hatten ihn in der Hand. Der andere hatte ihn hergegeben, damit er sich ihr nähern konnte, weiter nichts als sich ihr im Schatten der Brücke nähern konnte. Aber diesen Sieg, der allen Schlägen widerstand, konnte Suzanne mit niemand teilen, auch nicht mit Joseph.

»Ein Ring ist nichts. Hätte ich ihn abgelehnt, es wäre ein Verbrechen gewesen, in meinem Fall.«

Wer hätte anderer Meinung sein können? Wer in der Welt hätte anderer Meinung sein können? Ihn ablehnen, wenn er einem angeboten wurde – einfach unvorstellbar. Genug dieser Steine ruhten unfruchtbar in den Schatullen, während die Welt ihrer doch so sehr bedurfte. Aber der, den sie nun hatten, begann seinen Weg, befreit und von nun an fruchtbar. Und zum erstenmal, seit die blutigen Hände eines Schwarzen ihn aus dem Steinbett eines der grausigen Flüsse des Katanga herausgeholt hatten, erhob er sich, endlich befreit aus den gierigen und unmenschlichen Händen seiner Kerkermeister.

Sie schlug nun nicht mehr. Ganz ihren Gedanken hingegeben, überlegte sie zweifellos, was sie mit dem Ring machen sollte.

»Vielleicht sollten wir ein anderes Auto kaufen«, sagte Suzanne leise.

Joseph hörte auf, in dem *Hollywood-Cinema* zu blättern, und legte das Buch auf den Tisch. Auch er überlegte. Aber die Mutter betrachtete Suzanne und fing wieder an zu schimpfen.

»Kommt gar nicht in Frage. Wir bezahlen unsere Schulden bei der Bank und erneuern vielleicht das Dach. Was geschieht, das bestimme ich.«

Es war also doch noch nicht soweit, wie sie angenommen hatte. Sie mußte noch warten.

»Wir bezahlen die Bankschulden«, sagte Suzanne, »und erneuern das Dach.«

Warum fing sie wieder an zu schlagen, als sie Suzanne lächeln sah? Sie sprang auf, stürzte sich auf die Tochter und stieß sie zu Boden.

»Ich kann nicht mehr. Ich müßte schon längst im Bett liegen...«

Suzanne hob den Kopf und sah sie an.

»Ich habe mit ihm geschlafen«, sagte sie. »Er hat ihn mir geschenkt.«

Die Mutter ließ sich in ihren Sessel sinken. ›Jetzt schlägt sie mich tot‹, dachte Suzanne, ›und auch Joseph kann sie nicht daran hindern.‹ Aber die Mutter sah Suzanne starr an, hob die Arme, als wollte sie sich auf sie stürzen, dann ließ sie die Arme wieder sinken und sagte ruhig: »Das ist nicht wahr, du lügst.«

Joseph war aufgestanden und hatte sich der Mutter genähert. »Wenn du sie noch einmal anrührst«, sagte er leise, »dann haue ich mit ihr ab nach Ram. Du bist eine bescheuerte Alte. Das weiß ich jetzt genau.«

Die Mutter sah Joseph an. Wenn er jetzt gelacht hätte, hätte sie vielleicht in sein Lachen eingestimmt. Aber er lachte nicht. Erschöpft blieb sie im Sessel sitzen, war so traurig, daß man sie nicht wiedererkannte. Suzanne, die der Länge nach neben Josephs Sessel auf dem Fußboden lag, weinte. Warum hatte die Mutter wieder angefangen? Vielleicht war sie verrückt. Das Leben war furchtbar, und die Mutter war ebenso furchtbar wie das Leben. Joseph hatte sich wieder gesetzt und sah nun sie, Suzanne, an. Er war das einzig Gute im Leben, er, Joseph. Nachdem Suzanne dieses Gute, das so zurückhaltend und unter so viel Härte verborgen war, entdeckt hatte, erkannte sie gleichzeitig, was alles an Schlägen und Geduld notwendig gewesen war und zweifellos noch notwendig sein würde, damit es in Erscheinung trat. Sie begann zu weinen.

Bald war die Mutter eingeschlafen. Und plötzlich, mit herabhängendem Kopf und halb geöffnetem Mund, vollständig dem Schlaf hingegeben, trieb sie leicht dahin, als könnte sie kein Wässerchen trüben. Man konnte ihr nicht böse sein. Sie hatte das Leben so unsagbar geliebt, und ihre unermüdliche, unheilbare Hoffnung hatte aus ihr gemacht, was sie jetzt war, die Frau, die sogar an der Hoffnung verzweifelte. Diese Hoffnung hatte sie verbraucht, vernichtet, sie derart von allem entblößt, daß ihr Schlaf, der ihr Ruhe brachte, daß auch der Tod, so schien es, nichts mehr gegen sie vermochten.

Suzanne kroch bis an die Tür von Josephs Zimmer und wartete auf das, was er täte.

Er betrachtete die schlafende Mutter einige Zeit. Sie hatte die Hände in die Armlehnen ihres Sessels gekrallt und die Brauen zusammengezogen. Dann stand er auf und ging zu ihr. »Geh schlafen. Im Bett hast du es besser als hier auf dem Sessel.«

Die Mutter fuhr aus dem Schlaf auf und ließ die Blicke durch das Zimmer schweifen.

»Wo ist sie?«

»Geh zu Bett... Sie hat nicht mit ihm geschlafen.«

Er küßte sie auf die Stirn. Suzanne hatte ihn die Mutter nur küssen sehen, wenn sie nach ihrem Anfall wie leblos dalag und er glaubte, es ginge mit ihr zu Ende.

»Ach«, sagte die Mutter weinend, »ach! Das weiß ich ja.«

»Mach dir wegen des Ringes keine Sorgen mehr, den verkaufen wir.«

Sie nahm den Kopf in die Hände und weinte.

»Ach, ich bin eine alte Frau, die den Verstand verloren hat...«

Joseph half ihr beim Aufstehen und brachte sie in ihr Zimmer. Dann sah Suzanne nichts mehr. Sie setzte sich auf Josephs Bett. Zweifellos half er ihr beim Zubettgehen. Kurz darauf kam er wieder in das Eßzimmer, nahm die Lampe und ging zu seiner Schwester. Er stellte die Lampe auf den Fußboden und setzte sich auf einen Sack mit Reis, der am Fußende des Bettes stand.

»Sie hat sich schlafen gelegt. Tu das auch.«

Suzanne aber wollte noch bleiben. Nur selten betrat sie Josephs Zimmer. Es war das kahlste Zimmer des Bungalows. Außer dem Bett enthielt es kein Möbelstück. Die Wände dagegen waren mit Gewehren und Fellen bedeckt, die er selbst gerbte und die langsam verfaulten und einen faden und widerlichen Geruch ausströmten. Im Hintergrund, zum Fluß hin, befand sich die Vorratskammer, die die Mutter durch eine Wand von der Veranda hatte abtrennen lassen. Seit sechs Jahren verwahrte sie hier die Konserven, die kondensierte Milch, den Wein, das Chinin, den Tabak. Den Schlüssel hatte sie Tag und Nacht bei sich, er hing an einer Schnur an ihrem Hals. Vielleicht befand sich der Ring auch dort, im Dunkel einer Milchdose.

Suzanne weinte nicht mehr. Sie dachte an Joseph. Er saß auf dem Sack mit Reis, inmitten dieser Dinge, an denen er mehr hing als an allem anderen: seinen Gewehren und Fellen. Joseph war Jäger und nichts anderes. Er machte noch mehr orthographische Fehler als sie. Die Mutter hatte schon immer gesagt, daß er zum Lernen nicht tauge, nur Sinn für Maschinen, für Autos und die Jagd habe. Vielleicht hatte die Mutter recht. Aber vielleicht sagte sie das auch nur, um eine Entschuldigung dafür zu haben, daß sie ihn nichts hatte lernen lassen. Seit sie in der Ebene waren, ging Joseph auf die Jagd. Mit vierzehn Jahren hatte er angefangen, nachts zu jagen. Er hatte sich Hochsitze gebaut und machte sich heimlich, ohne daß die Mutter es merkte, barfuß auf den Weg. Es gab für ihn nichts Schöneres auf der Welt, als an der Mündung des Flusses auf den Panther zu warten. Nächtelang konnte er warten, tagelang, allein, bei jedem Wetter, flach auf dem Bauch liegend. Einmal hatte er drei Tage und zwei Nächte gewartet und war dann mit einem zweijährigen Panther nach Hause gekommen. Er hatte ihn als Galion in die Spitze des Bootes gelegt, und alle Bauern hatten sich an den Ufern des Flusses versammelt, um ihn ankommen zu sehen.

Wenn er, wie heute abend, mühsam und voller Widerwillen nachdachte, konnte man nicht umhin, ihn sehr schön zu finden und ihn gern zu haben.

»Los«, sagte Joseph, »denk nicht mehr dran…«

Er sah müde aus. Er sagte ihr, sie solle gehen, und augenscheinlich vergaß er gleich hinterher, daß sie noch da war.

»Bist du traurig?« fragte Suzanne.

Er hob die Augen und bemerkte sie, wie sie in dem zerrissenen Kleid auf dem Rand seines Bettes saß.

»Hat's weh getan?«

»Das ist es nicht…«

»Bist du es auch leid?«

»Ich weiß nicht.«

»Was bist du denn leid?«

»Alles«, erwiderte Suzanne, »genau wie du. Ich weiß nicht.«

»Verdammter Dreck«, sagte Joseph. »Mußt auch mal an sie denken. Sie ist alt. Wir merken das nicht so. Und sie ist alles noch mehr leid als wir. Und dann ist es für sie auch aus damit…«

»Womit aus?«

»Mit dem Spaß. Sie hat nie viel Spaß gehabt und wird auch nie wieder Spaß haben. Dazu ist sie zu alt. Sie hat keine Zeit mehr. Los, geh zu Bett, ich will schlafen.«

Suzanne stand auf. Als sie das Zimmer verließ, fragte Joseph sie:

»Hast du mit ihm geschlafen oder nicht?«

»Nein, ich habe nicht mit ihm geschlafen.«

»Ich glaube dir. Meinetwegen mit jedem anderen, nur nicht mit diesem Schweinehund. Mußt ihm morgen sagen, daß er sich hier nie wieder blicken läßt.«

»Nie wieder?«

»Nie wieder.«

»Und dann?«

»Weiß ich nicht«, erwiderte Joseph. »Das wird sich schon finden.«

Am nächsten Tag kam Herr Jo wie gewöhnlich. Suzanne erwartete ihn in Höhe der Brücke.

Sobald sie das Hupen des Léon Bollée vernahm, hörte die Mutter mit der Arbeit an den Bananenstauden auf und sah zur Straße hin. Sie hoffte immer noch, daß alles wieder in Ordnung käme. Joseph, der auf der anderen Seite der Brücke sein Auto am Rande eines Tümpels wusch, richtete sich auf, und den Rücken der Straße zugewandt, sah er die Mutter an, damit sie sich nicht rührte und nicht auf Herrn Jo zuging.

Suzanne, die barfuß war, trug eines ihrer alten Kleider aus blauer Baumwolle, das aus einem alten Kleid der Mutter verfertigt war. Sie hatte das Kleid, das Herr Jo ihr geschenkt hatte, versteckt. Nur ihre Füße und Hände mit den roten Nägeln trugen noch die Spuren ihrer Begegnung.

Als sie zu Mittag aßen, hatte Joseph seinen Entschluß bekanntgegeben, ein für allemal mit Herrn Jo und seinen Besuchen bei Suzanne Schluß zu machen.

»Hat keinen Zweck mehr, daß er kommt«, hatte Joseph gesagt. »Und Suzanne muß ihm das unter die Nase reiben.«

Leicht war es nicht gewesen. Kaum war die Mutter wach, als sie schon Pläne zu machen begann. Sie wollte in die Stadt fahren, um den Ring zu verkaufen. Damit war Joseph gern einverstanden gewesen. Er hatte nicht gleich morgens davon angefangen, daß mit Herrn Jo Schluß gemacht werden sollte, und als die Mutter dann kurz nach dem Aufstehen mit Suzanne allein war, hatte sie wieder nach dem Wert des Ringes gefragt. Zwanzigtausend Francs, hatte Suzanne geantwortet. Und dann hatte sie sie gefragt, ob Herr Jo noch viele andere Ringe hätte, über die er verfügen konnte. Suzanne hatte ihr erzählt, daß sie unter drei Ringen, die alle sehr schön, von denen zwei aber nicht so wertvoll gewesen wären, hätte wählen können. Davon, daß er auch die beiden anderen verschenken würde, hätte er nichts gesagt. Er hätte immer nur von einem Ring gesprochen.

»Wenn wir die drei Ringe hätten, wären wir gerettet. Sag ihm das mal, vielleicht kapiert er's, und wir wären aus allem raus.«

»Das ist dem doch ganz einerlei.«

Sie konnte das nicht glauben.

»Wenn du es ihm anhand von Zahlen erklärst, muß er es doch begreifen. Was bedeutet das schon für ihn? Er kann die Ringe doch nicht alle auf einmal tragen, und wir wären gerettet.«

Suzanne hatte Joseph das Gespräch mit der Mutter berichtet, aber er hatte darauf bestanden, daß mit Herrn Jo nun Schluß gemacht würde. Beim Mittagessen hatte er es gesagt.

»Schluß machen?« hatte die Mutter gefragt. »Was geht denn dich das an?«

Ruhig hatte Joseph geantwortet: »Schluß. Wenn sie es ihm nicht sagt, tu' ich es.«

Die Mutter war sehr rot geworden und vom Tisch aufgestanden. Sie hatte Suzanne forschend angesehen. Zweifellos hätte sie gern gehabt, daß sie ihm etwas erwiderte. Aber Suzanne hatte die Augen niedergeschlagen und aß. Dann hatte sie erraten, daß die beiden unter einer Decke steckten, und sie war ganz verzweifelt gewesen. Aufrecht zwischen den beiden stehend, hatte sie, plötzlich außer sich, angefangen zu schimpfen, aber weniger heftig als sonst, fast schüchtern.

»Und was soll aus uns werden?«

»Müssen wir abwarten«, hatte Joseph ruhig erwidert. »Wenn die Jäger hierherkommen, sind sie ohne Frauen. In den Bergen wimmelt es von Jägern, im Norden auch. Müssen mal überlegen, ob wir nicht dahin gehen. Mit Herrn Jo ist jedenfalls Schluß.«

Sie hatte sich widersetzt. Aber Josephs Ton hatte sie erkennen lassen, daß aller Widerstand umsonst war.

»Die Jäger haben nichts zu beißen und zu braten. Mit ihm wäre ich beruhigter gewesen.«

Joseph hatte ihr in aller Behutsamkeit widersprochen. Er war aufgestanden und auf sie zugegangen. Suzanne, die immer noch die Augen niedergeschlagen hatte, wagte es nicht, die beiden anzusehen.

»Hast du dir den Kerl denn niemals genau angesehen? Meine Schwester legt sich mit dem nicht ins Bett. Und wenn sie auch nichts besitzt, ich will nicht, daß sie mit dem schläft.«

Sie hatte sich wieder gesetzt. Sie hatte versucht, auf Umwegen ihr Ziel zu erreichen.

»Ich meine, man sollte nicht gleich Schluß machen. Sollte lieber noch ein wenig damit warten. Was meinst du, Suzanne?«

Joseph war nur noch härter geworden. Von dem Ring hatte er noch kein Wort gesagt.

»Sofort. Brauchst sie nicht zu fragen, was sie denkt. Sie hat noch mit keinem geschlafen. Sie hat keine Ahnung, wie das ist.«

»Sie soll sagen, was sie denkt.«

»Ich möchte lieber einen Jäger«, sagte Suzanne.

»Immer wieder diese kümmerlichen Jäger. Wir bringen es zu nichts.«

Niemand hatte geantwortet. Und dann hatte man kein Wort mehr darüber verloren.

Zur gewohnten Stunde fuhr Herr Jo über die Brücke. Er saß hinten in seiner herrlichen Limousine. Es hatte die Nacht über geregnet, und das Auto war von oben bis unten mit Dreck bespritzt. Aber Herr Jo fuhr bei jedem Wetter täglich fünfzig Kilometer, um Suzanne zu sehen. Sobald er sie erblickte, ließ er den Wagen in der Nähe der Brücke halten. Suzanne ging bis an die Wagentür, und Herr Jo stieg gleich aus. Er trug wie immer einen seidenen Anzug. Joseph hatte noch nie einen seidenen Anzug besessen. Herr Jo trug nur seidene Anzüge. Wenn sie ein wenig abgetragen waren, schenkte er sie seinem Chauffeur. Er sagte, Seide wäre angenehmer als Baumwolle, und er könnte wegen seiner empfindlichen Haut nur Seide tragen. Ja, der Unterschied zwischen ihnen und Herrn Jo war groß.

»Sie haben auf mich gewartet?« sagte Herr Jo. »Das ist lieb von Ihnen.«

Suzanne stand neben ihm. Er ergriff ihre Hand und küßte sie. Er hatte weder die Mutter noch Joseph, die unbeweglich warteten, gesehen. Wenn sie seiner ansichtig wurden, arbeiteten sie meist mit größerem Eifer, um seinen Gruß nicht erwidern zu müssen. Suzanne entzog Herrn Jo die Hand und blieb stehen.

»Ich wollte Ihnen nur sagen, daß Sie mich nicht mehr besuchen sollen.«

Herrn Jos Gesicht änderte sich. Er nahm den Hut ab und setzte ihn wieder auf. Er sah Suzanne verwirrt an.

»Was sagen Sie?«

Seine Stimme klang plötzlich dumpf. Er setzte sich auf die Böschung, ohne daran zu denken, daß er seinen Anzug beschmutzte, ohne die Zeitung aus der Tasche zu nehmen und sie auf dem Boden auszubreiten, wie er das sonst tat. Suzanne, die immer noch neben ihm stand, wartete, daß er ihre Worte begriffe. In der Ferne warteten Joseph und die Mutter auch. Herr Jo hatte sie endlich gesehen. Die Mutter hoffte zweifellos immer noch, daß alles in Ordnung käme und Herr Jo unter dem Druck dieser Drohung zurückkehrte, die Tasche voller Diamanten, um alles wiedergutzumachen. Joseph hoffte der Mutter wegen, daß Herr Jo recht bald verstünde.

»Sie dürfen nicht wiederkommen«, sagte Suzanne, »nie wieder.«

Er schien sie immer noch nicht zu verstehen. Ihm war der Schweiß ausgebrochen. Immer wieder nahm er den Hut ab und setzte ihn immer wieder auf, als wäre das in Zukunft seine einzige Bewegung. Immer wieder wanderte sein Blick von Suzanne zu der Mutter, von der Mutter zu Joseph, von Suzanne zu Joseph, immer wieder. Er dachte dies und dachte das und versuchte krampfhaft zu verstehen. Man sagte ihm, er dürfe nicht wiederkommen, sagte ihm das, nachdem er ihnen am Tage vorher den Diamanten geschenkt hatte. Wieder nahm er den Hut ab und setzte ihn wieder auf, und das schien so lange dauern zu sollen, bis er begriffe.

»Wer hat das bestimmt?« fragte er mit etwas festerer Stimme.

»Sie«, sagte Suzanne.

»Ihre Mutter?« fragte Herr Jo wieder, plötzlich skeptisch.

»Sie. Und Joseph ist damit einverstanden.«

Herr Jo warf wieder einen Blick zur Mutter hin. Sie betrachtete ihn immer noch mit den Augen der Liebe. Sie konnte es nicht gewesen sein.

»Was ist passiert?«

Wenn er jetzt verschwände, ginge ich zu Joseph. Er war heute wie sein Auto, und sein Auto war wie er, und beide waren einander wert. Gestern noch war sein Auto nicht gleichgültig gewesen, denn es bestand Aussicht, daß man es eines Tages haben würde. Aber heute war es für Suzanne in weite Ferne gerückt. Kein Faden, nicht der dünnste, verband sie mehr mit diesem Auto. Und so wurde das Auto lästig und häßlich.

»Sie gefallen ihnen nicht. Und dann auch wegen des Ringes.«

Herr Jo nahm den Hut wieder ab. Er überlegte wieder.

»Ich habe ihn Ihnen doch geschenkt, einfach geschenkt…«

»Das ist schwer zu erklären.«

Herr Jo setzte den Hut wieder auf. Seine Überlegungen hatten zu keinem Schluß geführt. Er begriff das alles nicht. Er machte nicht den Eindruck, als wollte er gehen, er wartete darauf, daß er eine Erklärung erhielt. Er hatte Zeit. Sie aber nicht; je länger die Unterhaltung dauerte, desto größer wurde die Hoffnung der Mutter.

»Das ist furchtbar«, sagte Herr Jo. »Das ist ungerecht.«

Er schien sehr zu leiden. Aber mit dem Leiden war es genau wie mit seinem Auto. Es war lästiger und häßlicher als sonst, und kein noch so dünner Faden konnte einen mit ihm verbinden.

»Sie müssen gehen«, sagte Suzanne.

Plötzlich begann er zynisch, gezwungen zu lachen.

»Und der Ring?«

Auch Suzanne lachte. Wenn er den Ring wiederhaben wollte, konnte die Sache komisch werden. Herr Jo war ein einfältiger Mensch. So reich er auch war, neben ihnen war er ein Einfaltspinsel. Er glaubte, daß sie ihm den Ring zurückgäben. Suzannes Lachen klang frisch und natürlich.

»Den Ring habe ich«, sagte sie.

»Und was haben Sie mit dem Ring vor?« sagte Herr Jo, in dessen Zynismus sich etwas wie Bosheit mischte.

Suzanne lachte wieder. Herrn Jos Millionen änderten in keiner Weise die ihm angeborene Einfalt. Dieser Ring gehörte ihnen nun so gänzlich und wäre ihnen ebenso schwer wieder zu nehmen, wie wenn sie ihn verschluckt und verdaut hätten und er schon ein Teil ihres Fleisches geworden wäre.

»Den wollen wir morgen in der Stadt verkaufen.«

Herr Jo machte immer wieder »hm! hm!«, als wenn sich alles auf einmal aufklärte. Er lächelte, und vielleicht war dieses Lächeln bedeutungsvoll. Dann fügte er hinzu:

»Und wenn ich ihn wiederhaben will?«

»Ausgeschlossen. Aber nun müssen Sie endlich gehen.«

Er lachte nicht mehr. Er betrachtete sie lange und wurde sehr rot. Er hatte nichts begriffen. Er nahm den Hut wieder ab. Seine Stimme klang verändert und traurig.

»Sie haben mich nie geliebt. Nur auf den Ring hatten Sie es abgesehen.«

»Nicht eigentlich darauf. Ich habe nie an den Ring gedacht. Sie haben davon angefangen. Ich wollte viel mehr. Aber jetzt habe ich ihn, und ehe ich ihn Ihnen wiedergebe, schmeiße ich ihn lieber in den Fluß.«

Er konnte sich nicht entschließen zu gehen. Er überlegte wieder, und seine Überlegungen dauerten so lange, daß Suzanne ihn erinnerte:

»Sie müssen jetzt gehen.«

»Sie sind sehr unmoralisch«, sagte Herr Jo im Ton tiefster Überzeugung.

»Wir sind nun mal so. Sie müssen jetzt gehen.«

Er erhob sich mühsam, faßte den Türgriff des Autos, wartete einen Augenblick und sagte drohend:

»So einfach geht das nicht. Morgen bin ich auch in der Stadt.«

»Das können Sie sich sparen. Sie erreichen doch nichts.«

Endlich stieg er in das Auto und sagte seinem Chauffeur ein paar Worte. Der Chauffeur wendete den Wagen auf der Stelle. Die Straße war schmal, und das Wenden dauerte lange und war nicht so einfach. Meist vollführte der Wagen die Wendung in zwei Malen. Er benutzte dabei den Weg, der zum Bungalow führte. Heute aber verzichtete er stolz darauf. Joseph, der am Rande des Tümpels stand, beobachtete trotzdem das Manöver. Unbeweglich stand die Mutter da, von tiefem Schmerz ergriffen, und mußte sehen, wie Herr Jo für immer davonfuhr. Das Auto hatte noch nicht ganz gewendet, als sie in den Bungalow eilte. Suzanne ging auf Joseph zu. In dem Augenblick, als das Auto an ihr vorbeifuhr, gewahrte sie flüchtig Herrn Jo, der ihr durch die Scheibe hindurch einen flehenden Blick zuwarf. Sie ging quer durch das Reisfeld, um schneller bei Joseph zu sein.

Er war mit dem Waschen des Autos fertig. Jetzt pumpte er einen Reifen auf.

»Fertig«, sagte Suzanne.

»War die höchste Zeit…«

Der Reifen, den Joseph flickte, hatte drei Löcher. Der Luftschlauch war noch gut, und Joseph hatte Stücke eines alten Reifens zwischen Luftschlauch und Reifen gelegt, um ihn an den betreffenden Stellen zu verstärken. Er pumpte den Reifen voll auf, so daß die Unterlagen sich nicht verschieben konnten. Suzanne setzte sich an den Rand des Tümpels und sah ihm beim Aufpumpen zu.

»Dauert's noch lange?« fragte Suzanne.

»Eine halbe Stunde. Weshalb?«

»Ich meinte nur.«

Es war sehr warm. Suzanne sah Joseph nicht länger bei seiner Arbeit zu. Sie drehte sich um, hob den Rock und watete in den Tümpel. Dann besprengte sie sich die Beine bis zu den Schenkeln. Köstlich war das. Seit einem Monat, dachte sie plötzlich, wartete sie darauf, ungestraft den Rock heben und in den Tümpel gehen zu können. Ihre Bewegung runzelte die Oberfläche des Wassers und erschreckte die Fische. Sie hätte ganz gern eine Angel aus dem Bungalow geholt, aber sie wagte nicht, ihn ohne Joseph zu betreten. Als Joseph den ersten Reifen geflickt hatte, machte er sich an den Ersatzreifen, der auch schadhaft war. Er nahm den Schlauch aus dem Reifen. Man konnte Joseph nie helfen, wenn er an dem B. 12 arbeitete. Manchmal fluchte er.

»So 'ne Saukarre!«

Im Tümpel spiegelte sich wogend das Gebirge vor einem grauweißen Himmel. Heute nacht würde es wieder regnen. Nach dem Meer zu türmten sich dicke violette Wolken auf. Nach dem Nachtgewitter würde es morgen früh frisch sein. Spätabends würden sie die Stadt erreichen, falls unterwegs kein Reifen platzte. Am nächsten Morgen wollten sie den Ring verkaufen. Das war das wichtigste. Die Stadt war voller Menschen. »Wer ist denn das schöne Mädchen? Sie kommt aus dem Süden, niemand kennt sie.« Die Mutter mochte sagen, was sie wollte. Für Suzanne fand sich sicher ein Mann in der Stadt. Vielleicht ein Jäger, vielleicht ein Pflanzer, aber sie fand sicher einen Mann.

Joseph hatte den Reifen wieder aufgezogen.

»Gehen wir in die Berge? Ein paar Hühner holen, damit wir unterwegs was zu essen haben?«

Suzanne erhob sich und lachte Joseph zu.

»Los, gehen wir sofort, Joseph.«

»Ich bringe die Karre eben unter den Bungalow. Dann gehen wir.«

Schon lange war Joseph nicht mehr in der Stadt gewesen, und er freute sich auf die Fahrt.

Joseph stellte den Wagen unter den Bungalow, aber er trat nicht ins Haus. Das wäre nach Herrn Jos Abfahrt zu früh gewesen. Für gewöhnlich ging er nie ohne Gewehr in den Wald.

Sie durchquerten den Teil der Ebene, der den Bungalow von der Straße und dem Gebirge trennte. Das Gelände stieg sanft an, und die Reisfelder verschwanden, machten einem harten und hohen Gras, dem sogenannten Tigergras, Platz, durch das abends die wilden Tiere strichen. Bis zum Wald brauchte man eine halbe Stunde.

»Was hat er gesagt?« fragte Joseph.

»Er will auch in die Stadt.«

Joseph lachte. Man fühlte, wie glücklich er war.

Der Weg wurde schmaler. Die Steigung des Geländes wurde steiler, und der Wald kündigte sich durch eine Lichtung an, auf der Ziegen und Schweine weideten. Sie kamen durch ein elendes Dorf, das nur aus ein paar Hütten bestand. Und dann begann der Wald wirklich, folgte der Linie der urbar gemachten Felder. Die Einwohner der Ebene waren nie über diese Linie hinaus gegangen, das hatte keinen Sinn; die für den Anbau von Pfeffersträuchern geeignete Bodenart fand sich viel höher in den Bergen, und für die paar Ziegen, die sie hatten, brauchten sie nicht viel Wiesengelände.

»Und der Ring?« fragte Joseph wieder.

Suzanne zögerte eine Sekunde.

»Über den hat er kein Wort gesagt.«

Als sie den Wald betraten, wurde der Weg ein schmaler Pfad, von der Breite einer Männerbrust, und glich einem Tunnel, über den sich der Wald dicht und dunkel schloß.

»So 'n Idiot«, sagte Joseph. »Nicht bösartig, aber ein richtiger Idiot.«

Die Lianen und Orchideen umklammerten in ungeheuerlicher, übernatürlicher Fülle den ganzen Wald und machten aus ihm eine kompakte Masse, die ebenso undurchdringlich und erstickend war wie die Tiefe des Meeres. Hunderte von Metern lange Lianen banden die Bäume aneinander, und aus ihren Gipfeln schossen in freiester Entfaltung riesige ›Becken‹

aus Orchideen, prunkhafte Blütenmassen, von denen man oft nur den Rand sah, in den Himmel. Der Wald ruhte unter dieser weiten Verzweigung aus Orchideenbecken, die voll von Regen waren und in denen man die gleichen Fische fand wie in den Tümpeln der Ebene.

»Er hat gesagt, wir wären unmoralisch«, sagte Suzanne. Joseph lachte wieder.

»Da hat er recht.«

Aus dem Wald erhob sich das ungeheure Summen der Moskitos, in das sich unaufhörlich das schrille Schreien der Vögel mischte. Joseph ging voraus, und zwei Schritte hinter ihm folgte Suzanne. Halbwegs zwischen der Ebene und dem Holzhauerdorf verlangsamte Joseph seine Schritte. Vor ein paar Monaten hatte er an dieser Stelle einen männlichen Panther erlegt. Es war eine kleine Lichtung, auf der die wilden Tiere in der Sonne ihre Beute anfaulen ließen. Wolken aus Fliegen tanzten über dem gelben Gras der Lichtung inmitten von Haufen vertrockneter und stinkender Federn.

»Vielleicht hätte ich es ihm erklären sollen«, sagte Joseph. »Er kapiert es einfach nicht.«

»Was erklären?«

»Weshalb wir nicht wollen, daß du mit ihm schläfst. Das kapiert einer nur schwer, wenn er so viel Zaster hat wie der.«

Kurz hinter dem Fluß, der die Lichtung durchquerte, rochen sie den Duft der Manglebäume und hörten die Schreie der Kinder. In diesem Teil der Berge gab es keine Sonne mehr. Und schon stieg der Duft der Welt aus der Erde, aus allen Blumen, aus allen Lebewesen, den mörderischen Tigern und aus ihrer unschuldigen Beute, deren Fleisch in der Sonne reifte, zu einem Ganzen vereint wie zu Anfang der Welt.

Man gab ihnen ein paar Manglefrüchte. Sie halfen den Kindern beim Einfangen der Hühner, und während die Frauen die Hühner schlachteten, fragte Joseph die Männer, ob die Jagd gut wäre. Jeder freute sich über ihren Besuch. Die Männer kannten Joseph, denn sie hatten oft mit ihm gejagt. Sie erkundigten sich nach der Mutter. Die Männer des Dorfes hatten ihr das Holz für den Bungalow geliefert. Sie waren alle Holzfäller. Sie waren aus der Ebene geflohen, um sich in diesem Teil des Waldes niederzulassen, der dem Kataster der Weißen noch nicht unterstand. So brauchten sie keine Steuern zu zahlen und waren auch vor Enteignung sicher.

Die Kinder begleiteten Suzanne und Joseph bis an den Fluß. Nackt und von den Füßen bis zum Kopf mit Safran eingerieben, hatten sie die Farbe und Glätte junger Manglefrüchte. Kurz vor dem Fluß klatschte Joseph in die Hände, damit sie davonliefen, und sie waren so scheu, daß sie entflohen, wobei sie schrille Schreie ausstießen, die an die gewisser Vögel in den Reisfeldern erinnerten. In diesen vom Sumpffieber heimgesuchten Dörfern starben so viele, daß die Mutter seit zwei Jahren nicht mehr hinging. Und die Kinder starben meist, ohne die Freuden der Straße kennengelernt zu haben, starben, bevor sie die zwei Kilometer Weges, die sie von der Straße trennten, zurücklegen konnten.

Die Mutter saß im Eßzimmer. Sie hatte die Azetylenlampe noch nicht angezündet. Sie saß im Dunkeln, in der Nähe des Ofens, auf dem ein Geflügelragout schmorte. Sie hatte gesehen, daß sie ins Gebirge gingen, und auch bemerkt, daß Joseph sein Gewehr nicht mitgenommen hatte. Seit einer Stunde wartete sie auf ihre Rückkehr. Und wenn sie die Lampe nicht angezündet hatte, dann nur, damit sie sie besser in der Ferne erkannte und nicht durch das Licht der Lampe behindert würde. Als Joseph und Suzanne nach Hause kamen, sprach sie kein Wort mit ihnen.

»Wir haben ein paar Hühner für die Reise geholt«, sagte Joseph.

Sie antwortete nicht. Joseph zündete die Lampe an und brachte die Hühner dem Caporal, daß er sie briete. Er kam wieder in den Bungalow und pfiff *Ramona*. Auch Suzanne pfiff die Melodie. Vom Licht geblendet, blinzelte die Mutter und lächelte ihre Kinder an. Joseph erwiderte ihr Lächeln. Man merkte, daß ihr Zorn verflogen und sie nur traurig war, weil der Diamant, den sie versteckt hielt, der einzige ihres Lebens sein würde und die Quelle, aus der er stammte, versiegt war.

»Wir haben ein paar Hühner für die Reise geholt«, wiederholte Joseph.

»Weißt du, wo? Im Dorf hinter dem Fluß«, sagte Suzanne, »im zweiten nach der Lichtung.«

»Ich bin schon lange nicht mehr dort gewesen«, sagte die Mutter.

»Man hat sich nach dir erkundigt.«

»Du hattest kein Gewehr mit«, sagte die Mutter. »Das ist unvorsichtig, das...«

»Ohne Gewehr ging's schneller«, erwiderte Joseph.

Joseph ging in das Wohnzimmer und drehte Herrn Jos Grammophon auf. Suzanne folgte ihm. Die Mutter stand auf und stellte zwei Teller auf den Tisch. Ihre Bewegungen waren langsam, als hätte das lange Warten in der Dunkelheit sie bis in die Seele hinein gelähmt. Sie drehte den Kocher aus und stellte eine Schale mit schwarzem Kaffee zwischen die beiden Teller. Suzanne und Joseph folgten ihr mit Augen, die voller Hoffnung waren, wie damals, als sie das alte Pferd betrachtet hatten. Es sah so aus, als lächelte sie, aber es war wohl nur die Abgespanntheit, die ihre Züge milderte, die Abgespanntheit und die Entsagung.

»Kommt, das Essen ist fertig.«

Sie stellte das Geflügelragout auf den Tisch und setzte sich schwer vor die Schale mit dem schwarzen Kaffee. Dann gähnte sie lange, schweigend, wie jeden Abend um diese Stunde. Joseph nahm von dem Ragout, dann auch Suzanne. Die Mutter löste ihre Zöpfe und flocht sie für die Nacht. Sie schien keinen Hunger zu haben. Alles war an diesem Abend so ruhig, daß man das dumpfe Knacken in den Holzwänden hörte. Das Haus war solide, es stand fest da, aber die Mutter hatte es bei seinem Bau sehr eilig gehabt, und es war zu frisches Holz verwendet worden. Manche Bretter waren geris-

126

sen, und es hatten sich derartige Zwischenräume gebildet,
daß man vom Bett aus den Tag anbrechen und nachts, wenn
die Jäger aus Ram zurückkamen, das Licht ihrer Lampen
über die Wände der Zimmer huschen sah. Aber nur die Mutter jammerte über diesen Übelstand. Suzanne und Joseph waren sogar sehr einverstanden damit. Zum Meer hin färbte
sich der Himmel mit leuchtendem Rot. Es würde regnen. Joseph aß gierig.

»Großartig.«

»Wunderbar«, sagte Suzanne.

Die Mutter lächelte. Wenn es ihnen schmeckte, war sie immer glücklich.

»Ich habe einen Schuß Weißwein dran getan, deshalb.«

Sie hatte das Ragout gekocht, während sie auf ihre Rückkehr aus den Bergen wartete. Sie war in die Vorratskammer
gegangen, hatte eine Flasche Weißwein geöffnet und den
Wein voller Andacht in das Ragout gegossen. Wenn sie mit
Suzanne zu hart verfahren war, wenn alles sie ärgerte oder
wenn sie besonders traurig war, machte sie eine Tapioka mit
kondensierter Milch oder gebackene Bananenschnitten oder
auch Geflügelragout. Diese Freude hatte sie für die schlim-
men Tage immer bereit.

»Wenn es euch schmeckt, koche ich es bald mal wieder.«

Sie griffen wieder zu. Die Spannung löste sich in ihr.

»Was hast du zu ihm gesagt?«

Joseph rührte sich nicht.

»Ich habe ihm alles erklärt«, sagte Suzanne, ohne aufzu-
blicken.

»Er hat nichts geantwortet?«

»Er hat's verstanden.«

Sie überlegte.

»Und der Ring?«

»Er sagte, den hätte er mir geschenkt. Ein Ring ist für ihn
eine Kleinigkeit.«

Sie wartete wieder.

»Was sagst du dazu, Joseph?«

Joseph zögerte. Dann erklärte er mit unerwartet fester Stimme:

»Sie kann kriegen, wen sie will. Früher habe ich das nicht geglaubt. Jetzt aber weiß ich es. Mußt dir ihretwegen keine Sorgen machen.«

Suzanne sah Joseph erstaunt an. Man wußte nie, was er eigentlich wollte. Vielleicht sagte er das nicht nur, um die Mutter zu beruhigen.

»Was redest du da?« fragte Suzanne.

Joseph sah die Schwester nicht an. Seine Worte galten nicht ihr.

»Sie weiß schon, wie man's anstellt. Wen und wann sie will.«

Die Mutter sah Joseph mit fast schmerzender Spannung an, dann begann sie plötzlich zu lachen.

»Vielleicht hast du recht.«

Suzanne hörte auf zu essen. Sie lehnte sich in ihren Sessel zurück und betrachtete den Bruder.

»Man braucht nur daran zu denken, wie sie den hochgenommen hat«, sagte die Mutter.

»Sie braucht nur zu wollen«, erwiderte Joseph.

Suzanne stand auf und lachte.

»Auch um Joseph«, sagte sie, »solltest du dir nicht immer Sorgen machen.«

Die Mutter wurde eine Minute lang wieder ernst und nachdenklich.

»Ja, immer habe ich mir Sorgen gemacht...«

Und dann bemächtigte sich ihrer etwas wie leichter Wahnsinn.

»Es ist nicht alles nur für die Reichen da«, rief sie glücklich. »Man muß nicht gleich auf den ersten besten Reichen reinfallen.«

»Außer den Reichen gibt's auch noch andere, verflucht noch mal. Wir sind auch noch da, und auch wir sind reich«, sagte Joseph.

Die Mutter war wie gebannt.

»Wir reich? Wir?«

Joseph schlug mit der Faust auf den Tisch.

»Wenn man will, ist man reich«, versicherte er. »Wenn man will, ist man genauso reich wie die andern. Man braucht es nur zu wollen, und dann wird man es auch.«

Sie lachten. Joseph schlug immer wieder mit der Faust auf den Tisch. Die Mutter ließ es ruhig geschehen.

Wie im Kino.

»Vielleicht hast du recht. Man braucht es nur zu wollen, und dann wird man reich.«

»Und dann«, fuhr Joseph fort, »fahren wir die andern auf der Straße kaputt. Wo wir sie sehen, machen wir Brei draus.«

Manchmal kam es so über Joseph. Wenn das der Fall war – es geschah nur selten –, war es vielleicht noch besser als im Kino.

»Ja, Brei machen wir draus«, sagte die Mutter. »Sagen ihnen, was wir von ihnen denken, und machen Brei draus.«

»Brei machen wir draus«, sagte Suzanne. »Und wir zeigen ihnen alles, was wir haben. Aber abgeben tun wir ihnen nichts.«

Zweiter Teil

Es war eine große Stadt von hunderttausend Einwohnern, die sich an beiden Ufern eines schönen und breiten Flusses ausdehnte.

Wie alle Kolonialstädte bestand auch sie aus zwei Städten; der weißen Stadt und der anderen. Die weiße Stadt hatte ihre besonderen Unterschiede. Die Peripherie der Oberstadt mit den Villen und Etagenhäusern war weit und luftig, hatte aber etwas Profanes. Das Zentrum, das von allen Seiten von der Masse der Stadt bedrängt wurde, stieß jedes Jahr höhere Häuser in den Himmel. Dort standen nicht die Paläste der Gouverneure, welche die offizielle Macht verkörperten, sondern die Häuser der Priester dieses Mekka, der Finanzleute mit ihrer weitgreifenden Macht.

Die weißen Viertel aller Kolonialstädte der Welt waren in jenen Jahren von tadelloser Sauberkeit. Aber nicht nur die Städte, auch die Weißen waren sauber. Sobald sie ankamen, lernten sie, jeden Tag ein Bad zu nehmen, wie man kleine Kinder täglich badet, und die Uniform der Kolonien, den weißen Anzug zu tragen, die Farbe der Immunität und Unschuld. Damit war der erste Schritt getan. Der Abstand wurde schnell größer, der erste Unterschied, Weiß auf Weiß, vervielfachte sich zwischen ihnen und den andern, die sich mit dem Regen des Himmels und dem schlammigen Wasser der Ströme und Flüsse säuberten. Weiß wird so leicht schmutzig.

Von einem Tag zum andern entdeckten die Weißen, daß sie weißer waren als je, gebadet, neu, im Schatten ihrer Villen Siesta haltend, große wilde Tiere mit empfindlichem Fell.

In der Oberstadt wohnten nur die Reichen, die es zu Geld gebracht hatten. Um das übermenschliche Maß der Schritte der Weißen zu kennzeichnen, waren die Straßen und Trottoirs der Oberstadt breit und geräumig. Eine nutzlose, orgiastische Raumverschwendung bot sich den lässigen Schritten der Mächtigen in ihrer Ruhe dar. Und durch die Avenuen glitten ihre Autos mit den schweren Reifen, schwebten sozusagen dahin in eindrucksvoller Halbstille.

Alles war asphaltiert, breit, mit Trottoirs versehen, die von seltenen Bäumen gesäumt und in zwei Teile geteilt wurden durch Rasenflächen und Blumenbeete, an denen die rötlichen Reihen der schnittigen Taxen standen. Mehrere Male täglich gesprengt, grün und blühend, waren diese Straßen genauso gut instand gehalten wie Alleen eines großen zoologischen Gartens, in dem die seltenen Gattungen der Weißen sich selbst bewachten. Das Zentrum der Oberstadt war ihr wahres Heiligtum. Hier dehnten sich im Schatten der Tamarindenbäume die ungeheuren Terrassen ihrer Cafés. Hier waren sie abends für sich allein. Nur die Kellner waren Eingeborene, aber sie waren als Weiße verkleidet. Sie trugen Smokings, und die Palmen auf den Terrassen waren in große Kübel gepflanzt. Bis spät in die Nacht konnte man hinter den Palmen in den Kübeln und den Kellnern im Smoking die Weißen in Rohrsesseln liegen sehen. Sie schlürften Absinth, Whisky-Soda oder Martel-Perrier und sorgten so dafür, daß ihre Leber mit allem anderen in der Kolonie in Einklang kam.

Die funkelnden Autos, die herrlichen Schaufenster, der besprengte Fahrdamm, das leuchtende Weiß der Kleider, die rieselnde Frische der Blumenbeete machten aus dem Viertel ein zauberhaftes Freudenhaus, in dem sich die weiße Rasse in ungetrübtem Frieden das heilige Schauspiel ihrer eigenen Gegenwart geben konnte. Die Läden dieser Straße, Modesalons, Parfümerien, Läden mit amerikanischen Tabaken, verkauften nichts Nützliches. Selbst das Geld durfte hier keinen Zweck haben. Der Reichtum durfte die Weißen nicht bedrükken. Alles war hier Vornehmheit.

Das war die große Zeit. Hunderttausende von eingeborenen Arbeitern zapften die Bäume von hunderttausend Hektar roter Erde an, schufteten sich blutig, wenn sie die Bäume der hunderttausend Hektar des Landes öffneten, das schon rotes Land hieß, bevor es der Besitz von ein paar hundert weißen Pflanzern wurde, die so ungeheure Vermögen besaßen. Der Kautschuk floß. Das Blut floß. Aber nur der Kautschuk war wertvoll, wurde gesammelt, immer wieder gesammelt und brachte Geld. Das Blut verrann, ging verloren. Noch dachte niemand daran, daß eines Tages andere aufstehen würden, den Preis dafür zu verlangen.

Die Straßenbahn mied die Oberstadt. Straßenbahnen wären in diesem Stadtviertel auch ganz zwecklos gewesen, denn jeder fuhr hier in seinem eigenen Auto. Nur die Eingeborenen und der weiße Pöbel in der Unterstadt benutzten die Straßenbahn, deren Schienen die Grenze zum Paradies der Oberstadt bildeten. Sie verliefen aus hygienischen Gründen so, daß die einzelnen Stationen der konzentrischen Strecke mindestens zwei Kilometer vom Zentrum der Oberstadt entfernt waren.

Wenn man diese überfüllten Straßenbahnen sah, die, weiß von Staub, unter einer schwindelerregenden Sonne mit donnerähnlichem Getöse dahinkrochen wie ein Todkranker, konnte man sich eine Vorstellung von der andern Stadt machen, die nicht weiß war. Ausrangierte Wagen des Mutterlandes, zur Verwendung in kühleren Breiten gebaut, waren ausgebessert und in den Kolonien eingesetzt worden. Der einheimische Wagenführer zog frühmorgens seine Uniform an, riß sie sich gegen zehn Uhr vom Leibe, legte sie neben sich und beendete immer wieder seine Dienststunden nackt und schweißtriefend, infolge einer großen Schale Tee, die er an jeder Haltestelle leerte. Den Tee trank er, um zu schwitzen, und um des erfrischenden Luftzugs teilhaftig zu werden, hatte er gleich bei Dienstantritt alle Scheiben des Führerstandes kaltblütig eingeschlagen. Das mußten übrigens auch die Fahrgäste im Innern des Wagens tun, wenn sie ihn lebendig verlassen wollten. Nachdem diese Vorsichtsmaßnahmen getroffen waren, funktionierten die Straßenbahnen. Zahlreich und immer besetzt, waren sie das sichtbarste Symbol für den Aufschwung der Kolonie. Die Entwicklung der Eingeborenenzone und der Umstand, daß sie immer weiter zurückwich, erklärten den unglaublichen Erfolg dieser Einrichtung. Kein Weißer, der dieses Namens würdig war, hätte sich in eine dieser Straßenbahnen gewagt, denn wäre er gesehen worden, er hätte sein Ansehen, sein koloniales Ansehen verloren.

In den Bezirk zwischen der Oberstadt und den Eingeborenenvororten waren die Weißen, die unwürdigen Kolonisten, verbannt, die es nicht zu Geld gebracht hatten. Hier kannten die Straßen keine Bäume. Auch keine Rasenflächen. Die Prachtläden waren durch einheimische Trödlereien ersetzt, deren Zauberformel Herrn Jos Vater gefunden hatte. Die Straßen wurden nur einmal in der Woche besprengt. Sie wimmelten von fröhlichen, schreienden Kindern und Straßenhändlern, die sich in dem glühendheißen Staub die Lunge aus dem Hals schrien.

Das Central-Hotel, in dem die Mutter, Suzanne und Joseph abstiegen, lag in diesem Bezirk, in der ersten Etage eines halbkreisförmigen Gebäudes, das teils auf den Fluß, teils auf die Geleise der Ringbahn hinausging und in dessen Erdgeschoß sich Restaurants mit Einheitspreisen, Opium-Rauchstuben und chinesische Gewürzläden befanden.

Das Hotel hatte eine gewisse Zahl von Dauergästen, Handelsreisende, zwei Dirnen, die sich auf eigene Kosten eingerichtet hatten, eine Näherin und eine ganze Reihe kleiner Zoll- und Postbeamten. Die andern Gäste des Hotels waren Beamte auf der Fahrt nach Hause, Jäger, Pflanzer und, bei Ankunft des Postschiffs, Marineoffiziere, vor allem aber Dirnen jeder Nationalität, die eine längere oder kürzere Zeit im Hotel verbrachten, bis sie in einem der Bordelle der Oberstadt oder in einem der vielen Bordelle am Hafen unterkamen, in die sich in regelmäßigen Fluten alle Mannschaften der Pazifiklinien ergossen.

Inhaberin des Central-Hotels war die fünfundsechzigjährige Madame Marthe, eine alte Bewohnerin der Kolonie. Sie stammte aus einem Hafenbordell. Sie hatte eine Tochter, Carmen, von wem, das wußte sie nicht, und da sie nicht wollte, daß ihre Tochter ein Leben hätte wie sie, hatte sie während ihrer zwanzigjährigen Laufbahn als Dirne so viel gespart, daß sie ein Aktienpaket der Société de l'Hôtellerie Coloniale kaufen konnte, dessen Besitz sie nun die Führung des Central-Hotels verdankte.

Carmen war jetzt fünfunddreißig Jahre alt. Man nannte sie allgemein Fräulein Carmen. Nur die Dauergäste nannten sie Carmen. Carmen war ein braves und gutes Mädchen, voller Achtung für ihre Mutter, der sie alle Arbeit abnahm, so daß sie allein die delikate Leitung des Central-Hotels in Händen hatte. Carmen war ziemlich groß und von gepflegtem Aussehen. Sie hatte kleine, blaue, offene und helle Augen. Sie hätte auch ein ganz nettes Gesicht gehabt, wenn ihr nicht der unglückliche Zufall, der zu ihrer Geburt geführt hatte, einen sehr vorstehenden Kiefer verliehen hätte, was allerdings durch schöne und gesunde Zähne zum Teil wieder wettgemacht wurde. Die Zähne waren derart sichtbar, daß man den Eindruck hatte, sie zeigte sie absichtlich. Sie gaben ihrem sympathischen Mund etwas Wildes, fast Gieriges. Aber was Carmen vor allem zur Carmen machte, was sie und den Charme, mit dem sie das Hotel führte, unersetzlich machte, waren ihre Beine. Carmen hatte außergewöhnlich schöne Beine. Wäre ihr Gesicht so schön gewesen wie ihre Beine – was zu wünschen gewesen wäre –, man hätte vielleicht das köstliche Schauspiel erlebt, daß ein Bankdirektor oder ein reicher Pflanzer aus dem Norden sie in die Oberstadt geholt, sie mit Gold, vor allem aber mit dem Ruhm des Skandals bedacht hätte, was sie übrigens mit Gleichmut ertragen hätte, denn sie wäre geblieben, was sie war. Aber leider hatte Carmen nur ihre schönen Beine, und so würde sie wahrscheinlich bis an ihr Lebensende das Central-Hotel leiten.

Carmen verbrachte den größten Teil ihrer Tage damit, durch den langen Flur des Hotels zu gehen. Der Flur führte an dem einen Ende in den Speisesaal, an dem andern auf eine offene Terrasse. Rechts und links reihten sich die Zimmer aneinander. Dieser Flur, dieser lange, kahle Schacht, der nur an den Enden beleuchtet war, war natürlich für Carmens nackte Beine bestimmt, und die Beine zeigten hier den ganzen Tag über ihre herrliche Form. So kam es, daß alle Gäste des Hotels die Beine genau kannten und eine gewisse Zahl dieser Gäste von dem aufregenden Bild dieser Beine gequält wurde. Und das um so mehr, als Carmen, aus Rache gegen den Rest ihres Körpers, der übrigens in keiner Weise die Frische ihres Charakters beeinträchtigte, so kurze Kleider trug, daß man auch das Knie in seiner ganzen Schönheit sah. Das Knie war vollendet, glatt, rund, geschmeidig, von der Feinheit eines Kugelgelenks. Man hätte mit Carmen allein der Beine wegen schlafen mögen, ihrer Schönheit, der klugen Art wegen, wie sie sich bewegten, sich beugten und streckten, standen und arbeiteten. Man tat es übrigens auch. Und ihrer Beine wegen, der überzeugenden Art wegen, mit der sie sich ihrer bediente, hatte Carmen genug Liebhaber, so daß sie sie nicht in der Oberstadt zu suchen brauchte. Und ihre Nettigkeit, die sicher zum Teil in ihrer Zufriedenheit, so schöne Beine zu besitzen, wurzelte, war so wirklich, so beständig, daß ihre Liebhaber in der Folge treue Kunden wurden, die oft, nach zweijähriger Reise im Pazifik, wieder in das Central-Hotel kamen. Das Hotel florierte. Carmen verdankte ihre Philosophie ihrem Leben, und diese Philosophie war nicht bitter. Sie nahm das Schicksal hin, wie es ihr beschieden war, und stemmte sich wild gegen jede Bindung, die ihrer guten Laune hätte schaden können. Sie war die wahre Tochter einer Dirne, geschaffen für das ewige Kommen und Gehen ihrer Gefährten, versessen auf Gewinn und beseelt von wildem Unabhängigkeitsdrang. Aber das hinderte nicht, daß sie doch ihre Lieblinge, ihre Freundschaften und zweifellos auch ihre Lieben hatte, deren Ungewißheit sie gerne hinnahm.

Carmen empfand Freundschaft und Respekt für die Mutter. Wenn diese in die Stadt kam, hatte sie für sie immer ein ruhiges Zimmer, das auf den Fluß hinausging und für das sie den Preis eines Zimmers, das zur Straßenbahnseite lag, nahm. Und einmal, es mochte zwei Jahre her sein, hatte sie Joseph in ihrer Herzensgüte und wahrscheinlich nicht ganz umsonst entjungfert. Seitdem verbrachte sie übrigens bei jedem Aufenthalt Josephs in der Stadt mehrere Nächte hintereinander mit ihm. Sie hatte in diesem Fall das Feingefühl, ihm für sein Zimmer kein Geld abzunehmen, und verschleierte solchermaßen ihre Hochherzigkeit durch die Freuden, die sie ihm verdankte.

Dieses Mal wurde Carmen natürlich von der Mutter gebeten, ihr beim Verkauf von Herrn Jos Diamanten behilflich zu sein. Gleich am Abend ihrer Ankunft begab sich die Mutter zu ihr und fragte sie, ob sie glaubte, den Diamanten an einen Gast des Hotels verkaufen zu können. Carmen wunderte sich, daß sich ein so wertvoller Ring in den Händen der Mutter befand.

»Ein gewisser Herr Jo hat ihn Suzanne geschenkt«, sagte die Mutter stolz. »Er wollte sie heiraten, aber sie wollte nicht, weil Joseph ihn nicht leiden mochte.«

Carmen begriff sofort, daß der Zweck der Reise der Verkauf des Ringes war. Sie wußte gleich, was dieser Schritt für die Mutter bedeutete, und half ihr. Die Gäste des Hotels schienen ihr insgesamt für den Kauf eines so wertvollen Ringes nicht in Frage zu kommen, sagte sie, trotzdem würde sie versuchen, ihn einem anzudrehen. Schon am nächsten Morgen sprach sie mit einigen. Außerdem brachte sie im Hotelbüro an sichtbarer Stelle, gleich über ihrem Tisch, ein Schild an mit dem Text: »Herrlicher Diamant zu verkaufen. Gelegenheitskauf. Man wende sich an die Hotelleitung.«

Aber während der nächsten Tage nahm niemand im Hotel Notiz von dem Schild. Carmen sagte, daß sie damit gerechnet hätte, aber man sollte das Schild trotzdem hängen lassen, denn die Marineoffiziere, die bald wieder landeten, wären immer bereit, irgendwelche Torheiten zu begehen. Trotzdem riet sie der Mutter, auch ihrerseits zu versuchen, den Ring an einen Juwelier oder Diamantenhändler zu verkaufen. Sie sollte sich das tagsüber angelegen sein lassen und den Ring dann abends ihr geben, um so auch die Chancen auszunützen, die sich ihr boten, ihn im Hotel zu verkaufen.

Doch diese Strategie hatte nach drei Tagen noch zu keinem Resultat geführt.

Mit dem Ring, der immer noch in das Seidenpapier gewickelt war, in das Herr Jo ihn gewickelt hatte, in der Handtasche, begann die Mutter durch die Stadt zu laufen und versuchte, ihn zu dem von Herrn Jo genannten Preis zu verkaufen: zwanzigtausend Francs. Aber der erste Diamantenhändler, dem sie ihn anbot, wollte ihr nur zehntausend geben. Er behauptete, der Diamant hätte einen Fehler, er wäre nicht lupenrein, enthielte eine ›Kröte‹, was seinen Wert sehr verminderte. Zuerst glaubte die Mutter nicht an diese ›Kröte‹, von der der Diamantenhändler sprach. Sie verlangte nach wie vor zwanzigtausend Francs für den Ring. Als sie dann einen anderen Händler aufsuchte, der auch wieder von der ›Kröte‹ redete, bekam sie Zweifel. Sie hatte noch nie davon gehört, daß sich ›Kröten‹ auch in den reinsten Diamanten befinden konnten, aus dem einfachen Grunde, weil sie noch nie einen Diamanten mit oder ohne ›Kröte‹ besessen hatte. Als dann ein vierter Diamantenhändler wieder von der ›Kröte‹ redete, begann sie, eine dunkle Beziehung zwischen diesem bezeichnenden Wort und der Person Herrn Jos zu finden. Nach drei Tagen vergeblicher Versuche formulierte sie diese Beziehung, wenn auch etwas vage, folgendermaßen:

»Wundert mich gar nicht. Damit hätte man von vornherein rechnen müssen.«

Und bald wurde diese Beziehung so tief, daß sie sich, wenn sie von Herrn Jo sprach, mitunter im Namen irrte, ihn mit dem Diamanten verwechselte und ›Kröte‹ nannte.

»Ich hätte dieser ›Kröte‹ von Anfang an mißtrauen sollen, gleich damals, als ich sie in der Kantine in Ram kennenlernte.«

Dieser Diamant mit dem trügerischen Glanz war der Diamant des Mannes, dessen Millionen täuschen konnten, die man für Millionen hätte halten können, an die man leicht heran konnte. Ihre Empörung war derart, als hätte Herr Jo sie bestohlen.

»Kröte für Kröte«, sagte sie, »sie sind einander wert.« Sie vermischte beide in der gleichen Verwünschung.

Aber sie wollte immer noch zwanzigtausend Francs und ›keinen Sou weniger‹. Sie ließ nicht locker. Es war eine seltsame Hartnäckigkeit, die mit jedem Mißerfolg wuchs. Je weniger man ihr für den Diamanten bot, desto weniger ließ sie von ihrer Forderung von zwanzigtausend Francs ab. Fünf Tage lang lief sie von einem Diamantenhändler zum andern. Zuerst zu den weißen. Mit ruhigem Gesicht betrat sie den Laden und erzählte, sie wollte sich eines Familienschmuckstücks entledigen, das für sie keinen Wert mehr hätte. Man wollte das Stück sehen. Sie holte den Ring hervor, man nahm die Lupe, prüfte den Diamanten und entdeckte die ›Kröte‹. Man bot ihr achttausend Francs. Man bot ihr elftausend. Dann sechstausend usw. Sie steckte den Diamanten in ihre Handtasche, verließ den Laden und schimpfte dann meist auf Suzanne, die zusammen mit Joseph im B. 12 auf sie wartete. Von den drei Diamanten, die Herr Jo ihr angeboten, hatte Suzanne natürlich absichtlich den schlechtesten gewählt.

Aber sie gab nicht klein bei: gut oder schlecht, sie wollte zwanzigtausend Francs.

Nachdem sie bei allen weißen Diamanten- und Juwelenhändlern gewesen war, suchte sie die anderen auf, die, die nicht weiß, sondern gelb oder schwarz waren. Diese boten ihr nie mehr als achttausend Francs. Da sie zahlreicher waren als die anderen, brauchte sie mehr Zeit, um sie alle aufzusuchen. Aber wenn ihre Enttäuschung, ihre Wut und ihr Ekel auch wuchsen, sie ließ von ihrer Forderung nicht ab. Sie wollte zwanzigtausend Francs.

Als sie bei allen Diamantenhändlern der Stadt, den weißen und farbigen, gewesen war, sagte sie sich, daß ihre Taktik vielleicht nicht die richtige wäre. Daraufhin erklärte sie Suzanne eines Abends, der einzige Ausweg wäre, die Verbindung mit Herrn Jo wieder aufzunehmen. Diesen Plan teilte sie nur Suzanne mit. Trotz seiner Klugheit, sagte sie, wäre Joseph in manchem sehr dumm, und da er nicht alles verstünde, brauchte man ihm auch nicht alles zu sagen. Man müßte geschickt vorgehen, müßte Herrn Jo wiedersehen, ohne daß er ahnte, daß man dieses Wiedersehn absichtlich herbeigeführt hatte, und die alten Beziehungen zu ihm wieder aufnehmen. Seine Zeit in Anspruch nehmen. Die Beziehungen wieder aufnehmen, und zwar ganz ähnlich wie zuvor, so daß in ihm wieder die Gier wach würde und er Geschenke machte. Die Hauptsache wäre, ihn wieder zu reizen, seine Vernunft derart zu vernebeln, daß er, von neuem verzweifelnd, ihr auch die beiden andern Diamanten oder nur einen überließe.

Suzanne versprach, die Beziehungen zu Herrn Jo wieder aufzunehmen, wenn sie ihn träfe, aber sie weigerte sich, die Begegnung von sich aus herbeizuführen. Diesen Teil des Geschäftes wollte die Mutter übernehmen. Aber wie Herrn Jo in der Stadt finden? Er hatte aus leicht begreiflichen Gründen seine Adresse nicht angegeben. Und während sie die Diamantenhändler, bei denen sie noch nicht gewesen war, aufsuchte, hielt sie Ausschau nach ihm. Sie wartete auf ihn am Ausgang des Kinos, durchforschte die Terrassen der Cafés, die Straßen, die Luxusläden, die Hotels mit dem Eifer und der Leidenschaft eines jungen, verliebten Mädchens.

Suzanne und Joseph hatten sie bei ihrem endlosen Gelaufe zu
den Diamantenhändlern zunächst begleitet. Aber ihr Eifer er-
lahmte, als sie immer wieder die Geschichte von der ›Kröte‹
hören mußten. Nach zwei Tagen schon erklärte Joseph das
Gelaufe für zwecklos und machte sich, mit dem B. 12 natürlich, selbständig. Der Mutter blieb nichts anderes übrig, als
sich damit abzufinden. Sie wußte, daß Josephs Ärger darüber, daß er seinen Aufenthalt in der Stadt nicht genug genossen hätte, in ihm eine Bitterkeit hervorrufen würde, die noch
größer wäre als die, die sie befiel, wenn sie zu Fuß oder mit
der Straßenbahn ins Hotel zurückkehrte, nachdem sie wieder
einmal dem dämonischen Scharfblick der Diamantenhändler
die Stirn geboten hatte. Als sie dann beschlossen hatte, Herrn
Jo zu suchen, wandelte sich für sie Josephs Abfall sogar in etwas, was einem unerwarteten, unerhofften Glück glich. Erst
als auch sie ihrerseits Herrn Jo fallenließ, machte Josephs Abwesenheit sie so verzweifelt, daß sie sich ins Bett legte und den
ganzen Tag schlief, wie damals, als die Dämme eingestürzt
waren.

Ein paar Tage lang kam Joseph noch jeden Abend zu Carmen, und jeden Morgen sah die Mutter ihn einige Augenblicke lang. Aber schon bald, und das war das auffallendste
während ihres Aufenthaltes in der Stadt, kam Joseph nicht
wieder ins Hotel zurück. Er verschwand mit dem B. 12 einfach von der Bildfläche. Er hatte ein paar frisch gegerbte Felle
an einige Hotelgäste verkauft und verschwand mit dem Geld.
Carmen gelang es, der Mutter diese Tatsache zu verbergen,
wenigstens solange sie noch die Diamantenhändler aufsuchte
oder auf der Suche nach Herrn Jo war, so daß sie sich weiter
nicht beunruhigte, Joseph nicht wie sonst jeden Morgen zu
sehen, und sich damit begnügte, Suzanne und Carmen zu
glauben, die ihr sagten, sie sähen ihn jeden Nachmittag, wenn
sie ausgegangen war.

Von dem Tage an, an dem Suzanne es für überflüssig hielt,
sich beim Verlassen jedes Juwelierladens anschnauzen zu lassen, wurde sie natürlich die Beute von Carmens Zuwendun-

gen. Als diese sicher war, daß Joseph so bald nicht wiederkäme, klammerte sie sich geradezu leidenschaftlich an Suzanne und ging dabei sogar, um sie der verzweifelnden Hartnäckigkeit der Mutter zu entziehen und als flößte jede von ihnen ihr ohne Unterschied eine gleiche Hingabe ein, so weit, sie in ihrem eigenen Zimmer schlafen zu lassen. Nachdem Carmen Joseph entdeckt hatte, entdeckte sie jetzt Suzanne, und während ihres Aufenthaltes in der Stadt versuchte sie vor allem Suzanne, wie sie sagte, ›aufzuklären‹.

Sie schilderte ihr ihr eigenes Geschick, das sie für ein großes Unglück hielt, und versuchte, sie mit bitteren Worten zu überzeugen. Sie wüßte, sagte sie, daß die Mutter an nichts anderes dächte, als sie möglichst schnell zu verheiraten, damit sie endlich allein wäre und ruhig sterben könnte. Aber das wäre keine Lösung. Eine Lösung wäre das nicht, wenn man noch so dumm und jung wäre wie Suzanne. »Ja«, sagte Carmen, »zu Anfang sind wir alle dumm.« Von einer Lösung könnte man nur dann sprechen, wenn Suzanne einen dummen und reichen Mann heiratete und sie in materielle Verhältnisse geriete, die ihr gestatteten, sich wieder von ihm zu trennen. Joseph hatte ihr von Herrn Jo erzählt, und sie bedauerte ein wenig, daß es mit ihm nicht geklappt hatte, denn er schien ihr gerade der Richtige zu sein. »Nach einem Vierteljahr hättest du ihn betrogen, und alles andere wäre wie am Schnürchen gelaufen...« Aber Herr Jo, vielmehr Herrn Jos Vater, war nicht auf den Leim gekrochen. Und Carmen wies Suzanne darauf hin, wie schwer es für sie sein würde, einen Gatten zu finden, auch hier in der Stadt, besonders einen so idealen Gatten, wie Herr Jo es gewesen wäre. Eine Liebesheirat käme bei ihren siebzehn Jahren nicht in Frage. »Eine Liebesheirat mit dem Zollbeamten von nebenan, der dir innerhalb von drei Jahren drei Kinder anhängt...« Nein, Suzanne wäre bisher der Mutter gegenüber immer viel zu nachgiebig und gehorsam gewesen.

Und das wäre das wichtigste: sie müßte sich vor allem von der Mutter frei machen, die nicht begreifen wollte, daß man im Leben seine Freiheit und Würde mit ganz anderen Waffen erreichen konnte als denen, die sie für gut gehalten hatte. Carmen kannte die Mutter genau, kannte die Geschichte der Dämme, der Konzession usw. Für sie war sie ein Ungeheuer, das überall Verwüstung anrichtete. Sie hatte Hunderten von Bauern der Ebene den Frieden genommen. Sogar mit dem Pazifik hatte sie es aufgenommen. Joseph und Suzanne sollten vor ihr auf der Hut sein. Sie hätte so viel Unglück gehabt, daß sie ein Ungeheuer mit bösen Kräften geworden wäre. Und daß ihre Kinder in dem Bemühen, sie über ihr Unglück zu trösten, Gefahr liefen, sich nie von ihr zu trennen, sich immer nur ihrem Willen zu beugen und schließlich von ihr verschlungen zu werden.

Es gäbe nur eins: die Mutter verlassen.

Wenn es Suzanne auch ein wenig peinlich war, derart von der Mutter sprechen zu hören, so war es deshalb doch wahr. Besonders seit der Geschichte mit den Dämmen war die Mutter gefährlich. Und was das andere anging, so reizte sie der Zollbeamte von nebenan ebensowenig wie Herr Jo. Aber das hatte Carmen wohl nur als Beispiel angeführt.

Carmen frisierte sie, zog sie an und gab ihr Geld. Sie riet ihr, in der Stadt spazierenzugehen, und empfahl ihr, nicht gleich auf den ersten besten reinzufallen. Suzanne nahm Carmens Kleider und Geld an.

Als Suzanne zum erstenmal durch die Oberstadt ging, geschah es ein wenig auf Carmens Rat hin. Sie hatte mit keinem Gedanken daran gedacht, daß der Tag, an dem sie zum erstenmal, allein, siebzehn Jahre alt, auf die Entdeckung einer großen Kolonialstadt ausging, in ihrem Leben eine Rolle spielen sollte. Sie wußte nicht, daß dort strenge Ordnung herrscht und die Kategorien ihrer Bewohner derart verschieden sind, daß jeder, dem es nicht gelingt, sich in einer von ihnen wiederzufinden, verloren ist.

Suzanne bemühte sich, natürlich zu gehen. Es war fünf Uhr. Es war noch heiß, aber die Schwüle des Nachmittags war bereits vergangen. Die Straßen füllten sich langsam mit Weißen, die Siesta und abendliche Dusche wieder frisch gemacht hatten. Man betrachtete sie. Man drehte sich um. Man lächelte. Kein junges Mädchen ihres Alters ging allein durch die Straßen der Oberstadt. Die, denen man begegnete, waren immer zu mehreren und trugen Sportkleider. Manche hatten einen Tennisschläger unter dem Arm. Sie drehten sich um. Man drehte sich um. Und beim Umdrehen lächelte man. »Wie kommt diese Unglückliche auf unsere Trottoirs?« Auch die Frauen waren selten allein. Sie gingen meist in Gruppen. Suzanne ging an ihnen vorbei. Die Gruppen waren umgeben von dem Duft amerikanischer Zigaretten, dem frischen Geruch des Geldes. Sie fand alle Frauen schön und empfand deren sommerliche Eleganz als Verhöhnung alles dessen, was nicht war wie sie. Vor allem schritten sie einher wie Königinnen, sprachen, lachten, machten Gesten, die in vollkommener Harmonie mit der allgemeinen Bewegung waren und eine außerordentliche Lebensfreude zum Ausdruck brachten. Ganz langsam war es ihr zum Bewußtsein gekommen, seit sie die Avenue betreten hatte, die von der Straßenbahn zur Mitte der Oberstadt führte. Dann wurde das Gefühl stärker, immer stärker, und als sie die Mitte der Oberstadt erreicht hatte, unverzeihliche Wirklichkeit: sie war lächerlich, und jeder sah das. Carmen hatte unrecht. Es war nicht jedem vergönnt, durch diese Straßen, über diese Trottoirs, inmitten

146

dieser vornehmen Herren und dieser Kinder von Königen zu gehen. Nicht jeder hatte diese Fähigkeiten, sich zu bewegen. Sie sahen aus, als gingen sie auf ein bestimmtes Ziel zu, in einer ihnen vertrauten Umgebung und unter ihresgleichen. Aber sie, Suzanne, hatte kein Ziel, hatte keinen ihresgleichen und diese Bühne noch niemals betreten.

Vergebens versuchte sie, an etwas anderes zu denken. Immer noch und immer wieder betrachtete man sie.

Und je mehr man sie betrachtete, desto überzeugter wurde sie, unliebsames Aufsehen zu erregen, häßlich und dumm zu sein. Es hatte genügt, daß nur einer sie betrachtete, und schon hatte das um sich gegriffen wie eine Feuersbrunst. Alle, denen sie jetzt begegnete, schienen schon auf sie aufmerksam gemacht worden zu sein, die ganze Stadt war aufmerksam gemacht, und sie konnte nichts dagegen tun. Sie konnte nur weitergehen, umzingelt, dazu verurteilt, den auf sie gerichteten Blicken entgegenzugehen, die sich immer wieder erneuerten, diesem Lachen entgegenzugehen, das immer schallender wurde, an ihr vorbei und hinter ihr her dröhnte. Sie fiel deswegen nicht tot hin, aber sie ging am Rande des Trottoirs und wäre gern tot umgesunken und fortgeschwemmt worden vom Wasser im Rinnstein. Sie schämte sich immer mehr. Sie haßte sich, haßte alles, floh vor sich selbst, wäre am liebsten vor allem geflohen, hätte sich am liebsten alles vom Leibe gerissen. Das Kleid, das Carmen ihr geliehen hatte, das kurze, enge Kleid mit den großen blauen Blumen, das ins Central-Hotel paßte. Den Strohhut – kein Mensch trug einen solchen Hut. Und die Frisur. Kein Mädchen hatte eine solche Frisur. Aber das war es ja nicht. Sie selbst war verächtlich vom Kopf bis zu den Füßen. Wegen ihrer Augen. Wohin damit? Wegen dieser schweren Arme, dieser grauenhaften Arme, wegen dieses Herzens, das gemein war wie ein Tier, wegen dieser Beine, die zu nichts fähig waren. Und wer hatte eine solche Handtasche? Ihr gehört sie, meiner Mutter, dieser Schlampe. Der Teufel soll sie holen! Am liebsten hätte sie die Handtasche in die Gosse geworfen mit allem, was sie enthielt... Aber man

wirft seine Handtasche nicht in den Rinnstein. Alle wären gelaufen gekommen und hätten um sie herumgestanden. Nun
gut. Dann hätte sie selbst mit der Handtasche neben sich im
Rinnstein gelegen und wäre gestorben. Dann hätten sie vielleicht aufhören müssen zu lachen.

Joseph. Derzeit kam er noch jeden Abend ins Hotel. Die
Oberstadt war nicht so groß. Und wo sollte Joseph sein, wenn
nicht in der Oberstadt? Suzanne begann, ihn in der Menge zu
suchen. Der Schweiß rann ihr über das Gesicht. Sie nahm den
Hut ab und hielt ihn zusammen mit der Tasche in der Hand.
Sie fand Joseph nicht, wohl aber den Eingang zu einem Kino,
einem Kino, in dem sie sich verstecken konnte. Die Vorstellung hatte noch nicht angefangen. Joseph war nicht im Kino,
niemand war dort, auch Herr Jo nicht.

Das Klavier begann zu spielen. Das Licht erlosch. Suzanne
fühlte sich unsichtbar, unbesiegbar und begann vor Glück zu
weinen. Das war die Oase, der dunkle Saal am Nachmittag,
die Nacht der Einsamen, die künstliche und demokratische
Nacht, die große, alles gleichmachende Nacht des Kinos, die
echter ist als die echte Nacht, entzückender und tröstlicher als
alle wahren Nächte, die auserwählte Nacht, die allen offen
ist, sich allen bietet, edelmütiger und wohltätiger ist als alle
Wohlfahrtseinrichtungen und alle Kirchen, die Nacht, in der
alle Scham Trost findet, in der sich alle Verzweiflungen verlieren, in der sich die ganze Jugend reinigt von dem furchtbaren Schmutz ihrer Jahre.

Eine schöne, junge Frau. Sie trägt ein Hofkleid. Man
könnte sie sich in einem andern nicht vorstellen. Man kann
sie sich nur in dem Kleid vorstellen, das sie trägt und das man
sieht. Die Männer ruinieren sich ihretwegen, und in ihrem
Kielwasser fallen sie wie die Kegel um, und sie schreitet dahin
durch die Reihe ihrer Opfer, die ihr ihr Leben ermöglichten.
Aber schon ist sie weit fort, frei wie ein Schiff, und immer
gleichgültiger wird sie und immer bedrückter durch die Last
ihrer fleckenlosen Schönheit. Und dann kommt der Tag, an
dem sie mit Bitterkeit empfindet, daß sie niemanden liebt. Sie

hat natürlich viel Geld. Sie reist. Auf dem Karneval in Venedig wartet die Liebe auf sie. Der andere ist sehr schön. Er hat dunkle Augen, schwarzes Haar, eine blonde Perücke, er ist sehr vornehm. Bevor sich noch etwas ereignet, weiß man, daß der Funke gezündet hat. Er ist es. Furchtbar ist es, man weiß es eher als sie und möchte sie warnen. Er kommt wie ein Gewitter, und der ganze Himmel wird dunkel. Nach vielem Zögern, zwischen zwei Marmorsäulen, umarmen sich ihre Schatten, widergespiegelt in dem dazu notwendigen Kanal, beim Schein einer Laterne, die augenscheinlich derartige Szenen schon öfter beleuchtet hat. Er sagt: »Ich liebe dich.« Sie sagt: »Auch ich liebe dich.« Der vor Erwartung dunkle Himmel wird plötzlich hell. Blitz eines solchen Kusses. Saal und Leinwand werden eins. Gern wäre man an ihrer Stelle. Ach! Wie gern! Ihre Körper umschlingen sich. Ihre Münder nähern sich, mit der Langsamkeit eines Alptraums. Und als sie dann so nahe sind, daß sie einander berühren, verschwinden plötzlich ihre Körper. Und ihre abgeschlagenen Köpfe zeigen, was man sonst nicht sähe: wie ihre Lippen sich öffnen, sich noch mehr öffnen, wie ihre Kiefer erschlaffen wie im Tod und sich in plötzlicher, verhängnisvoller Erschlaffung der Köpfe ihre Lippen vereinen wie Polypen, sich zermalmen, in wilder Gier sich zu verzehren, einer im andern aufzugehen versuchen bis zur vollständigen Vernichtung. Ein unmögliches, absurdes Ideal, wozu die Organe augenscheinlich nicht geeignet sind. Die Zuschauer haben jedenfalls den Versuch gesehen, und daß er ein Mißerfolg war, bleibt ihnen verborgen. Denn die Leinwand wird hell und weiß wie ein Leichentuch.

Es war noch früh. Nachdem Suzanne das Kino verlassen hatte, ging sie durch die Hauptstraße der Oberstadt. Es war inzwischen dunkel geworden, und das Dunkel war gleichsam eine Fortsetzung der Nacht im Saal, der von Liebe erfüllten Nacht des Films. Suzanne fühlte sich ruhig und sicher. Sie begann Ausschau nach Joseph zu halten. Aber aus anderen Gründen als bisher, weil sie sich nicht entschließen konnte, jetzt schon ins Hotel zurückzukehren. Und dann

auch, weil sie sich noch nie so sehr wie jetzt nach Joseph gesehnt hatte.

Eine halbe Stunde nachdem sie das Kino verlassen hatte,
begegnete sie ihm. Sie sah den B. 12 durch die Straße kommen, durch die sie ging. Er fuhr in Richtung zu den Quais.
Das Auto fuhr langsam. Suzanne blieb auf dem Trottoir stehen und wartete, bis es so nahe war, daß sie Joseph anrufen
konnte.

Neben ihm saßen zwei Frauen. Die eine hielt ihn umschlungen. Joseph sah seltsam aus. Betrunken und glücklich.

Im Augenblick, als das Auto an ihr vorbeifahren wollte,
eilte Suzanne an den Rand des Trottoirs und rief: »Joseph!«
Joseph hörte nicht. Er sprach mit der Frau, die ihn umschlungen hielt.

Die Straße war voller Wagen, und Joseph fuhr sehr langsam.

»Joseph!« rief Suzanne wieder. Schon waren einige der
Passanten stehengeblieben. Suzanne lief über das Trottoir
und versuchte, das Auto einzuholen. Aber Joseph hörte sie
nicht und sah sie auch nicht. Nachdem sie zweimal gerufen
hatte, schrie sie ununterbrochen:

»Joseph! Joseph!«

Wenn er mich nicht bald hört, werfe ich mich vor das Auto.
Dann wird er ja wohl halten.

Joseph hielt. Suzanne blieb stehen und lächelte ihn an. Sie
war so erstaunt und glücklich, ihm begegnet zu sein, als hätte
sie ihn lange nicht, seit ihrer Kindheit nicht, gesehen. Joseph
hielt den Wagen am Rand des Trottoirs an. Der B. 12 war immer noch der alte. Die Türen waren immer noch mit Draht
befestigt, und der Rahmen des Verdecks, das Joseph in einem
Wutanfall eines Tages heruntergerissen hatte, war immer
noch leer und verrostet.

»Was machst du denn hier?«

»Ich gehe spazieren.«

»Wie hat man dich denn ausstaffiert?«

»Carmen hat mir ein Kleid geliehen.«

»Was willst du hier?« fragte Joseph wieder.

Eine der Frauen fragte Joseph etwas, und er antwortete:

»Meine Schwester.«

Die zweite Frau fragte die erste:

»Wer ist sie?«

»Seine Schwester«, erwiderte die erste.

Beide lächelten Suzanne mit etwas schüchterner Nachsicht zu. Sie waren stark geschminkt und trugen enganliegende Kleider, die eine ein grünes, die andere ein blaues. Die, die Joseph umschlungen hielt, war die jüngere. Wenn sie lächelte, sah man, daß ihr ein Eckzahn fehlte. Sie schienen beide aus einem Hafenbordell zu kommen, und Joseph hatte sie wohl irgendwo aufgelesen, vielleicht vor einem Kino.

Joseph blieb im Auto sitzen. Er machte ein verdrießliches Gesicht. Suzanne wartete darauf, daß er sie aufforderte, einzusteigen. Aber dazu hatte Joseph augenscheinlich keine Lust.

»Und Mama?« fragte er, nur um etwas zu sagen. »Weshalb bist du allein?«

»Ich weiß nicht«, sagte Suzanne.

»Und der Diam?« fragte Joseph wieder, der die Gelegenheit nicht versäumte, Suzanne die Bereicherung seines Wortschatzes vorzuführen.

»Noch nicht verkauft«, erwiderte Suzanne, die ihn gleich verstanden hatte.

Sie lehnte neben Joseph am Auto, aber sie wagte nicht einzusteigen. Joseph merkte das wohl, sein Gesicht wurde immer verdrießlicher. Die beiden Frauen schienen nicht zu ahnen, was vor sich ging.

»Dann auf Wiedersehen«, sagte Joseph endlich.

Suzanne nahm den Arm von der Tür.

»Auf Wiedersehen.«

Joseph sah sie verlegen an. Er zögerte.

»Wohin willst du eigentlich?«

»Irgendwohin«, erwiderte Suzanne. »Wohin ich will.«

Joseph zögerte immer noch. Suzanne entfernte sich.

»Suzanne«, rief Joseph halblaut.

Suzanne kümmerte sich nicht darum. Joseph fuhr langsam weiter, ohne sie ein zweites Mal gerufen zu haben.

Suzanne ging zurück über die Avenue bis zum Platz vor der Kathedrale. Sie haßte Joseph. Sie kümmerte sich nicht mehr um die Blicke der Passanten. Vielleicht fiel sie jetzt weniger auf, weil es dunkel war. Wenn doch die Mutter vorbeikäme! Aber es war sinnlos, damit zu rechnen. Hierher kam die Mutter doch nie, hier war es ihr zu fein, hier gingen die Leute nur spazieren. Sie dagegen eilte mit ihrer ›Kröte‹, dem Diamanten, durch die Stadt. Und dann suchte sie Herrn Jo, jagte sie Herrn Jo. Wie eine alte Vettel, die sich selbst nicht mehr kennt, verirrt in der großen Stadt. Früher war sie von einer Bank zur andern gelaufen, jetzt lief sie von einem Diamantenhändler zum andern. Und die werden sie noch auffressen. Wenn man sie derart erschöpft nach Hause kommen sah, daß sie meist, ohne etwas zu essen, zu Bett ging, hätte man wirklich glauben können, daß sie entweder an den Banken oder den Diamantenhändlern sterben würde. Aber sie erholte sich immer wieder und gab sich wieder ihrem Laster hin, das Unmögliche, ihre ›Rechte‹, wie sie behauptete, zu erbetteln.

Suzanne setzte sich auf eine Bank auf dem Platz vor der Kathedrale. Sie hatte keine Lust, schon jetzt ins Hotel zu gehen. Die Mutter würde wieder schimpfen, entweder auf Joseph oder auf sie. Mit Joseph war es bald aus, der würde fortgehen. Als läge Joseph im Sterben. Bald würde er eingehen in die gewöhnliche, furchtbare Gemeinheit der Liebe. Kein Joseph mehr. Er konnte reden, was er wollte, lange würde er sich nicht mehr um die Mutter kümmern, und schon bereitete er den Mord an ihr vor. Ein Lügner war er. Es gab so viele Lügner. Auch Carmen gehörte dazu.

Im Kino hatte Joseph sie getroffen. Sie rauchte eine Zigarette nach der andern, und da sie kein Feuer hatte, hatte Joseph ihr Feuer gegeben. Jedesmal hatte sie Joseph eine Zigarette angeboten. Auch er hatte dauernd geraucht. Es waren sehr gute und sehr teure Zigaretten, die teuersten, zweifellos die berühmten 555. Zusammen hatten sie das Kino verlassen, und seitdem waren sie zusammengeblieben. Das war die Zusammenfassung der Geschichte Josephs durch Carmen.

»Es war schon soweit mit ihm, daß ein paar Zigaretten genügten«, fügte sie hinzu.

Sie behauptete, Joseph in der Oberstadt begegnet zu sein und alles von ihm selbst erfahren zu haben. Aber konnte man bei Carmen sicher sein, daß sie die Wahrheit sagte? Sie hatte ihre besonderen Quellen. Sie schien auch zu wissen, wo Joseph sich aufhielt, aber das hätte sie um keinen Preis verraten. Acht Tage und acht Nächte lang ließ Joseph sich im Central-Hotel nicht blicken.

Die Mutter hatte fast alle Juweliere und Diamantenhändler besucht. Ihre einzige Hoffnung waren nun noch die Gäste des Hotels. Hin und wieder suchte sie noch einen Diamantenhändler auf, den sie vergessen hatte, aber sie lief jetzt nicht mehr den ganzen Tag durch die Stadt. Sie suchte auch Herrn Jo nicht mehr. Sie hatte ihn zu lange gesucht, und nun war sie es leid, war seiner wie eines Liebhabers überdrüssig. Sie sagte, sobald Joseph zurück wäre, wollte sie zu dem ersten Diamantenhändler gehen, der ihr elftausend Francs geboten hatte, und dann in die Ebene zurückkehren. Jetzt verbrachte sie den größten Teil ihrer Zeit damit, auf Joseph zu warten. Sie hatte sein Zimmer und seine Pension bis zu dem Tage bezahlt, an dem er verschwunden war. Mehr wollte sie nicht bezahlen. Sie sagte Carmen, sie hätte kein Geld mehr. Sie vermutete, daß Carmen genau wußte, wo Joseph sich aufhielt, aber es niemals verraten würde, und deshalb nur stillschweigend dazu bereit war, für die Zeit kein Geld zu nehmen, in der es allein von ihr abhing, ob Joseph weiterhin tun konnte, was er wollte. Die Mutter nahm täglich nur eine

Mahlzeit, und man konnte nicht sagen, ob sie das aus Gewissensbissen tat oder ob sie durch diese naive Erpressung Carmen zum Nachgeben zwingen wollte. Suzanne aß an Carmens Tisch und schlief in ihrem Zimmer. Sie sah die Mutter nur beim Abendessen. Die Mutter schlief den ganzen Tag. Sie nahm ihre Pillen und schlief. Immer hatte sie in den schwierigen Zeiten ihres Lebens so geschlafen. Als vor zwei Jahren die Dämme einstürzten, hatte sie achtundvierzig Stunden hintereinander geschlafen. Ihre Kinder hatten sich an ihre Art gewöhnt und machten sich keine allzu großen Sorgen um sie.

Seit ihrem ersten Versuch in der Oberstadt befolgte Suzanne Carmens Ratschläge nicht mehr so wörtlich. Wenn sie auch noch jeden Nachmittag in die Oberstadt ging, so nur, um sofort ein Kino aufzusuchen. Den Morgen verbrachte sie im allgemeinen im Büro des Hotels, wo sie manchmal Carmen vertrat. Das Central-Hotel hatte sechs sogenannte ›reservierte‹ Zimmer, die viel Arbeit machten. Sie wurden meist von Marineoffizieren und neu angekommenen Mädchen für Stunden gemietet. Carmen hatte hierfür eine weitgehende Lizenz. Diese Zimmer brachten besonders viel ein. Aber sie behauptete, deshalb hätte sie die Lizenz nicht nachgesucht, sondern aus echter Neigung. Sie sagte, in einem gut beleumundeten Hotel hätte sie sich gelangweilt.

Manchmal blieben die Mädchen einen ganzen Monat, bis ihr Schicksal sich entschieden hatte. Sie wurden gut behandelt und verpflegt. Es kam vor, daß die eine oder andere mit einem Jäger oder Pflanzer, den sie kennengelernt hatte, verschwand. Aber nur selten gewöhnten sie sich an das Leben in den Bergen oder im Busch, und meist kamen sie nach ein paar Monaten zurück und füllten die Bordelle wieder auf. Außer den neuen, die direkt aus der Hauptstadt kamen, kamen welche aus Shanghai, Singapur, Manila, Hongkong. Sie waren die großen Abenteurerinnen und unsteter als die andern. Sie besuchten regelmäßig alle Häfen des Pazifik und blieben nirgendwo länger als ein halbes Jahr. Sie waren die

154

stärksten Opiumraucherinnen der Welt, die Verführerinnen aller Schiffsmannschaften des Pazifik.

»Biester sind sie«, sagte Carmen, »aber ich mag sie lieber als die andern.«

Sie ließ sich nicht weiter aus. Sie sagte, daß ihr die Huren lägen, sie selbst die Tochter einer Hure wäre, aber das wäre es nicht allein, sondern sie wären immer noch das Anständigste, das Sauberste in dem ungeheuren Bordell, das die Kolonie darstellte.

Selbstverständlich riet Carmen allen, die bei ihr abstiegen, sich den Diamanten zeigen zu lassen. In allen reservierten Zimmern hatte sie Abschriften des Schilds im Büro aufhängen lassen. Sie ging sogar soweit, ihren Gästen den Fall der Mutter näher zu erklären.

»Was wollen Sie! Ihr schenkt man keine Diamanten«, sagte Carmen bitter.

Die Mutter teilte diese Bitterkeit. Aber das Hotel war der einzige Ort, wo man ihn vielleicht zu dem Preis verkaufen konnte, den die Mutter haben wollte. Hier gäbe es keine Lupe, mit der man die ›Kröte‹ entdeckte, sagte Carmen. Auch sie dachte dauernd an den Verkauf des Diamanten, wenn sie von diesem Gedanken auch weniger besessen war als die Mutter. Carmen ließ sich eigentlich nie von etwas ganz in Anspruch nehmen. Besessen war sie nur von der Gier nach neuen Männern. Ihretwegen ließ sie alles stehen und liegen und verschwand. Das war meist der Fall, wenn ein Schiff den Hafen anlief. Nach dem Essen zog sie sich an, schminkte sich und ging dann am Fluß entlang zum Hafen. Als sie eines Abends nach Hause kam, sagte sie in liebevollem Überschwang zu Suzanne:

»Draußen sind sie nett. Man darf die Männer nicht einsperren. Auf der Straße sind sie am besten.«

»Wieso auf der Straße?« fragte Suzanne verlegen.

Carmen lachte.

Wenn Suzanne nicht in Carmens Büro war, war sie in einem Kino der Oberstadt. Nach dem Mittagessen verließ sie das Hotel und ging gleich ins Kino. Dann in ein anderes. Es gab fünf Kinos in der Stadt; und die Programme wechselten oft. Carmen verstand, daß man gern ins Kino geht, und gab ihr Geld, damit sie das Kino so oft besuchen konnte, wie sie Lust hatte. Sie behauptete lachend, zwischen ihren Spaziergängen am Fluß entlang und Suzannes Kinobesuchen gäbe es kaum einen Unterschied. Bevor man die Liebe in Wirklichkeit ausübte, täte man es probeweise im Kino, sagte sie. Das große Verdienst des Kinos bestünde darin, daß es die Gier der jungen Burschen und Mädchen reizte und sie dazu trieb, ihren Familien davonzulaufen. Und das wäre vor allem wichtig: die Familie loswerden, wenn es eine richtige Familie war. Suzanne begriff selbstverständlich Carmens Lehre nicht bis ins letzte, aber sie war stolz darauf, daß Carmen sich derart für sie interessierte.

Wenn Suzanne abends nach Hause kam, erkundigte sie sich bei Carmen gleich nach Joseph und dem Diamanten. Joseph kam nicht ins Hotel. Der Diamant wurde nicht verkauft. Herr Jo blieb verschwunden. Aber vor allem kam Joseph nicht ins Hotel. Je mehr Zeit verging, desto mehr begriff Suzanne, daß sie in Josephs Leben immer weniger zählte, manchmal vielleicht so wenig, als wäre sie überhaupt nicht vorhanden. Es war ganz gut möglich, daß er niemals wiederkam. Das Schicksal der Mutter bot kein Problem mehr, wie Carmen sagte. Wenn Joseph wiederkam, würde die Mutter weiterleben, wenn nicht, würde sie sterben. Das war weniger wichtig als das, was Joseph passiert war, was Carmen schon lange passiert war und sie anscheinend für immer gezeichnet hatte, als das, was ihr sicher auch bald passieren würde. Schon drohte es. Jede Straßenecke, jede Straßenbiegung, jede Stunde des Tages, jedes Bild jeden Films, jedes Männergesicht, das sie sah, verriet ihr, daß sie Carmens und Josephs Geschick immer näher kam.

Die Mutter fragte sie nie, was sie täte. Nur Carmen interessierte sich für sie. Manchmal bat Carmen sie, wenn sie nichts anderes zu sprechen hatten, ihr den Inhalt der Filme, die sie gesehen hatte, zu erzählen. Sie gab ihr Geld für den nächsten Tag. Sie machte sich ihretwegen Sorgen, und je länger Joseph verschwunden blieb, desto mehr wuchs ihre Besorgnis. Manchmal hatte sie sogar Angst. Was sollte aus ihr werden? Immer wieder sagte sie, es wäre unvermeidlich, daß Suzanne die Mutter verließe, besonders, wenn Joseph nicht zurück-käme.

»Ihr Unglück ist wie ein böser Zauber«, wiederholte sie. »Man sollte es vergessen, wie man einen Zauber vergißt. Nur ihr Tod oder ein Mann könnte dich sie vergessen lassen.«

Suzanne fand Carmen in ihrer Starrköpfigkeit ein wenig primitiv. Sie verheimlichte ihr, daß sie schon lange nicht mehr in der Oberstadt spazierenging. Von ihrem ersten Spazier-gang dort hatte sie ihr nichts erzählt, nicht, weil sie das ver-schweigen wollte, sondern weil sie dachte, daß man so etwas nicht erzählen könnte. Nichts Besonderes hatte diesen Spa-ziergang gekennzeichnet, und Suzanne glaubte noch, daß nur wirkliche Ereignisse erzählt werden könnten. Alles andere war beschämend oder auch zu wertvoll, auf jeden Fall konnte man es nicht berichten. So ließ sie Carmen reden, die nicht wußte, daß die einzige Menschheit, der Suzanne sich zu stel-len wagte, die unerhörte, beruhigende Menschheit der Lein-wand war.

Wenn Suzanne nach Hause kam, nahm Carmen sie mit in ihr Zimmer und fragte sie aus. Carmens Zimmer war die schwache Stelle in ihrem Leben. Sie hatte vielen Dingen im Leben Widerstand geleistet, aber gegen den Zauber von Di-wans, die unter handgemalten Kissen zusammenbrachen, ge-gen Pierrots und Harlekins, alte Ballerinnerungen, die an den Wänden hingen, gegen künstliche Blumen hatte sie nichts vermocht. Suzanne fand es hier immer ein wenig erstickend. Aber es war trotzdem angenehmer hier, als im Zimmer der Mutter zu schlafen. Suzanne wußte, daß Joseph in diesem Zimmer mit Carmen geschlafen hatte. Wenn Carmen sich in ihrer Gegenwart auszog, dachte sie jedesmal daran. Und das entfernte sie jedesmal mehr, nicht von Carmen, sondern von

Joseph. Carmen war groß, hatte einen flachen Bauch, kleine, etwas hängende Brüste und wundervolle Beine. Suzanne betrachtete sie jeden Abend genau, und jedesmal wuchs die Kluft zwischen ihr und Joseph. Suzanne hatte sich nur einmal in Carmens Gegenwart ausgezogen. Carmen hatte sie umarmt. »Du bist wie eine Mandel.« Still hatte sie sich eine Träne abgewischt. An jenem Abend hatte sie sie gebeten, ihr den ersten besten Mann zu schicken, den sie träfe. Suzanne versprach alles, was sie wollte. Aber nie wieder zog sie sich in Carmens Gegenwart aus.

Wenn die Essensstunde nahte, holte Suzanne die Mutter in ihrem Zimmer ab. Es war immer das gleiche. Auf dem Bett liegend, wartete die Mutter auf Joseph. Sie lag immer im Dunkeln, denn sie hatte nicht einmal mehr das Verlangen, die Lampe anzuzünden. Auf dem Nachttisch neben ihr lag unter einem umgestülpten Glas der Diamant. Wenn sie wach wurde, betrachtete sie ihn voller Ekel. Die ›Kröte‹, sagte sie, erweckte in ihr den Wunsch zu sterben. Sie wäre das Unglück, fügte sie hinzu, wie man es sich schlimmer nicht denken könnte. Manchmal, wenn sie zu viele Pillen eingenommen hatte, hatte sie ins Bett gemacht. Dann trat Suzanne ans Fenster, um es nicht sehen zu müssen.

»Und?« fragte die Mutter.

»Ich habe ihn nicht gesehen«, erwiderte Suzanne.

Die Mutter fing an zu weinen. Sie verlangte eine Pille. Suzanne gab sie ihr und kehrte zum Fenster zurück. Sie wiederholte ihr, was Carmen gesagt hatte.

»Einmal mußte das so kommen.«

Die Mutter erwiderte, daß sie das wüßte, aber daß es doch furchtbar sei, Joseph so plötzlich zu verlieren. Sie sprach im gleichen Ton von Joseph, von dem Diamanten und, als sie den noch suchte, auch von Herrn Jo. Und manchmal auch, wenn sie sagte: »Wenn er doch wiederkäme!«, wußte man nicht, ob sie Joseph oder Herrn Jo meinte.

Sie stand auf, schwankte unter dem Einfluß der Pillen. Es dauerte lange, bis sie zum Essen angezogen war. Suzanne setzte sich ans Fenster. Der Lärm der Straßenbahn drang bis ins Zimmer. Alles, was Suzanne von hier aus von der Stadt sah, war der große Fluß, halb bedeckt von Scharen großer Dschunken, die vom Pazifik kamen, und von den Schleppern des Hafens. Carmen brauchte sich ihretwegen keine Sorgen zu machen. Nachdem Suzanne so viele Filme, so viele Menschen, die sich liebten, sich trennten, sich umarmten und umschlangen, so viele Lösungen, so viel vorherbestimmtes Schicksal, so viel Trennungen erlebt hatte, die grausam, jedoch unvermeidlich und schicksalsschwer waren, wollte sie nur eins: die Mutter verlassen.

Die einzige Bekanntschaft, die Suzanne machen sollte, machte sie im Central-Hotel. Er war Vertreter einer Garnfabrik in Kalkutta.

Er war auf der Durchreise in der Kolonie und wollte sich in acht Tagen wieder nach Indien einschiffen. Seine Reisen dauerten immer zwei Jahre, und nur einmal während einer Reise machte er in der Kolonie halt. Jedesmal hatte er während seiner Durchreise versucht, sich mit einer Französin zu verheiraten, die sehr jung und nach Möglichkeit noch jungfräulich sein sollte, aber die hatte er bisher nicht gefunden.

»Der wäre vielleicht was für dich«, hatte Carmen zu Suzanne gesagt. »Jedenfalls ein Ausweg für den Fall, daß Joseph nicht wiederkommt.«

Barner war etwa vierzig Jahre alt, groß, mit leicht angegrautem Haar. Er trug Anzüge aus Tweed, sprach sehr ruhig, lachte wenig und wirkte in der Tat sehr repräsentativ. Nicht ungestraft besuchte er seit fünfzehn Jahren alle großen Webereien der Welt, um ihnen seine Garne anzupreisen. Er war übrigens mehrere Male um die Welt gefahren und hatte von ihr eine ganz besondere Vorstellung. Wichtig war für ihn allein, wieviel Kilometer Baumwollgarn aus der Fabrik G. M. B. in Kalkutta die Welt aufzunehmen imstande war.

Carmen erzählte ihm von Suzanne, und er wollte sie sofort kennenlernen. Er hatte es eilig. Die Verabredung fand in Carmens Zimmer statt, spätabends, nachdem die Mutter zu Bett gegangen war. Suzanne hatte sich wie immer Carmens Willen gefügt. Nachdem er sich vorgestellt hatte, erzählte er von seinem Beruf, vom Garnhandel in der Welt und der unmeßbaren Menge Garn, die verkauft wurde. Das war für diesen Abend alles. Am nächsten Tag lud er durch Carmens Vermittlung Suzanne ein, mit ihm auszugehen, damit sie sich, wie er sagte, genauer kennenlernten. Nach dem Essen verließ Suzanne mit ihm das Hotel.

Sie fuhren in Barners Wagen zu einem Kino. Ein seltsames Auto, auf das er sehr stolz war. Als sie vor dem Kino hielten, stieg er aus, pflanzte sich vor Suzanne auf und schilderte ihr bis ins kleinste die außerordentlichen Vorzüge seines Wagens. Es war ein rotlackierter Zweisitzer, dessen hinterer Teil in eine Art großen Koffer mit Schubladen umgewandelt worden war, in denen Barner seine Garnmuster verwahrte. Die Schubladen waren gelb, blau, grün usw. und von genau der gleichen Farbe wie das Garn, das sie enthielten. Etwa dreißig Fächer hatte dieser Koffer. Sie wurden automatisch durch eine einzige Schlüsseldrehung vom Innern des Wagens aus geöffnet. Ein solches Auto gäbe es nicht ein zweites Mal in der Welt, erklärte Barner, er, er ganz allein hätte die Idee gehabt, seinen Wagen in dieser Weise umbauen zu lassen. Er fügte hinzu, der Wagen wäre noch nicht so vollkommen, wie er ihn haben wollte; es käme vor, daß die Kunden die Garne nach Besichtigung in ein falsches Fach legten. Das wäre ein großer Nachteil, aber auch dem würde er abhelfen. Wie, das wußte er schon ungefähr: er wollte die Spulen durch eine Vorrichtung, die er allein bedienen konnte, in den einzelnen Fächern befestigen. Immer wieder, sagte er, wäre er darauf bedacht, seine Fächer zu vervollkommnen. Das erforderte Zeit. Nichts wäre von Anfang an vollkommen, verallgemeinerte er und machte dabei ein kluges Gesicht. Etwa zwanzig Menschen hatten sich um das Auto versammelt, und er sprach laut, damit alle etwas von seiner Erklärung hätten.

Wenn man dieses Auto sah und ihn darüber sprechen hörte, war jeder Zweifel ausgeschlossen. Sie hatte wieder Pech. Es blieb nichts anderes übrig, als ihm den Diamanten anzudrehen. Sie dachte viel an Joseph.

Nach dem Kino gingen sie in ein Dancing mit Schwimmbassin außerhalb der Stadt. Barner betrat es ohne jedes Zögern, und es war deutlich zu erkennen, daß er bei jedem Aufenthalt in der Kolonie mit einer vom Central-Hotel vorgeschlagenen Dame dieses Lokal besuchte.

Es war ein grüngestrichener Bungalow, mitten in einem Wald. Die vielen Lampions, die in den Bäumen schaukelten, verbreiteten Tageshelle. Längs des Bungalows befand sich das Schwimmbassin, dem allein das Dancing seine Berühmtheit verdankte. Es war ein großes Felsbecken, das von einem Bach gespeist wurde, den man durch teilweise Schließung des Beckens gestaut hatte. So blieb das Wasser, das sich in der Tiefe durch ein schwaches Strömen immer wieder erneuerte, sehr sauber. Drei Scheinwerfer erhellten von oben das Bassin, dessen Boden und Wände in ihrem natürlichen Zustand belassen worden und mit langen Wasserpflanzen bedeckt waren. Zwischen ihnen sah man orangefarbene und violette Kiesel, die wie unterseeische Blumen leuchteten. Das Wasser war so klar und ruhig, daß man jede Einzelheit mit all ihren Nuancen deutlich auf seinem Grund erkannte, als wäre alles in Kristall erstarrt. Außer durch die Scheinwerfer wurde das Schwimmbecken durch bunte Lampions erleuchtet, die sich am grünen Himmel des Waldes schwankend bewegten. Kurzgeschorener Rasen umgab es, auf dem eine Reihe von ebenfalls grünen Badekabinen stand. Hin und wieder öffnete sich eine dieser Kabinen, und es erschien der Körper eines Mannes oder einer Frau, völlig nackt, von überraschender Weiße und aus so strahlendem Stoff, daß das leuchtende Dunkel des Waldes gleichsam verblaßte. Der nackte Körper lief über den Rasen, stürzte sich in das Becken, ließ um sich eine leuchtende Wassergarbe aufspritzen. Dann brach die Garbe in sich zusammen, und der Körper erschien im Wasser, bläulich und flüssig wie Milch. Die Kapelle des Dancing verstummte plötzlich, und alle Lichter erloschen, während der Körper schwamm. Manchmal tauchten besonders mutige Schwimmer unter und schwammen langsam, mit ruckartigen Bewegungen durch die langen Pflanzen auf dem Grund und störten deren feierliche Unbeweglichkeit. Dann tauchte der Körper wieder auf in einem strahlenden Wirbel aus leuchtenden Blasen.

Die Arme auf die Balkons des Dancing aufstützend, sahen Männer und Frauen schweigend zu. Wenn diese Bäder auch erlaubt waren, wagten doch nur wenige, sich zur Schau zu stellen. War der Schwimmer verschwunden, flammten die Lichter auf, und die Kapelle spielte wieder.

»Zerstreuung der Millionäre«, sagte Joseph Barner.

Sie setzte sich ihm gegenüber. Um sie herum, an Tischen sitzend oder tanzend, befanden sich all die großen Vampire der Kolonie, die durch Reis, Kautschuk, Bankgeschäfte oder Wucher reich geworden waren.

»Ich mag keinen Alkohol«, sagte Barner. »Aber Sie vielleicht?«

»Ich trinke gern ein Glas Cognac«, sagte Suzanne.

Sie wollte sein Mißfallen erregen, lächelte ihn aber doch an. Zweifellos hätte sie hier lieber mit einem anderen gesessen, den sie nicht anzulächeln brauchte. Jetzt, da Joseph weg war und die Mutter so gern sterben wollte, empfand sie dies Bedürfnis immer stärker.

»Ihre Frau Mutter ist wohl leidend?« fragte Barner, um etwas zu sagen.

»Sie wartet auf meinen Bruder«, erwiderte Suzanne. »Das macht sie ganz krank.«

Suzanne hatte geglaubt, Carmen hätte Barner über alles unterrichtet.

»Wir wissen nicht, wo er ist. Wahrscheinlich hat er eine Frau kennengelernt.«

»Oh«, empörte sich Barner, »das ist doch kein Grund. Ich würde meine Mutter niemals verlassen. Allerdings ist meine Mutter eine ganz besondere Frau, eine Heilige.«

Vor der Heiligkeit seiner Mutter konnte man richtig Angst haben.

»Meine nicht«, sagte Suzanne. »An der Stelle meines Bruders handelte ich genauso.«

Suzanne raffte sich auf; jetzt war der Augenblick da.

»Wenn Sie glauben, sie sei eine Heilige, sollten Sie es ihr beweisen.«

»Beweisen?« staunte Barner. »Ich beweise es ihr. Ich glaube sagen zu können, daß ich meiner Mutter noch niemals Kummer bereitet habe.«

»Sie sollten ihr ein für allemal ein wertvolles Geschenk machen. Hinterher hätten Sie dann in dieser Hinsicht Ihre Ruhe.«

»Ich verstehe Sie nicht«, sagte Barner immer noch voller Staunen. »Wieso hätte ich dann meine Ruhe?«

»Wenn Sie ihr einen kostbaren Ring schenkten, brauchten Sie ihr nichts anderes mehr zu schenken.«

»Einen Ring? Weshalb einen Ring?«

»Ich meinte nur so.«

»Meine Mutter«, sagte Barner, »macht sich nichts aus Schmuck. Sie ist sehr einfach. Jedes Jahr kaufe ich ihr ein Stück Land in Südengland. Das macht ihr ganz besondere Freude.«

»Ich nähme lieber Diamanten«, sagte Suzanne. »Land ist manchmal Scheiße.«

»Ach!« sagte Barner. »Was ist denn das für eine Ausdrucksweise?«

»Das ist französisch«, erwiderte Suzanne. »Ich möchte tanzen.«

Barner forderte Suzanne zum Tanz auf. Er tanzte sehr korrekt. Suzanne war viel kleiner als er. Beim Tanzen reichten ihre Augen nur bis an seinen Mund.

»Französinnen sind das Feinste und Schönste«, sagte er, während sie tanzten.

Aber obwohl sein Mund sich in der Höhe der Augen und des Haares der Französin befand, berührte er doch kein einziges Mal dieses Haar.

»Wenn man sie jung heiratet, kann man die treuesten Gefährtinnen, die zuverlässigsten Mitarbeiterinnen aus ihnen machen«, fuhr er fort.

In acht Tagen mußte er weiter, und die Reise dauerte zwei Jahre. Er hatte es eilig. Was er sich wünschte, war ein achtzehnjähriges Mädchen, das noch kein Mann berührt hatte. Nicht daß er gegen die ein Vorurteil gehabt hätte, die schon von einem Mann berührt worden waren (die müßte es ja auch geben, sagte er sich), sondern weil seine Erfahrung ihn gelehrt hatte, daß man erstere am besten und schnellsten nach seinem Willen formte.

»Mein ganzes Leben lang habe ich diese junge achtzehn-

164

jährige Französin, dieses Ideal gesucht. Achtzehn Jahre ist ein herrliches Alter. Da kann man sie noch formen und eine kostbare kleine Nippfigur aus ihnen machen.«

Joseph würde sagen: »Solche Nippfiguren können mich... überhaupt, so junges Gemüse... zum Kotzen.«

»Mein Fall wäre eher Carmen«, erwiderte Suzanne.

»Ach«, entgegnete Barner.

Zweifellos hatte er versucht, mit Carmen zu schlafen. Aber Carmen wollte von solchen Brüdern nichts wissen. Trotzdem versuchte sie, ihn ihr anzudrehen.

»Carmen in verbesserter Form«, sagte Suzanne.

»Sie verstehen das nicht«, sagte Barner. »Frauen wie Carmen kann man nicht heiraten.«

Er lachte gerührt über so viel Unschuld.

»Das kommt drauf an«, entgegnete sie. »Nicht jeder könnte es.«

Als das Auto vor dem Hotel hielt, sagte Barner, was er sicher schon zu vielen anderen gesagt hatte:

»Wollen Sie das junge Mädchen sein, das ich seit so langem suche?«

»Da müssen Sie meine Mutter fragen«, erwiderte Suzanne. »Aber ich sage Ihnen nochmals, ich nähme lieber so eine wie Carmen.«

Trotzdem wurde vereinbart, daß er am nächsten Abend nach dem Essen mit der Mutter spräche.

»Ich bin einer der größten und bekanntesten Vertreter dieser Fabrik«, sagte Barner.

Die Mutter betrachtete ihn mit nur wenig Neugierde.

»Sie können sich freuen, daß Sie es zu was gebracht haben«, sagte sie. »Das kann nicht jeder sagen. Sie verkaufen also Garn?«

»Wenn dieser Industriezweig auch nach nichts aussieht, ist er doch ungeheuer wichtig«, sagte Barner. »In der Welt werden unvorstellbar viele Kilometer Garn verbraucht, und für Garn werden nicht weniger unvorstellbare Summen ausgegeben.«

Die Mutter blieb skeptisch. Sie hatte offenbar noch nie daran gedacht, daß man von einer solchen Industrie bequem und gut leben kann. Barner erzählte ihr von seinem Reichtum, der, wie er behauptete, anfing, bedeutend zu werden. Jedes Jahr kaufte er ein Stück Land in Südengland, wohin er sich später zurückziehen wollte.

Die Mutter hörte zerstreut zu. Nicht, daß sie Barners Worte bezweifelt hätte, aber sie sah nicht ein, was für einen Sinn es hätte, in Südengland Geld anzulegen. Das war doch viel zu weit. Trotzdem blitzten bei dem Worte ›anlegen‹ ihre Augen auf wie der Diamant, aber es war nur ein kurzer Augenblick. Sie verfolgte diesen Gedanken nicht weiter. Sie sah müde und verträumt aus. Aber irgendwie war die Sache doch wichtig. Und schließlich war es ja auch das erste Mal, daß jemand um Suzannes Hand anhielt. Sie gab sich alle Mühe, Barner zuzuhören, doch in Wirklichkeit waren ihre Gedanken weit weg, bei Joseph.

»Und Sie suchen schon lange?« fragte sie.

»Schon jahrelang«, erwiderte Barner. »Ich vermute, daß Carmen mit Ihnen über mich gesprochen hat. Wer warten kann, findet, was er sucht.«

»Sie sprechen unsere Sprache sehr gut«, sagte die Mutter.

Das macht nun zwei, dachte Suzanne. Zwei Idioten. Immer wieder Pech, wie in allen Dingen.

»Das muß doch anstrengend sein«, sagte die Mutter verträumt. »Ich habe jahrelang gewartet und immer umsonst. Und nun warte ich immer noch, das Warten hört nie auf.«

»Ich warte nicht gern«, sagte Suzanne. »Geduld ist zum Kotzen, sagt Joseph.«

Barner zuckte zusammen. Die Mutter hörte nur das Wort Joseph. »Vielleicht ist er tot«, sagte sie leise. »Ja, weshalb sollte er nicht tot sein…«

»Das viele Warten macht einen immer gleichgültiger«, sagte Suzanne.

»Im Gegenteil, immer anspruchsvoller«, erwiderte Barner verbindlich.

»Unter die Straßenbahn gekommen«, sagte die Mutter wieder leise. »Eine innere Stimme sagt mir, daß er unter die Straßenbahn gekommen ist.«

»Was nicht gar«, entgegnete Suzanne. »Ich kann dir nur sagen, daß er nicht unter die Straßenbahn gekommen ist.«

Barner sprach einen Augenblick lang nicht von sich. Er nahm ihren Mangel an Interesse weiter nicht übel. Er vermutete, daß es sich um Joseph und seine Flucht handelte, und sein Lächeln verriet, daß er diese Art Abenteuer aus eigener Erfahrung kannte.

»Er ist nicht nur nicht unter die Straßenbahn gekommen«, sagte Suzanne, »sondern viel glücklicher als du. Mach dir seinetwegen keine Sorgen. Tausendmal glücklicher als du.«

Die Mutter starrte auf die Straßenbahngeleise und die West-Avenue, wie sie das öfter von ihrem Fenster aus tat, wenn sie Ausschau hielt nach dem B. 12.

»Das sind so Eskapaden eines jungen Mannes«, sagte Barner schließlich salbungsvoll und fügte mit vielsagendem Lächeln hinzu: »Ist schon gut, so etwas einmal zu erleben, aber noch besser ist es, wenn man es hinter sich hat.«

Er spielte mit seinem Glas. Seine schmalen und gepflegten Hände erinnerten an die Herrn Jos. Auch er trug einen Ring – aber der Ring hatte keinen Diamanten. Nur seine Initialen schmückten ihn: ein J und ein B, liebevoll ineinander verschlungen.

167

»Bei Joseph hört das nie auf«, behauptete Suzanne.

»Was das angeht, glaube ich, daß sie recht hat«, sagte die Mutter.

»Das Leben wird ihn schon zähmen«, erwiderte Barner nicht ohne Stolz, als wüßte er, was das Leben für Menschen vom Schlage Josephs bereithielt.

Suzanne dachte an Herrn Jos Hände, die immer ihre Brüste betasten wollten. Barners Hände auf meinen Brüsten, das wäre genau das gleiche. Genau die gleichen Hände.

»Das Leben wird gar nichts tun«, sagte Suzanne. »Joseph ist eben anders als die anderen.«

Barner schien in keiner Weise aus der Fassung gebracht. Er verfolgte seinen Gedanken weiter.

»Solche Männer machen die Frauen nicht glücklich. Das können Sie mir glauben.«

Der Mutter schien etwas einzufallen.

»Sie wollen also meine Tochter heiraten?«

Sie wandte sich Suzanne zu und lächelte sie zerstreut und freundlich zugleich an. Barner errötete leicht.

»Ja. Und ich wäre sehr glücklich…«

Joseph, Joseph. Wenn er da wäre, würde er sagen: zu dem kommt sie nicht ins Bett. Carmen hat gesagt, er will dreißigtausend Francs zahlen, wenn er mich mitnehmen kann. Zehntausend mehr als der Diamant. Joseph würde sagen, das ist kein Grund.

»Sie verkaufen also Garn?« fragte die Mutter.

Barner wunderte sich. Zum dritten Mal sagte er geduldig:

»Das heißt, ich vertrete eine Spinnerei in Kalkutta. Für diese Spinnerei bringe ich aus der ganzen Welt Riesenaufträge herein.«

Die Mutter überlegte. Immer noch starrte sie auf die Schienen der Straßenbahn.

»Ich weiß nicht, ob ich sie Ihnen gebe oder nicht. Seltsam, ich weiß es wirklich nicht.«

»Spaßiger Beruf«, sagte Suzanne leise.

»Meist«, sagte Barner, der ihre Worte gehört, aber für die

›Schelmerei‹ Suzannes großes Verständnis hatte, »bin ich frei.
Ich habe immer nur mit den Direktoren zu tun. Sie verstehen
wohl, wenn man erst mal soweit ist, wird alles schriftlich erledigt. So habe ich viel Zeit für mich.«

Und ich, sagte sich Suzanne, hätte nicht einmal Gelegenheit, mit einem anderen durchzugehen. Mit dem Tor in die
Freiheit, wie Carmen sagt, ist es dann aus.

»Sie sprechen unsere Sprache sehr gut«, sagte die Mutter
wieder in seltsamem Ton.

Barner lächelte geschmeichelt.

»Und sie würde Sie überallhin begleiten?« fuhr die Mutter
fort.

»Die G. M. B. übernimmt die Reisekosten ihrer Vertreter
und deren Gattinnen... und ihrer Kinder«, sagte Barner mit
allem, was ihm noch an jugendlicher Forschheit blieb.

Man konnte wirklich nicht erkennen, wie die Gesellschaft,
die Barner vertrat, aussah. Das war auch wohl die Meinung
der Mutter, die nach kurzem Schweigen plötzlich sagte: »Im
Grunde bin ich weder dafür noch dagegen. Und das ist das
Seltsame.«

»Das ist oft so. Wenn man am wenigsten daran denkt, ist
es auf einmal da«, sagte Barner, der nicht leicht den Mut verlor.

»Das meint sie nicht«, sagte Suzanne.

Die Mutter gähnte ungeniert. Sie war es leid, sich zu kon-
zentrieren, da ihre Gedanken andere Wege gehen wollten.

»Ich will es mir heute nacht überlegen«, sagte sie.

Und als sie allein waren:

»Sagt er dir zu?« fragte die Mutter.

»Ein Jäger wäre mir lieber«, erwiderte Suzanne.

Die Mutter schwieg.

»Ich müßte dann für immer fort«, sagte Suzanne.

Diese Seite des Problems hatte die Mutter noch nicht gesehen.

»Für immer?«

»Für drei Jahre.«

Die Mutter überlegte wieder.

»Wenn Joseph nicht wiederkommt, wäre das schon besser. Ein seltsamer Beruf, aber wenn Joseph nicht wiederkommt?«

Mit starren Augen betrachtete die Mutter, ohne es zu sehen, das Viereck schwarzen Himmels, das sich gegen das offene Fenster abhob. Suzanne wußte: es war immer dasselbe. ›Nun habe ich sie doch noch am Halse‹, dachte die Mutter. ›Das bleibt so bis in alle Ewigkeit.‹ Sie dachte nicht an die dreißigtausend Francs, sondern an ihren Tod.

»Joseph kommt schon wieder!« schrie Suzanne. »Er kommt schon wieder, früher oder später.«

»Das ist nicht sicher«, sagte die Mutter.

»Und selbst wenn... ich will lieber einen Jäger.«

Die Mutter lächelte. Die Spannung wich von ihr. Sie streichelte das Haar ihres Kindes.

»Weshalb willst du eigentlich einen Jäger?«

»Ich weiß es nicht.«

»Laß gut sein. Einen Jäger kriegst du alle Tage. Morgen werde ich mit ihm sprechen. Ich werde ihm sagen, daß du mich nicht verlassen willst.«

Und dann plötzlich, wie jemand, dem einfällt, daß er die Hauptsache vergessen hat:

»Und der Diamant?«

»Ich hab's versucht«, erwiderte Suzanne. »Er beißt nicht an.«

»Sind alle gleich«, sagte die Mutter.

Zum ersten Male seit Josephs Verschwinden stand die Mutter früh auf. Sie begab sich in Barners Zimmer. Was sie mit ihm sprach, konnte Suzanne nie erfahren. Sie sah ihn am Nachmittag im Büro wieder, als sie Carmen an der Kasse vertrat. Er sah ein wenig ärgerlich aus und sagte Suzanne, ihre Mutter hätte mit ihm gesprochen.

»Ich gestehe, daß ich ein wenig entmutigt bin. Seit zehn Jahren suche ich. Sie schienen...«

»Man soll nichts bedauern«, sagte Suzanne.

Sie lächelte. Er nicht.

»Und Jungfrau bin ich schon lange nicht mehr.«

»Oh! Warum haben Sie das nicht gleich gesagt?«

»So was pfeift man nicht von den Dächern.«

»Furchtbar!« rief Barner.

»Das ist nun mal so.«

In seiner Verzweiflung hob Barner die Augen gen Himmel. Und als er das tat, fiel sein Blick auf Carmens Schild:

»Herrlicher Diamant zu verkaufen...«

»Handelt es sich um... Ihren... Ihren Diamanten?« fragte er mit vergehender Stimme.

»Gewiß«, erwiderte Suzanne.

»Oh!« sagte Barner wieder. Vor so viel Unmoral strich er die Segel.

»Sie verkaufen ja auch Garn«, sagte Suzanne.

Suzanne hatte indessen eine zweite Begegnung. Sie traf Herrn Jo. Eines Nachmittags, als sie das Central-Hotel verließ, parkte seine Limousine vor dem Hotel. Sobald er Suzanne erblickte, ging Herr Jo, anscheinend ganz ruhig, auf sie zu.

»Guten Tag«, sagte er triumphierend, »ich habe Sie nun doch gefunden.«

Er war vielleicht noch besser angezogen als sonst, aber schöner war er nicht geworden.

»Wir wollen hier den Ring verkaufen«, sagte Suzanne, »es nützt Ihnen nichts.«

»Ist mir ganz einerlei«, sagte Herr Jo und zwang sich zu einem forschen Lachen. »Ich habe Sie jedenfalls endlich gefunden.«

Er schien sie schon lange gesucht zu haben. Drei Tage lang, vielleicht sogar mehr. Hier, in der Stadt, fern der Überwachung durch Joseph und die Mutter, wirkte er viel weniger schüchtern als im Bungalow.

»Wo wollen Sie hin?«

»Ins Kino. Ich gehe jeden Tag ins Kino.«

Herr Jo sah sie skeptisch an.

»Allein?« sagte er. »Ein schönes Mädchen wie Sie allein ins Kino?« fügte er mit seinem gewöhnlichen Scharfsinn hinzu.

»Ob schön oder nicht, jedenfalls ist's so.«

Herr Jo schlug die Augen nieder. Er schwieg einen Augenblick und sagte schüchtern:

»Und wenn Sie heute darauf verzichteten? Weshalb immer ins Kino laufen? Das ist ungesund, und Sie bekommen ein ganz falsches Bild vom Leben.«

Suzanne betrachtete das blankgeputzte Auto. Der untadelige Chauffeur in der weißen Livree schien ein Stück des Autos, das er lenkte. Vollkommen unbewegt, war er nur darauf bedacht, möglichst unaufmerksam zu erscheinen, dennoch mußte er wohl wissen, was sich zwischen ihr und Herrn Jo zugetragen hatte. Sie versuchte, ihm zuzulächeln, aber er blieb so gleichgültig und unbewegt, als hätte ihr Lächeln dem Auto gegolten.

»Was das falsche Bild angeht«, erwiderte Suzanne, »so lassen Sie das meine Sorge sein, wie Joseph sagt. Und was das Kino angeht, so habe ich keine Lust, darauf zu verzichten, wie Sie vorschlagen.«

Er trug immer noch den Ring mit dem großen Diamanten. Dieser Diamant war mindestens dreimal so groß wie der andere, und zweifellos enthielt er keine ›Kröte‹. Man konnte sich fragen, was der Ring eigentlich auf diesem Finger wollte, wie man sich auch fragen konnte, was sein Besitzer in dieser Stadt, was er im Leben wollte.

»Wir könnten eine Spazierfahrt machen«, sagte er errötend. »Ich möchte gern mit Ihnen über unser letztes Zusammensein sprechen... Ich habe seitdem Furchtbares ausgestanden.«

»Vielleicht«, sagte Suzanne. »Aber ins Kino möchte ich trotzdem gehen.«

Herr Jo betrachtete sie von oben bis unten. Seit ihrer Bekanntschaft war er das erste Mal mit ihr allein, abgesehen von dem Chauffeur, ohne jeden Zeugen. Er sah sie an wie damals, als sie sich ihm im Badezimmer zeigte. Schon öfter hatten Männer sie so angesehen, wenn sie in der Oberstadt ins Kino ging. Ein- oder zweimal hatten Kolonialsoldaten sie auf dem Heimweg angesprochen. Aber daran waren höchstwahrscheinlich Carmens Kleider schuld, denn die Soldaten der Kolonialarmee sprachen immer nur Huren an. Sie sah manche, denen sie ohne weiteres gefolgt wäre, aber die sprachen sie nicht an. Im Kino war einmal einer gewesen, mit dem sie sofort gegangen wäre. Während der Vorführung hatten sie einander mehrere Male schweigend angeblickt, die Ellbogen auf die gemeinsame Sessellehne gestützt. Er war mit einem andern zusammen, und als die Vorführung zu Ende war, hatten sich die beiden in der Menge verloren. Sie war wieder allein gewesen. Aus dem Arm des Unbekannten war etwas wie tröstliche Wärme, wie Traurigkeit in sie geströmt, die sie an Jean Agostis Kuß denken ließ. Seitdem wußte sie, daß man sie in den Kinos, in der fruchtbaren Dunkelheit des Kinos,

traf. Im Kino hatte Joseph sie getroffen. Im Kino hatte er vor
drei Jahren auch die erste Frau getroffen, mit der er, nach
Carmen, geschlafen hatte. Nur dort, vor der Leinwand,
wurde das alles so einfach. Wenn man mit einem Unbekannten vor einem solchen Bild saß, sehnte man sich nach dem Unbekannten. Das Unmögliche wurde greifbar, alle Hindernisse
schwanden, wurden imaginär. Hier wenigstens fühlte man
sich verbunden mit der Stadt, während sie einen auf der
Straße floh und man vor ihr floh.

»Dann begleite ich Sie«, sagte Herr Jo.

Sie fuhren mit dem Léon Bollée zum Kino. Der Chauffeur
wartete vor dem Eingang. Während der Vorführung betrachtete Herr Jo immer nur Suzanne, die dem Film aufmerksam
folgte. Aber das war nicht lästiger als in der Ebene. In gewisser Hinsicht war es sogar besser, mit Herrn Jo in seiner Limousine zusammen als abermals allein zu sein. Dann und
wann ergriff er ihre Hand, drückte sie, beugte sich auf sie
herab und küßte sie. Im Dunkel des Kinos war das gar nicht
so unangenehm.

Nach dem Kino lud Herr Jo sie zu einem Aperitif in einem
Café in der Oberstadt ein. Sein Gesicht strahlte immer noch,
und in ihm schienen allerlei Pläne zu reifen. Er sprach über
dies und das, verschob wahrscheinlich auf später, was er ihr
gern gesagt hätte. Suzanne fing von dem Ring an.

»Wir haben ihn verkauft«, sagte Suzanne, »viel teurer, als
Sie vielleicht glauben.«

Herr Jo blieb ganz ruhig. Er hatte alle Sentimentalität, die
mit dem Ring verbunden war, längst aufgegeben.

»Und Joseph?« fragte er.

Joseph war seit zehn Tagen verschwunden.

»Dem geht es sehr gut. Er ist sicher im Kino. Wir genießen
die Stadt. Noch nie haben wir so viel Geld gehabt. Sie hat
einen Teil ihrer Schulden bezahlt und ist nun sehr zufrieden.«

Herr Jo wollte wissen, ob Joseph und die Mutter bei dem
ihn betreffenden Entschluß beharrten.

»Und wenn sie Sie wiedersehen will«, sagte Suzanne, »gehen Sie auf nichts ein. Sie würde Sie ausrauben. Sie will jeden Tag mindestens einen Ring haben. Jetzt, wo sie einmal Blut geleckt hat...«

»Das weiß ich«, erwiderte Herr Jo errötend, »aber was täte ich nicht, um Sie wiederzusehen...«

»Täglich einen Ring, das können auch Sie nicht...«

Herr Jo wich der Frage aus.

»Was soll aus Ihnen werden?« fragte er im Ton tiefen Mitleids. »Ihr Leben in der Ebene ist doch so trostlos.«

»Machen Sie sich deswegen keine Sorge. Das bleibt nicht immer so«, sagte Suzanne. Sie sah Herrn Jo an, der wieder errötete.

»Haben Sie denn... Pläne?« fragte er gequält.

»Vielleicht«, antwortete Suzanne lächelnd, »bleibe ich bei Carmen. Ich muß viel Geld verdienen, Josephs wegen.«

»Wenn Sie gestatten, fahre ich Sie nach Hause«, sagte Herr Jo, um ein Gespräch zu beenden, von dem er nicht wußte, worauf es hinauswollte.

Suzanne war damit einverstanden. Sie stieg in Herrn Jos Auto. Wundervoll saß man in dem Wagen. Herr Jo schlug Suzanne eine kleine Spazierfahrt vor. Das leuchtende Auto glitt durch die Stadt, die voll von seinesgleichen war. Als die Nacht hereinbrach, fuhr es immer noch durch die Stadt, die plötzlich hell und ein Chaos wurde aus gleißenden und düsteren Oberflächen. Ohne jede Gefahr fuhr man durch das leuchtende Chaos, das sich vor dem Auto öffnete und sich hinter ihm wieder schloß... Dieses Auto war eine Lösung für sich, die Dinge wurden Wirklichkeit in dem Maße, wie es in sie eindrang, und so war es auch im Kino. Um so mehr, als der Chauffeur ganz ohne jedes Ziel fuhr, wie man das für gewöhnlich im Leben nicht tut...

Als die Nacht hereingebrochen war, hatte sich Herr Jo Suzanne genähert und sie umfaßt. Immer noch glitt das Auto durch das leuchtende und dunkle Chaos der Stadt. Herrn Jos Hände bebten. Suzanne sah sein Gesicht nicht. Er küßte sie jetzt, und Suzanne ließ es geschehen. Sie war wie berauscht von der Stadt. Das Auto fuhr dahin, die einzige Wirklichkeit, strahlend, und in seinem Kielwasser versank die Stadt, brach zusammen, leuchtend, wimmelnd, endlos. Manchmal griffen Herrn Jos Hände nach Suzannes Brüsten. Einmal sagte er:

»Du hast schöne Brüste.«

Ganz leise hatte er es gesagt. Aber er hatte es gesagt. Zum erstenmal. Während die nackte Hand auf der nackten Brust ruhte. Und über der schreckenerregenden Stadt sah Suzanne ihre Brüste, sah sie sich aufrichten, höher als alles andere in der Stadt. Sie lächelte. Dann, wie von Wahnsinn ergriffen, als müßte sie es sofort wissen, griff sie nach Herrn Jos Händen und legte sie sich um die Taille.

»Und die?«

»Was?« fragte Herr Jo verdutzt.

»Wie finden Sie meine Taille?«

»Wunderschön.«

Er betrachtete sie aus nächster Nähe. Und während sie die Stadt betrachtete, betrachtete sie nur sich selbst. Betrachtete einsam ihr Reich, in dem ihre Brüste, ihre Taille, ihre Beine die Herrschaft führten.

»Ich liebe dich«, sagte Herr Jo leise.

In dem einzigen Buch, das sie jemals gelesen, und in den Filmen, die sie seitdem gesehen hatte, wurden die Worte ›Ich liebe dich‹ nur einmal im Laufe der Unterhaltung von zwei Liebenden gesprochen. Nur einige Minuten dauerte das Gespräch, aber es beendete monatelanges Warten, eine furchtbare Trennung, unendlichen Kummer. Bisher hatte Suzanne sie immer nur im Kino gehört. Lange hatte sie geglaubt, daß es unendlich viel schwerer wöge, sie zu sagen, als sich dem Mann hinzugeben, der sie gesagt hatte, daß man sie nur einmal im Leben, nur ein einziges Mal, sagen konnte. Wer sie öfter sagte, war ein gemeiner Schuft. Aber sie wußte jetzt, daß sie sich irrte. Man konnte sie spontan, im Augenblick der Begierde, sagen. Auch zu Huren konnte man sie sagen. Manchmal hatten die Männer das Bedürfnis, sie zu sagen, nur um

176

ihre erschöpfende Gewalt zu fühlen. Und sie zu hören war auch manchmal notwendig, aus den gleichen Gründen.

»Ich liebe dich«, wiederholte Herr Jo.

Sie beugte ihr Gesicht etwas näher zu ihm, und plötzlich traf sie, wie ein Schlag, sein Kuß auf den Mund. Sie machte sich los und schrie. Herr Jo wollte sie festhalten. Sie rückte zur Tür und öffnete sie. Da ließ Herr Jo von ihr ab und befahl dem Chauffeur, zum Hotel zu fahren. Während der Fahrt sprachen sie kein Wort miteinander. Als sie vor dem Hotel hielten, stieg Suzanne aus, ohne Herrn Jo auch nur einen Blick zu gönnen. Erst als sie neben dem Wagen stand, sagte sie zu ihm:

»Ich kann nicht. Es hat keinen Sinn. Mit Ihnen kann ich es einfach nicht – nie.«

Er antwortete nicht.

So verschwand Herr Jo aus Suzannes Leben. Aber niemand erfuhr davon, auch Carmen nicht. Nur die Mutter erfuhr es. Aber erst viel später.

Eines Nachmittags betrat Carmen aufgeregt das Zimmer der Mutter und verlangte den Diamanten. »Joseph«, rief Carmen, »Joseph hat einen Käufer gefunden!«

Wie von der Tarantel gestochen, sprang die Mutter auf und schrie, sie wolle Joseph sehen. Carmen erwiderte, er wäre nicht im Hotel, er hätte telefoniert, sie, Carmen, sollte sofort in ein Café in der Oberstadt kommen. Es wäre besser, wenn die Mutter sie nicht begleitete. Joseph könnte glauben, sie wollte ihn drängen, mit ihnen nach Hause zu fahren, in die Ebene. Nach Carmens Meinung aber dachte Joseph noch nicht daran.

Die Mutter gab sich zufrieden. Sie händigte Carmen den Diamanten aus, die sofort in das Café eilte, das Joseph ihr genannt hatte.

Als Suzanne am Abend aus dem Kino kam, fand sie die Mutter vollkommen angezogen. Sie ging im Flur vor ihrem Zimmer auf und ab. Sie hatte ein Bündel Tausendfrancsscheine in der Hand.

»Joseph«, verkündete die Mutter triumphierend.

Leiser fügte sie hinzu:

»Zwanzigtausend Francs. Was ich haben wollte.«

Dann änderte sie auf einmal die Tonart und jammerte. Sie wäre das ewige Bettliegen leid, am liebsten wäre sie gleich auf die Bank gegangen, um die Zinsen für das Darlehen zu zahlen, aber sie hätte das Geld zu spät erhalten, und jetzt wären die Banken geschlossen, immer wieder das gleiche Pech. Als Carmen die Mutter mit Suzanne sprechen hörte, kam sie aus ihrem Zimmer. Sie schien sehr zufrieden und umarmte Suzanne. Aber es war unmöglich, die Mutter zu beruhigen. Carmen machte den Vorschlag, schnell etwas zu essen und nach dem Essen auszugehen. Die Mutter aß kaum etwas. Sie sprach dauernd, entweder von Josephs Verdiensten oder von ihren Plänen. Nach dem Essen ging sie mit Suzanne und Carmen in ein Café in der Oberstadt, aber mit ins Kino wollte sie nicht. Sie müßte morgen früh gleich auf die Bank und dort alles erledigen.

Als sie allein waren, erzählte Carmen Suzanne, daß Joseph der Frau, die er kennengelernt hatte, den Diamanten verkauft hätte. Er hätte sich weder nach der Mutter noch nach ihr, Suzanne, erkundigt. Er wäre derart glücklich gewesen, daß sie ihm von der Ungeduld der Mutter nichts hätte sagen können. Ihrer Meinung nach hätte jeder andere genauso gehandelt. Niemand hätte Josephs berauschendes Glück zu stören gewagt. Als sie sich verabschiedeten, hätte er gesagt, er käme bald ins Hotel, um mit ihnen in die Ebene zurückzufahren. Wann, das könnte er noch nicht genau sagen. Carmen riet Suzanne, von all diesem der Mutter nichts zu sagen. Joseph wüßte noch nicht, ob er wiederkäme.

So hatte die Mutter, ein paar Stunden lang wenigstens, die Summe von zwanzigtausend Francs in Händen.

Gleich am nächsten Tag eilte sie auf die Bank und bezahlte einen Teil ihrer Schulden. Carmen hatte ihr davon abgeraten, aber sie hatte nicht auf sie hören wollen. Sie sagte, sie wolle das Vertrauen der Bank wiedergewinnen, um dann von ihr die Summe borgen zu können, die zum Bau neuer Dämme erforderlich war. Als das geregelt war, unternahm sie zweierlei. Sie bemühte sich um eine Besprechung mit dem Bankdirektor, von dem sie einen neuen Kredit erhalten wollte. Die Angestellten hatten das Geld, das sie zurückzahlte, gern angenommen, sich aber geweigert, auf ihr neues Kreditgesuch einzugehen. Dann versuchte sie, den Termin der Besprechung, die sie durch ihre Zahlungen erreicht hatte, vorzuverlegen, denn er war in so weite Ferne gerückt worden, daß das Warten auf ihn den mageren Rest des Geldes aus dem Verkauf des Ringes, nachdem die Schuldzinsen bezahlt waren, verschlingen mußte.

Ihr Bemühen dauerte lange und war vollkommen erfolglos. Als die Mutter das endlich begriff, wandte sie sich an eine zweite Bank, bei der sie wieder zweierlei unternahm. Aber auch das erwies sich infolge der unzerstörbaren Solidarität, die zwischen den Banken in den Kolonien herrscht, als nutzlos.

Die Zinsen waren viel höher, als die Mutter geglaubt, und ihre Bemühungen nahmen mehr Zeit in Anspruch, als sie vermutet hatte.

Nach ein paar Tagen hatte die Mutter nur noch wenig Geld. Sie legte sich ins Bett, nahm ihre Pillen und schlief den ganzen Tag. Bis Joseph wiederkäme, sagte sie, Joseph, die Ursache all ihres Leids.

Joseph kam wieder. Eines Morgens, gegen sechs Uhr, klopfte er an Carmens Tür und trat, ohne zu warten, ein.

»Wir hauen ab«, sagte er zu Suzanne. »Steh schnell auf.«

Suzanne und Carmen sprangen aus dem Bett. Suzanne zog sich an und folgte Joseph. Ohne anzuklopfen, betrat er das Zimmer der Mutter und stellte sich vor das Bett.

»Wenn ihr weg wollt, dann sofort«, sagte er.

Die Mutter richtete sich verwirrt im Bett auf. Ohne ein Wort zu sagen, begann sie leise zu weinen. Joseph kümmerte sich weiter nicht um sie. Er ging an das Fenster, öffnete es, lehnte sich an den Fensterrahmen und wartete. Als die Mutter sich nicht rührte, drehte er sich um und sagte:

»Sofort oder nie. Beeil dich.«

Ohne ein Wort zu erwidern, stand die Mutter mühsam auf. Sie war halb nackt in ihrem alten, unsauberen Taghemd. Sie zog das Kleid über, steckte, immer noch weinend, die Zöpfe hoch und zog schließlich zwei Koffer unter dem Bett hervor.

Joseph, der immer noch am Fenster stand, rauchte eine amerikanische Zigarette nach der anderen. Er war mager geworden. Suzanne, die auf einem Stuhl in der Mitte des Zimmers saß, hatte nur Augen für ihn. Er hatte zweifellos mehrere Nächte nicht geschlafen und sah fast so aus wie früher, wenn er frühmorgens von seinen nächtlichen Jagden heimkehrte. Eine dumpfe Wut beherrschte ihn und hinderte ihn, sich ganz der Müdigkeit zu überlassen. Der Entschluß, zu ihnen zurückzukehren und sie abzuholen, stammte sicher nicht von ihm allein. Jemand hatte ihm vielleicht gesagt: »Du mußt sie doch nach Hause fahren«, oder auch: »Du mußt sie doch zurückbringen, ich weiß, daß es schwer ist, aber du kannst sie hier nicht so einfach sich selbst überlassen.«

»Hilf mir, Suzanne«, bat die Mutter.

»Ich reise ab, wann ich will«, sagte Suzanne. »Mir gefällt es hier ganz gut. Nirgendwo hat es mir besser gefallen. Wenn ich will, bleibe ich hier.«

Joseph wandte sich nicht um. Die Mutter richtete sich auf und versuchte ungeschickt, Suzanne zu ohrfeigen. Suzanne wich dem Schlag nicht aus. Sie faßte die Hand der Mutter, so daß sie sie nicht mehr bewegen konnte. Die Mutter sah sie an, kaum überrascht, dann machte sie ihre Hand frei und warf, ohne ein Wort zu sagen, ihre Sachen in wildem Durcheinander in die Koffer. Joseph hatte nichts gesehen. Nichts, niemand interessierte ihn. Er zündete eine amerikanische Zigarette an der andern an. Während die Mutter die Koffer packte, erzählte sie von dem Handelsvertreter aus Kalkutta, der Suzanne gegen die Summe von dreißigtausend Francs hatte heiraten wollen.

»Stell dir vor, daß man vor drei Tagen um sie angehalten hat.«

Joseph hörte nicht zu.

»Wenn ich Lust habe, bleibe ich. Carmen nimmt mich bei sich auf. Ich will nicht weg von hier. Mir können alle, die sich für unentbehrlich halten, den Buckel runterrutschen.«

Die Mutter reagierte nicht.

»Ein Garnverkäufer aus Kalkutta«, fuhr sie fort. »Eine großartige Stellung.«

»Ich brauche keinen Menschen«, sagte Suzanne.

»Ich mag so einen Beruf nicht. Man ist unabhängig, ohne es wirklich zu sein. Und dann muß es doch auch furchtbar langweilig sein, immer nur Garn zu verkaufen.«

»Du langweilst ihn mit deinem Gerede«, sagte Suzanne, »beeil dich lieber.«

Joseph hatte sich immer noch nicht umgewandt. Wieder ging die Mutter auf Suzanne zu, besann sich dann eines anderen und kehrte zu ihren Koffern zurück.

»Dreißigtausend Francs«, fuhr sie in demselben Ton fort. »Dreißigtausend Francs hat er mir geboten. Was sind dreißigtausend Francs? Der Ring allein war zwanzigtausend wert. Als wenn man so etwas miteinander vergleichen könnte. Als wenn man auf so was reinfiele.«

Jemand klopfte an die Tür. Es war Carmen. Sie trug ein Tablett, auf dem drei Tassen Kaffee standen, Butterbrote und ein verschnürtes Paket lagen.

»Mußt vor der Abreise Kaffee trinken«, sagte Carmen. »Ich habe auch ein paar Brote fertiggemacht.«

Sie war unfrisiert, im Morgenrock. Sie lächelte. Die Mutter richtete sich über dem Koffer auf und lächelte ihr mit tränenfeuchten Augen zu. Carmen beugte sich vor, umarmte sie und verließ, ohne ein Wort zu sagen, das Zimmer auf den Zehenspitzen.

Joseph hörte nicht zu. Er schien auch nichts zu sehen. Suzanne nahm eine Tasse Kaffee und begann langsam die Brote, die Carmen hergerichtet hatte, zu essen. Die Mutter trank ihre Tasse mit einem Zug leer, die Brote aber rührte sie nicht an. Als sie fertig war, nahm sie die dritte Tasse und brachte sie Joseph.

»Hier«, sagte sie leise. »Dein Kaffee.«

Joseph nahm die Tasse, ohne zu danken, trank den Kaffee mit einem Ausdruck des Ekels, als wäre der Kaffee nicht so wie sonst. Dann stellte er die leere Tasse auf den Stuhl und sagte:

»Wenn man kein Geld hat, soll man in der Stadt nicht den Dicken markieren. Wer das trotzdem versucht, ist geliefert. Manche tragen schwere Ketten an den Füßen, immer dieselben Ketten. Bei jedem Schritt, den sie machen, schleifen sie die Ketten mit…«

Suzanne erkannte Josephs Ausdrucksweise nicht wieder. Früher hatte er nie so gewählt gesprochen und nur selten ein Urteil so allgemeiner Art geäußert. Er wiederholte zweifellos, was er von einem andern gehört und was Eindruck auf ihn gemacht hatte. Wenn er jetzt wieder hier war, dann nur, weil er das Geld für seine Felle vertan und keinen Pfennig mehr in der Tasche hatte. Nicht, weil man es ihm geraten hatte. Es sah also ganz anders aus, als man hätte glauben können.

Während eines Teils der Fahrt sagte Joseph kein Wort. Die Mutter dagegen redete dauernd von ihren Plänen. Sie erzählte, die Banken hätten ihr bezüglich eines baldigen Kredits ernstzunehmende Zusicherungen gemacht. Und zu einem geringeren Zinsfuß.

»Ich habe ein gutes Geschäft gemacht«, sagte sie. »Anstatt fünf Prozent zahle ich für das künftige Geld nur zwei Prozent. Alle rückständigen Zinsen habe ich bezahlt. Das wäre glatt und erledigt.«

Joseph holte aus dem B. 12 heraus, was er konnte. Er glich einem Mörder, der aus der Stadt flieht, in der er sein Verbrechen begangen hat. Hin und wieder hielt er, schöpfte mit einem Eimer Wasser in einem Reisfeld, goß es in den Kühler, pißte, spuckte aus, von irgend etwas angeekelt – vielleicht, weil er die beiden nun doch nicht losgeworden war –, stieg wieder in den Wagen, ohne sie eines Blickes zu würdigen.

»Ich bin stets für saubere und klare Verhältnisse gewesen. Nur so habe ich mich immer wieder aus der Verlegenheit gezogen... Ich bin froh, daß wir bald wieder zu Hause sind. Ich brauchte jetzt nur noch eine ordentliche Hypothek. Natürlich nicht auf die Reisfelder, sondern auf die fünf Hektar, die oben liegen. Leider ist das Haus schon belastet.«

Sie schien zu Joseph zu sprechen. Zum erstenmal in ihrem Leben machte sie ihm keine Vorwürfe. Kein einziges Mal spielte sie auf die acht Tage an, die sie im Hotel auf ihn gewartet hatte. Wenn man sie reden hörte, mußte man meinen, alles ginge wie geölt.

»Auf einen Schlag die rückständigen Zinsen von zwei Jahren zahlen macht immer einen guten Eindruck. Jetzt brauche ich nur noch eine ausreichende Hypothek, und alles ist in Ordnung. Man könnte mir die fünf Hektar ja nun auch als endgültigen Besitz übergeben, ich habe Anspruch darauf, denn jedes Jahr werden sie bestellt. Man bekommt natürlich keine Hypothek auf Land, das einem nicht gehört.«

Sie sprach ohne jede Mühe, fast heiter. Wenn man sie so reden hörte, konnte man meinen, sie hätte das allerbeste Geschäft gemacht.

»Beim Kataster wird man schon erfahren, daß ich die Zinsen bezahlt habe. Ich weiß genau, daß es die Brüder ärgert, wenn sie mir die endgültigen Besitzrechte an dem Haus und den fünf Hektar geben und so die Konzession in zwei Teile teilen müssen. Aber ob sie das ärgert oder nicht, ist mir einerlei. Es ist mein gutes Recht. Was meinst du, Joseph?«

»Laß ihn doch in Ruhe«, sagte Suzanne, als sie dreihundert Kilometer gefahren waren, »vielleicht ist es dein gutes Recht, aber bekommen tust du es doch nicht. Es ist doch immer so, du glaubst immer, du hättest Rechte und hast gar keine.«

Die Mutter hob die Hand gegen sie, aber dann erinnerte sie sich. Das hatte nun keinen Zweck mehr. Sie beruhigte sich.

»Solltest lieber den Mund halten«, sagte sie. »Du weißt nicht, was du redest. Wenn es ein Recht ist, bekomme ich es auch. Das Schlimme bei den Hypotheken ist, daß die Leute Mißbrauch damit treiben. Mehr als die Hälfte der Ebene ist belastet. Die Leute sind nicht zuverlässig. Erst lassen sie sich von der Bank und dann von einem Privatmann eine Hypothek geben. Und dann läßt die Bank sie pfänden. So kommt das bei den Agostis auch noch mal...«

So redete sie einen Teil des Tages, allein, ohne von Suzanne oder Joseph die geringste Ermutigung zu erhalten. Als sie den letzten Posten vor Beginn der Straße erreichten, sprach Joseph zum erstenmal. Er stieg aus, untersuchte den Motor, ging an den Dorfbrunnen und füllte fünf Kanister mit Wasser. Dann maß er das Benzin, füllte den Tank nach, maß das Öl und füllte es auf. Das war notwendig, denn bis sie die Ebene erreichten, kamen sie durch kein Dorf mehr und mußten zweihundert Kilometer durch Wald fahren. Als Joseph das alles erledigt hatte, setzte er sich auf das Trittbrett und fuhr sich langsam durch das Haar, wie man das beim Wachwerden tut. Plötzlich fiel seine Ungeduld von ihm ab, und er hatte es mit der Weiterfahrt nicht mehr eilig. Suzanne und die Mutter betrachteten ihn, aber er sah sie nicht. Sie ahnten, daß er in eine neue Einsamkeit versunken war, aus der sie ihn nicht herauszuholen vermochten. Oder besser: er war nicht mehr einsam. Wenn die andere auch nicht da war, man fühlte doch, daß er mit ihr zusammen war. Suzanne und ihre Mutter

185

konnten nur noch die Rolle von ohnmächtigen und irgendwie indiskreten Zeugen ihres Selbstgenügens spielen. Seine Gedanken waren so fern, dabei so besonderer Art und genau, daß er, während er auf dem Trittbrett des B. 12 saß, für sie so abwesend war wie im Schlaf. »Wenn ich sterbe, sieht er mich vielleicht an.« Er saß seit dem frühen Morgen am Steuer. Jetzt war es sechs Uhr abends. Um die Augen hatte er große Ringe aus weißem Staub, als wäre er geschminkt. Sie machten ihn ihnen noch fremder. Er schien erschöpft, aber ruhig, sicher, arriviert. Als er das Haar lange mit den Händen durchwühlt und sich die Augen gerieben hatte, gähnte er, reckte sich, als erwachte er aus tiefem Schlaf.

»Ich habe Hunger«, sagte er.

Die Mutter öffnete schnell Carmens Paket und entnahm ihm die Butterbrote. Zwei reichte sie Joseph und eines Suzanne. Joseph aß eins, stieg in den B. 12 und verschlang am Steuer das zweite mit ein paar Bissen. Während ihre Kinder aßen, schlief die Mutter plötzlich erschöpft ein. Vielleicht hatte sie bisher vermutet, sie müßte weiter für ihn sorgen. Als sie eine Stunde später wach wurde, war es dunkel. Ihre Gedanken bewegten sich wieder in dem alten Geleise.

»Vielleicht«, sagte sie, »hätte ich meine Rückstände besser nicht bezahlt.«

Und leiser, als gälten ihre Worte ihr allein, fügte sie hinzu: »Alles haben sie mir abgenommen.«

Carmen hatte sie gewarnt, aber sie hatte nicht hören wollen.

»Das ist schlecht angebrachte Anständigkeit. Carmen hatte recht. Was ich denen gezahlt habe, ist für sie weniger als ein Tropfen Wasser im Meer; für mich aber, für mich... Ich hatte geglaubt, sie würden mir hinterher mindestens fünfzigtausend Francs leihen.«

Als sie merkte, daß niemand antwortete, fing sie plötzlich an zu weinen.

»Alles, alles habe ich ihnen bezahlt. Ihr habt recht, ich bin schwachsinnig, bin verrückt.«

»Daß du das jetzt sagst, hat keinen Sinn«, entgegnete Suzanne, »hättest dir das vorher überlegen sollen.«

»Genau wußte ich das bisher nicht«, jammerte die Mutter.
»Aber jetzt weiß ich es. Ich bin alt und vertrottelt. Wenn ich
an Josephs schlechte Zähne denke...«

Zum zweitenmal öffnete Joseph den Mund.

»Mach dir meiner Zähne wegen keine Sorge. Schlaf.«

Wieder schlief sie ein.

Es mochte zwei Uhr morgens sein, als sie wach wurde. Sie
nahm die Decke, auf der sie saß, und deckte sich damit zu.
Sie fror. Sie waren jetzt mitten im Wald. Der B. 12 fuhr dauernd mit Vollgas. Sie konnten nicht mehr weit von Kam sein.
Mit weinerlicher Stimme fing die Mutter wieder an.

»Wir können ja alles verkaufen und wegziehen, da ihr es
so gern wollt.«

»Was verkaufen?« sagte Joseph. »Schlaf, hat alles keinen
Sinn.«

Ohne das Steuer ganz loszulassen, suchte er in seinen Taschen, fand, was er suchte, nahm es und reichte es der Mutter mit der einen Hand, während die andere das Steuer hielt.
In der Rückstrahlung der Scheinwerfer konnte sie nicht
gleich erkennen, was es war. Dann sah sie ein Funkeln, ein
Leuchten. Jeder Zweifel war ausgeschlossen. Es war der
Diamant.

»Da«, sagte Joseph, »nimm ihn wieder.«

Die Mutter stieß einen Entsetzensschrei aus.

»Derselbe! Die Kröte!«

Wie vor den Kopf geschlagen, betrachtete sie den Diamanten, ohne ihn in die Hand zu nehmen.

»Du solltest uns das lieber erklären«, sagte Suzanne gleichgültig.

Joseph hielt immer noch den Diamanten in der erhobenen
Hand und wartete, daß die Mutter ihn nähme. Er wurde nicht
ungeduldig. Es war tatsächlich derselbe Diamant, nur war er
nicht mehr in Seidenpapier gewickelt.

»Man hat ihn mir wiedergegeben«, sagte er endlich mit

müder Stimme, »nachdem man ihn mir abgekauft hatte. Frage nicht weiter.«

Die Mutter streckte die Hand aus, nahm den Diamanten und legte ihn in ihre Handtasche. Dann fing sie wieder an, leise vor sich hin zu weinen.

»Weshalb heulst du denn?« fragte Suzanne.

»Nun fängt's von neuem an. Alles fängt von neuem an.«

»Mußt dich nicht beklagen«, sagte Suzanne.

»Ich beklage mich nicht, aber mir fehlt die Kraft, das alles noch einmal anzufangen.«

Gleich in den ersten Tagen nach ihrer Ankunft in der Ebene hatte die Mutter den Caporal engagiert. Nun war er schon sechs Jahre in ihren Diensten. Niemand wußte, wie alt dieser Malaie war. Er selbst wußte es auch nicht. Er meinte, er müßte zwischen vierzig und fünfzig sein, aber genau wußte er es nicht, weil er sein Lebtag immer nur Arbeit gesucht hatte, und das hatte ihn derart in Anspruch genommen, daß er nicht daran gedacht hatte, die vergehenden Jahre zu zählen. Er wußte nur, daß er vor fünfzehn Jahren in die Ebene gekommen war, um beim Bau der Straße zu arbeiten, und daß er die Ebene niemals mehr verlassen hatte.

Er war ein großer Mann mit hageren Beinen, deren Füße an große Raketts erinnerten. Sie waren durch das ewige Stehen im Schlamm der Reisfelder so platt und breit geworden, daß der Caporal vielleicht eines Tages mit ihnen über das Wasser hätte gehen können. Aber das kam für ihn leider nicht in Frage. Als er eines Tages zu der Mutter kam und sie um eine Schale Reis bat, wofür er den ganzen Tag Baumstämme aus dem Wald zum Bungalow schaffen wollte, war seine Not so groß, daß sie von keiner anderen übertroffen werden konnte. Seit Beendigung des Straßenbaus bis zu jenem Morgen hatte der Caporal, begleitet von seiner Frau und Stieftochter, sein Dasein damit verbracht, die Ebene zu durchsuchen, unter den Hütten und in den Abfallhaufen in der Nähe der Dörfer zu wühlen, ob er nicht etwas Eßbares fände. Jahrelang hatten sie unter den Hütten des kleinen Dorfes Banté, zu dem die Konzession der Mutter gehörte, geschlafen. Als die Frau des Caporal noch jünger war, hatte sie sich in der Ebene für ein paar Sous oder etwas getrockneten Fisch den Männern angeboten, und der Caporal hatte nie etwas dagegen gesagt. Seit den vielen Jahren, die er nun schon in der Ebene war, gab es kaum etwas, mit dem er nicht einverstanden gewesen wäre. Nur zu langes und starkes Hungern konnte er nicht ertragen.

Die große Angelegenheit seines Lebens war die Straße. Als mit ihrem Bau begonnen wurde, war er in die Ebene gekommen. Man hatte ihm geraten: »Du bist schwerhörig. Solltest beim Bau der Straße nach Ram helfen.« Gleich in den ersten Tagen war er als Arbeiter eingestellt worden. Seine Arbeit bestand im Wegräumen und Aufschütten von Erde, im Zerstoßen von Steinen mit dem Handstampfer, kurzum, er half bei der Schaffung des Unterbaus der Straße. Das wäre eine Arbeit gewesen wie jede andere auch, wenn sie nicht zu achtzig Prozent von Sträflingen ausgeführt und von Eingeborenenpolizisten beaufsichtigt worden wäre, denen für gewöhnlich die Bewachung in den Bagnos der Kolonie oblag. Diese Sträflinge, diese großen Verbrecher, die von den Weißen wie Champignons ›entdeckt‹ wurden, waren zu lebenslänglichem Gefängnis verurteilt. Sechzehn Stunden lang mußten sie täglich arbeiten. Sie waren zu vieren aneinandergekettet. Je vier wurden von einem Polizisten in der Uniform der ›Eingeborenenmiliz für Eingeborene‹, die die Weißen durchgesetzt hatten, bewacht. Außer den Sträflingen arbeiteten am Straßenbau freie Arbeiter wie der Caporal. Wenn man zu Anfang auch einen Unterschied zwischen den Sträflingen und den freien Arbeitern machte, so schwand dieser Unterschied doch schon bald, nur daß die freien Arbeiter entlassen werden konnten, was für die Sträflinge nicht der Fall war. Daß die Sträflinge beköstigt wurden, die freien Arbeiter aber nicht. Und daß die Sträflinge den Vorteil hatten, ohne Frauen zu sein, während die freien Arbeiter ihre Frauen hatten, die ihnen in die fliegenden Lager hinter der Baustelle folgten, ein Kind nach dem andern kriegten und immer Hunger hatten. Die Polizisten legten Wert darauf, freie Arbeiter zu haben, um auch, wenn sie monatelang im Wald, Kilometer von den ersten Dörfern entfernt, arbeiteten, verfügbare Frauen zu haben. Übrigens starben die Frauen genau wie die Männer und Kinder in ziemlich schnellem Rhythmus an Sumpffieber, so daß die Polizisten (die jeder genügend Chinin hatten, sicherlich um auf diese Weise ihre Autorität von Tag zu Tag zu stärken und immer erfindungsreicher zu gestalten), oft genug wechseln konnten. Denn der Tod der Frau eines freien Arbeiters zog die sofortige Entlassung des Mannes nach sich.

So hatte der taube Caporal es in der Hauptsache seiner Frau zu verdanken, daß er die Zeit des Straßenbaus überstand. Hinzu aber kam, daß er von vornherein instinktiv erkannte, daß er in seinem eigenen Interesse handelte, wenn er es mit den Sträflingen hielt, sozusagen mit ihnen verschmolz, so daß die Polizisten allmählich vergaßen, daß er zu den freien Arbeitern gehörte, deren Schicksal immer ungewiß war. Nach ein paar Monaten hatten sich die Polizisten derart an ihn gewöhnt, daß sie ihn einfach mit den Sträflingen zusammenketteten, ihn schlugen, wie sie die Sträflinge schlugen, als wäre er einer von diesen, und nicht daran dachten, ihn zu entlassen. Wie alle Frauen der freien Arbeiter bekam auch die des Caporal während dieser Zeit ein Kind nach dem andern. Und die Väter dieser Kinder waren die Polizisten, denn sechzehn Stunden lang Steine stampfen, Prügel und glühende Sonne töteten in den freien Arbeitern wie in den Sträflingen jeden, auch den natürlichsten Antrieb. Nur eines ihrer Kinder hatte Hunger und Sumpffieber überstanden, ein Mädchen, das der Caporal angenommen hatte. Wie oft in sechs Jahren war die Frau des Caporal mitten im Wald, beim Dröhnen der Stampfer und Äxte, beim Brüllen der Polizisten und dem Knallen ihrer Peitschen niedergekommen? Sie wußte es nicht genau. Nur eines wußte sie: daß sie immer wieder schwanger wurde von den Polizisten und daß der Caporal nachts aufstand, um für ihre toten Kinder ein Grab zu schaufeln.

Der Caporal sagte, er wäre geschlagen worden, wie ein Mensch geschlagen werden kann, ohne an den Schlägen zu sterben. Aber während des Baus der Straße hätte er wenigstens alle Tage zu essen gehabt. Als die Straße dann fertig war, wurde alles anders; alles hatte er versucht. Er hatte Pfeffer gepflückt, am Hafen in Ram die Schiffe ausgeladen, Holz geschlagen, war mit den Jägern auf die Jagd gegangen. Wegen seiner Taubheit wurde er immer wieder entlassen, und so mußte er schließlich Arbeiten übernehmen, die sonst Kindern vorbehalten waren. Er hatte Kühe gehütet und vor allem jedes Jahr zur Erntezeit die Raben aus den Reisfeldern verscheucht. Die Füße im Wasser, hatte er mit nacktem Oberkörper und leerem Bauch in der glühenden Sonne sein jämmerliches Bild betrachtet, das sich zwischen den Reispflanzen im trüben Wasser der Reisfelder widerspiegelte, während der ewige Hunger in ihm nagte. So viel Elend aber hatte den einzigen Wunsch des Caporal, seinen größten Wunsch, Schaffner in den Bussen zu werden, die zwischen Ram und Kam verkehrten, nicht töten können. Aber trotz seiner vielen Versuche bei den Fahrern war er wegen seiner Taubheit, die ihn zu einer solchen Arbeit untauglich machte, nicht eingestellt worden. Er war nicht einmal probeweise eingestellt worden und hatte auch nie eines dieser Autos bestiegen, die jetzt, dank seiner Arbeit, über die Straße rollten. Er wußte nur, daß sie fuhren, und er sah sie vorbeifahren, durch die Stille, die ihn umgab, klingelnd, hupend und lärmend. Seit die Mutter ihn engagiert hatte, nahm Joseph ihn auf längere Fahrten im B. 12 mit, damit er den schadhaften Kühler mit Wasser versorgte. Er band ihn auf einem der Kotflügel fest, gab ihm eine Gießkanne in die Hand – und der Caporal wurde zum glücklichsten Menschen der Ebene, so glücklich, wie er es nie erhofft hatte. Er rechnete nie mit diesen Fahrten, die allein vom guten Willen Josephs abhingen, aber bald forderte er sie heraus; wenn Joseph das Auto unterm Bungalow vorholte, holte er schnell die Gießkanne, setzte sich auf den Kotflügel auf den Platz des einstigen Scheinwerfers, und band sich mit einem Strick fest, den er durch den Griff der Motorhaube zog. Wenn das Auto dann fuhr, sah er blinzelnd, bei einer Geschwindigkeit von sechzig Kilometern in der Stunde, in immer gleichem Staunen, die Straße sich entfalten, an deren Bau er sechs Jahre gearbeitet hatte.

Für gewöhnlich stampften die Frau und die Tochter des Caporal den Reis, taten die Küchenarbeit, fischten und versorgten die Hühner. Der Caporal half der Mutter bei allem, was sie unternahm, besorgte nicht nur die Bestellung und Ernte der weiter oben liegenden fünf Hektar, sondern war auch immer bereit, der Mutter bei allem zur Hand zu gehen, was sie sich ausdachte. Er besserte Wege aus, indem er ihnen eine Grundlage aus Steinen gab, pflanzte an, pflanzte um, beschnitt, riß aus, pflanzte wieder – tat alles, was die Mutter wollte. Und abends, wenn die Mutter an das Katasteramt oder die Bank schrieb oder ›abrechnete‹, mußte er ihr gegenüber am Tisch des Eßzimmers sitzen und ihr mit seinem immer zustimmenden Schweigen helfen. Durch sein Taubheit gereizt, hatte sie ihn schon oft entlassen wollen, aber sie hatte es dann doch nie getan. Sie sagte, wenn sie seine Beine sähe, könnte sie ihn einfach nicht fortschicken. Der Caporal war derart geschlagen worden, daß die Haut seiner Beine blau und dünn war wie ein Seihtuch. Was er auch tat und wenn er auch jedes Jahr tauber wurde, seiner Beine wegen hatte sie ihn behalten.

Der Caporal war der einzige Diener, der es bei der Mutter ausgehalten hatte. Als sie aus der Stadt zurückkehrten, sagte sie ihm, sie könnte ihm kein bares Geld mehr, sondern nur noch das Essen geben. Er entschloß sich zu bleiben, und sein Eifer ließ in keiner Weise nach. Er war sich der Not der Mutter bewußt, aber er konnte sie mit der seinen nicht auf einen Nenner bringen. Bei der Mutter aß man jeden Tag und schlief unter einem Dach. Er kannte ihre Geschichte und die der Konzession. Sehr oft, während er die Erde um die Bananenbäume hackte, hatte die Mutter sie ihm in die Ohren geschrien. Aber trotz ihrer Bemühungen, ihn zwischen seinem, des armen Caporal, Schicksal und dem Vorgehen des Ramer Katasteramts in der Ebene eine Beziehung erkennen zu lassen, hatte sie ihn doch nie von seinem unheilbaren Nichtverstehen heilen können. Er sei arm, sagte er, weil er taub und der Sohn eines Tauben sei, und habe gegen keinen Menschen auf der Welt etwas, außer gegen die Beamten in Kam, die so ungerecht gegen die Mutter seien.

Nach ihrer Rückkehr hatte der Caporal fast nichts mehr zu tun. Die Mutter kümmerte sich nicht mehr um die Bananenbäume und pflanzte auch nichts mehr. Sie verschlief einen großen Teil des Tages. Sie waren alle sehr faul geworden und schliefen manchmal bis Mittag. Der Caporal wartete geduldig, bis sie aufstanden, um ihnen Reis und Fisch zu bringen. Joseph ging nur noch selten auf die Jagd. Manchmal aber schoß er von der Veranda aus einen Stelzvogel, der sich bis in die Nähe des Waldes verirrt hatte. Dann schöpfte der Caporal neue Hoffnung und holte schnell den erlegten Vogel. Aber nachts jagte Joseph nicht mehr, und der Caporal, der nicht wußte, daß das Warten auf eine Frau einem jede Lust zu jagen nehmen kann, fragte sich zweifellos, an welcher Krankheit Joseph wohl leiden könnte. Aber da die Mutter ihm mit dem Rest des Geldes ein neues Pferd gekauft hatte, nahm Joseph die Fahrten wieder auf. Er tat es, um sich die teuersten amerikanischen Zigaretten, die 555, kaufen zu können. Den Rest der Zeit ließ er Herrn Jos Grammophon spielen. Er hatte seine Meinung über die englischen Platten geändert, und abgesehen von *Ramona* mochte er nur noch sie. Er schlief viel oder rauchte, auf dem Bett liegend, eine Zigarette nach der andern. Er wartete auf jene Frau.

Abends schöpfte der Caporal wieder Hoffnung. Jeden Abend befaßte sich die Mutter nach alter Gewohnheit mit ihren Abrechnungen und Plänen. Noch bevor sie die höher gelegenen Ländereien als endgültigen Besitz beantragte, wollte sie wissen, ob eine neue Hypothek für den Bau neuer Dämme, die dieses Mal nur ›kleine Dämme‹ sein sollten und die sie allein ausprobieren wollte, genügte. Der Caporal blieb mit ihr zusammen auf. Sie rechnete laut, und er stimmte immer zu. »Wenn er zuhört«, sagte die Mutter, »weiß ich genau, daß er nichts versteht, aber in meiner augenblicklichen Lage bin ich froh, daß ich ihn habe.« An diesen Abenden schrieb sie ihren letzten Brief an das Katasteramt. Es wäre vollkommen nutzlos, sagte sie sich, aber sie wollte es dennoch ein letztes Mal versuchen. »Wenn ich sie beschimpfe, werde ich ruhiger.« Und zum erstenmal hielt sie Wort: dieser Brief war der letzte an die Katasterbeamten in Kam. Neu aber war, daß sie nach Absendung des Briefes beschloß, nur die höher gelegenen fünf Hektar zu bestellen. Trotz der Mißerfolge, die sich jedes Jahr wiederholten, hatte sie immer wieder den Teil der Konzession, der am weitesten vom Meer entfernt war, versuchsweise – wie sie sagte – bestellt. Auch in den zwei Jahren nach dem Einsturz der Dämme hatte sie es getan. Es war immer wieder umsonst gewesen, aber sie hatte es dennoch getan. In diesem Jahr aber tat sie es nicht. Es wäre zwecklos, sagte sie. Übrigens hatte sie auch kein Geld mehr.

So hatten sie sich denn seit ihrem Aufenthalt in der Stadt entschlossen, vernünftig zu werden, und es sah so aus, als wollten sie ihre Lage in ihrer ganzen Wahrheit und ohne den gewohnten Kunstgriff einer dummer Hoffnung erkennen. Die Hoffnung, die nur die Mutter noch bezüglich der Konzession hegte, war sehr klein geworden und dem Erlöschen nahe. Sie bestand im Empfang einer Antwort der Katasterbeamten oder, falls diese nicht kam, einem Besuch in Kam, wo sie die Beamten ein letztes Mal beschimpfen wollte.

»Wenn ich hingehe«, sagte sie, »werde ich ihnen derart Bescheid sagen, daß sie wenigstens wegen der fünf Hektar klein beigeben müssen.«

Wenn sie auch, nachdem der letzte Brief abgeschickt worden war, nicht mehr an sie schrieb, so notierte sie doch jeden Abend die Argumente und Gründe, die ihren Antrag rechtfertigen konnten, falls sie eines Tages nach Kam fuhr. Eine Zeitlang hoffte sie, Joseph würde ihr die Einnahmen aus seinem Fuhrunternehmen abgeben. Sie bat ihn darum, aber Joseph lehnte das ab mit dem Hinweis, daß, wenn er sich keine 555 mehr kaufen könnte, er schneller verschwände, als sie vielleicht dächte. Sie drängte nicht weiter. Dann begann sie unmerklich zum Grammophon zu schielen.

»Weshalb zwei Grammophone? Wozu zwei Grammophone in unserer Lage?«

Aber weder Suzanne noch Joseph machten ihr den Vorschlag, selbst das Grammophon zu verkaufen. Suzanne hätte damit auch kein Glück gehabt. Wohl aber Joseph. Es war schwer zu erkennen, ob die Mutter das Grammophon verkaufen wollte, um ein letztes Mal ihre Gewalt über Joseph zu zeigen, indem sie ihn in Wut versetzte, oder ob sie wirklich die Absicht hatte, mit dem Geld für acht Tage nach Kam zu fahren, um den Katasterbeamten zuzusetzen. Sie begann langsam davon zu sprechen, als wären sie alle mit dem Verkauf einverstanden, als bestünden nur noch Zweifel bezüglich des Zeitpunktes, zu dem sie sich von dem Grammophon trennen wollten.

»Daß wir noch nie daran gedacht haben«, sagte die Mutter. »Wozu zwei Grammophone, wenn Joseph kein heiles Paar Sandalen hat.«

Innerhalb von drei Tagen war sie soweit, daß sie die Zukunft auf dem Verkauf des Grammophons aufbaute, wie sie sie auf der Hypothek auf die fünf Hektar, auf Herrn Jos Ring und allgemeiner und dauerhafter auf den Dämmen aufgebaut hatte.

»In unsern Verhältnissen ist ein Grammophon schon zuviel, aber zwei Grammophone, das würde kein Mensch glauben… Daß wir daran noch nie gedacht haben…«

Aber schon bald äußerte sie sich nicht mehr genau darüber, was sie mit der Summe, die das Grammophon einbrachte, zu tun gedächte. Anfänglich hieß es, sie wollte damit die Reise nach Kam bestreiten, um denen da ›mal den Marsch zu blasen‹. Aber das war sehr bald vergessen. Sie sagte, das Grammophon wäre allein soviel wert wie der B. 12. Mit dem Erlös könnte man wenigstens die Hälfte des Daches des Bungalows erneuern oder sich einen vierzehntägigen Aufenthalt im Central-Hotel leisten. Ein Aufenthalt, der — aber das sagte sie nicht — ihr vielleicht gestattete, Herrn Jos Diamanten ein zweites Mal zu verkaufen.

Joseph äußerte sich mit keinem Wort zu dem Verkauf des Grammophons, wie ihn auch alles andere, was in dieser Richtung lag, nicht interessierte. Er war weder für noch gegen den

Verkauf. Eines Tages aber beschloß er – vielleicht, weil die Mutter ewig davon redete oder auch weil er sich langweilte –, nach Ram zu fahren und es zu verkaufen. Kurz vor Beendigung des Frühstücks verkündete er:

»Ich verkaufe das Grammophon.«

Die Mutter erwiderte nichts, aber sie sah ihn mit entsetzten Augen an. Wenn er bereit war, das Grammophon zu verkaufen, dann weil er keinen Wert mehr darauf legte, weil der Augenblick seines Weggangs von zu Hause unwiderruflich näher rückte. Weil er das Datum genau kannte, seit dem Augenblick gekannt hatte, als er in das Central-Hotel zurückgekommen war.

Joseph nahm das Grammophon, packte es in einen Sack, legte den Sack in den Wagen und machte sich auf den Weg nach Ram, ohne auch nur angedeutet zu haben, wie er das Grammophon loszuwerden gedachte. Der Caporal war der einzige, der dieses seltsame Instrument verschwinden sah, dessen Klang er niemals gehört hatte.

So verließ das Grammophon den Bungalow, ohne daß einer ihm nachtrauerte. Am Abend kam Joseph mit dem leeren Sack zurück, und als sie sich zu Tisch setzten, reichte er der Mutter einen Schein.

»Ich habe ihn an Vater Bart verkauft. Er ist sicher das Doppelte wert, aber mehr war aus dem Lump nicht herauszuholen.«

Die Mutter nahm den Geldschein, brachte ihn in ihr Zimmer und kam dann ins Eßzimmer zurück. Sie trug das Essen auf. Die Mahlzeit verlief wie sonst auch, nur daß die Mutter nichts aß. Als die Mahlzeit beendet war, erklärte sie:

»Ich fahre nicht nach Kam zu diesen Schweinehunden vom Kataster. Das geht sonst genau wie bei den Banken. Ich verwahre das Geld.«

»Das ist das beste, was du tun kannst«, sagte Joseph sehr leise.

Sie bemühte sich, ruhig zu sprechen. Ihre Stirn war mit Schweiß bedeckt.

»Eine Reise nach Kam ist ganz zwecklos«, sagte sie wieder. »Ich behalte das Geld für mich.«

Und plötzlich begann sie zu weinen.

»Für mich allein, ein einziges Mal für mich allein.«

Joseph erhob sich und pflanzte sich vor sie hin.

»Scheiße, fängst du schon wieder an.« Seine Stimme klang milde und leise, als hätte er zu sich selbst gesprochen. Als hätte die unerklärliche Gewißheit seines Wegganges, sein Glück, eine harte, verborgene Kehrseite, die sie nicht kannten. Vielleicht war auch er zu bedauern. Die Mutter schien von Josephs sanfter Stimme überrascht. Sie betrachtete ihn, wie er so vor ihr stand und sie starr ansah, und plötzlich kam es wie Ruhe über sie.

»Weshalb hast du das Grammophon verkauft, Joseph?« fragte die Mutter.

»Damit wir nichts mehr zu verkaufen haben. Wenn ich den Bungalow in Flammen aufgehen lassen könnte – das würde ein wahres Freudenfeuer!«

»Wir haben noch den B. 12«, sagte Suzanne.

»Wer aber soll den B. 12 fahren?« fragte die Mutter.

Joseph antwortete nicht.

»Und dann muß die Kröte wieder verkauft werden«, sagte Suzanne brutal. »Wenn auch keiner ein Wort darüber sagt, verkauft muß er deshalb doch werden.«

Zum erstenmal seit ihrer Rückkehr aus der Stadt sprachen sie von dem Diamanten. Die Mutter hörte auf zu weinen und holte den Diamanten aus dem Mieder. Seit sie wieder zu Hause waren, trug sie ihn an einer Schnur um den Hals, zusammen mit dem Schlüssel zur Vorratskammer.

»Ich weiß nicht, weshalb ich ihn bei seinem Wert behalte«, sagte die Mutter heuchlerisch.

»Darf ich mal fragen, weshalb du einen Ring am Hals trägst?« fragte Joseph. »Weshalb trägst du ihn nicht am Finger wie jeder andere auch?«

»Dann sähe ich ihn dauernd«, erwiderte die Mutter. »Und er widert mich an.«

»Das ist nicht wahr«, sagte Suzanne.

In einer Ecke des Eßzimmers zusammengekauert, sah der Caporal den Diamanten zum ersten Mal. Und da er augenscheinlich nicht begriff, um was es sich handelte, gähnte er lange. Er ahnte nicht, daß er und der Diamant das einzige waren, was sie noch besaßen.

»Ich war ins Kino gegangen«, sagte Joseph zu Suzanne. »Ich hatte mir gesagt, jetzt gehe ich ins Kino und suche mir eine Frau. Ich hatte genug von Carmen. Wenn ich mit ihr schlief, war es so, als schliefe ich mit einer Schwester, besonders dieses Mal. Seit einiger Zeit machte ich mir nicht mehr viel aus dem Kino. Das merkte ich schon bald nach unserer Ankunft. Wenn ich drin war, war alles schön und gut, aber der Entschluß, hinzugehen, war nicht leicht. Ich ging jedenfalls nicht mehr hin wie früher. Als versäumte ich unterdessen was Besseres. Als vertäte ich meine Zeit und als dürfte ich das nicht mehr. Aber da ich nicht rauskriegte, was ich, anstatt ins Kino zu gehen, hätte tun sollen, ging ich schließlich doch wieder hin. Auch das mußt du ihr sagen, daß ich das Kino nicht mehr mochte. Und daß ich selbst sie vielleicht schließlich weniger gern gemocht hätte. Wenn ich im Kino saß, hoffte ich immer, bis zur letzten Minute, ich fände, was ich tun sollte, anstatt hier zu sitzen, fände es, bevor der Film anfing. Aber ich fand es nicht. Und wenn dann das Licht ausging und die Leinwand hell wurde und alle still waren, war ich wie sonst, ich wartete auf nichts mehr und fühlte mich wohl. Ich sage dir das alles, damit du dich meiner und an das, was ich dir sagte, erinnerst, wenn ich fort bin. Auch wenn sie stirbt. Ich kann nicht anders mehr.

Ich habe mich geirrt. Im Kino bin ich ihr begegnet. Sie kam zu spät, als die Lichter schon erloschen waren. Ich möchte nichts vergessen und dir alles sagen, alles, aber ich weiß nicht, ob es mir gelingt. Ich habe sie nicht gleich richtig gesehen. ›Sieh da, eine Frau sitzt neben mir.‹ Das ist alles, was ich mir sagte, wie sonst auch. Sie war nicht allein. Sie war in Begleitung eines Mannes. Ich saß links und er rechts von ihr. Links von mir saß niemand. Ich hatte den letzten Sitz in der Reihe. Genau weiß ich das nicht mehr, aber ich glaube, daß ich sie während der Wochenschau und des Anfangs des Films – etwa eine halbe Stunde lang – ganz vergaß. Ich vergaß ganz, daß eine Frau neben mir saß. Ich erinnere mich noch sehr gut des Anfangs des Films, aber von der zweiten Hälfte weiß ich fast nichts mehr. Wenn ich sage, ich hätte sie vergessen, so stimmt das nicht ganz. Im Kino habe ich niemals vergessen können, daß eine Frau neben mir sitzt. Ich müßte sagen, daß sie mich nicht daran hinderte, den Film zu sehen. Wieviel Zeit war seit dem Beginn des Films vergangen? Vielleicht eine halbe Stunde, wie ich schon sagte. Da ich nicht wußte, was alles mich erwartete, habe ich auf diese Einzelheiten nicht geachtet, und das bedaure ich, denn seit ich wieder in diesem Puff hier bin, versuche ich, sie mir ins Gedächtnis zurückzurufen. Aber ich kriege es nicht fertig.

So fing es an. Plötzlich hörte ich lautes und regelmäßiges Atmen ganz in meiner Nähe. Ich beugte mich vor und sah die Reihe entlang, um festzustellen, woher das Atmen käme. Es war der Mann, der mit ihr zusammen ins Kino gekommen war. Er schlief, den Kopf nach hinten auf den Sessel gelegt, den Mund halb geöffnet. Er schlief wie jemand, der tief erschöpft ist. Sie merkte, daß ich mich zur Seite wandte. Sie wandte sich mir zu und lächelte. Ich sah ihr Lächeln im Licht der Leinwand. »Das ist immer so.« Sie sagte das fast laut, jedenfalls so laut, daß der Mann dadurch hätte wach werden müssen. Aber der Mann wurde nicht wach. Ich fragte: »Immer so?« Sie antwortete: »Immer.« Als sie lächelte, fand ich sie schön, aber einen ganz besonderen Eindruck machte ihre Stimme auf mich. Als ich sie ›immer‹ sagen hörte, hatte ich gleich Lust, mit ihr zu schlafen. Sie hatte das Wort gesagt, wie ich es noch nie hatte sagen hören, als hätte ich seine Bedeutung erst jetzt, da sie es sagte, begriffen. Als hätte sie zu mir, ja, so war es, als hätte sie zu mir gesagt: »Schon immer warte ich auf dich.« Wir haben dann den Film angeschaut, sie und ich. Ich habe als erster wieder gesprochen. »Weshalb?« – »Zweifellos, weil es ihn nicht interessiert.« Ich wußte nicht, was ich weiter zu ihr sagen sollte. Seit einem Augenblick suchte ich derart danach, daß ich dem Film nicht mehr folgen konnte. Dann war ich das Suchen leid und fragte sie, was zu wissen mich interessierte: »Wer ist denn der Kerl?« Sie lachte und wandte sich mir ganz zu. Ich sah ihren Mund, ihre Zähne und nahm mir vor, ihr zu folgen, wenn sie mit dem Mann das Kino verließ. Sie dachte nach. Vielleicht wußte sie nicht, ob sie mir antworten sollte, dann sagte sie schließlich: »Mein Mann.« »Ihr Mann?« wiederholte ich. Ich fand es empörend, daß ihr Mann im Kino einschlief, wenn er neben ihr saß. Nicht einmal sie, die doch schon so alt ist und soviel durchgemacht hat, schläft im Kino ein. Anstatt mir zu antworten, zog sie ein Päckchen Zigaretten aus der Handtasche. Es war die Marke 555. Sie bot mir eine an und bat mich um Feuer. Ich wußte gleich, daß sie mich um Feuer bat, um mich beim Licht des Streichholzes besser sehen zu können. Auch sie hatte gleich Lust, mit mir zu schlafen. Ohne sie gesehen zu haben, wußte ich, als sie mich um Feuer bat, daß sie viel älter war als ich und keinerlei Scham darüber empfand, mal mit einem andern im Bett liegen zu wollen. Plötzlich hatte sie begonnen, leise zu sprechen, um den Mann nicht zu wecken. »Haben Sie vielleicht Feuer?«, während sie zu Beginn des Films keinerlei Rücksicht auf seinen Schlaf genommen hatte. Ich habe ein Streichholz angezündet und es ihr gereicht. Dabei habe ich ihre Hände gesehen. Ihre Finger waren lang und glänzend und ihre Nägel rot lackiert. Auch ihre Augen habe ich gesehen; anstatt auf die Zigarette zu sehen, während sie diese anzündete, sah sie mich an. Ihr Mund war rot, vom selben Rot wie ihre Nägel. Als ich beide, Nägel und Mund, so nahe nebeneinander sah, bekam ich einen Schrecken. Als wären Mund und Finger Wunden und als sähe ich ihr Blut, fast das Innere ihres Körpers. Ich begehrte sie jetzt noch mehr und nahm mir vor, ihr nach der Vorstellung mit dem B. 12 zu folgen, um herauszubekommen, wo sie wohnte, und sie, falls es nötig war, zu beobachten und während meines Aufenthaltes in der Stadt auf sie zu warten. Ihre Augen leuchteten im Licht des Streichholzes, und während das Streichholz brannte, sahen sie mich ohne jede Scham an. »Sie sind jung.« Ich sagte ihr mein Alter, zwanzig Jahre. Dann haben wir leise miteinander gesprochen. Sie fragte mich, was ich täte. Ich habe ihr erzählt, wir wohnten in der Nähe von Ram und es ginge uns saudreckig wegen einer Konzession, die man uns angedreht hätte. Ihr Mann, sagte sie, hätte in der Nähe von Ram gejagt, aber sie kenne die Gegend nicht. Seit zwei Jahren wäre sie erst in der Kolonie. Ich legte meine Hand auf die ihre, die auf der Lehne des Sessels ruhte. Sie ließ es geschehen. Ihr Mann war schon länger in der Kolonie, aber sie war erst vor zwei Jahren nachgekommen. Ich hatte also meine Hand auf die ihre gelegt. Bevor sie hierher kam, war sie in einer englischen Kolonie gewesen, in welcher, weiß ich nicht mehr. Dann habe ich ihre Hand gestreichelt. Sie war innen ganz warm und außen kühl. Sie langweilte sich in dieser Kolonie sehr, sehr langweilte sie sich. Weswegen langweilte sie sich? Wegen der Mentalität der Menschen hier. Ich dachte an die Katasterbeamten in Kam und sagte ihr, alle weißen Bewohner der Kolonie wären Schweine. Sie stimmte mir lächelnd zu. Von dem Film sah ich nichts mehr, denn ich war nur mit ihrer Hand beschäftigt, die in der meinen langsam glühend heiß wurde. Ich weiß nur noch, daß auf der Leinwand ein Mann zusammenbrach, von einem andern in die Brust gestochen, der seit Anfang des Films darauf wartete. Ich hatte ein Gefühl, als kennte ich die Männer, als hätte ich sie vor langer Zeit einmal kennengelernt. Noch nie hatte ich eine solche Hand in der meinen gefühlt. Diese Hand war schmal, ich umfaßte sie mit zwei Fingern, sie war weich, weich, eine Flosse. Auf der Leinwand hatte eine Frau wegen des toten Mannes zu weinen begonnen. Sie hatte sich über ihn geworfen und schluchzte. Wir konnten nicht mehr weiterreden, hatten keine Kraft mehr dazu. Ich mußte ihre Hand halten. Diese Hand war so weich und gepflegt, daß man sie beschädigen wollte. Ich mußte ihr weh tun. Als ich die Hand zu sehr drückte, wehrte sie sich ein wenig. Der Mann neben ihr schlief immer noch. Als die Frau wegen des erstochenen Mannes zu schluchzen begann, sagte sie ganz leise: »Der Film ist gleich zu Ende. Haben Sie heute abend etwas vor?« Du kannst dir denken, daß ich nichts vorhatte. Sie sagte dann, ich brauchte mich weiter um nichts zu kümmern. Sie würde alles andere schon machen, ich sollte ihnen nur folgen. Ich weiß nicht, weshalb mir auf einmal unbehaglich zumute wurde. Ich hatte Angst vor dem Licht, das gleich aufleuchten würde, hatte Angst davor, sie zu sehen, nachdem ich ihr im Dunkeln die Hand gestreichelt hatte. Ich haue ab, sagte ich mir. Du kannst dir meine Angst nicht vorstellen. Ich hatte Angst vor dem Licht, als würde es uns das Leben nehmen, alles unmöglich machen. Ich glaube sogar, daß ich ihre Hand losgelassen habe, ja, das weiß ich genau, denn sie ergriff meine Hand wieder. Ich hatte meine Hand auf die Lehne des Sessels gelegt, und nun legte sie ihre Hand auf die meine. Sie ergriff meine Hand, versuchte, sie mit der ihren zu bedecken, was ihr natürlich nicht gelang. Wie ein Schraubstock war ihre Hand, und nun konnte ich nicht mehr fort. Ich sagte mir, daß sie sich wohl immer auf diese Weise im Kino Männer verschaffte und es das beste wäre, sie tun zu lassen, was sie wollte. Dann kam das Licht wieder. Sie zog die Hand zurück. Ich wagte nicht gleich, sie zu betrachten. Aber sie wagte es, sie tat es, und ich ließ sie mit niedergeschlagenen Augen gewähren. Als wir beide aufgestanden waren, wurde der Mann plötzlich wach. Er war ein wenig älter als sie, elegant, groß, stark. Ich fand ihn ziemlich gutaussehend. Sein Gesichtsausdruck war gleichgültig und heiter zugleich. Daß er geschlafen hatte, schien ihm weiter nicht peinlich zu sein. Er war einer von denen, denen man auf der Straße begegnet. In dicken Wagen kommen sie rangebraust, bestellen einen Hochsitz, bleiben eine Nacht, um eben einen Tiger zu schießen. Dreißig Treiber haben sie bei sich, die sie telegraphisch bei Vater Bart von einem großen Hotel in der Stadt aus bestellt haben. So einer ist das, sagte ich mir. »Pierre«, sagte sie, »der junge Mann ist ein Jäger aus Ram. Du kennst doch Ram?« Er überlegte. »Ich glaube, ich war vor zwei Jahren mal da.« Ich fühlte mich in Sicherheit. »Pierre, wollen wir nicht den Abend mit ihm zusammen verbringen?« »Gewiß!« Vielleicht haben sie auch etwas anderes gesagt, aber da sie mir den Rücken zukehrten, konnte ich sie nicht genau verstehen. Ich wollte auch gar nicht hören, was sie sagten. Dann

204

haben wir das Kino langsam verlassen, indem wir der Menge folgten. Ich ging hinter ihr. Sie war gut gewachsen. Auch war sie kräftig, ihre Taille war sehr schmal. Ihr Haar war kurz, absonderlich geschnitten und von gewöhnlicher Farbe.

Sie blieben neben einem herrlichen Auto, einem Delage, einem Achtzylinder, stehen. Der Mann drehte sich nach mir um: »Kommen Sie mit?« Ich sagte, ich hätte selbst einen Wagen und würde hinter ihnen herfahren. Er war sehr liebenswürdig. Er schien nichts dabei zu finden, daß ich sie begleitete. Sie beachtete mich kaum noch, als hätten wir uns schon immer gekannt. Sie sagte: »Wo ist Ihr Wagen? Vielleicht lassen Sie ihn hier und steigen zu uns ein.« Ich war damit einverstanden. Ich sagte, ich wollte ihn eben auf den Theaterplatz fahren, denn nach den Vorstellungen dürfte kein Wagen vor den Kinos parken. Der B. 12 stand ein paar Meter von ihrem Delage entfernt. Als der Mann sah, daß ich auf den B. 12 zuging, kam er hinter mir her. »Das ist Ihr Wagen?« Er fügte hinzu, er hätte ihn vorhin schon bemerkt. Eine solche Karre hätte er noch nicht gesehen. Sie kam langsam auf uns zu. »Die Karre hat schon allerlei erlebt«, sagte der Mann. Beide haben den Wagen betrachtet, er mit ernstem, sie mit verträumtem Gesicht. Sie hätten darüber lachen können, wirklich, so verkommen sah er neben ihrem Delage aus, wie eine alte Konservenbüchse. Aber sie haben nicht gelacht. Ich meine sogar, der Mann wurde noch netter, nachdem er ihn gesehen hatte. Ich habe den B. 12 auf dem Theaterplatz abgestellt, bin zu ihnen zurückgekehrt, und dann sind wir in ihrem Delage losgefahren.

Und damit beginnt die außergewöhnlichste Nacht meines Lebens.

Ich habe mich vorn in den Wagen gesetzt, und sie setzte sich zwischen uns beide. Ich wußte nicht, wohin wir fuhren, wußte auch nicht, wie das mit ihr enden würde, da er doch dabei war. Aber ich saß neben ihr; der Wagen fuhr los, der Mann war ein blendender Fahrer. Ich nahm mir vor, alles geschehen zu lassen, wie es wollte. Ich trug Shorts und ein

Polohemd und dazu meine Tennisschuhe. Sie waren beide sehr gut angezogen. Da sie taten, als bemerkten sie meinen Anzug nicht, war er mir weiter nicht peinlich. Sie hatten meinen B. 12 gesehen, und das genügte zum Verständnis des übrigen, zum Beispiel, daß ich so unpassend angezogen war. Es waren Menschen, die für so etwas Verständnis zu haben schienen.

Als wir aus der Stadt heraus waren, bekam ich wieder wilde Lust nach der Frau. Der Mann hatte es eilig, sein Ziel zu erreichen, wo das aber lag, wußte ich immer noch nicht. Er fuhr jetzt schneller. Er kümmerte sich nicht um uns. Neben mir fühlte ich ihren gespannten Körper. Sie hatte die Arme ausgestreckt, der eine lag auf seinen, der andere auf meinen Schultern. Der Wind wehte ihr das Kleid fest an den Leib, und ich erriet die Form ihrer Brüste fast genauso, als wäre sie nackt gewesen. Sie mußte eine stattliche Frau sein. Sie hatte schöne, große, straffe Brüste. Nachdem wir die Lichter der Stadt hinter uns hatten, drückte sie meine Schulter. Ich meinte, ich müßte es jetzt tun, mich einfach auf sie stürzen. Wir fuhren sehr schnell. Der Wind wehte stark, alles schien so einfach, fast wie im Kino. Sie hielt meinen Arm mit aller Kraft zurück, und als sie dann sicher war, daß ich es nicht täte, zog sie ihre Hand zurück. Den ganzen Abend benahm sie sich in dieser Weise.

Wir hielten vor einem Lokal. »Wollen einen Whisky trinken«, sagte der Mann. Wir betraten einen kleine Bar; sie lag hinten in einem Garten. Die Bar war besetzt. Ich glaubte, wir würden essen. Es war zehn Uhr. »Drei Whisky«, bestellte der Mann. Sobald er zu trinken angefangen hatte und in dem Maße, wie er trank, nahm sein Interesse an uns ab. Als ich ihn seinen Whisky trinken sah, wurde mir alles klar. Während wir unsere tranken, bestellte er gleich zwei weitere Whiskys für sich. Er stürzte sie hinunter. Wir hatten unsere Gläser noch nicht halb geleert. Als käme er um vor Durst, als hätte er seit drei Tagen keinen Schluck mehr getrunken. Sie sah mein Staunen und lächelte mich an. Dann sagte sie leise:

»Sie müssen weiter nicht drauf achten, das ist nun mal seine Freude.« Der Mann war ganz sympathisch, er gab sich nicht die Mühe zu sprechen, alles war ihm einerlei, sie, ich, alles, er trank mit wahrer Lust. Alle sahen zu, wie er sich betrank, man konnte nicht anders. Auch sie wurde betrachtet. Sie war sehr schön. Der Wind hatte ihr Haar zerzaust. Sie hatte sehr helle Augen, vielleicht waren sie grau oder blau, ich weiß es nicht. Als wäre sie blind, oder besser, als sähe sie mit solchen Augen nicht alles, was andere sehen, sondern nur einen Teil der Dinge. Wenn sie mich nicht ansah, schien sie nichts zu sehen. Wenn sie mich ansah, wurde ihr Gesicht plötzlich hell, aber gleich hinterher schloß sie die Lider halb, als ob es für ihre Augen zuviel gewesen wäre. Als sie mich beim Verlassen der Bar ansah, wußte ich, daß ich in dieser Nacht mit ihr zusammen schlafen würde, was auch kommen mochte, und daß sie darauf ebenso versessen war wie der Mann auf den Whisky.

Dann sind wir weitergefahren. Gesprochen haben wir nicht miteinander. Nur dann und wann sagte sie zu ihm: »Paß auf, eine Straßenkreuzung«, oder er schimpfte über den starken Verkehr. Wir fuhren wieder durch einen Teil der Stadt, und er schimpfte, als hätte er Grund dazu gehabt, und dabei hatte er es gar nicht nötig, wie ich feststellte. Wir hielten vor einer anderen Bar im Hafenviertel. Hier trank er wieder zwei Whiskys, wir tranken nur einen. Aber es war für mich schon der dritte, und ich begann ein wenig betrunken zu werden. Auch sie war wohl ein wenig betrunken. Sie trank mit Genuß. Ich sagte mir, daß sie wohl jeden Abend mit ihm von einem Lokal ins andere zog, manchmal mit einem Mann, den sie sich aufgetan hatte, und mit ihm trank. Als wir das Lokal verließen, sagte sie leise: »Wir hören jetzt auf. Er kann weitertrinken.« Sie sehnte sich wohl immer mehr danach, mit mir zu schlafen. Als ihr Mann dann mit einiger Schwierigkeit in den Wagen kletterte, benutzte sie den Augenblick, beugte sich über mich und küßte mich auf den Mund. Am liebsten hätte ich ihren Mann aus dem Wagen gekippt, mich ans

Steuer gesetzt und wäre mit ihr davongebraust. Ich wollte sofort mit ihr ins Bett. Wieder erriet sie das. Sie stieß mich gegen die Tür.

Wir fuhren weiter. Der Mann begann betrunken zu werden und schien das selbst zu merken. Schon raste er nicht mehr so. Er beugte sich über das Steuer, um besser zu sehen, anstatt sich gegen den Sitz zu lehnen. Wieder fuhren wir durch die Stadt. Ich hätte ihn gern gefragt, weshalb er dauernd durch die Stadt fuhr, aber ich glaube, er wußte es selbst nicht. Vielleicht wollte er nur die Fahrt verlängern. Vielleicht kannte er die andern Wege nicht, vielleicht kannte er von der Kolonie nur das Zentrum der Stadt und die Bars in der Umgebung. Das ging mir allmählich auf die Nerven, vor allem, weil er jetzt besonders langsam fuhr. Und dann verfügte er so ohne weiteres über uns, fragte nicht, ob wir damit einverstanden wären. Er bestellte Whisky für uns, nur weil er welchen trinken wollte. Wir hielten vor einem dritten Lokal. Diesmal bestellte er drei Martell, wieder ohne uns zu fragen, ob wir einen Martell trinken wollten. Ich sagte: »Ich mag nicht mehr. Kippen Sie sich den Martell ein.« Ich hatte Lust, Krach zu schlagen. Vor einer Stunde schon hatten wir das Eden verlassen, und wer wußte, wie lange das noch so weiterging. »Entschuldigen Sie«, sagte der Mann, »ich hätte Sie fragen sollen, was Sie wünschen.« Er nahm meinen Martell und trank ihn. Ich sagte weiter: »Und dann frage ich mich, warum Sie sie nicht alle im selben Lokal trinken.« Er antwortete: »Das verstehen Sie nicht.« Das war der letzte vernünftige Satz, den er sagte. Nach meinem trank er noch zwei Martell. Dann krümmte sich sein Rücken, und er sackte langsam zusammen. Auf seinem Schemel sitzend, wartete er. Er schien ganz glücklich. Ich sagte zu der Frau, sie sollte mit mir kommen und ihn einfach hierlassen. Sie erwiderte, das könnte sie nicht, weil sie den Inhaber der Bar nicht kennte und nicht sicher wäre, daß man ihn am nächsten Morgen nach Hause brächte. Ich drängte. Aber sie gab nicht nach. Und doch verlangte sie immer mehr nach mir. Das war jetzt so deutlich, als stände es auf ihrem

Gesicht geschrieben. Sie ist dann zu ihm gegangen, hat ihn sanft gerüttelt und daran erinnert, daß wir noch nicht gegessen hätten, daß es fast elf Uhr wäre. Er nahm einen Geldschein aus der Tasche und legte ihn auf den Schanktisch. Ohne auf das Wechselgeld zu warten, stand er auf, und wir verließen das Lokal.

Er fuhr jetzt noch langsamer. Sie machte ihn auf die Schwierigkeiten des Weges aufmerksam, sagte ihm, wann eine Biegung kam und wie er weiterfahren mußte. Als führen wir durch Sirup. Während sie ihm sagte, wie er fahren mußte, hob ich ihren Rock hoch und begann langsam ihren Körper zu betasten. Sie ließ es ruhig geschehen. Der Mann sah nichts. Er lenkte den Wagen. Furchtbar, großartig! Ich liebkoste die Frau vor seinen Augen, und er sah nichts. Auch wenn er es gesehen hätte, ich glaube, ich hätte nicht aufgehört; hätte er den Mund aufgemacht, ich hätte ihn gepackt und aus dem Wagen geschmissen. Dann hielten wir vor einem Nachtlokal, einer Art Bungalow auf hohen Pfeilern, in dem man tanzte und aß. Die Tanzfläche war auf der einen Seite. Auf der andern waren Kojen, in denen man essen konnte. Er fuhr den Delage unter den Bungalow, und wir betraten das Lokal. Sie stützte ihn und half ihm die Treppe hinauf. Er war vollständig betrunken. Im Licht des Lokals machte sie einen mitgenommenen, erschöpften Eindruck. Ich wußte, weshalb. Weil es sie nach mir verlangte, und was ich im Auto getan hatte, hatte sie nicht gerade beruhigt. Als ich merkte, daß die Gäste im Lokal uns anstarrten und sich über ihn lustig machten, verging mir die Lust, ihn loszuwerden. Ich war für ihn gegen alle, sie ausgenommen. Und doch hing mir gleichzeitig alles zum Halse heraus. Du kannst dir nicht vorstellen, wie sehr. Sie war so nett zu ihm, und er war so langsam, so langsam, und es war etwa drei Viertelstunden her, seit wir das dritte Lokal verlassen hatten. Und während der ganzen Zeit hatte ich sie gestreichelt und liebkost. Als sollte es kein Ende nehmen. Sie wählte eine Koje, die zur Straße hinaus ging, dem Eingang gegenüber. Er ließ sich auf die Bank sinken, freute sich, daß er nicht mehr zu fahren, nicht mehr zu gehen, überhaupt nichts mehr zu tun brauchte. Einen Augenblick lang fragte ich mich, was ich mit diesen Leuten zu tun hätte, aber schon konnte ich nicht mehr los von ihr. Es ärgerte mich, daß sie ihm gegenüber so fürsorglich war, so geduldig, und er so langsam, so langsam. Wir kamen aufeinander zu, langsam und beschwerlich, als wateten wir durch diesen zähen Sirup. Seit zwei Stunden, seit dem Eden, suchte ich sie in einem Tunnel, an dessen Ende sie stand, und sie rief mich mit den Augen, den Brüsten, dem Mund, und doch konnte ich nicht hin zu ihr, konnte sie nicht erreichen. Man spielte *Ramona*. Plötzlich hatte ich das Verlangen nach Bewegung und wollte tanzen. Ich glaube, wenn niemand auf der Tanzfläche gewesen wäre, ich hätte allein nach *Ramona* getanzt. Bisher hatte ich immer geglaubt, ich könnte nicht tanzen, und nun war ich plötzlich Tänzer geworden. Vielleicht hätte ich sogar auf einem Seil tanzen können. Ich mußte tanzen oder den Mann aus dem Lokal schmeißen. Und du weißt ja, *Ramona* ist manchmal noch viel schöner, als man glaubt. Ich stand auf. Ich habe die erste beste aufgefordert. Sie war klein, aber ziemlich schön. Und während ich tanzte, sehnte ich mich derart nach der andern, daß ich die Kleine nicht mehr in meinen Armen fühlte. Ich tanzte allein und hatte dabei doch eine Frau in den Armen. Als ich unsere Koje wieder betrat, wußte ich, daß ich betrunken war. Sie sah mich mit großen, funkelnden Augen an. Später sagte sie zu mir: »Als ich dich mit der andern tanzen sah, habe ich geschrien, aber du hast es nicht gehört.« Ich begriff, daß sie bedrückt, vielleicht unglücklich war, aber warum, das wußte ich nicht. Ich glaubte, seinetwegen. Vielleicht hatte er, während ich tanzte, etwas zu ihr gesagt, ihr Vorwürfe gemacht. Auf dem Tisch standen drei Portionen russische Eier. Der Mann nahm ein Ei mit der Gabel und steckte es ganz in den Mund. Dann kaute er. Das Eigelb floß ihm aus den Mundwinkeln, bis auf das Kinn, aber er merkte es nicht. Ich nahm mein Ei, spießte es genau wie er auf die Gabel und steckte es, genau wie er, ganz in den Mund. Sie lachte. Auch der Mann

begann zu lachen, soweit er das noch konnte, und es war, als
kennten wir drei uns schon lange. Langsam, mit vollem
Munde, sagte der Mann: »Der Junge gefällt mir.« Dann bestellte er Champagner. Seit ich mit der Kleinen getanzt hatte,
schien sie zu etwas entschlossen. Wozu, das erkannte ich
gleich, als der Champagner gebracht worden war und sie ihrem Mann eingoß. Sie füllte das Glas bis zum Rande, und die
Flasche in der Hand, wartete sie, bis er das Glas geleert hatte.
Er stürzte sich auf den Champagner. Dann goß sie mir ein,
goß ihm wieder ein. Dann wartete sie wieder, die Flasche in
der Hand, daß er das zweite Glas leerte. Dann goß sie wieder
ein, aber dieses Mal nur ihm allein. Viermal hintereinander.
Ich betrachtete sie, ohne mich zu rühren. Ich erkannte, daß
nun der Augenblick nicht mehr fern war, in dem wir einander
ganz gehörten.

Dann wurden drei gebackene Seezungen mit Zitronen-
scheiben serviert. Mit den russischen Eiern war das alles, was
man brachte. Es war Mitternacht. Das Lokal war derart besetzt, daß man nur zu trinken bekam. Der Mann aß die Hälfte
seiner Seezunge und schlief dann ein. Ich habe mein Glas
Champagner getrunken und mir von ihr das Glas wieder füllen lassen. Ich habe meine und auch ihre Portion Seezunge gegessen. Noch nie in meinem Leben hatte ich solches Verlangen nach Essen und Trinken und einer Frau.

Plötzlich wurden ihre Augen groß, und ihre Hände begannen leicht zu zittern. Sie erhob sich, beugte sich über den
Tisch, auf dem der Kopf des Mannes ruhte, und wir küßten
einander. Als sie sich wieder aufrichtete, waren ihre Lippen
bleich, und ich hatte von ihrem Lippenrot einen Mandel-
geschmack im Mund. Sie zitterte immer noch. Der Mann
schlief.

Wir beugten uns zueinander, und ich küßte sie. »Man beobachtet uns«, sagte sie. Mir war das einerlei.

Der Mann erwachte. Das war nicht schwer zu erkennen:
er grunzte und schüttelte sich, und wir hatten Zeit genug, uns
zu trennen, bevor er den Kopf hob. »Was ist denn los hier?«

Sie antwortete sehr sanft: »Reg dich nicht auf, Pierre, mach dir keine Sorgen.« Er trank und schlief wieder ein. Wir neigten uns über den Tisch und küßten uns, über seinen großen Kopf mit den geschlossenen Augen hinweg. Solange er schlief, küßten wir uns immer wieder, als wären unsere Münder eins. Nichts an uns berührte sich als nur unser Mund. Und sie zitterte immer noch. Selbst ihr Mund zitterte in meinem. Er wurde wieder wach: »Wenn's doch was zu trinken gäbe.« Er sprach langsam, wie gelähmt. Sie goß ihm Champagner ein. Er war nun vollkommen betrunken. Und während er schlief, hatte man den Eindruck, als erholte er sich von einem ungeheuren Schmerz, von einem Schmerz, der gleichzeitig mit ihm einschlief und wieder anfing, sobald er die Augen öffnete. Ich fragte mich, ob er nicht ahnte, was wir taten. Aber ich glaube, er ahnte es nicht, ich glaube nur, daß er das Erwachen nicht ertragen konnte, daß es ihm unangenehm war, das Licht zu sehen, die Kapelle zu hören und die Leute auf der Tanzfläche tanzen zu sehen. Er richtete sich auf, öffnete zehn Sekunden lang die Augen, schnauzte irgend jemanden matt an und ließ den Kopf wieder auf den Tisch sinken. »Hier passiert dir nichts, Pierre. Was verlangst du denn mehr? Schlaf und mach dir keine Sorgen.« Vielleicht hat er dann gelächelt: »Du hast recht, Lina, du bist so lieb.« Sie heißt Lina. Von ihm habe ich es erfahren. Sie sprach sehr sanft zu ihm. Jetzt, da ich sie kenne, glaube ich, daß sie das nicht nur tat, damit wir einander ungestört küssen konnten, sondern weil sie viel Freundschaft und vielleicht sogar noch etwas Liebe zu ihm empfand. Wenn er versuchte, wach zu werden, goß sie ihm gleich wieder Champagner ein. Er stürzte ihn hinunter. Der Champagner versickerte in ihm wie Wasser im Sand. Er trank nicht, er goß sich den Champagner in den Leib. Er sackte wieder zusammen. Sie beugte sich vor, und wir küßten uns. Sie zitterte nun nicht mehr. Ihr Haar war zerzaust, ihre Lippen waren blaß, sie war nur noch für mich schön, der ich das Rot von ihren Lippen geküßt und ihr Haar zerzaust hatte. Sie war voller Glück, wußte nicht, wohin mit all dem Glück, sie sah vor Glück anmaßend aus. Der Mann grunzte. Wir ließen voneinander ab. Der Mann richtete sich auf: »Ich hätte lieber Whisky.« Ich erinnere mich sehr gut, daß sie sagte: »Du verlangst immer das Unmögliche, Pierre. Ich weiß nicht, wo der Kellner ist. Ich muß ihn erst holen.« Der Mann antwortete: »Laß nur, Lina, ich bin ein Schweinehund.« Die Leute beobachteten uns. Ich glaube nicht, daß jemand lachte. Die vom Nebentisch, unter denen sich auch die Kleine befand, mit der ich getanzt hatte, sprachen nicht mehr. Ihre Aufmerksamkeit galt nur noch uns.

Der Mann mußte mal raus. Mühsam erhob er sich. Sie ergriff seinen Arm und führte ihn durch das Lokal. Während sie durch das Lokal gingen, schimpfte er in einem fort: »So ein Puff!« So laut, daß man es durch die Musik der Kapelle hindurch hörte. Sie sagte ihm etwas ins Ohr. Sicher beruhigte sie ihn. Während ihrer Abwesenheit habe ich mehrere, vielleicht vier Glas Champagner getrunken. Genau weiß ich das nicht mehr. Ich war vom Küssen durstig geworden. Ich verlangte derart nach ihr, daß mir der ganze Körper brannte.

Während ich allein war, sagte ich mir, daß ich im Begriff sei, mich zu ändern, und zwar für immer. Ich betrachtete meine Hände und erkannte sie nicht wieder: mir waren andere Hände und Arme gewachsen. Wirklich, ich erkannte mich nicht wieder. Ich hatte ein Gefühl, als wäre ich in einer Nacht wissend geworden, als verstünde ich endlich alles Wichtige, das ich bisher wohl gesehen, aber nie richtig begriffen hatte. Ja, solche Menschen wie sie und ihn hatte ich bisher noch nicht kennengelernt. Aber es war nicht so sehr ihretwegen. Ich wußte wohl, daß, wenn sie sich so frei und unbekümmert benahmen, sie das zum großen Teil ihrem Geld verdankten. Nein, ihretwegen nicht. Ich glaube, es kam vor allem daher, weil ich Verlangen nach einer Frau hatte wie noch nie in meinem Leben und dann, weil ich getrunken hatte und betrunken war. All das Wissen, das ich auf einmal in mir fühlte, mußte ich schon lange besessen haben. Dieses Gemisch aus Verlangen und Alkohol brachte es herauf an die Oberfläche.

Das Verlangen hat in mir alle Gefühle kaputtgemacht, auch das Gefühl für die Mutter. Es ließ mich begreifen, daß es nicht mehr der Mühe wert war, vor ihr Angst zu haben, denn bisher hatte ich wirklich geglaubt, ich steckte bis an den Hals in lauter Gefühlen, und deshalb hatte ich Angst vor ihr. Der Alkohol hat mich eines Besseren belehrt: ich bin ein grausamer Mensch. Schon immer wollte ich grausam sein, wollte die Mutter eines Tages verlassen und fern von ihr, in einer Stadt, das Leben kennenlernen. Aber dessen hatte ich mich bisher geschämt, jetzt aber verstand ich, daß dieser grausame Mensch recht hatte. Ich erinnere mich, daß mir der Gedanke kam, ich würde sie den Beamten in Kam ausliefern, wenn ich sie verließ. Ich dachte an die Beamten in Kam. Ich sagte mir, daß ich sie eines Tages doch mal genauer kennenlernen müßte. Daß ich mich eines Tages nicht mehr damit zufriedengeben könnte, sie wie bisher nur nach ihren Sauereien in der Ebene zu beurteilen, daß ich hinter ihre Schliche kommen, die ganze Sauerei erbarmunglos aufdecken und mir dazu meine ganze Bosheit bewahren müßte, um sie besser umbringen zu können. Der Gedanke, daß ich in die Ebene zurückkehren müßte, ist mir gekommen... Ich erinnere mich ganz genau, ich habe laut geflucht, um mich von meiner eigenen Anwesenheit zu überzeugen, und ich habe mir gesagt, daß alles zu Ende ist. Ich habe an dich gedacht und an sie, ich habe mir gesagt, daß es mit dir und mit ihr aus ist. Nie wieder kann ich ein Kind werden, auch wenn sie stirbt, habe ich mir gesagt, auch wenn sie stirbt – ich gehe weg.

Dann sind die beiden zurückgekommen. Sie stützte ihn, und erschöpft durch die Anstrengung des Weges durch den Saal hin und zurück, schwankte er. Hätte sich jemand über ihn lustig gemacht oder auch nur ein Wort über ihn gesagt, ich wäre ihm an die Kehle gesprungen. Ich fühlte mich ihm, der trotz seiner Betrunkenheit so frei war, viel näher als den andern im Saal, die nicht betrunken waren. Alle schienen so glücklich, nur er nicht. Und sie, die ihn betrunken gemacht hatte, damit wir uns ungestört küssen konnten, stützte ihn mit so viel Hingabe und Verständnis, als wäre er das Opfer der andern, derer, die nicht betrunken waren. Als sie zurückkam, sah sie gleich, daß die Flasche leer war. Sie stand auf und sagte dem Kellner, der am andern Ende des Lokals war, er sollte eine neue Flasche bringen. Der Kellner ließ auf sich warten. Sie begann wieder zu zittern. Sie hatte Angst, er könnte wieder nüchtern werden. Ich habe den Kellner geholt. Ich war nicht mehr ganz sicher auf den Beinen. Ich kam mit einer Flasche Moët. Ich fühlte, daß der Augenblick nahte. Sie hat ihm noch drei Glas Champagner eingeschenkt. Er schlief wieder ein, und sie weckte ihn, damit er wieder tränke. Das Ziel rückte immer näher. Als er getrunken hatte, ließ er den Kopf wieder auf den Tisch sinken. Ich sagte: »Wir hauen ab.« »Wenn er in zehn Minuten nicht wach wird, fahren wir los«, antwortete sie. Ich sagte zu ihr: »Und wenn er wach wird, schmeiß' ich ihn raus.« Aber es war ausgeschlossen, daß er noch mal wach wurde. Ich glaube, wenn er wach geworden wäre, wäre ich ihm an den Hals gesprungen, denn wir hatten die Grenze dessen erreicht, was wir für ihn, für einen andern als uns tun konnten. Als sie sicher war, daß er nicht wieder wach würde, packte sie ihn an den Schultern und legte ihn lang auf die Bank. Dann öffnete sie seine Jacke und entnahm ihr seine Brieftasche. Sie stand auf und rief den Kellner. Der Kellner kam nicht. Ich mußte ihn holen. »Lassen Sie ihn schlafen«, sagte sie zu ihm. »Und wenn er wach wird, besorgen Sie für ihn eine Taxe. Geben Sie dem Chauffeur diese Adresse.« Sie gab ihm Geld und eine Visitenkarte. Der Kellner wollte das Geld nicht annehmen, er müßte erst den Geschäftsführer fragen, er wüßte nicht, ob er die Nacht über auf der Bank liegen bleiben könnte, wo doch so viele Kunden auf einen Tisch warteten. Wir waren dem Kellner gegenüber machtlos, wir konnten ihn nicht zwingen. Er mußte den Geschäftsführer holen, und wir mußten wieder warten. »Ausgeschlossen«, sagte der Geschäftsführer, »bei dem Andrang kann er unmöglich den ganzen Tisch für sich beanspruchen.« Ich glaubte, sie würde weinen. Ich fühlte schon den Geschäftsführer in meinen Händen, fühlte seinen Hals zwischen meinen Fingern. Sie nahm eine Handvoll Scheine aus der Brieftasche: »Ich bezahle den Tisch für die ganze Nacht.« Sie gab dem Geschäftsführer mehrere Scheine. Er nahm sie an. Sie warf einen letzten Blick auf ihren Mann, und dann verließen wir das Lokal. Sobald wir unter dem Bungalow im Auto waren, habe ich sie auf dem Rücksitz... Über uns spielte das Orchester, und wir hörten das Schlurren der Tänzer. Dann habe ich mich an das Steuer des Delage gesetzt und bin zu dem Hotel gefahren, das sie mir nannte. Acht Tage blieben wir in dem Hotel.

Eines Abends hat sie mich gebeten, ihr mein Leben zu erzählen und weshalb wir die Ebene verlassen hätten. Ich habe ihr von dem Diamanten erzählt. Sie sagte, ich sollte ihn sofort holen, sie wollte ihn kaufen. Als ich dann ins Central-Hotel kam, um euch abzuholen, habe ich den Diamanten in meiner Tasche gefunden.«

Die Abreise Josephs von zu Hause rückte immer näher. Manchmal suchte die Mutter Suzanne mitten in der Nacht auf und sprach mit ihr darüber. Immer wieder dächte sie daran und fragte sich schließlich, ob es nicht doch eine Lösung wäre.

»Ich weiß nicht, wie ich ihn daran hindern soll«, sagte die Mutter. »Ich glaube, ich habe kein Recht dazu, weil ich nicht weiß, was er sonst tun sollte.«

Sie besprach dieses Thema nur nachts und nur mit Suzanne. Nachdem sie stundenlang in Gegenwart des Caporal abgerechnet hatte, fand sie den Mut, von Joseph zu sprechen. Tagsüber machte sie sich vielleicht noch Illusionen, aber nachts sah sie klar und sprach ganz ruhig darüber.

»Wenn er böse auf mich ist«, sagte sie, »hat er wahrscheinlich recht. Das beste für euch wäre, wenn ich stürbe. Das Kataster würde Mitleid mit euch haben. Es würde euch die fünf Hektar endgültig als Eigentum übergeben. Die könntet ihr dann verkaufen und von hier fortziehen.«

»Und wohin?« fragte Suzanne.

»In die Stadt. Joseph fände dort Arbeit. Du gingest zu Carmen und wartetest, bis dich jemand heiratet.«

Suzanne antwortete nicht. Nachdem die Mutter die fast immer gleichen Worte gesprochen hatte, ging sie. Was sie sagte, kümmerte Suzanne wenig. Noch nie war sie Suzanne so alt und töricht vorgekommen. Der drohende Weggang Josephs verbannte sie mit ihrer Unruhe und ihren Skrupeln in eine Vergangenheit, die sie nicht interessierte. Joseph allein zählte. Das, was Joseph passiert war. Seit ihrer Rückkehr in die Ebene ließ Suzanne ihn nur selten allein. Wenn er nach Ram fuhr, nahm er sie meist mit. Aber seit er ihr sein Erlebnis berichtet hatte, das heißt seit den ersten Tagen, die auf ihre Rückkehr folgten, sprach er nur sehr wenig mit ihr. Aber so wenig es auch war, er sprach mit ihr doch mehr als mit der Mutter, mit der zu sprechen er augenscheinlich nicht mehr den Mut hatte. Was er sagte, verlangte keine Antwort. Er sprach nur, weil er dem Wunsch, von dieser Frau zu sprechen, nicht widerstehen konnte. Es war fast immer nur von ihr die Rede. Er hätte nie geglaubt, daß man mit einer Frau so glücklich sein könnte. Er sagte, daß alle Frauen, die er vor dieser gekannt hatte, nichts wären. Daß er Tage und Nächte mit ihr zusammen im Bett liegen könnte. Daß sie sich drei Tage hintereinander geliebt, kaum etwas gegessen und alles andere vergessen hätten. Nur an die Mutter hätte er öfter gedacht. Nur deswegen wäre er ins Central-Hotel zurückgekommen und nicht, weil er kein Geld mehr hatte.

Gelegentlich einer Fahrt nach Ram gestand Joseph Suzanne, daß die Frau ihn abholen würde. Er hätte sie gebeten, erst in vierzehn Tagen zu kommen. Weshalb, das könnte er nicht genau sagen. »Vielleicht wollte ich diesen Puff hier noch ein letztes Mal sehen.« Nun würde sie bald kommen. Er hätte daran gedacht, was aus ihnen werden sollte, wenn er die Ebene verlassen hätte, lange hätte er darüber nachgedacht. Was die Mutter anginge, so sähe er außerhalb der Konzession keine andere Zukunft für sie. Damit wäre sie unlösbar verbunden. »Ich weiß genau, daß sie sich jede Nacht mit den Dämmen gegen den Pazifik beschäftigt. Der einzige Unterschied ist, daß sie einmal hundert, das andere Mal zwei Meter hoch sind, je nachdem wie es ihr geht. Ob hoch oder niedrig, jede Nacht fängt sie wieder damit an. Es war eine zu herrliche Idee.« Er würde sie beide niemals vergessen, behauptete er. Er würde sie, die Mutter, nie vergessen oder besser das, was sie alles durchgemacht hatte.

»Es wäre, als wollte ich vergessen, wer ich bin, und das ist unmöglich.«

Er glaubte nicht, daß sie noch langte lebte, aber im Gegensatz zu früher war er der Meinung, daß das weiter nicht von Wichtigkeit wäre. Wenn jemand sich derart nach dem Tode sehnte, sollte man ihn nicht daran hindern. Solange er die Mutter noch am Leben wüßte, könnte er nichts Ordentliches schaffen, nichts unternehmen. Jedesmal, wenn er mit dieser Frau geschlafen hatte, hätte er an sie gedacht, hätte sich erinnert, daß sie seit dem Tode des Vaters nie wieder mit jemandem geschlafen hatte, weil sie in ihrer Dummheit glaubte, sie hätte dazu kein Recht, damit sie, ihre Kinder, es eines Tages tun könnten. Er erzählte ihr, daß sie zwei Jahre lang einen Angestellten des Eden geliebt hätte – sie selbst hätte es ihm erzählt – und daß sie, ihretwegen, nie mit ihm geschlafen hätte. Er erzählte ihr vom Eden. Von der Qual, die diese zehn Jahre als Klavierspielerin im Eden für Mutter bedeutet hätten. Er erinnerte sich daran besser als sie, weil er älter wäre. Auch hierüber hätte sie manchmal mit ihm gesprochen.

Die Mutter hatte sich von einem Tag zum andern im Eden ans Klavier setzen müssen, als man ihr die Stelle anbot. Und dabei hatte sie seit zehn Jahren, seit ihrem Abgang vom Seminar, keine Taste mehr angerührt. Sie hatte ihm erzählt: »Manchmal weinte ich, weil meine Finger mit den Tasten nicht fertig wurden. Manchmal hätte ich am liebsten laut geschrien, am liebsten das Klavier zugeklappt und wäre fortgelaufen.« Aber bald waren ihre Finger wieder gelenkig geworden. Vor allem, weil sie immer dieselben Stücke spielen mußte und der Leiter des Eden ihr gestattete, morgens zu üben. Ewig lebte sie in der Angst, entlassen zu werden. Und wenn sie die Kinder mit sich nahm, dann geschah das nicht, weil sie Angst hatte, sie allein zu Hause zu lassen, sondern weil sie bei dem Leiter des Eden Mitleid mit ihrer Lage erwecken wollte. Kurz vor Beginn der Vorführung erschien sie, legte rechts und links vom Klavier Decken auf zwei Sessel, auf die sie ihre Kinder bettete. Joseph erinnerte sich hieran noch genau. Das wurde schnell bekannt. Und während der Saal sich füllte, betrachteten die Zuschauer die schlafenden Kinder der Klavierspielerin. Sie waren bald eine Art Attraktion geworden, gegen die die Leitung nichts einzuwenden hatte. Die Mutter hatte ihm erzählt: »Weil ihr so schön wart, wollte jeder euch sehen. Manchmal fand ich hinterher neben euch Spielsachen und Bonbons liegen.« Sie glaubte es immer noch. Sie glaubte, man hätte ihnen die Spielsachen geschenkt, weil sie so schön waren. Er hatte es nie gewagt, ihr die Wahrheit zu sagen. Sobald die Lichter ausgemacht wurden und die Wochenschau begann, schliefen sie sofort ein. Die Mutter spielte dann zwei Stunden lang. Es war ihr unmöglich, der Darstellung auf der Leinwand zu folgen: das Klavier stand auf gleicher Höhe wie die Leinwand und weit unterhalb des Zuschauerraums.

In den zehn Jahren hatte die Mutter keinen einzigen Film gesehen. Dabei waren ihre Hände so geschickt geworden, daß sie nicht mehr auf die Tasten zu schauen brauchte. Aber von dem Film, der über ihrem Kopf ablief, sah sie immer noch nichts. »Manchmal meinte ich, ich schliefe beim Spielen ein. Wenn ich versuchte, nach der Leinwand zu sehen, wurde mir ganz schwindlig. Furchtbar war es. Ein schwarzweißer Brei tanzte über meinem Kopf, so daß ich ganz seekrank wurde.« Einmal, nur ein einziges Mal war ihr Verlangen, einen Film zu sehen, so groß geworden, daß sie sich krank gemeldet und heimlich der Vorführung des Films beigewohnt hatte. Aber beim Verlassen des Kinos hatte einer der Angestellten sie erkannt, und sie hatte das Wagnis nicht wieder unternommen. Nur einmal in den zehn Jahren hatte sie es versucht. Zehn Jahre lang hatte sie sich danach gesehnt, einen Film zu sehen, und nur einmal hatte sie es in aller Heimlichkeit fertiggebracht. Zehn Jahre lang war dieses Verlangen in ihr lebendig geblieben, und sie war alt darüber geworden. Und als die zehn Jahre vergangen waren, war es zu spät, sie war in die Ebene gezogen.

Es war derart unerträglich, sich dieser Dinge, die sie betrafen, zu erinnern, daß es für ihn und Suzanne schon das beste war, sie starb. »Du darfst diese Dinge nie vergessen und sollst immer das Gegenteil von dem tun, was sie tat.« Dennoch liebte er sie. Er glaube sogar, sagte er, daß er nie eine Frau so lieben werde, wie er die Mutter liebe. Keine Frau würde es fertigbringen, daß er sie vergäße. »Aber mit ihr zusammenleben, nein, das ist ausgeschlossen.«

Er bedauerte nur, daß er vor seinem Weggang die Beamten von Kam nicht umbringen konnte. Er hatte den Brief gelesen, den die Mutter an sie geschrieben hatte. Ehe sie ihn dem Fahrer des Autobusses übergab, hatte sie ihn gebeten, den Brief zu lesen. Als er ihn gelesen hatte, hatte er beschlossen, ihn dem Fahrer nicht zu übergeben, sondern ihn zu behalten. Er hatte beschlossen, ihn für immer zu behalten. Als er ihn las, fühlte er sich werden, wie er gern sein wollte: imstande, die Beamten von Kam zu töten, wenn er ihnen begegnet wäre. So wäre er am liebsten sein Lebtag gewesen, ganz einerlei, was ihm passierte, auch wenn er sehr reich würde. Dieser Brief würde ihm nützlicher sein, als er es jemals in den Händen der Beamten von Kam zu sein vermöchte.

Wenn sie der Mutter auch Leid zufügten, so machte Joseph seine Pläne doch nur in Rücksicht auf das, was die Mutter durchgemacht hatte. Wenn er ihr gegenüber böse geworden war, dann war das, so sagte er, ebenso notwendig wie seine Wut auf die Beamten in Kam.

Suzanne begriff nicht die ganze Tragweite von Josephs Worten, aber sie hörte voller Andacht zu, als wären sie das Lied der Männlichkeit und Wahrheit. Und wenn sie über sie nachdachte, erkannte sie voller Erregung, daß auch sie imstande wäre, ihr Leben zu gestalten, wie Joseph das seine gestaltete. Sie erkannte, daß das, was sie bei Joseph bewunderte, auch in ihr lebendig war.

Während der acht Tage, die auf ihre Rückkehr folgten, war Joseph müde und traurig. Er stand nur zu den Mahlzeiten auf. Er wusch sich kaum. Aber dann erlegte er von der Veranda aus ein paar Stelzvögel und wusch sich jeden Tag mit großer Sorgfalt. Seine Hemden waren immer sehr sauber, und er rasierte sich jeden Morgen. Daran erkannte die Mutter, daß er bald fortgehen würde. Jeder, der ihn sah, hätte dies geahnt und auch gewußt, daß nichts und niemand ihn zurückhalten konnte. Er war zu jeder Stunde des Tages bereit.

Das Warten dauerte im ganzen einen Monat. Die Mutter bekam aus guten Gründen ebensowenig eine Antwort vom Kataster wie von der Bank. Aber das war ihr ganz gleichgültig geworden. Schließlich weckte sie auch nicht mehr Suzanne,

um mit ihr über Joseph zu sprechen. Vielleicht wünschte sie
sogar, daß er möglichst bald ginge, da er ja nun einmal fort
wollte. Vielleicht dachte sie auch, daß sie, solange er da war,
Vater Bart den Diamanten nicht anbieten konnte. Sie dachte
an Vater Bart, weil er auch das Grammophon gekauft hatte.
Sie sprach von ihm, sprach nur von ihm, von seinem Vermögen und den ihm gegebenen Möglichkeiten, wie sie an seiner
Stelle, anstatt Absinth zu schmuggeln, das viele Geld angelegt
hätte. Wollte sie sich wieder einmal eine Art Zukunft schaffen? Wahrscheinlich wußte sie das selbst nicht. Wußte auch
nicht, was sie mit dem Geld tun würde, wenn es ihr nach Josephs Weggang gelingen sollte, Vater Bart die Kröte anzudrehen.

Immer wieder hatte die Mutter geplant, eines Tages das
Strohdach des Bungalows durch ein Ziegeldach zu ersetzen.
Aber dazu war sie nie in der Lage gewesen, sie hatte nicht ein-
mal – seit sechs Jahren – das alte Strohdach ausbessern lassen
können. Immer wieder hatte sie der Gedanke gequält, die
Würmer könnten das Strohdach zerfressen, bevor sie so viel
Geld hätte, daß sie es ersetzen lassen konnte. Kurz vor Josephs Weggang wurde das, was sie befürchtet hatte, Wirklichkeit, und das verfaulte Stroh wimmelte von Würmern.
Langsam, regelmäßig fielen sie vom Dach. Sie knackten unter
den bloßen Füßen, fielen in die Krüge, auf die Möbel, auf die
Teller, in die Haare.
    Aber weder die Mutter noch Joseph oder Suzanne sagten
auch nur ein Wort darüber. Nur der Caporal regte sich auf.
Da er nicht gern müßig war, begann er, ohne daß die Mutter
ihm hierzu den Auftrag gegeben hätte, den ganzen Tag über
die Fußböden des Bungalows zu fegen.

Einige Tage vor seinem Weggang vertraute Joseph Suzanne den letzten Brief der Mutter an das Katasteramt in Kam an. Heimlich las Suzanne ihn eines Abends. Dieser Brief bestätigte ihr, was Joseph gesagt hatte. Folgendermaßen lautete der Brief der Mutter:

Herr Katasterinspektor!

Entschuldigen Sie bitte, wenn ich Ihnen noch einmal schreibe. Ich weiß, daß meine Briefe Sie langweilen. Wie sollte ich das nicht wissen? Seit Monaten warte ich auf Ihre Antwort. Ich darf wohl daran erinnern, daß ich Ihnen seit mehr als einem Monat nicht mehr geschrieben habe. Manchmal sage ich mir, daß Sie meine Briefe gar nicht lesen und sie ungeöffnet in den Papierkorb werfen. Ich habe mir das derart in den Kopf gesetzt, daß meine einzige Hoffnung darin besteht, Sie zu veranlassen, ein einziges Mal, nur ein einziges Mal einen meiner Briefe zu lesen. Daß einer meiner Briefe nur ein einziges Mal Ihre Aufmerksamkeit erregt, an einem Tage, an dem Sie vielleicht nichts Dringendes zu erledigen haben. Ich meine, daß Sie dann auch die anderen läsen, die diesem folgen werden. Ich meine immer noch, daß meine Lage, falls Sie sie kennten, Sie nicht gleichgültig lassen könnte. Wenn Sie nach so vielen Jahren Ihrer furchtbaren Arbeit auch vielleicht nur noch wenig Gefühl haben, so sollte das wenige an Gefühl Sie veranlassen, meine Lage genauer zu beachten.

Was ich von Ihnen verlange, ist sehr wenig, das wissen Sie. Sie sollen mir die fünf Hektar Land, die meinen Bungalow umgeben, endgültig zuerkennen. Sie liegen am Rande meiner Konzession, die, wie Sie wissen, vollkommen unbrauchbar ist. Gewähren Sie mir also diesen kleinen Vorteil. Ich bitte Sie nur um eins: veranlassen Sie, daß mir diese fünf Hektar als Eigentum überschrieben werden. Dann kann ich eine Hypothek aufnehmen und ein letztes Mal versuchen, einen Teil meiner Dämme zu bauen. Ich werde Ihnen später auseinandersetzen, weshalb ich es mit neuen Dämmen versuchen will. So einfach ist das nicht. Wenn Sie es auch nicht zugeben und ein Interesse daran haben, es nicht zu tun, so kenne ich doch alle Ihre Einwürfe: die fünf Hektar oben bilden ein Ganzes mit den hundert Hektar unten und sollen über diese hundert Hektar hinwegtäuschen, sollen glauben machen, der Rest der Konzession sei genauso gut wie diese fünf Hektar. Und in der trockenen Jahreszeit, wenn das Meer sich weit zurückzieht, könnte niemand das Gegenteil behaupten. Dank dieser fünf Hektar haben Sie die Konzession schon vier verschiedenen Bewerbern angedreht, den Unglücklichen, denen die Mittel fehlten, Sie zu bestechen. Schon sehr oft, in jedem meiner Briefe, habe ich auf diese Dinge hingewiesen und, was wollen Sie, ich werde nicht müde, über dieses Unglück zu reden. Ich werde mich mit Ihrer Gemeinheit niemals abfinden und bis zum letzten Atemzug Ihnen immer wieder bis ins kleinste vorhalten, was Sie mir angetan haben, was Sie täglich anderen in aller Ruhe und Ehrbarkeit antun. Ich weiß sehr gut, daß, wenn man diese fünf Hektar von den hundert Hektar trennt, von einer Konzession nicht mehr die Rede sein kann. Dann ist nichts mehr vorhanden, mit dem man seinem Unglück steuern, nichts, womit man einen Bungalow bauen könnte, nicht einmal so viel Reis hätte man, um ein Jahr durchhalten zu können. Denn, ich sage es noch einmal, der Rest der Konzession ist vollkommen wertlos. Bei der großen Juliflut lecken die Wogen des Pazifik an den Hütten des letzten Dorfes, hinter dem sie beginnt, und wenn sie sich zurückziehen, hinterlassen sie einen trockenen Schlamm, auf den es ein ganzes Jahr regnen müßte, um das Salz auch nur aus einer Tiefe von zehn Zentimetern, so weit reichen die Reiswurzeln zur Zeit der Reife, herauszuwaschen. Und wo, werden Sie mir sagen, sollen dann Ihre Opfer bleiben? Das alles weiß ich. Ich weiß auch, daß Sie Gefahr laufen, keine Opfer mehr zu finden. Aber trotz aller Unannehmlichkeiten, die für Sie die Zuerkennung dieser fünf Hektar bedeutet, müssen Sie nachgeben. Sie wissen, weshalb ich sie haben will. Fünfzehn Jahre habe ich gearbeitet und auf alles verzichtet, um von der Regierung diese Konzession zu kaufen. Und was haben Sie mir für die Ersparnisse, denen ich fünfzehn Jahre meines Lebens, meine Jugend geopfert habe, gegeben? Eine Salzwüste und Wasser. Und Sie haben mich Ihnen mein Geld geben lassen. Vor sieben Jahren habe ich Ihnen eines Morgens das Geld in einem Umschlag gebracht. Voller Gottvertrauen habe ich es Ihnen gebracht. Es war alles, was ich hatte. An jenem Morgen habe ich Ihnen alles gegeben, was ich hatte, alles, als opferte ich Ihnen meinen lebendigen Leib, damit aus diesem Opfer eine glückliche Zukunft für meine Kinder erblühe. Und Sie haben dieses Geld genommen. Sie haben den Umschlag genommen, der meine ganzen Ersparnisse enthielt, meine Hoffnung, mein Lebensziel, meine Geduld von fünfzehn Jahren, meine ganze Jugend, Sie haben ihn angenommen, und glücklich habe ich Sie verlassen. Sehen Sie, dieser Augenblick war der glorreichste meines Lebens. Und was haben Sie mir für die fünfzehn Jahre meines Lebens gegeben? Nichts, Wind und Wasser. Sie haben mich bestohlen. Und wenn es mir gelänge, diese Dinge zur Kenntnis des Generalgouvernements der Kolonie zu bringen, was hätte ich davon? Der Chor der großen Konzessionsinhaber würde sich gegen mich erheben, und ich würde sofort enteignet. Und wahrscheinlich würde meine Beschwerde die Regierung gar nicht erreichen, sie bliebe wahrscheinlich bei Ihren hierarchischen Vorgesetzten hängen, die noch mehr Vorrechte haben als Sie, weil ihre Stellung höhere Bestechungsgelder bedingt.

Nein, ich weiß, daß ich Ihnen von da aus nicht beikommen kann.

Wie oft habe ich Sie gebeten, zu meinen Gunsten abzulassen von Ihren Gemeinheiten. Bei mir nicht immer wieder zu inspizieren, weil es zwecklos ist, denn niemand kann in Wasser und Salz etwas zum Wachsen bringen. Denn (hundertmal könnte ich das wiederholen) Sie gaben mir nicht nur nichts, Sie erscheinen auch regelmäßig, dieses Nichts in Augenschein zu nehmen. Sie sagen: »Sie haben dieses Jahr wieder nichts geschafft. Sie kennen das Reglement usw.« Dann gehen Sie wieder. Sie haben Ihre Arbeit getan, für die Sie jeden Monat

Ihren Lohn erhalten. Und als ich es dann mit meinen Dämmen versuchte, bekamen Sie Angst, Angst davor, ich könnte in dieser Wüste etwas zum Wachsen bringen. Vielleicht waren Sie weniger stolz als für gewöhnlich. Dabei fällt mir ein: Wissen Sie noch, wie Sie damals Schiß bekamen und ausrissen, als mein Sohn einen Schrotschuß in die Luft feuerte? Das wird für uns immer eine herrliche Erinnerung sein, denn daß ein Mann Ihrer Art so ausreißt, erlebt man nicht alle Tage. Aber beruhigen Sie sich, es ist leichter, einen Damm gegen den Pazifik zu bauen, als zu versuchen, Ihre Gemeinheit anzuprangern. Wenn Sie von mir verlangen, auf meiner Konzession etwas anzubauen, könnten Sie ebensogut von mir fordern, den Mond vom Himmel herabzuholen. Und das wissen Sie so gut, daß Ihre Inspektionen sich auf einen zehn Minuten langen Besuch beschränken, während deren Sie nicht einmal den Motor Ihres Wagens abstellen. Ja, Sie haben es sehr eilig. Denn die Zahl der Konzessionen ist beschränkt, und andere warten, wie ich gewartet habe. Und Sie fürchten, Sie könnten den Ertrag des Unglücks verlieren, das Sie gesät haben. Sie haben Angst, wenn ich zu lange bleibe oder, wenn ich nicht bald krepiere, gezwungen zu sein, eine bestellbare Konzession Unglücklichen gewähren zu müssen, die Sie nicht schmieren können.

Aber damit müssen Sie sich nun einmal abfinden. Nach mir wird keiner hierhin kommen. Geben Sie mir also unverzüglich, um was ich Sie bitte. Denn sollten Sie es jemals fertigbringen, mich von der Konzession zu vertreiben, sollten Sie jemals die Konzession einem neuen Interessenten zeigen, das heißt die verführerischen fünf Hektar weiter oben, dann werden gleich hundert Bauern erscheinen. »Lassen Sie sich von dem Katasterbeamten«, werden sie dem Anwärter auf die Konzession sagen, »den Rest auch zeigen. Und wenn er das tut, stecken Sie mal den Finger in den Schlamm des Reisfeldes und schmecken Sie daran. Glauben Sie denn, Reis wüchse in Salz? Sie sind der fünfte Bewerber um die Konzession. Die andern sind tot oder ruiniert.« Und gegen die Bauern vermögen

Sie nichts, denn wenn Sie die zum Schweigen bringen wollen, müssen Sie sich von bewaffneter Miliz begleiten lassen. Läßt man unter solchen Bedingungen Ländereien besichtigen? Nein. Ich sage Ihnen also noch einmal: Geben Sie mir die fünf Hektar. Ich kenne Ihre Macht und weiß, daß Sie die Ebene, kraft einer Gewalt, die Ihnen das General-Gouvernement der Kolonie übertragen hat, in den Händen haben. Ich weiß auch, daß mein Wissen um Ihre Gemeinheit, um die Ihrer Kollegen und Vorgänger und Nachfolger, um die der Regierung selbst, daß dieses ganze Wissen (unter dessen Last ich und jeder andere zusammenbrechen könnten) mir nichts nützte, wenn ich allein es besäße. Das Wissen eines einzigen um die Schuld von hundert anderen hilft und nützt ihm nichts. Das habe ich langsam erkannt. Aber nun weiß ich es für mein ganzes Leben. Und Hunderte in der Ebene kennen Sie ebenfalls, und zweihundert kennen Sie vielleicht, wie ich es tue, kennen Ihre Methode und Ihre Handlungsweise bis ins kleinste. Ich habe diesen Leuten lange und geduldig erklärt, wer Sie sind, und ich nähre eifrig und bewußt den Haß gegen Sie. Wenn ich einem von ihnen begegne, sage ich ihm nicht guten Tag, sondern sage ihm als Gruß und um ihm zu zeigen, daß ich ihm freundschaftlich gesinnt bin: »Sind die Hunde vom Katasteramt in Kam diese Woche dagewesen?« Und manche reiben sich im voraus die Hände bei dem Gedanken, vielleicht bei einer Inspektion Sie, die drei Katasterbeamten, totzuschlagen. Aber machen Sie sich keine Sorge. Noch beruhige ich sie, noch sage ich zu ihnen: »Das hat keinen Sinn. Was nützt es, drei Ratten totzuschlagen, wenn diesen drei ein ganzes Heer von Ratten folgt? Das wollen wir vorläufig lassen...« Und dann erkläre ich ihnen, daß, wenn Sie mit einem neuen Bewerber erscheinen, usw. ...

Ich sehe, daß mein Brief schon sehr lang ist, aber mir steht die ganze Nacht zur Verfügung. Seit meinem Unglück, seit dem Zusammensturz der Dämme, kann ich nicht mehr schlafen. Ich habe lange gezögert, bis ich Ihnen diesen letzten Brief schrieb, bis ich Ihnen alle diese Gedanken mitteilte, aber es scheint mir nun fast so, daß ich sie Ihnen längst hätte mitteilen sollen, denn sie allein sind imstande, Sie für meinen Fall zu interessieren. Anders ausgedrückt: Um zu erreichen, daß Sie sich für mich interessieren, muß ich Ihnen zuerst von Ihnen erzählen. Von Ihrer Gemeinheit, vielleicht, vor allem aber von Ihnen. Und wenn Sie diesen Brief lesen, werden Sie sicher die andern auch lesen, um zu erkennen, inwieweit mein Wissen um Ihre Gemeinheit zugenommen hat.

Falls die andern auch noch nichts davon haben, daß Sie an einem Inspektionstag totgeschlagen werden, so habe ich vielleicht doch etwas davon. Wenn ich allein sein werde, wenn mein Sohn nicht mehr hier sein, wenn meine Tochter mich verlassen haben wird und ich allein und so entmutigt sein werde, daß mir alles einerlei ist, dann werde ich vor meinem Tode vielleicht doch noch das Verlangen haben zu sehen, wie Ihre Leichen von den streunenden Hunden der Ebene gefressen werden. Das wäre ein wahrer Festschmaus für die Hunde. Ja, ich sollte im Augenblick meines Todes zu den Bauern sagen: »Wenn jemand mir vor meinem Tode eine ganz besondere Freude machen will, dann soll er die drei Katasterbeamten in Kam totschlagen.« Aber das sage ich ihnen erst dann, wenn die Stunde dazu gekommen ist. Zur Zeit, wenn sie mich zum Beispiel fragen: »Woher kommen die chinesischen Pflanzer, die auf unsern besten Feldern am Rande des Waldes Pfeffer anbauen?«, erkläre ich ihnen, daß Sie diese Felder an die chinesischen Pflanzer verkauft haben, weil sie keinem eingetragenen Besitzer gehören. Und wenn sie fragen: »Was ist ein eingetragener Besitzer?«, erkläre ich es ihnen: »Das könnt ihr nicht wissen. Es handelt sich dabei um ein Papier, aus dem hervorgeht, daß der oder der Besitzer ist. Aber so ein Papier habt ihr ebensowenig wie die Vögel oder die Affen an der Mündung des Flusses. Wer hätte auch euch ein solches Papier ausstellen sollen? Das haben die Hunde vom Kataster erfunden, um über euer Land zu verfügen und es verkaufen zu können.«

Was ich vorläufig in bezug auf diese vollständig wertlose Konzession tue, ist folgendes: Ich spreche mit dem Caporal. Ich spreche mit anderen. Ich spreche mit all denen, die beim Bau der Dämme geholfen haben, und erkläre immer wieder, wer Sie sind. Wenn ein kleines Kind stirbt, sage ich zu ihnen: »Das wird diese Hunde vom Kataster in Kam freuen.« Und wenn sie fragen: »Warum wird sie das freuen?«, sage ich ihnen die Wahrheit. Daß sich die Ebene mit jedem Tod eines Kindes mehr entvölkert und Sie immer leichter Ihre Hand auf die Ebene legen können. Wie Sie wohl erkennen, sage ich nur die Wahrheit, und angesichts eines toten kleinen Kindes bin ich ihnen das auch schuldig. »Warum schickt man kein Chinin? Warum gibt es hier keinen Arzt, keine Sanitätsstation? Kein Alaun, um in der trockenen Jahreszeit das Wasser abzuklären? Warum keine Impfungen?« Ich sage ihnen die Wahrheit. Und wenn Sie auch kein Verständnis für diese Wahrheit haben, wenn sie Ihren persönlichen Ansprüchen auf die Ebene entgegen ist, so bleibt diese Wahrheit, die ich Ihnen sage, dennoch Wahrheit. Und was Sie auch unternehmen, die Wahrheit kommt doch ans Licht.

Sie wissen es vielleicht nicht, aber hier sterben so viele kleine Kinder, daß man sie im Schlamm der Reisfelder, unter den Hütten beerdigt und der Vater die Erde da, wo er sein Kind verscharrt hat, mit den Füßen ebnet. So verrät nichts die Spur eines toten Kindes, nichts verrät, daß das Land, das Sie begehren und ihnen fortnehmen, das einzig gute Land in der Ebene, von Kinderleichen wimmelt. Und damit diese Toten zu etwas nütze sind, vielleicht später einmal, wer kann das wissen, sage ich als Begräbnisrede oder als Gebet diese für mich heiligen Worte: »Das wird die Hunde im Katasteramt in Kam freuen.« Das sollen sie wenigstens wissen.

Ich bin jetzt wirklich sehr arm, und – aber wie sollten Sie das wissen? – wahrscheinlich wird mich mein Sohn, von so viel Elend angeekelt, verlassen – für immer verlassen, und ich habe nicht mehr den Mut und das Recht, ihn zurückzuhalten. Ich bin so traurig, daß ich nicht mehr schlafen kann. Schon

lange verbringe ich meine Nächte damit, diese Dinge zu über-
denken. Und während ich das ohne Erfolg tue, fange ich doch
langsam an zu hoffen, daß der Augenblick kommen wird, da
diese Dinge etwas Gutes zeitigen. Und wenn mein Sohn jetzt
fortgeht, er kennt trotz seiner Jugend alle Ihre Gemeinheiten,
so ist das vielleicht schon ein Anfang. Das sage ich mir zum
Trost.

Sie müssen mir die fünf Hektar, die um meinen Bungalow
liegen, geben. Wenn Sie sich einmal entschlössen, mir zu antworten, würden Sie schreiben: »Wozu? Diese fünf Hektar genügen Ihnen nicht, und wenn Sie sie mit einer Hypothek
belasten, um neue Dämme zu bauen, dann sind die Dämme
genauso schlecht wie die ersten.« Ach, Leute Ihres Schlages
wissen nicht, was Hoffnung ist. Sie wissen auch nicht, was sie
damit anfangen sollen. Sie kennen nur den Ehrgeiz und erreichen immer ihr Ziel. Was meine Dämme angeht, so möchte
ich Ihnen sagen: »Wenn ich nicht einmal die Hoffnung habe,
daß meine Dämme dieses Jahr halten, ist es schon besser, ich
schicke meine Tochter gleich in ein Bordell und dränge meinen Sohn, seinen Weggang von zu Hause zu beschleunigen,
und lasse die drei Beamten vom Kataster in Kam umbringen.« Versetzen Sie sich an meine Stelle: Wenn ich im kom-
menden Jahr nicht einmal diese Hoffnung, nicht die Aussicht
auf eine neue Niederlage habe, was bleibt mir dann Besseres
übrig, als Sie umbringen zu lassen?

Wo ist all das Geld, das ich verdient, das ich Sou um Sou
gespart hatte, um die Konzession zu kaufen? Wo ist mein
Geld? In Ihren Taschen, die schwer von Gold sind. Diebe sind
Sie. Wie die toten Kinder nicht wieder lebendig werden können, so werde ich meine Jugend, mein Geld auch niemals wiedersehen. Sie müssen mir die fünf Hektar geben, oder sonst
findet man eines Tages Ihre Leichen in den Gräben längs der
Straße, in die man die Sträflinge, die sie bauten, bei lebendi-
gem Leib begrub. Denn ich wiederhole Ihnen ein letztes Mal:
Von etwas muß man leben, und wenn es nicht von der noch
so vagen Hoffnung auf neue Dämme ist, dann von der auf die

Leichen der drei Katasterbeamten von Kam. Wenn man nichts zu brechen und zu beißen hat, stellt man keine großen Ansprüche.

In der Hoffnung, von Ihnen trotzdem eine Antwort zu erhalten, bitte ich Sie, Herr Katasterinspektor, den Ausdruck meiner Hochachtung entgegenzunehmen.

Auf der Straße, in der Nähe der Brücke, ertönte eine Hupe. Der langgezogene Ton einer elektrischen Hupe. Es war acht Uhr abends. Niemand hatte sie kommen hören, auch Joseph nicht. Sie hatte vermutlich auf der anderen Seite der Brücke gehalten, anders war es nicht möglich, denn man hörte immer das Rattern der locker gewordenen Planken, wenn ein Auto die Brücke passierte. Und da niemand das Auto hatte kommen hören, konnte man annehmen, daß es schon einige Zeit dort stand. Vielleicht war sie nicht ganz sicher, ob es der Bungalow war, von dem Joseph ihr erzählt hatte. Sie hatte ihn wohl eine Zeitlang betrachtet, wie er sich, halb fertig, ohne Balustrade gegen das Dunkel abhob, und beim Licht der Azetylenlampe, die im Innern brannte, nach Josephs Silhouette Ausschau gehalten. Gewiß war es die seine, um so mehr, als sie neben ihr zwei andere sah, von denen die eine die einer alten Frau war. Sie hatte wohl noch etwas gewartet, dann gehupt, plötzlich das zwischen ihnen verabredete Signal hören lassen. Es war kein schüchterner Ruf, nein, es war ein heimlicher, aber befehlender Ruf. Seit einem Monat, seit achthundert Kilometern wartete sie auf diesen Ruf der Hupe. Und als sie jetzt vor dem Bungalow stand, hatte sie es auf einmal nicht mehr so eilig gehabt. Sie hatte gewartet und dann erst auf den Knopf gedrückt, und doch immer gewußt, daß sie es tun würde.

Als die Hupe ertönte, saßen sie gerade beim Essen. Joseph sprang auf, als hätte er eine Ladung Schrot in den Leib bekommen. Er verließ den Tisch, stieß seinen Stuhl zurück, ging durch das Wohnzimmer und lief die Treppe des Bungalows hinunter. Die Mutter erhob sich langsam, und als müßte sie von nun an sehr vorsichtig sein, legte sie sich im Wohnzimmer auf ihren Liegestuhl, der Tür gegenüber. Suzanne folgte ihr und setzte sich in einen Sessel neben sie. Der Abend erinnerte ein wenig an den, als das alte Pferd krepierte.

»Nun ist es soweit«, sagte die Mutter mit leiser Stimme.

Die Augen halb geschlossen, sah sie in die Richtung, aus der das Hupsignal gekommen war. Wenn sie nicht so blaß gewesen wäre, hätte man glauben können, sie schliefe. Sie sagte nichts und rührte kein Glied. Die Straße war vollkommen dunkel. Sie standen sicher draußen in der Dunkelheit und umarmten sich. Joseph blieb einen langen Augenblick fort. Aber das Auto fuhr nicht weiter. Suzanne wußte, daß Joseph wiederkommen würde, und wäre es auch nur für Minuten, um der Mutter ein paar Worte zu sagen, ihr vielleicht nicht, gewiß aber der Mutter.

Und Joseph kam. Er blieb vor der Mutter stehen und sah sie an. Seit einem Monat hatte er sie von sich aus nicht mehr angesprochen, auch nicht wirklich mehr angesehen. Jetzt sagte er leise zu ihr:

»Ich gehe für ein paar Tage fort. Ich kann nicht anders.«

Sie sah ihren Sohn an, und ohne dieses eine Mal zu jammern und zu weinen, sagte sie:

»Geh, Joseph.«

Ihre Stimme war ganz deutlich, aber sozusagen verzerrt, als wäre es nicht ihre Stimme. Als sie das gesagt hatte, blickte Suzanne Joseph an. Sie erkannte ihn kaum wieder. Er sah die Mutter starr an und lachte, aber Suzanne wußte, daß er nicht lachen wollte. Er kam aus der dunklen Nacht, aber er hätte geradesogut aus einer Feuersbrunst kommen können: seine Augen funkelten, der Schweiß lief ihm über das Gesicht, und das Lachen brach aus ihm heraus, als verbrennte es ihn.

»Ich komme wieder, das schwöre ich dir.«

Er rührte sich nicht und wartete auf ein Zeichen der Mutter, irgendein Zeichen, das sie nicht machen konnte. Auf der Straße blitzte ein langer Lichtstrahl auf, so weit das Auge reichte. Die Scheinwerfer schnitten die Straße in zwei Teile, und es sah aus, als ginge das Licht allein von ihnen aus, als wäre auf der anderen Seite nichts, nichts als der nicht atembare Brodem einer dichten Nacht. Der Lichtstrahl bewegte sich ruckweise in schräger Richtung weiter, streifte den Bungalow, den Fluß, die schlafenden Dörfer und in der Ferne den Pazifik, bis dann eine neue Straße auftauchte, die der anderen entgegengesetzt verlief. Sie hatten nicht gehört, daß der Wagen wendete. Der achtzylindrige Delage mußte ein Riesenwagen sein. In wenigen Stunden würden sie in der Stadt sein, Joseph würde drauflosfahren wie ein Irrer, bis zum ersten Hotel, wo sie einkehren würden, um miteinander zu schlafen. Jetzt zeigte das Strahlenbündel der Scheinwerfer in Richtung auf die Stadt. In der Richtung würde Joseph gleich davonfahren. Joseph wandte sich um. Das Lichtbündel schoß vor ihm vorbei. Er straffte sich, geblendet. Seit drei Jahren wartete er darauf, daß eine Frau in stiller Entschlossenheit ihn der Mutter entführte. Und nun war sie da. Sie fühlten sich auf einmal so getrennt von ihm, als wäre er krank oder, wenn nicht von Sinnen, doch der klaren Vernunft beraubt gewesen. Ja, es war schwer, diesen Joseph zu betrachten, der sie schon nichts mehr anging, diesen lebendigen Toten, der er für sie geworden war.

Wieder hatte er sich der Mutter zugewandt und stand vor ihr, wartete immer noch auf das Zeichen des Friedens, das sie ihm nicht machen konnte. Und er lachte immer noch. Sein Gesicht verriet ein solches Glück, daß man es nicht wiedererkannte. Nie hätte jemand, auch Suzanne nicht, geglaubt, daß dieses sonst so verschlossene Gesicht sich so deutlich bekennen, so schamlos offenbaren könnte.

»Verdammt, ich schwör' es dir«, wiederholte Joseph, »ich komme wieder. Alles lasse ich hier, auch meine Gewehre.«

»Deine Gewehre brauchst du nicht mehr. Geh, Joseph.«

Sie hatte die Augen wieder geschlossen. Joseph faßte sie bei den Schultern und rüttelte sie.

»Ich schwöre es dir. Also, wenn ich es auch wollte, ich könnte dich nicht verlassen.«

Sie wußte, daß er sie für immer verließ. Nur er zweifelte noch daran.

»Umarme mich«, sagte die Mutter. »Und dann geh.«

Sie ließ sich von Joseph schütteln, der jetzt schrie:

»In acht Tagen. Bis dahin habt ihr euch hoffentlich beruhigt. In acht Tagen bin ich wieder da. Ihr wißt doch, wie ich bin.«

Er wandte sich an Suzanne.

»Sag du es ihr doch!«

»Mach dir keine Sorgen«, sagte Suzanne. »In acht Tagen ist er wieder da.«

»Geh, Joseph«, sagte die Mutter.

Joseph ging in sein Zimmer, seine Sachen zu holen. Das Auto wartete immer noch. Die Scheinwerfer waren jetzt abgeblendet. Sie hatte nicht wieder gehupt. Sie ließ Joseph Zeit. Sie wußte, daß es nicht leicht für ihn war. Sie hätte die ganze Nacht gewartet, ohne ein zweites Mal zu hupen.

Joseph betrat das Wohnzimmer wieder. Er trug seine Tennisschuhe. In der Hand hatte er ein Paket mit Wäsche, das er schon längst fertiggemacht haben mußte. Er eilte auf die Mutter zu, hob sie hoch und küßte sie auf das Haar. Zu Suzanne ging er nicht, aber er zwang sich, sie anzusehen, und in seinen Augen war Schrecken und vielleicht auch Scham. Dann lief er zwischen den beiden hindurch und die Treppe hinunter. Die Scheinwerfer leuchteten wenig später auf, in Richtung auf die Stadt. Dann setzte sich der Wagen fast geräuschlos in Bewegung. Die Lichter entfernten sich, entfernten sich immer mehr, ließen einen immer größer werdenden Nachtstreifen hinter sich. Dann sah man nichts mehr.

Die Mutter, die die Augen immer noch geschlossen hatte, hatte sich nicht gerührt. Der Bungalow war so still, daß Suzanne ihren röchelnden und unregelmäßigen Atem hören konnte.

Der Caporal kam mit seiner Frau. Sie hatten alles gesehen. Sie brachten warmen Reis und gebackenen Fisch. Wie immer sprach der Caporal zuerst. Er sagte, der Fisch und der Reis, die auf dem Tisch standen, wären kalt geworden und er brächte warmen Reis und warmen Fisch. Seine Frau, die sonst nie im Bungalow blieb, kauerte sich neben ihn in eine Ecke des Wohnzimmers. Endlich hatten sie begriffen, was sich seit ihrer Rückkehr aus der Stadt vollzog, und schon lag die Benommenheit des Hungers in ihren Augen. Sie warteten auf ein paar Worte, die sie hoffen ließen, daß sie weiterhin zu essen hätten. Sicher nur ihretwegen entschloß die Mutter sich eine Stunde nach Josephs Abfahrt zum Sprechen. Sie sah sie an und wandte sich an Suzanne:

»Iß zu Ende.«

Sie war rot, und ihre Augen waren glasig. Suzanne brachte ihr eine Schale Kaffee und eine Pille. Der Caporal und seine Frau betrachteten die Mutter, wie sie vor einem Monat das Pferd betrachtet hatte. Sie trank den Kaffee und nahm die Pille ein.

»Du kannst nicht wissen, was das heißt«, sagte sie.

»Es ist weniger schlimm, als wenn er tot wäre.«

»Ich jammere nicht. Hier war nichts mehr zu machen. Alles Suchen ist umsonst. Nichts mehr.«

»Er wird manchmal wiederkommen.«

»Das Schlimme dabei ist...«

Sie verzerrte den Mund, als müßte sie sich übergeben.

»Das Schlimme dabei ist«, wiederholte sie, »daß er keine Ausbildung hat, und ich weiß nicht, wie er zurechtkommen wird.«

»Sie wird ihm helfen.«

»Er wird sie verlassen. Nirgendwo wird er bleiben, wie er auch in keiner der Schulen blieb, in die ich ihn schickte... Am längsten hat er es noch bei mir ausgehalten.«

Suzanne half ihr beim Ausziehen und gab dem Caporal und dessen Frau zu verstehen, daß sie gehen sollten. Erst als sie im Bett lag, begann die Mutter zu weinen, wie sie noch nie geweint hatte, als entdecke sie jetzt erst, was wahrer Schmerz ist.

»Du sollst mal sehen«, jammerte sie, »daß das noch nicht genügt. Er hätte mir vor der Abfahrt eine Kugel in den Leib schießen sollen. Darauf versteht er sich ja...«

In der Nacht hatte die Mutter einen Anfall, der sie fast das Leben kostete. Aber auch der genügte nicht.

236

Suzanne dachte an Joseph. Nicht durch diese Frau, nicht durch seinen Weggang war er ein anderer Mensch geworden. Sie dachte an etwas, was sich vor zwei Jahren ereignet hatte. In der Woche nach dem Einsturz der Dämme.

An jenem Tage hielt ein kleines, neues funkelndes Auto vor dem Bungalow. Joseph verließ das Wohnzimmer. Suzanne folgte ihm. Von der Veranda aus betrachtete er das haltende Auto. Ein Mann mittlerer Größe, dessen Gesicht unter dem Tropenhelm schmal und gewöhnlich war, stieg aus dem Wagen. Er trug eine Aktentasche unter dem Arm. Mit entschlossenen Schritten näherte er sich dem Bungalow. Es war die Zeit der großen Juliflut, die Zeit des Jahres, zu der diese Art Menschen erschienen. Sie setzten sich dann in ihr Auto und inspizierten die Konzessionen in der Ebene. Für diese Arbeit bezogen sie ein reichliches Gehalt, und man stellte ihnen sogar ein Auto zur Verfügung, um ihnen ihre Arbeit zu erleichtern. Nie benutzten sie den Autobus.

»Guten Tag«, sagte der Mann. »Ist Ihre Mutter da? Ich möchte sie sprechen.«

»Sind Sie der Katasterinspektor?« fragte Joseph.

Der Mann stand vor der Veranda und betrachtete etwas überrascht bald Suzanne, bald Joseph. Suzanne, weil er sie zum erstenmal sah und vielleicht ganz nett fand. Und Joseph, weil dessen Grobheit so offensichtlich war, daß sie immer und überall in Verlegenheit versetzte, beunruhigte und ängstigte. Noch nie hatte Suzanne einen Menschen kennengelernt, der so unhöflich war wie Joseph. Wer ihn nicht kannte, wußte nicht, in welchem Ton er mit ihm sprechen, auf welchem Umweg er ihn erreichen und wie er diese Brutalität verscheuchen sollte, die auch die Sichersten verwirrte. Über das Geländer gebeugt, das Kinn in der Hand, betrachtete er den Katasterbeamten, der gewiß noch niemals mit so heiterer Anmaßung betrachtet worden war.

»Und was wollen Sie von meiner Mutter?« fragte Joseph.

Der Beamte versuchte, Joseph fast freundlich anzulächeln. Suzanne kannte dieses Lächeln. Schon öfter war man Joseph mit einem solchen Lächeln begegnet. Seither hatte sie es auch bei Herrn Jo gesehen. Es war das Lächeln der Angst.

»Es ist die Zeit der Inspektionen«, erwiderte der Beamte freundlich.

Joseph lachte plötzlich, als hätte ihn jemand gekitzelt.

»Inspektion? Sie wollen hier inspizieren?« fragte Joseph. »Dann mal los. Genieren Sie sich nicht. Inspizieren Sie, was Sie wollen, verflucht noch mal.«

Der Beamte senkte plötzlich den Kopf, als hätte er einen Schlag mit einem Knüppel erhalten.

»Los!« fuhr Joseph fort. »Weshalb warten Sie noch? Sie brauchen doch meine Mutter nicht, um Ihre Arbeit zu tun, wie?«

Suzanne fand das, was Joseph sagte, sehr richtig und schön. Sie hatte schon so viel von den Katasterbeamten gehört, von ihrem ungeheuren Reichtum, ihrer fast göttlichen Macht. Der, der zu Josephs Füßen stand, reizte zum Lachen. Sie mußte sich Gewalt antun, nicht die Mutter zu rufen, damit sie ihn sähe und über ihn lachte. Sie hatte Lust, in das Gespräch einzugreifen und wie Joseph zu sprechen.

»Los«, sagte Suzanne. »Fangen Sie an!«

»Wenn Sie ein Boot wollen, können Sie es geliehen haben«, sagte Joseph.

Der Beamte hob den Kopf, wich aber Josephs Blick immer noch aus. Dann versuchte er es anders. Ernst sagte er:

»Ich mache Sie darauf aufmerksam, daß ich von Amts wegen hier bin und daß in diesem Jahr die vorletzte Frist abläuft, die Ihrer Mutter für den Anbau des dritten Teils der Konzession gewährt wurde.«

In diesem Augenblick erschien die Mutter, die zweifellos die Stimmen gehört hatte.

»Was ist los?«

Aber kaum hatte sie den kleinen Mann gesehen, als sie ihn wiedererkannte. Wie oft hatte er sie in Kam im Vorzimmer warten lassen: zehnmal, zwanzigmal ... und mindestens fünfzig Briefe hatte sie an ihn geschrieben.

Joseph drehte sich zur Mutter um, hob die Hand, als wollte er sie an etwas hindern, und sagte dann mit veränderter Stimme:

»Laß mich nur machen.«

Es war das erste Mal, daß er sich in etwas, was die Konzession betraf, einmischte. Und er sagte ihr das so vertraulich, als hätten sie beide, er und sie, verabredet, daß er eingreifen sollte.

Sie hatte gar nicht bemerkt, daß sich bei Joseph die ersten Anzeichen des Frühlings, sein neues Selbstbewußtsein entwickelt hatten.

Der Katasterbeamte hatte vor der Mutter den Tropenhelm nicht abgenommen. Er hatte sich mit einem leichten Kopfnikken begnügt und einen Gruß gemurmelt. Die Mutter sah müde aus. Sie hatte eines jener unbeschreiblichen formlosen Kleider an, die sie damals zu tragen begann, eine Art weiten Morgenrocks, in dem sie wie verloren aussah. Zum erstenmal seit dem Zusammensturz der Dämme hatte sie sich frisiert, und ihr grauer, enggeflochtener Zopf, dessen Ende durch eine Schlauchklammer zusammengehalten wurde, hing ihr kindlich, lächerlich über den Rücken.

»Oh!« sagte die Mutter. »Auf Sie habe ich schon gewartet. Sie mußten ja kommen.«

Joseph machte ihr mit der Hand wieder ein Zeichen, zu schweigen. Daß sie antwortete, hätte keinen Zweck.

»Unsere Dämme haben gehalten«, sagte Joseph. »Wir haben eine Ernte, wie Sie sie in Ihrem Leben noch nicht gesehen haben.«

Die Mutter sah ihren Sohn an, öffnete den Mund, als wollte sie sprechen, aber kein Wort kam über ihre Lippen. Dann änderte sich plötzlich ihr Gesichtsausdruck. In ein paar Sekunden war er Freude, nichts als Freude, und alle Müdigkeit war aus ihm gewichen.

Verdutzt sah der Katasterbeamte die Mutter an. Er hatte damit gerechnet, daß sie ihm zu Hilfe käme und sich nicht von ihrem Sohn vertreten ließe.

»Ich verstehe nicht … Ich habe doch immer nur gehört, daß Sie kein Glück gehabt hätten…«

»Stimmt trotzdem«, sagte Joseph. »Sehen Sie, wir haben mehr Glück als Sie. Ihnen sieht man an, daß Sie kein Glück haben.«

»Ja, das sieht man sofort«, sagte Suzanne.

Das Gesicht des Beamten war rot geworden. Er strich sich mit der Hand über das Gesicht, als wollte er die Ohrfeige, die er erhalten hatte, wegwischen.

»Ich kann mich wirklich nicht beklagen«, sagte der Beamte.

»Und wir erst! …«, sagte Joseph.

Er lachte frech. Suzanne erinnerte sich genau dieser Minute, in der ihr klar wurde, daß ihr vielleicht nie ein Mann begegnen würde, der ihr so sehr gefiel wie Joseph. Andere hätten ihn für etwas verrückt halten können. Wenn er zum Beispiel den B. 12 immer wieder, ohne jeden Grund, auseinandernahm, hätte man wirklich glauben können, er hätte sie nicht alle beisammen. Die Mutter hatte zuweilen ihre Zweifel. Aber sie, Suzanne, wußte schon lange, daß er klar bei Verstand war. Und dem Katasterbeamten gegenüber fand er den einzig richtigen Ton. Von der Veranda herab, wo er mit nacktem Oberkörper stand, geblendet von seinem eigenen Einfall, ging er mit geradezu unanständiger Freude ins Gericht mit dem anderen, der so fein angezogen und dessen Gesicht so rot war, zerschlug seine Macht, in der er bis dahin so sicher gewesen war und die für alle Angst und Schrecken bedeutet hatte.

»Ich möchte, daß wir ernst miteinander reden«, sagte der Katasterbeamte. »In Ihrem eigenen Interesse…«

»In unserem Interesse? Habt ihr das gehört? Er spricht von unserem Interesse«, sagte die Mutter und wandte sich ihnen zu wie der Schauspieler im Theater, der eine besonders feine Erwiderung ins Publikum spricht.

Sie lachte auch. Joseph hielt sie gefangen wie einen Vogel. Sein Lachen hatte er von ihr. Sie konnte plötzlich lachen aus Gründen, die sie am Abend vorher noch zum Weinen veranlaßt hatten.

»Blödsinn«, erwiderte Joseph. »Wir reden durchaus ernst. Sie aber tun das nicht. Wenn Sie Ihre Arbeit ernst nähmen, wären Sie schon längst zu den Dämmen unterwegs. Der Caporal soll das Boot fertigmachen. In sechs Stunden können Sie alles besichtigt haben.«

Der Beamte nahm den Tropenhelm ab und wischte sich den Schweiß von der Stirn. Er stand in der glühenden Sonne, auf der Böschung, und niemand forderte ihn auf, in den Bungalow zu kommen. Er hatte schon immer gewußt, sogar schon vor dem Bau der Dämme, daß sie nie halten würden und auch nicht gehalten hatten. Aber daran dachte er jetzt nicht. Er dachte nur daran, ihr Lachen zum Verstummen zu bringen, diesen unerwarteten Zusammenbruch seiner ganzen Autorität in ihrem Lachen aufzuhalten. Sie sollten ihn denn doch nicht zwingen, den Weg zu den Dämmen zu machen. Er blickte um sich, nach allen Seiten, suchte vergeblich eine Ausflucht. Wie eine Ratte. Augenscheinlich war er nicht daran gewöhnt, daß man seine Macht auf die Probe stellte. Er fand nichts.

»Caporal!« rief Suzanne. »Mach das Boot fertig. Schnell das Boot für den Inspektor.«

Der Beamte hob den Kopf, versuchte zu Suzanne hin ein falsches Lächeln, das verständnisvoll, fast mitleidig sein sollte.

»Ist nicht der Mühe wert«, sagte er, »ich weiß, daß Sie kein Glück gehabt haben. Das ist doch in der ganzen Gegend bekannt. Ich habe es Ihnen vorausgesagt«, fügte er mit leichtem Vorwurf hinzu und wandte sich der Mutter zu.

»Meine Dämme sind großartig«, sagte die Mutter. »Wenn es einen lieben Gott gibt, dann hat er sie halten lassen, um uns Gelegenheit zu geben, die Gesichter zu sehen, die man auf dem Katasteramt macht... Und nun sind Sie hier, und jetzt zeigen Sie uns mal, was für ein Gesicht Sie machen.«

Suzanne und Joseph lachten laut. Es war ein unsagbares Glück, die Mutter so sprechen zu hören. Der Beamte lachte nicht.

»Sie wissen, daß Ihr Schicksal in meinen Händen liegt«, sagte er.

Er versuchte es jetzt mit Drohungen. Joseph hörte auf zu lachen und ging ein paar Stufen der Treppe hinunter.

»Und Ihr Schicksal? Glauben Sie, es läge nicht in unseren Händen? Wenn Sie sich nicht sofort aufmachen zu den Dämmen, schmeiße ich Sie mit Gewalt ins Boot. Und ehe Sie dort angekommen sind, krepieren Sie am Sonnenstich. Wenn Sie das vermeiden wollen, verduften Sie schleunigst.«

Der Beamte machte vorsichtig ein paar Schritte in Richtung zum Weg. Als er sich überzeugt hatte, daß Joseph ihm nicht folgte, drohte er ihm und sagte mit heiserer Stimme:

»Das alles wird Gegenstand eines Berichtes sein, darauf können Sie sich verlassen.«

»Sagen Sie uns hier, was Sie zu berichten haben, kommen Sie her«, rief Joseph. Er trat mit den Füßen auf, als liefe er die Treppe hinunter. Der andere machte vier bis fünf schnelle Schritte, bis er begriff, daß Joseph sich nicht von der Stelle gerührt hatte.

»Schweinehunde«, rief die Mutter, »Spitzbuben, Halunken!«

Ihr Wut ließ sie aufleben, befreite, verjüngte sie. Sie wandte sich Joseph zu:

»Das tut gut«, sagte sie. »Schlimmer noch als Halunken sind sie.«

Dann drehte sie sich wieder zum Beamten um, sie konnte nicht aufhören: »Diebe, Mörder!«

Der Beamte drehte sich nicht um. Steif und gemessenen Schrittes ging er zu seinem Auto.

»Vier sind's jetzt«, sagte die Mutter. »Wir sind die vierten auf dieser Konzession. Alle sind sie ruiniert oder krepiert. Und die werden dick und fett dabei.«

»Die vierten?« fragte Joseph verdutzt. »Scheiße, das habe ich nicht gewußt. Du hast das nie erzählt.«

»Ich habe es erst vor kurzem erfahren«, erwiderte die Mutter. »Ich habe ganz vergessen, es dir zu sagen.«

Joseph überlegte, was er tun könnte. Er hatte es bald gefunden.

»Einen Augenblick«, sagte er.

Er lief in sein Zimmer und kam mit seinem Mausergewehr zurück. Wieder lachte er. Die Mutter und Suzanne standen wie versteinert da, betrachteten ihn, ohne ein Wort zu sagen. Er wollte den Katasterbeamten töten. Alles würde dann anders. Gleich war alles zu Ende. Dann finge alles wieder von neuem an. Joseph legte an, zielte auf den Beamten, zielte genau, und erst in der letzten Sekunde richtete er den Lauf des Gewehres gegen den Himmel und schoß in die Luft. Tiefes Schweigen. Der Beamte lief so schnell er konnte zum Auto. Joseph brach in schallendes Gelächter aus. Dann lachten auch Suzanne und die Mutter. Der Beamte hörte ihr Lachen, aber er lief doch wie ein Faßbinder. Als er das Auto erreicht hatte, sprang er hinein und raste, ohne einen Blick zum Bungalow zu werfen, in Richtung Kam davon.

Seitdem begnügte sich der Katasterbeamte mit schriftlichen ›Mitteilungen‹. Nie wieder war er zur Inspektion auf die Konzession gekommen. Man hätte annehmen können, daß er sich nach Josephs Abfahrt dort wieder sehen ließe. Aber wahrscheinlich wußte er von Josephs Abfahrt noch nichts.

Niemand hielt vor dem Bungalow, auch der Katasterbeamte nicht. Die Patronen lagen nutzlos in Josephs Patronentasche. Das Mausergewehr hing unschuldig, herrenlos und nutzlos an der Wand seines Zimmers. Und der B. 12 – »der B. 12 bin ich«, sagte Joseph –, bedeckte sich langsam mit Staub und verrostete zwischen den Hauptpfeilern unter dem Bungalow, wo er für immer untergestellt war.

Von den jungen Reispflanzen angelockt, kam das Wild in die Ebene. Viele Jägerautos kamen um diese Zeit des Jahres vorbei. Seit vier Jahren kamen immer mehr, denn Ram wurde wegen seiner Jagden immer bekannter. Von weitem hörte man das Summen der Motoren auf der Straße, der Lärm wurde größer, immer größer, bis sie vor dem Bungalow waren, und dann meinte man, er füllte die ganze Ebene. Sie fuhren weiter, und bald hörte man nur mehr das lange Echo ihrer Hupen, wenn sie durch den Ramer Wald fuhren. Manchmal, wenn sie stundenlang auf sich warten ließen, legte sich Suzanne in den Schatten der Brücke.

Ein paar Tage nach ihrem Anfall hatte der Arzt die Mutter wieder besucht. Er war nicht gerade besorgt gewesen. Er hatte die doppelte Dosis Pillen und Ruhe verordnet, ihr aber auch geraten, wieder aufzustehen und sich etwas Bewegung zu machen. Der Arzt hatte zu Suzanne gesagt, sie sollte dafür sorgen, daß die Mutter weniger an Joseph dächte, sich weniger Sorgen machte und wieder »etwas Lebensmut« bekäme. Die Mutter war bereit, regelmäßig die Pillen einzunehmen, weil die Pillen ihr Schlaf brachten, aber das war alles. Aufstehen wollte sie nicht. Während der ersten Tage hatte Suzanne immer wieder darauf gedrungen, aber es war alles umsonst. Die Mutter tat es nicht.

»Wenn ich aufstehe, warte ich noch mehr auf ihn. Und ich will nicht mehr auf ihn warten.«

Sie schlief jetzt fast den ganzen Tag.

»Seit zwanzig Jahren warte ich darauf, mal so zu schlafen.«

Und sie schlief, weil sie sich nach Schlaf sehnte. Schlief voller Wonne und Hartnäckigkeit, wie nie zuvor. Wenn sie wach wurde, zeigte sie für manches ein leichtes Interesse. Meist handelte es sich dabei um den Diamanten.

»Muß eines Tages doch mal aufstehen, um ihn zu verkaufen.«

Zusammen mit dem Schlüssel der Vorratskammer hing der Ring immer noch an ihrem Hals, und sie betrachtete ihn jetzt vielleicht mit etwas weniger Widerwillen als früher.

Suzanne quälte die Mutter weiter nicht. Sie ließ sie machen, was sie wollte, nur die Pillen gab sie ihr alle drei Stunden, und dagegen wehrte sich die Mutter nicht. Seit Josephs Abfahrt hatte die Mutter zum ersten Male in ihrem Leben kein Interesse mehr an der Konzession. Sie erwartete nichts mehr, weder vom Kataster noch von der Bank. Der Caporal hatte dieses Mal für die Setzlinge gesorgt, mit denen die fünf Hektar weiter oben bepflanzt werden sollten. Die Mutter ließ ihn gewähren. Der Caporal sorgte auch dafür, daß zur Essenszeit immer warmer Reis und gebackener Fisch auf dem Tisch standen. Suzanne brachte der Mutter das Essen, und oft setzte sie sich zu ihr aufs Bett und aß mit ihr zusammen.

Nur beim Essen und abends sprach die Mutter mit Suzanne. Tagsüber sagte sie meist kein Wort, und wenn Suzanne ihr Zimmer betrat, sah sie sie nicht einmal an. Im allgemeinen sprach sie nur abends mit ihr vor dem Einschlafen. Es war fast immer dasselbe: sie müßte eines Tages doch mal aufstehen und Vater Bart besuchen.

»Zehntausend, mit zehntausend wäre ich dieses Mal zufrieden.«

Suzanne wiederholte regelmäßig:

»Das wäre nicht schlecht. Das machte dann alles in allem dreißigtausend.«

Und die Mutter lächelte schüchtern und gezwungen.

»Du siehst, daß man sich doch immer wieder helfen kann.«

»Aber vielleicht ist es nicht der Mühe wert, ihn wieder zu verkaufen. Es eilt ja nicht«, sagte Suzanne manchmal.

Aber dazu äußerte sich die Mutter nicht. Sie wußte nicht, was sie mit dem Geld machen sollte. Sie wußte nur, daß sie keine neuen Dämme bauen würde. Vielleicht könnte man mit Hilfe des Geldes fort von hier. Vielleicht wollte sie das Geld auch nur, um zehntausend Francs zu besitzen.

Alle drei Stunden kam Suzanne in den Bungalow, gab ihr die Pillen und setzte sich dann wieder in die Nähe der Brücke. Aber kein Auto hielt vor dem Bungalow. Manchmal sehnte sich Suzanne nach Herrn Jos Auto, nach der Zeit, als es jeden

245

Tag vor dem Bungalow hielt. Damals hielt wenigstens ein Auto. Selbst ein leeres Auto wäre besser gewesen als keines. Als wäre der Bungalow unsichtbar geworden, als wäre sie selbst in der Nähe der Brücke unsichtbar geworden; niemand schien zu bemerken, daß hier ein Bungalow stand und in noch größerer Nähe ein junges Mädchen wartete.

Eines Tages, während die Mutter schlief, betrat Suzanne ihr Zimmer und nahm aus dem Schrank das Paket mit den Sachen, die Herr Jo ihr geschenkt hatte. Sie entnahm dem Paket ihr schönstes Kleid, das sie immer angezogen hatte, wenn sie nach Ram in die Kantine fuhren, das sie auch manchmal in der Stadt getragen hatte und von dem Joseph behauptete, es wäre das reinste Hurenkleid. Es war ein auffallendes hellblaues Kleid. Suzanne hatte es nicht mehr angezogen, damit Joseph sie nicht ausschimpfte. Aber jetzt war Joseph fort, und sie brauchte keine Angst mehr zu haben. Da er weggegangen war und sie hiergelassen hatte, konnte sie es ruhig tun. Während sie das Kleid überzog, wußte Suzanne, daß sie etwas sehr Wichtiges tat, vielleicht das Wichtigste, was sie bisher getan hatte. Ihre Hände zitterten.

Aber die Autos hielten auch nicht vor dem Mädchen in dem blauen Kleid, dem Hurenkleid. Suzanne versuchte es drei Tage lang. Am Abend des dritten Tages warf sie das Kleid in den Fluß.

So vergingen drei Wochen, während deren sich nichts ereignete. Es kam weder ein Brief von Joseph noch von der Bank oder eine Benachrichtigung vom Kataster. Kein Auto hielt während dieser Zeit vor dem Bungalow. Dann kam eines Tages der junge Agosti. Allein und ohne Auto.

Er ging nicht gleich zum Bungalow. Er kam zu ihr in die Nähe der Brücke. »Deine Mutter hat mir durch den Caporal sagen lassen, ich sollte ihr bei irgend etwas behilflich sein.«

»Es geht ihr nicht besonders gut«, erwiderte Suzanne. »Sie kann sich mit Josephs Weggang nicht abfinden.«

Agosti hatte eine Schwester, die vor zwei Jahren mit einem Zollbeamten des Ramer Hafens weggegangen war. Aber sie gab immer Nachricht.

»Wir hauen alle ab von hier«, sagte Agosti, »da gibt es keinen Zweifel. Mies ist, daß Joseph nicht schreibt. Das könnte er wirklich tun. Als meine Schwester das Haus verließ, wäre meine Mutter beinahe krepiert, und dann hat die Schwester geschrieben, und es ging ihr gleich besser. Und jetzt ist alles wieder wie sonst. Sie hat sich daran gewöhnt.«

Früher einmal, in der Kantine von Ram, während *Ramona* erklang, hatten sie sich geküßt. Er hatte sie mit nach draußen genommen und geküßt. Sie betrachtete ihn neugierig. Man konnte fast sagen, daß er mit Joseph Ähnlichkeit hatte.

»Was tust du denn den ganzen Tag hier an der Brücke?«

»Ich warte auf die Autos.«

»So 'n Stumpfsinn«, sagte Agosti mißbilligend.

»Was soll ich sonst tun?« fragte Suzanne.

Agosti überlegte und stimmte ihr dann zu.

»Vielleicht hast du recht. Und wenn dir jemand den Vorschlag machte, dich mitzunehmen?«

»Dann ginge ich mit, auch jetzt, wo sie krank ist. Sofort ginge ich mit.«

»Blödsinn«, erwiderte Agosti wenig überzeugend.

Vielleicht dachte er daran, daß er sie geküßt hatte. Auch er betrachtete sie jetzt neugierig.

»Meine Schwester wartete auch so.«

»Man braucht es nur zu wollen«, erwiderte Suzanne, »schließlich kommt es dann.«

»Und was möchtest du?« fragte Agosti.

»Weg von hier.«

»Einerlei mit wem?«

»Ja, einerlei mit wem. Alles andere findet sich hinterher.«

Er schien an etwas zu denken, was er nicht äußerte. Er ging zum Bungalow. Er war zwei Jahre älter als Joseph, ein ziemlicher Schürzenjäger, und jeder in der Ebene wußte, daß er Opium und Absinth schmuggelte. Er war ziemlich klein, aber sehr stark. Er hatte breite, vom Nikotin gelb gewordene Zähne, die dicht zusammenstanden und, wenn er lachte, drohend zum Vorschein kamen. Suzanne legte sich unter die Brücke und wartete auf seine Rückkehr. Sie dachte nur an ihn. Seine Ankunft hatte jeden anderen Gedanken aus ihr vertrieben und sie nur mit dem Gedanken an ihn gefüllt. Sie brauchte nur zu wollen. Er war der einzige Mann in dieser Gegend der Ebene. Auch er wollte fort von hier. Vielleicht hatte er vergessen, daß sie sich vor einem Jahr, als *Ramona* ertönte, geküßt hatten und daß sie inzwischen ein Jahr älter geworden war. Sie wollte ihn daran erinnern. Man erzählte, er hätte die schönsten Eingeborenenfrauen der Ebene gehabt und auch die anderen, die weniger schön waren. Und alle Weißen aus Ram, die noch jung waren. Nur sie nicht. Sie brauchte nur zu wollen und etwas Mut zu haben.

»Sie hat mir das anvertraut. Ich soll versuchen, es Vater Bart zu verkaufen«, sagte Agosti, als er zurückkam.

Er hielt den Diamantring unachtsam, ließ ihn geschickt in der hohlen Hand auf und ab springen, als wäre er ein kleiner Ball.

»Versuch's, das würde ihr guttun.«

Agosti überlegte.

»Woher habt ihr das Ding?«

Suzanne erhob sich und sah Agosti lächelnd an.

»Hat mir jemand geschenkt.«

»Der Kerl mit dem Léon Bollée?«

»Ja. Wer sonst hätte mir einen Diamanten schenken können?«

Agosti betrachtete Suzanne aufmerksam.

»Das hätte ich niemals für möglich gehalten«, sagte er nach einem Augenblick. »Scheinst ja 'ne nette Fose zu sein.«

»Ich hab' nicht mit ihm geschlafen«, erwiderte Suzanne. Sie lachte immer noch.

»Das versuch anderen weiszumachen.« Er betrachtete den Diamanten ohne zu lachen und fügte hinzu:

»Ich mag ihn nicht verkaufen, nicht mal an Vater Bart.«

»Er glaubte, ich würde mit ihm schlafen«, sagte Suzanne.

»Das ist nicht das gleiche.«

»Du hast nichts mit ihm gehabt?«

Suzanne lächelte stärker, als wollte sie sich über ihn lustig machen.

»Wenn ich mich duschte, mußte ich mich ihm manchmal zeigen. Nackt. Das ist alles.«

Die Ausdrücke Josephs kamen ihr in die Erinnerung, köstlich wie im Rausch, und wie im Rausch strömten sie von selbst aus ihr heraus.

»Schweinerei«, sagte Agosti, »so 'ne Memme.«

Aber er betrachtete sie nun sehr aufmerksam.

»Und nur dafür, daß er dich sah ...«

»Ich bin gut gewachsen«, sagte Suzanne.

»Das meinst du.«

»Der Beweis«, sagte Suzanne und zeigte auf den Diamanten.

Er kam ein zweites Mal. Suzanne wußte, daß er dieses Mal ihretwegen kam. Er ging nicht in den Bungalow.

»Ich glaube, Vater Bart beißt an«, sagte er in seltsamem Ton, »und wenn nicht, bekommt er keinen Pernod mehr, oder ich zeige ihn an.«

Und gleich hinterher:

»In ein paar Tagen hole ich dich ab. Sollst dir mal meine Ananasfelder besehen.«

Er lächelte sie an und pfiff *Ramona*. Ohne sich von ihr zu verabschieden, ging er pfeifend davon.

Zwei Tage nach dem Besuch des jungen Agosti erhielt die Mutter eine kurze Nachricht von Joseph. Er teilte ihr mit, daß es ihm gutginge und er eine interessante Arbeit gefunden hätte. Er begleitete die reichen Amerikaner auf der Jagd im Gebirge und verdiente dabei ein schönes Stück Geld. Er schrieb ihr ferner, daß er sie in etwa vier Wochen besuchen und seine Gewehre holen würde. Er wohnte im Central-Hotel, jedenfalls sollten sie ihm unter dieser Adresse schreiben. Suzanne las den Brief laut vor, aber die Mutter wollte ihn selbst noch einmal für sich lesen. Sie stellte fest, daß Joseph viele orthographische Fehler machte. Sie beschwerte sich darüber, als hätte er die Fehler absichtlich gemacht, nur um sie zu ärgern.

»Daß er so viele Fehler macht, hatte ich ganz vergessen. Er hätte sich den Brief von ihr verbessern lassen sollen.«

Trotzdem beruhigte sie dieser erste Brief Josephs. Sie klammerte sich an die orthographischen Fehler, und ein paar Stunden später sah es aus, als hätten sie ihr ein wenig Vitalität wiedergegeben. Sie wollte, daß der junge Agosti wieder zu ihr käme, und immer wieder fragte sie Suzanne, ob er noch nicht dagewesen wäre. Zweimal verlangte sie jeden Tag nach ihm. Suzanne wiederholte ihr, was Agosti ihr gesagt hatte, daß er hoffte, Vater Bart würde den Ring kaufen und daß er ihm, um ihn zu überzeugen, damit gedroht hätte, keinen Pernod mehr zu liefern. Suzanne fügte hinzu, er hätte versprochen, in ein paar Tagen vorbeizukommen, bis dahin hätte er sicher den Ring verkauft. Wenn er nicht käme, sagte die Mutter, müßte man ihn holen, denn sie brauchte Geld. Sie wollte zu Joseph. Er machte zu viele orthographische Fehler und dabei wäre er doch der Sohn einer Lehrerin. Sie müßte sofort in die Stadt, um ihm die Grundregeln der Grammatik beizubringen. Sonst müßte er sich eines Tages noch schämen. In der Stadt wäre das anders als in der Ebene. Sie allein könnte ihm die Regeln beibringen. Sie wüßte auch jetzt, was sie mit dem Gelde machen würde. Sie wurde schließlich so ungeduldig, daß Suzanne ihr sagte, Agosti wollte sie abholen, um ihr seine

Ananasfelder zu zeigen, und bei dieser Gelegenheit würde er sicher das Geld für den Ring mitbringen. Die Mutter vergaß den Ring ein paar Minuten lang. Sie schwieg kurze Zeit, und ihre Ungeduld schien plötzlich geschwunden. Dann sagte sie zu Suzanne, sie täte sehr gut daran, die Ananasfelder zu besichtigen, denn sie wären eine hervorragende Pflanzung.

»Du brauchst ihm nicht zu sagen, daß du es mir erzählt hast«, fügte sie hinzu.

Die Setzlinge waren jetzt schon hoch und von leuchtendem Grün. Es war Zeit, sie umzupflanzen. Schon fing man an, sie auszuziehen, zusammenzubündeln, denn in etwa vierzehn Tagen mußte mit dem Pflanzen begonnen werden. Der Caporal fragte Suzanne, ob er mit der Arbeit beginnen sollte, denn ihre Setzlinge wären soweit, daß sie umgepflanzt werden könnten. Suzanne besprach es mit der Mutter, und die Mutter sagte, wenn der Caporal es für richtig hielte, sollte er mit der Arbeit beginnen, ihr wäre es einerlei. Aber am nächsten Tage, nachdem sie darüber nachgedacht hatte, meinte sie, es wäre besser, die Setzlinge auszupflanzen, es wäre schade, wenn sie im Acker verfaulten.

»Wenn wir weg sind, kann er die ganze Ernte auf dem Halm verkaufen.«

Der Caporal begann also mit seiner Frau die Setzlinge auszupflanzen. Einmal stand die Mutter auf und sah von der Veranda aus ihrer Arbeit zu. Als die Setzlinge ausgepflanzt waren, warteten sie, bis es ein paar Tage lang geregnet hatte, und dann bepflanzten sie die fünf Hektar. Sie waren eifrig bei der Arbeit, wie Menschen, die Müßiggang bedrückt. Und sie glaubten, daß, wenn die Mutter schon aufgestanden war, um ihrer Arbeit zuzusehen, es ihr besser ginge, als sie angenommen hatten.

Jede Stunde ging Suzanne in den Bungalow, gab der Mutter die Pillen und setzte sich dann wieder in die Nähe der Brücke. Nur hier, in der Nähe der Brücke, konnte sie es aushalten. Und immer wieder kamen die Autos an der Brücke vorüber, und immer wieder spielten die Kinder in der Nähe der

Brücke. Sie badeten, fischten oder saßen auf dem Brückenge-
länder, mit baumelnden Beinen, und auch sie warteten darauf, daß die Autos der Jäger kamen, und dann liefen sie ihnen
auf der Straße entgegen. Die Hitze war um diese Zeit derart,
daß der gelegentliche Regen ihre Zahl noch vermehrte; von
überall her kamen sie, versammelten sich in der Nähe der
Brücke und spielten und lärmten im Regen. Lange graue
Streifen aus Schmutz und Läusen zogen sich von ihren Köp-
fen über ihre kleinen, mageren Hälse. Der Regen tat ihnen
gut. Mit offenem Mund und erhobenem Kopf tranken sie ihn
gierig. Die Mütter brachten ihre kleinen Kinder, die, die noch
nicht laufen konnten, und legten sie nackt unter die Rinnen
der Strohdächer. Die Kinder hatten ihre Freude am Regen,
wie an allem andern, an der Sonne, den grünen Mandelfrüch-
ten und den streunenden Hunden. Aber Suzanne freute sich
über sie nicht mehr wie zur Zeit Josephs. Fast müde sah sie
ihrem Spiel, ihrem Leben zu. Sie hörten nur auf zu spielen,
um zu sterben. Vor Elend. Überall und immer. Im Schein der
Feuer, die ihre Mütter anzündeten, um ihre nackten Glieder
zu wärmen, wurden ihre Augen glasig und ihre Hände violett.
Überall starben Kinder. Zweifellos. In der ganzen Welt. Im
Land des Mississippi, des Amazonenstroms, in den elenden
Dörfern der Mandschurei. Im Sudan. Auch in der Ebene von
Kam. Und überall wie hier vor Elend und Not. An den unrei-
fen Manglefrüchten, an dem Reis, an der Milch, der zu kümmerlichen Milch ihrer elenden Mütter. Sie starben mit den
Läusen in den Haaren, und sobald sie gestorben waren, sagte
der Vater, die Läuse verließen die toten Kinder, man müßte
die toten Kinder sofort beerdigen, sonst kämen die Läuse
über sie. Und wenn die Mutter das Kind noch einmal betrachten wollte, sagte der Vater, was aus ihnen werden sollte,
wenn sich die Läuse in das Stroh der Hütte verkröchen. Und
dann nahm er das tote Kind, das noch nicht kalt geworden
war, und begrub es im Schlamm unter der Hütte. Wenn die
Kinder auch zu Tausenden starben, immer wimmelte es von
ihnen auf der Straße nach Ram. Es gab zu viele Kinder, und

die Mütter achteten zu schlecht auf sie. Die Kinder lernten gehen, schwimmen, sich entlausen, lernten stehlen und fischen, ohne die Mutter, und sie starben auch ohne die Mutter. Sobald sie gehen konnten, liefen sie dahin, wo die Kinder der Ebene sich versammelten, auf die Straße oder zu den Brücken der Straße. Von überall her in der Ebene, aus allen Dörfern unternahmen die Kinder ihren Angriff auf die Straße. Wenn sie nicht in den Manglebäumen saßen, um die Früchte, die nie reiften, zu pflücken, fand man sie auf der Straße. Und in der ganzen Kolonie, überall, wo es Straßen und Wege gab, galten die Kinder und die streunenden Hunde als ein Hindernis für den Autoverkehr. Aber kein Zwang, keine Polizei, keine Strafe hatte diesen Übelstand beseitigen können. Die Straße gehörte den Kindern. Wenn ein Autofahrer ein Kind überfuhr, hielt er vielleicht an, zahlte den Eltern eine kleine Summe und fuhr weiter. Meist fuhr er weiter, ohne etwas zu zahlen, denn die Eltern waren nicht an Ort und Stelle. Wurde ein Hund, ein Huhn oder selbst ein Schwein überfahren, hielten die Autofahrer nicht an. Nur ein Kind konnte ihren Fahrplan ein wenig in Unordnung bringen. Und wenn das Auto weitergefahren war, schwärmten die Kinder wieder über die Straße. Denn der Gott der Kinder war der Autobus nach Ram, waren die elektrischen Hupen der Jäger, die sich bewegenden Maschinen, die schäumenden Flüsse und die todbringenden Manglefrüchte. Kein anderer Gott lenkte das Geschick der Kinder in der Ebene. Kein anderer. Wer das Gegenteil sagt, lügt. Die Weißen waren mit diesem Zustand nicht zufrieden. Die Kinder behinderten den Autoverkehr, beschädigten die Brükken, rissen die Steine aus den Straßen und schufen sogar Gewissenskonflikte. Zu viele von ihnen stürben, sagten die Weißen, ja. Aber immer werden Kinder sterben. Es gibt zu viele. Zu viele hungrige, schreiende und gierige Münder. Deshalb starben sie. Zuviel Sonne auf der Erde. Und zuviel Blumen auf den Feldern und was sonst noch? Was war nicht zuviel?

Das Hupen der Jäger, der Mörder, ertönte in der Ferne. Je näher es kam, desto deutlicher hörte man es. Und endlich sausten die Autos an dem Bungalow vorbei in einer Staubwolke und dem unerträglichen Knarren der Holzbrücke. Suzanne betrachtete sie jetzt nicht mehr wie bisher. Die Straße war nicht mehr, was sie früher gewesen war, war nicht mehr die Straße, auf der ein Mann halten würde, um sie mitzunehmen. Darauf hatte sie nun schon so lange gewartet, daß die Straße inzwischen anders geworden sein mußte. Für sie war sie jetzt die Straße, auf der Joseph nach Jahren voller Ungeduld endlich davongefahren, auf der der Léon Bollée den geblendeten Augen der Mutter erschienen, über die jetzt Agosti gekommen war, ihr zu sagen, er würde sie in ein paar Tagen abholen. Nur für den Caporal blieb die Straße ewig die gleiche: abstrakt, blendend und jungfräulich.

Wenn es regnete, ging Suzanne nach Hause, setzte sich unter die Veranda, das Gesicht der Straße zugewandt, und wartete darauf, daß der Regen aufhörte. Wenn es lange regnete, nahm sie das alte *Hollywood-Cinema*-Album und suchte das Bild der Raquel Meller, der Lieblingsschauspielerin Josephs. Früher hatte sie dieses Gesicht über viele Dinge getröstet, weil sie es voll einer überraschenden, geheimnisvollen und brüderlichen Schönheit fand. Jetzt aber, wenn sie an die Frau dachte, die Joseph mitgenommen hatte, gab sie ihr das Gesicht der Raquel Meller. Zweifellos weil es, wie Joseph sagte, das schönste Gesicht war, das es gab, vollkommen, endgültig, von nichts berührt. Aber es tröstete Suzanne nicht mehr. Neben dem vergrößerten Photo der Raquel Meller war ein anderes mit der Überschrift: »Die herrliche Darstellerin der *Violetera* geht in den Straßen Barcelonas spazieren.« Über ein mit Menschen gefülltes Trottoir ging Raquel mit großen Schritten. Leicht und glücklich ging sie durchs Leben, überwand die Hindernisse, verdaute sie sozusagen mit verblüffender Leichtigkeit. Aber vor allem ließ sie sie immer wieder an die Frau denken, die Joseph mitgenommen hatte. Suzanne klappte das Buch zu. Sie hatte ihre Sorgen, und Raquel Meller hatte sicher auch die ihren, wenigstens begann Suzanne das zu vermuten. Und dadurch, daß sie sie mit so viel Leichtigkeit überwand und so leichtbeschwingt durch Barcelona ging, kam die Stunde, in der sie, Suzanne, die Ebene verließ, doch keinen Augenblick früher.

Jean Agosti holte Suzanne im Auto ab. Es war ein Renault, der viel weniger alt und schneller war als der B. 12. Joseph hatte ihn lange um den Wagen beneidet. Wenn Agosti sie besuchte, kam er meist im Pferdewagen oder zu Fuß, wobei er unterwegs ein wenig jagte – weil er fürchtete, Joseph würde, wenn er in seinem Renault käme, gleich wieder den Wagen haben und eine Fahrt machen wollen. Das befürchtete er seit dem Tage, an dem er ihm das Auto geliehen hatte. Drei Stunden hatte er damals auf Josephs Rückkehr warten müssen. Joseph hatte ihn ganz vergessen und war einfach nach Ram gefahren. Heute sprach er unter Lachen darüber.

»Nur bei Frauen war er einigermaßen pünktlich. Den Kerl mit dem Léon Bollée konnte er sicher nicht ausstehen, sonst hätte er sich bestimmt mal den Wagen geliehen.«

Sie hatten inzwischen das Ananasfeld erreicht. Er hatte den Renault auf der Straße stehenlassen, ziemlich weit vom Bungalow der Agosti entfernt, hinter einer Baumgruppe, damit Mutter Agosti, die, seit ihre Tochter das Haus verlassen hatte, die meiste Zeit damit verbrachte, auf ihn zu warten oder die Straße zu beobachten, wenn er fortgegangen war, den Wagen nicht sähe. Sie waren dann ziemlich lange über einen Weg gegangen, der sich an dem Hügel entlangzog, auf dem ein wenig abseits ihr Bungalow stand. Auf dem Hang dieses Hügels dehnte sich das Ananasfeld aus. Manche Pflanzen waren eingegangen, andere aber standen in Blüte.

»Das kommt vom Phosphat«, sagte Agosti. »Man muß modern sein. Ich hab's mal ausprobiert. Noch drei Jahre, und dann haue ich von hier ab mit der Tasche voll Geld.«

Das Feld lag ohne einen Baum, ausgedörrt, am Rande des Tropenwaldes. Auch die Reisfelder der Agosti wurden eine Beute der Juliflut, aber der Verlust wurde ausgeglichen durch den Ertrag der Mais-, Pfeffer- und Ananasfelder auf den Hängen dieses Hügels. Außerdem betrieb Jean Agosti mit Vater Bart zusammen einen schwunghaften Handel mit geschmuggeltem Absinth. Vater Agosti war pensionierter Feldwebel, der die Katasterbeamten nicht schmieren konnte und als alter

Kämpfer eine wertlose Konzession erhalten hatte. Seit fünf Jahren waren sie in der Ebene. Der alte Agosti hatte angefangen, Opium zu rauchen, und jedes Interesse an der Konzession verloren. Manchmal verschwand er zwei bis drei Tage, und man fand ihn jedesmal in einer Opiumspelunke in Ram wieder. Dann gab Jean Agosti den Omnibus-Chauffeuren Bescheid, und einer von ihnen packte den alten Agosti auf und schaffte ihn mit Gewalt in seinen Bungalow. Das wiederholte sich immer wieder. Alle zwei bis drei Monate suchte er alles Geld im Hause zusammen, um angeblich nach Europa zurückzukehren, aber immer wieder blieb er in der Spelunke in Ram hängen und vergaß dort sein Vorhaben. Vater und Sohn schlugen sich oft, und immer an der gleichen Stelle, am unteren Ende des Ananasfeldes. Mutter Agosti folgte ihnen, kam den Hügelhang heruntergelaufen und versuchte, die Streitenden zu trennen. Ihre Zöpfe schwangen auf dem Rücken hin und her, sie rief beim Laufen die Heilige Jungfrau um Hilfe an und sprang über die Reihen der Ananaspflanzen. Sie stürzte sich auf den Vater und legte sich auf ihn. Diese Szenen wiederholten sich so oft, daß Mutter Agosti flink und lebendig geblieben war wie eine Spinne.

Alle Agostis waren nahezu Analphabeten. Jedesmal, wenn sie an das Katasteramt oder die Bank einen Brief zu schreiben hatten, kamen sie zu der Mutter und baten sie, ihnen den Brief zu schreiben. So kannte Suzanne ihre Verhältnisse genauso gut wie die eigenen. Wenn sie bisher durchgehalten hatten, dann nur mit Hilfe von Jean Agostis über Vater Bart geleiteten Opium- und Absinthschmuggel. Der Schmuggel gestattete ihm nicht nur, seiner Mutter Geld zu geben, sondern sich auch in der Kantine in Ram ein Zimmer mit monatlicher Kündigung zu mieten. In dieses Zimmer führte er im allgemeinen die Frauen, mit denen er schlief. Sie aber hatte er in das Ananasfeld geführt. Warum, das wußte sie nicht, aber er hatte sicher seine Gründe.

Es war die Stunde der Siesta, und auf dieser Seite der Straße, zum Walde hin, war alles einsam und verlassen. In der

Nähe der Reisfelder hüteten die Kinder die Büffel und sangen dabei.

»Auf mich hast du in der Nähe der Brücke gewartet«, sagte Agosti. »Gut, daß ich gekommen bin. Ich wußte, daß Joseph fort war, und fragte mich, was du wohl machtest. Auch wenn deine Mutter nicht nach mir geschickt hätte, wäre ich gekommen.«

»Ich habe nie an dich gedacht, seit er fort ist.«

Er lachte etwas verhalten, wie Joseph es manchmal auch tat.

»Ob du an mich gedacht hast oder nicht, auf mich hast du gewartet. Ich bin der einzige in der ganzen Gegend.«

Suzanne lächelte ihn an. Er schien zu wissen, wohin er sie führte und was er mit ihr vorhatte. Er schien so selbstsicher, daß tiefe Ruhe sie überkam. Stärker als neulich, als er sie darum bat und sie beschlossen hatte, ihm zu folgen, fühlte sie, daß sie recht hatte, wenn sie es tat. Und was er sagte, war wahr: Er war ein Mann, der den Gedanken nicht ertragen konnte, daß irgendwo in der Ebene ein junges Mädchen lebte, das den Autos der Jäger sehnsüchtig nachschaute. Auch wenn die Mutter ihn nicht um seinen Besuch gebeten hätte, er wäre doch eines Tages in seinem Renault gekommen.

»Komm mit in den Wald«, sagte Agosti.

Mutter Agosti schlief sicher, denn sonst hätte sie schon längst gerufen. Und Vater Agosti rauchte sicher im Schatten des Bungalows. Sie verließen das Ananasfeld und gingen in den Wald. Im Wald war es so kühl, daß man glauben konnte, von kaltem Wasser umgeben zu sein. Die Lichtung, auf der Jean Agosti stehenblieb, war ziemlich klein, eine Art Abgrund aus dunklem Grün, der von dichten und hohen Bäumen umgeben war. Suzanne setzte sich an einen Baum und nahm den Hut ab. Gewiß, hier fühlte man sich sicherer als überall anderswo zwischen vier Wänden, aber wenn er sie deswegen hierhergeführt hatte, so hätte er sich das sparen können: Joseph war fort und die Mutter war einverstanden. Sie hatte es ihr noch leichter erlaubt als früher Joseph, wenn er zu einer Frau nach Ram wollte. Lieber wäre Suzanne schon das Zimmer in der Kantine in Ram gewesen. Sie hätten dann die Läden geschlossen, und abgesehen von den Sonnenstrahlen, die durch die Ritzen des Fensters fielen, hätte sie etwas von der gewalttätigen Dunkelheit des Kinos umgeben.

Agosti ließ sich neben ihr nieder. Er streichelte ihre Füße. Sie waren nackt und weiß vom Staub wie seine auch.

»Warum gehst du immer barfuß? Es war ein weiter Weg.«

Sie lächelte etwas gezwungen.

»Schadet nichts. Ich hab's gewollt.«

»Ja, du hast es gewollt. Wärst wohl jedem andern auch gefolgt?«

»Jedem andern auch, ich glaube, ja.«

Er lachte nicht mehr und sagte:

»Wie blöde man doch sein kann.«

Außer ihr hatte er alle gehabt. Dieser Ruhm machte sein Gesicht zu dem des Erfolgs. Langsam knöpfte er ihre Bluse auf.

»Ich kann dir keinen Diamanten schenken«, sagte er lächelnd.

»Im Grunde bin ich wegen des Diamanten hier.«

»Ich habe ihn an Bart verkauft. Elftausend. Tausend mehr, als sie haben wollte. Richtig so?«

»Richtig so.«

»Ich habe das Geld in der Tasche.«

Schon wurden ihre Brüste sichtbar. Er öffnete die Bluse weiter, um sie ganz zu entblößen.

»Ja, du bist gut gewachsen.«

Und leiser, fast böse, fügte er hinzu:

»Bist einen Diamanten und mehr wert.«

Als er sie ganz ausgezogen und ihre Kleider unter ihr ausgebreitet hatte, ließ er sie sich sacht auf den Rücken legen. Bevor er sie berührte, richtete er sich ein wenig auf und betrachtete sie. Sie schloß die Augen. Sie hatte vergessen, daß Herr Jo sie für das Grammophon und den Diamanten so gesehen hatte,

260

und meinte, daß ein Mann sie so zum erstenmal sah. Bevor er sie berührte, fragte er sie:

»Und was habt ihr jetzt vor, da ihr wieder Geld habt?«

»Ich weiß es nicht, vielleicht fortgehen.«

Während er sie umarmte, kam ihr die *Ramona*-Melodie in den Sinn, wie sie aus Vater Barts Grammophon erklang im Dunkel der Pfeiler der Kantine, mit dem Meer in der Nähe, das das Lied übertönte, es ewig machte. Sie lag in seinen Armen, strömte dahin mit der Welt, ließ ihn tun, was er wollte, ließ geschehen, was kommen mußte.

Es war schon spätabends. Die Lampe brannte im Zimmer der Mutter. Agosti wendete den Wagen und hielt in der Höhe des Weges, in der Nähe der Brücke. Aber Suzanne, die unbeweglich neben ihm saß, schien es mit dem Aussteigen nicht eilig zu haben.

»Muß furchtbar langweilig für dich sein«, sagte Agosti.

Auch seine Stimme erinnerte an die Josephs. Sie war hart und ohne jede Effekthascherei. Zweimal hatten sie sich geliebt, unter dem Baum, auf der Lichtung. Ein erstes Mal, als sie angekommen waren, und dann in dem Augenblick, da sie aufbrechen wollten. Als sie aufgestanden waren, um sich auf den Heimweg zu begeben, hatte er sie plötzlich wieder ausgezogen, hatte sie umarmt, und das Spiel hatte von neuem begonnen. Zwischen den beiden Malen hatte er mit ihr gesprochen, hatte ihr erzählt, daß auch er die Ebene verlassen wollte, aber nicht wie Joseph, nicht mit Hilfe einer Frau, sondern mit dem Geld, das er selbst verdient hätte. Was mit Joseph passiert wäre, wäre längst abgemacht gewesen, darüber brauchte man sich nicht zu wundern. Sie hätten sich während der letzten Monate öfters bei Vater Bart getroffen, und er hätte ihm von einer Frau erzählt, die ihn abholen würde. Er kannte Joseph nicht besser als alle andern, aber er sprach ohne Eifersucht, mit einer Art nüchterner Bewunderung von ihm. Wenn man ihn sprechen hörte, ahnte man, daß Joseph für ihn immer ein Problem gewesen war und ihm Fragen aufgab, auf die er keine Antwort hatte. Wie viele andere behauptete auch er, Joseph hätte sie nicht alle beisammen und täte Dinge, für die es keine Erklärung gab. Sie hatten miteinander gejagt, und nie hatte er jemanden kennengelernt, der so unerschrocken jagte. Eines Tages, so sagte er, wäre er sogar eifersüchtig auf Joseph gewesen. Während einer Nachtjagd, vor zwei Jahren. Er hatte große Angst gehabt, nicht aber Joseph. Joseph hatte nicht einmal gemerkt, daß er Angst hatte. »Seit dem Tage konnte ich nie ganz sein Freund sein.« Ein junges Pantherweibchen, dessen Männchen sie getötet hatten, hatte sie verfolgt. Die Verfolgung hatte eine ganze Stunde gedauert. Während der Flucht schoß Joseph auf das Pantherweibchen. Er versteckte sich, und aus seinem Versteck heraus schoß er. Seine Schüsse verrieten sie immer wieder dem Tier, dessen Wut immer größer wurde. Nach einer Stunde hatte Joseph das Tier dann getroffen. Er hatte nur noch zwei Patronen in seiner Tasche, und sie waren fast zwei Kilometer von der Straße entfernt. Seit diesem Tage war Agosti nur noch selten mit ihm auf Jagd gegangen.

Er erzählte Suzanne, daß Joseph schon seit vielen Monaten mit allem hier hatte Schluß machen wollen, ganz einerlei wie. Er behauptete, er könnte das Leben in der Ebene nicht mehr aushalten und die Schweinereien der Beamten in Kam nicht länger mit ansehen. Eines Abends, als sie von Ram kamen, wo sie etwas getrunken hatten, hatte er ihm gestanden, daß er jedesmal, wenn er von der Jagd oder aus der Stadt oder von einer Frau käme, seiner selbst und alles andern derart überdrüssig wäre, daß er sogar die Schweinereien der Beamten, die er umbringen wollte, eine Zeitlang vergäße. Es war in dem Jahr, in dem die Dämme gebaut wurden. Sein Verlangen, die Beamten in Kam umzubringen, war damals sehr stark. Und wenn er des Lebens so überdrüssig wurde, dann nur, weil er sich für feige hielt, weil er sein Verlangen nicht in die Tat umsetzte.

Suzanne hatte mit Jean Agosti nicht über Joseph gesprochen. Mit niemandem, außer vielleicht mit der Mutter, hätte sie über ihn sprechen können. Aber die Mutter hatte jede Freude an Gesprächen verloren, es sei denn, es handelte sich dabei um die orthographischen Fehler, die ihr Sohn machte, und um den Diamanten.

Nein, wichtig waren nur seine Gesten ihr gegenüber gewesen, das Verhalten ihres Körpers dem seinen gegenüber und das neue Verlangen in ihr, nachdem sie sich das erste Mal geliebt hatten. Er hatte sein Taschentuch aus der Tasche gezogen und das Blut abgewischt, das ihr über die Schenkel lief. Und als sie dann aufbrachen, hatte er einen Zipfel des blutigen Taschentuches ohne jeden Ekel in den Mund genommen und mit seinem Speichel die Flecken trockenen Blutes weggewischt. Daß bei der Liebe alle Unterschiede derart verschwanden, würde sie nie wieder vergessen. Er hatte sie wieder angezogen, weil er erkannt hatte, daß sie weder Lust hatte, sich anzuziehen noch sich zu erheben, um nach Hause zu gehen. Als sie dann unterwegs waren, hatte er eine Ananas abgeschnitten, die sie der Mutter mitbringen sollte. Vorsichtig hatte er die Ananas vom Stiel getrennt. Seine Bewegungen dabei ließen sie daran denken, wie er sie berührt hatte. Was er nebenher über Joseph gesagt hatte, spielte keine Rolle.

Suzanne saß immer noch in dem Renault. Seit zehn Minuten waren sie nun schon am Ziel. Aber er wunderte sich nicht, daß sie keine Lust hatte, auszusteigen.

Er nahm sie in die Arme.

»Bist du zufrieden, daß es so gekommen ist, oder nicht?«

»Ich bin zufrieden.«

»Ich begleite dich, um sie zu begrüßen.«

Sie war damit einverstanden. Er lenkte das Auto auf den Weg und hielt vor dem Bungalow. Es war fast dunkel. Die Mutter lag im Bett, sie schlief nicht. In einer Ecke des Zimmers kauerte der Caporal und wartete wie immer auf ein Zeichen, daß sie noch lebte, denn dann hatte er noch zu essen. Immer öfter saß er nun da, seit Suzanne ihre Tage in der Nähe der Brücke verbrachte und er mit dem Umpflanzen fertig war. Unendlich einsam war der Bungalow.

Die Mutter wandte sich Agosti zu und lächelte. Sie sah sehr erregt aus, und ihr Gesicht war trotz des Lächelns verzerrt. Sie sah, daß Suzanne eine Ananas in der Hand hatte.

»Das ist lieb«, sagte sie sehr schnell.

Agosti war vielleicht ein wenig verlegen. Im Zimmer stand kein Stuhl. Er setzte sich auf das Fußende ihres Bettes. Seit Josephs Abfahrt war die Mutter sehr mager geworden. An diesem Abend sah sie sehr alt und erschöpft aus.

»Sie machen sich zuviel Sorgen um Joseph«, sagte Agosti.

Suzanne hatte die Ananas auf das Bett gelegt, und die Mutter streichelte unbewußt die Frucht.

»Ich mache mir keine Sorgen. Es ist etwas anderes.« Sie fügte mühsam hinzu: »Es ist lieb von dir, daß du sie abgeholt hast.«

»Joseph kommt schon zurecht. Er ist ein verdammt schlauer Bursche.«

»Freut mich, dich zu sehen«, sagte die Mutter. »Sah bisher nicht so aus, als ob wir Nachbarn wären. Suzanne, hole eine Schale Kaffee.«

Suzanne ging in das Eßzimmer, ließ die Tür offen, um dort besser sehen zu können. Seit Joseph das Haus verlassen hatte, wurde nur noch eine Lampe angezündet. Der Caporal sorgte dafür, daß immer Kaffee auf dem Büfett bereitstand. Suzanne füllte zwei Schalen mit Kaffee und nahm die Pillen.

»In Ram haben wir uns doch öfter gesehen«, sagte Agosti. »Sie waren doch immer mit dem Kerl zusammen, der den Léon Bollée hatte.«

Die Mutter wandte sich Suzanne zu und lächelte sehr sanft.

»Manchmal denke ich, was aus dem wohl geworden sein mag.«

»Ich habe ihn einmal in der Stadt getroffen«, sagte Suzanne.

Die Mutter griff dies nicht auf. Das war so fern wie ihre Jugend.

»Einen feinen Wagen hatte er«, sagte Agosti. »Aber der Kerl selbst...«

Er lächelte vor sich hin. Er dachte zweifellos an das, was Suzanne ihm erzählt hatte und nur er allein wußte.

»Du sprichst genauso wie Joseph«, sagte die Mutter. »Schön war er nicht, der Arme ... Aber das ist ja kein Grund...«

»Das war nicht der einzige Grund, weshalb er ihn nicht mochte«, erwiderte Agosti. »Er war ihm zu dämlich.«

»Jeder begreift, was er kann«, sagte die Mutter. »Auch deswegen kann man keinem Menschen böse sein. Böse war er jedenfalls nicht.«

»Manchmal kann man einen Menschen einfach nicht leiden. Das war auch bei Joseph der Fall. Dagegen konnte er nicht an.«

Die Mutter erwiderte nichts. Lange sah sie den jungen Agosti an.

»Ich habe Joseph bei Vater Bart getroffen«, fuhr er fort, »damals, als er das Grammophon verkaufte, das euch der mit dem Léon Bollée geschenkt hatte. Er sagte, er freute sich, daß das Ding endlich aus dem Hause käme.«

»Nicht nur, weil das Grammophon von ihm war«, sagte die Mutter. »Hätte er den Bungalow verkaufen können ... aber du weißt ja, wie er ist.«

Einen Augenblick lang hatten sie einander nichts mehr zu sagen. Immer noch sah die Mutter den jungen Agosti mit zunehmender Aufmerksamkeit an. Sicher hatte sie etwas an ihm entdeckt, was sie interessierte. Nur Suzanne merkte es, er selbst noch nicht.

»Du bist wohl oft bei Vater Bart«, sagte die Mutter schließlich. »Schmuggelst du immer noch Absinth?«

»Mir bleibt nichts anderes übrig. Mein Vater hat wieder mal die Hälfte der Pfefferernte vertan. Und dann macht es mir auch Spaß.«

»Und wenn man dich erwischt?« fragte sie.

»Die Zöllner lassen sich genauso schmieren wie die vom Kataster. Und man darf nicht dran denken, sonst ist man bald geliefert.«

»Da hast du recht. Lieber nicht dran denken.«

Sie vermied es, mit Suzanne zu sprechen. Agosti war immer noch verlegen, als besuchte er die Mutter zum erstenmal. Vielleicht fühlte er sich in dem Bungalow nicht wohl. Seine Mutter hatte sich alle Mühe gegeben, es ihnen gemütlich zu machen. Sie waren an das Stromnetz von Ram angeschlossen, hatten ein richtiges Dach und auch eine Decke. Ihr Bungalow war besser gebaut, und die Bretter der Wände wiesen keine Spalten auf. Mutter Agosti war der Meinung, daß sie ihre Männer nur zu Hause halten könnte, wenn sie ihnen ein gemütliches Heim schuf. Um zu versuchen, ihren Sohn möglichst lange bei sich zu behalten, hatte sie Reproduktionen von Bildern an alle Wände gehängt, hatte bunte Decken auf die Tische und bestickte Kissen auf die Stühle gelegt. Es war das erste Mal, daß Agosti sie abends besuchte.

»Suzanne erzählte mir, Sie hätten Nachricht von Joseph. Ich hatte also recht, als ich Ihnen sagte, sich keine Sorgen zu machen.«

»Du hattest recht. Aber er macht so viele orthographische Fehler, daß ich ganz krank davon werde.«

»Ich mache noch mehr«, erwiderte Agosti lachend. »Meiner Meinung nach ist das wirklich nicht so wichtig.«

Die Mutter versuchte zu lächeln.

»Meiner Meinung nach ist das sehr wichtig. Ich habe mich immer wieder gefragt, weshalb der Junge so viele Fehler macht. Suzanne macht weniger als er.«

»Wenn's von ihm verlangt wird, lernt er auch das. Machen Sie sich deswegen keine Sorge. Auch ich lerne noch mal richtig schreiben.«

Zum erstenmal seit Monaten betrachtete Suzanne die Mutter mit Aufmerksamkeit. Sie machte den Eindruck, als hätte sie sich zum ersten Male mit all ihren Niederlagen abgefunden, ohne daß es ihr aber ganz gelungen wäre, ihre alte Heftigkeit abzulegen. Dem jungen Agosti gegenüber bemühte sie sich, liebenswürdig und versöhnlich zu sein.

»Manchmal sage ich mir«, erwiderte die Mutter, »daß Joseph, auch wenn er wollte, Schwierigkeiten hätte, die Orthographie zu lernen. Für diese Dinge ist er nicht geschaffen. Sie langweilen ihn derart, daß er nie damit zu Rande kommt.«

»Ohne Sorgen hältst du es nun einmal nicht aus«, sagte Suzanne. »Jetzt sind es Josephs orthographische Fehler. Etwas findest du immer.«

Die Mutter bewegte zustimmend den Kopf. Sie kannte sich ganz genau. Sie überlegte, was sie erwidern könnte, und vergaß plötzlich die Anwesenheit der andern.

»Hätte man mir«, sagte sie endlich, »damals, als sie noch klein waren, gesagt, sie könnten mit zwanzig Jahren nicht einmal richtig schreiben, es wäre mir lieber gewesen, sie wären gestorben. Ja, so war ich, als ich noch jung war. Furchtbar war ich.«

Sie sah sie nicht mehr an.

»Dann bin ich anders geworden. Und nun auf einmal bin ich genau wieder wie in meiner Jugend; wenn ich sehe, was für Fehler Joseph macht, möchte ich fast, er wäre tot.«

»Joseph ist klug«, sagte Suzanne. »Wenn er will, lernt er auch die Orthographie. Er braucht es nur zu wollen.«

Die Mutter wehrte ab.

»Nein, jetzt lernt er sie nicht mehr. Nur ich kann sie ihm beibringen. Ich muß zu ihm. Du sagst, er wäre klug, ich sage dir, daß ich nicht weiß, ob er es ist. Jetzt ist er fort, und wenn ich mir alles überlege, meine ich, daß er vielleicht doch nicht klug ist.«

Zorn klang in ihren Worten, immer wieder der gleiche Zorn, der stärker war als sie. Sie schien erschöpft und schwitzte unter der Anstrengung des Sprechens. Seit sie die doppelte Dosis Pillen einnahm, war es ihre erste längere Unterhaltung.

»Es gibt Wichtigeres als die Orthographie«, sagte Agosti, der sich vielleicht von den Worten der Mutter getroffen fühlte oder sie beruhigen wollte.

»Was denn? Nichts ist so wichtig. Wenn du keinen Brief schreiben kannst, kannst du überhaupt nichts. Als wenn dir was fehlte, als wenn dir zum Beispiel ein Arm fehlte.«

»Und was hast du mit all deinen Briefen an das Kataster erreicht?« fragte Suzanne. »Nichts, gar nichts… Als Joseph den Schuß in die Luft feuerte, hat das auf den Kerl mehr Eindruck gemacht als alle deine Briefe.«

Sie war nicht überzeugt. Und je länger das Gespräch über

268

die Orthographie dauerte, desto verzweifelter wurde sie: weil sie das Argument nicht finden konnte, mit dem sie sie überzeugt hätte.

»Ihr versteht das nicht. Einen Schuß in die Luft kann jeder abfeuern. Aber wer sich gegen Schweinehunde wehren will, braucht mehr. Bis ihr das begreift, ist es zu spät. Joseph fällt auf alle Schweinehunde rein, und wenn ich daran denke, so ist mir das bitterer, als wenn er tot wäre.«

»Und was braucht man, um sich zu wehren?« fragte Jean Agosti. »Was soll man gegen die Beamten in Kam unternehmen?«

Die Mutter schlug mit den Händen auf das Bett.

»Ich weiß es nicht. Aber es gibt sicher etwas. Und eines Tages ist es da. Die, die heute oben sind, kann man morgen von ihrer Höhe herunterholen. Wenn ich das erlebte, das würde mir guttun. Nichts anderes, vielleicht nicht einmal mehr Joseph. Wenn ich das erlebte, könnte ich wieder aufstehen.«

Sie wartete ein wenig, dann richtete sie sich in ihrem Bett auf. Ihre Augen waren weit geöffnet und leuchteten.

»Du weißt, daß ich fünfzehn Jahre gearbeitet habe, um diese Konzession kaufen zu können. Fünfzehn Jahre lang habe ich nur daran gedacht. Ich hätte wieder heiraten können, aber ich habe es nicht getan, um mich ganz der Konzession zu widmen, die ich ihnen hinterlassen wollte. Und wo bin ich nun? Das solltest du erkennen und niemals vergessen.«

Sie schloß die Augen und sank erschöpft auf das Kopfkissen zurück. Sie trug ein altes Hemd ihres Mannes. Um den Hals trug sie nicht mehr die Schnur mit dem Diamanten. An der Schnur hing nur noch der Schlüssel zur Vorratskammer. Aber auch das hatte keinen Sinn mehr, denn es war ihr ganz einerlei, ob sie bestohlen wurde oder nicht.

»Ich glaube, daß Joseph recht gehabt hat. Das erkenne ich immer mehr. Und wenn ich im Bett bleibe, dann nicht Josephs wegen oder weil ich krank bin, es ist etwas ganz anderes.«

»Was denn?« fragte Suzanne. »Was denn? Du mußt es sagen.«

Das Gesicht der Mutter verzerrte sich. Vielleicht fing sie in Agostis Gegenwart an zu weinen.

»Ich weiß es nicht«, sagte sie mit kindlicher Stimme. »Ich fühle mich wohl im Bett.«

Sie bemühte sich sichtlich, vor Agosti ihre Tränen zurückzuhalten.

»Ich weiß nicht, was ich tun soll, wenn ich aufstehe; ich bin zu nichts mehr nutze.«

Während sie sprach, hob sie die Hände und ließ sie dann mit einer Geste der Ohnmacht und Verzweiflung wieder sinken.

»Auf dem Hügel«, sagte Suzanne nach einem Augenblick, »haben sie Ananas gezogen. Und die verkaufen sich ganz gut. Vielleicht sollten wir uns das mal überlegen.«

Die Mutter beugte den Kopf nach hinten, und gegen ihren Willen begann sie zu weinen. Der junge Agosti machte eine Bewegung auf sie zu, als wollte er sie stützen.

»Sie haben trockenes Gelände«, sagte sie weinend. »Hier können wir keine anpflanzen.«

Von welcher Seite man sich ihr auch näherte, immer wieder kam man in den Bereich dessen, was sie bekümmerte und ihr Schmerz bereitete. Über nichts konnte man mehr mit ihr sprechen. Alle ihre Niederlagen bildeten ein unentwirrbares Netz und waren so eng miteinander verbunden, daß man keine von ihnen berühren konnte, ohne alle anderen auch wieder lebendig werden zu lassen und sie, die Mutter, in neue Verzweiflung zu treiben.

»Und weshalb sollte ich Ananas züchten? Für wen?«

Der junge Agosti stand auf, näherte sich ihr noch mehr und blieb lange am Kopfende des Bettes stehen. Sie schwieg.

»Ich muß jetzt gehen«, sagte er. »Hier ist das Geld für den Diamanten.«

Sie richtete sich brüsk wieder auf. Tiefe Röte überzog ihr Gesicht. Agosti nahm ein von einer Nadel gehaltenes Bündel

Tausendfrancsscheine aus der Tasche und reichte es ihr. Sie nahm die Scheine mechanisch und behielt sie in der halbgeöffneten Hand, ohne sie zu betrachten, ohne zu danken.

»Entschuldige«, sagte sie leise. »Aber alles, was ihr mir sagt, weiß ich. An die Ananas habe ich auch schon gedacht. Ich weiß, daß die Fabrik in Kam sie teuer bezahlt und Fruchtsaft daraus macht. Alles, was man mir sagt, weiß ich.«

»Ich muß nun gehen«, wiederholte Agosti.

»Auf Wiedersehn«, sagte die Mutter. »Vielleicht kommst du wieder mal vorbei.«

Er verzog das Gesicht. Zweifellos wurde ihm plötzlich klar, was man vielleicht von ihm wollte, was man aus seinem Munde hören wollte ... Zusicherungen, und mochten sie noch so vage sein, erwartete man von ihm.

»Das weiß ich noch nicht, vielleicht.«

Die Mutter reichte ihm die Hand, ohne zu antworten, ohne zu danken. Agosti verließ mit Suzanne zusammen das Zimmer. Sie gingen die Treppe des Bungalows hinunter. Er schien sich unbehaglich zu fühlen.

»Achte nicht auf das, was sie sagt«, sagte Suzanne zu ihm. »Sie ist ja alles so leid.«

»Begleite mich bis ans Ende des Wegs.«

Er machte immer noch ein ärgerliches Gesicht. Er ging neben ihr her, aber seine Gedanken waren anderswo. Am Nachmittag war er ganz anders gewesen, sehr aufmerksam hatte er sie betrachtet: »Gefällst mir«, hatte er gesagt. Suzanne blieb mitten auf dem Weg stehen.

»Weiter gehe ich nicht mit. Ich will ins Haus.«

Überrascht blieb er stehen. Dann lächelte er und umarmte sie. Gleichgültig ließ sie es geschehen. Für das, was sie ihm zu sagen hatte, die genauen Worte zu finden, war nicht einfach. Noch nie hatte sie eine solche Anstrengung gemacht, die alle ihre Kräfte erforderte und sie daran hinderte zu fühlen, daß er sie küßte.

»Du brauchst keine Angst zu haben«, sagte sie schließlich.

»Was redest du?« Er ließ sie los, hielt sie auf Armeslänge von sich, so daß ihre Gesichter einander gegenüber waren.

»Einen Mann wie dich heirate ich nie. Das schwöre ich dir. Darüber brauchen wir kein Wort zu verlieren. Und was sie sagt, brauchst du nicht zu beachten. Denn ich schwöre dir, ich heirate dich niemals.«

Er betrachtete sie neugierig. Dann lachte er erlöst.

»Ich glaube, du bist genauso verrückt wie Joseph. Weshalb willst du mich nicht heiraten?«

»Weil ich weg will von hier.«

Er wurde wieder ernst. Vielleicht war er sogar ein wenig aus der Fassung gebracht.

»Ich habe auch nie die Absicht gehabt, dich zu heiraten.«

»Das weiß ich«, sagte Suzanne.

»Vielleicht komme ich nie wieder«, sagte Jean Agosti.

»Adieu.«

Er entfernte sich, kam dann zurück und holte sie ein.

»Auch heute nachmittag im Wald hast du nicht daran gedacht, daß du mit mir zusammenleben könntest?«

»Auch da nicht.«

»Keine Minute?«

»Leben? Niemals. Noch weniger als mit Herrn Jo…«

»Warum hast du dann nicht mit ihm geschlafen?«

»Hast du dir den nicht mal angesehen?«

Er lachte, und auch sie begann zu lachen, voll einer ruhigen Sicherheit.

»Allerdings. In Ram grinste jeder, wenn er mit dir ankam. Hast du ihn auch nicht geküßt?«

»Kein einziges Mal. Selbst Joseph würde das nicht glauben.«

»Donnerwetter.«

Es war ein stiller Triumph. Keine Runzel trübte ihn. Jean Agosti faßte zärtlich ihren Arm.

»Freut mich, daß ich der erste war. Aber ich glaube, du bist genauso verrückt wie Joseph. Da ist es schon besser, ich komme nicht wieder.«

Sie entfernte sich, und dieses Mal kam Agosti nicht hinter ihr her.

Leise betrat Suzanne das Zimmer der Mutter. Sie schlief nicht. Als sie eintrat, sah die Mutter sie schweigend mit leuchtenden Augen an. In der Hand, die auf der Brust lag, hatte sie immer noch das Bündel Tausendfrancsscheine, das Agosti ihr gegeben hatte. Zweifellos hatte sie sie nicht einmal gezählt. Vielleicht fragte sie sich, was sie mit all dem Geld anfangen sollte.

»Wie geht's?« fragte Suzanne.

»Geht so«, erwiderte die Mutter schwach. »Im Grunde ist der junge Agosti gar nicht so übel.«

»Schlaf jetzt, er ist genau wie die andern auch.«

»Du bist nicht leicht zufriedenzustellen. Weil Joseph...«

»Laß gut sein«, erwiderte Suzanne.

Suzanne nahm die Azetylenlampe und entfernte sich.

»Wohin willst du?« fragte die Mutter. Mit der Lampe in der Hand näherte sich Suzanne dem Bett.

»Ich will lieber in Josephs Zimmer schlafen. Warum nicht?«

Die Mutter senkte die Augen und wurde wieder rot.

»Ja«, sagte sie leise, »warum nicht. Da er fort ist.«

Suzanne betrat Josephs Zimmer und ließ die Mutter allein und wach im Dunkeln. Immer noch hatte die Mutter das Bündel Scheine in der Hand.

All das Geld, mit dem sie nichts mehr anzufangen wußte, in ihren leblosen, unfähigen Händen.

Josephs Zimmer war so, wie er es am Tage seiner Abfahrt verlassen hatte. Auf dem Tisch neben dem Bett lagen leere Patronenhülsen, die er nicht mehr hatte neu füllen können. Dazu ein halbes Päckchen Zigaretten, das er in der Eile des Aufbruchs vergessen hatte. Das Bett war nicht gemacht, und die Laken zeigten die Spuren seines Körpers. Kein Gewehr fehlte an seinem Nagel. Suzanne zog die Laken ab und schüttelte sie, damit die Dachwürmer herausfielen. Dann überzog sie wieder sorgfältig das Bett, kleidete sich aus und legte sich nieder. Wenn Joseph dagewesen wäre, hätte sie ihm erzählt, was sich zwischen ihr und dem jungen Agosti ereignet hatte. Aber Joseph war nicht da, niemand war da, dem sie es hätte sagen können. Mehrere Male hintereinander wiederholte sie sich die Gesten Jean Agostis, ganz genau, und jedesmal weckten sie in ihr dieselbe beruhigende Verwirrung. Sie fühlte sich voll Heiterkeit, voll neuen Verstehens.

Die Mutter hatte eines Nachmittags, als Suzanne nicht im Hause war, ihren letzten Anfall.

Agosti war gegen seinen Entschluß am Tage nach dem Spaziergang zu ihr gekommen. »Ich mußte einfach kommen.«

Seitdem kam er täglich in seinem Renault um die Siestastunde. Er kümmerte sich bei seinen Besuchen nicht um die Mutter. Kaum war er da, so fuhren sie nach Ram und gingen in sein Zimmer in der Kantine. Die Mutter wußte es. Sie glaubte sicher, es wäre Suzanne nützlich. Und damit hatte sie nicht unrecht. Während der acht Tage zwischen dem Spaziergang zum Ananasfeld und dem Tod der Mutter verlernte Suzanne endlich das dumme Warten auf die Autos der Jäger, die leeren Träume.

Die Mutter hatte gesagt, sie bedürfte ihrer nicht, sie könnte die Pillen allein einnehmen, sie sollte sie nur auf den Stuhl neben dem Bett legen. Vielleicht nahm sie sie nicht regelmäßig. Vielleicht war Suzannes Nachlässigkeit schuld daran, daß der Tod der Mutter früher eintrat. Möglich ist das. Aber dieser Tod bereitete sich schon so lange vor, sie selbst hatte so oft davon gesprochen, daß die wenigen Tage, die er früher eintrat, keine große Rolle mehr spielten.

Als sie am Abend aus Ram zurückkamen, sahen sie den Caporal auf der Straße stehen, der ihnen durch Zeichen zu verstehen gab, sich zu beeilen.

Der Hauptanfall mit den Krämpfen war vorüber, und die Mutter zuckte nur noch dann und wann. Ihr Gesicht und ihre Arme waren mit violetten Flecken bedeckt. Sie war dem Ersticken nahe, und dumpfe Schreie lösten sich aus ihrer Kehle. Wie zorniges Bellen klang es, als wäre sie voller Haß gegen alles und sich selbst.

Kaum hatte Jean Agosti sie gesehen, als er in seinem Renault nach Ram fuhr, um Joseph im Central-Hotel anzurufen. Suzanne blieb allein bei der Mutter, zusammen mit dem Caporal, der dieses Mal keine Hoffnung mehr hatte.

Bald bewegte sich die Mutter nicht mehr, bewußtlos lag sie da. Solange sie noch atmete und ihr Koma dauerte, wurde ihr

Gesicht immer seltsamer. Sein Ausdruck war teils außerordentliche, unmenschliche Erschöpfung, teils nicht weniger außerordentliche, nicht weniger unmenschliche Freude. Aber kurz bevor der Atem aufhörte, verschwanden Freude und Erschöpfung aus ihrem Gesicht, das nun nicht mehr ihre eigene Einsamkeit widerspiegelte, sondern sich an die Welt zu wenden schien. Kaum merkliche Ironie legte sich über das Gesicht. Ich habe sie reingelegt. Alle. Vom Katasterbeamten in Kam an bis zu dieser da, die mich betrachtet und meine Tochter war. Vielleicht war es das. Vielleicht auch der Spott über alles, an das sie geglaubt hatte, über den Ernst, mit dem sie alle ihre Torheiten begangen hatte.

Sie starb kurz nach Agostis Rückkehr. Suzanne kauerte sich neben sie, und stundenlang wünschte sie sich den Tod. Glühend sehnte sie ihn herbei, und weder Agosti noch die frische Erinnerung an die Freude, die sie mit ihm gehabt, konnten verhindern, daß sie sich ein letztes Mal der wilden und tragischen Unbeherrschtheit der Kindheit hingab. Erst als der Morgen graute, hatte Agosti sie mit Gewalt vom Bett der Mutter losgerissen und auf Josephs Bett getragen. Er hatte sich neben sie gelegt. Er hatte sie in den Armen gehalten, bis sie einschlief. Und während sie einschlief, hatte er ihr gesagt, er würde sie vielleicht nicht mit Joseph fortgehen lassen, denn er glaubte, er liebte sie.

Die Hupe des achtzylindrigen Delage weckte Suzanne. Sie lief auf die Veranda und sah Joseph aus dem Wagen steigen. Er war nicht allein. Die Frau folgte ihm. Joseph machte Suzanne ein Zeichen, und Suzanne lief ihm entgegen. Als er sie dann besser sah, wußte er, daß die Mutter tot war, daß er zu spät gekommen war. Er schob Suzanne beiseite und eilte in den Bungalow.

Suzanne folgte ihm in das Zimmer. Er lag auf dem Bett, über der Leiche der Mutter. Seit seiner Kindheit hatte sie ihn nie weinen sehen. Dann und wann hob er den Kopf und betrachtete die Mutter mit erschreckender Zärtlichkeit. Er rief sie. Er küßte sie. Aber die geschlossenen Augen waren voll violetten Dunkels, das so tief war wie Wasser, und der geschlossene Mund schloß sich über einem Schweigen, das Schwindel erregte. Und mehr noch als ihr Gesicht waren ihre aufeinanderliegenden Hände furchtbar nutzlose Dinge geworden, die die Eitelkeit des Eifers hinausschrien, mit dem sie gelebt hatte.

Als Suzanne das Zimmer verließ, ging sie zu Jean Agosti und der Frau, die im Wohnzimmer warteten. Die Frau hatte geweint, und ihre Augen waren gerötet. Als sie Suzanne sah, fuhr sie zurück, aber sie hatte sich bald wieder in der Gewalt. Sie hatte zweifellos Angst davor, Joseph wiederzusehen. Angst vor den Vorwürfen, die er ihr vielleicht machen würde.

Entschlossen und geduldig schien auch Agosti auf etwas zu warten. Vielleicht wartete er auf Joseph, um mit ihm über sie zu sprechen. Möglich war das. Aber das kümmerte sie nun nicht mehr. Selbst wenn er mit ihm sprach, er sprach doch nicht mehr von ihr; was sie anging, so befand er sich von nun ab in einem Irrtum. Und doch hatten sie sich seit acht Tagen, und sogar gestern noch, jeden Nachmittag geliebt. Und die Mutter wußte es und hatte sie gewähren lassen, hatte ihn ihr gegeben, damit sie mit ihm der Liebe pflegte. Aber zur Zeit war sie nicht mehr auf der Seite der Welt, wo man dies tut. Das würde wiederkommen. Aber jetzt war sie auf einer anderen Seite, der Seite der Welt, wo auch die Mutter war, die keine unmittelbare Zukunft mehr zuzulassen schien, und wo Jean Agosti jeden Sinn verlor.

Sie setzte sich im Wohnzimmer neben ihn. Er war ihr auf einmal genauso fremd wie die Frau.

Agosti stand auf, ging ans Büfett und füllte für sie eine Schale mit kondensierter Milch.

»Mußt was essen«, sagte er.

Sie trank die Milch. Sie schmeckte ihr bitter. Seit dem Vorabend hatte sie nichts mehr gegessen, aber sie war satt, als hätte sie etwas Bleischweres gegessen, das ihr für viele Tage genügte.

Es war zwei Uhr nachmittags. Um den Bungalow waren viele Bauern versammelt, die bei der Mutter die Totenwache halten wollten. Suzanne erinnerte sich, sie schon in der Nacht durch die offene Tür des Wohnzimmers gesehen zu haben, als Jean Agosti sie in Josephs Bett trug. Die Frau betrachtete sie, ohne recht zu verstehen, was sie hier wollten. Immer noch flackerte dieselbe Angst in ihren Augen.

»Der Caporal ist fort«, sagte Agosti. »Ich habe sie in den Autobus nach Ram gesetzt und ihnen Geld gegeben. Er sagte, er könnte keinen Tag warten, er müßte sich sofort nach Arbeit umsehen.«

Angelockt durch die Menge der Bauern, spielten nackte Kinder im Staub der Böschung. Die Bauern kümmerten sich ebensowenig um sie wie um die Fliegen, die sie umschwirrten. Auch sie warteten auf Joseph.

Die Frau konnte es nicht länger ertragen. Sie begann zu sprechen.

»Seinetwegen ist sie gestorben«, sagte sie leise.

»Sie ist niemandes wegen gestorben«, sagte Agosti. »Sie dürfen nicht sagen, daß sie Josephs wegen starb.«

»Joseph wird das aber glauben«, erwiderte die Frau, »und das wird fürchterlich.«

»Er wird es nicht glauben«, sagte Suzanne, »niemand braucht das zu befürchten.«

Die Frau war sehr demütig. Sie war wirklich sehr schön, sehr elegant. Ihr ungeschminktes Gesicht, das durch die anstrengende Reise und die Sorge mitgenommen war, war dennoch schön. Ihre Augen waren genauso, wie Joseph sie geschildert hatte, so hell, daß man hätte meinen können, sie wären durch das Licht geblendet. Sie rauchte in einem fort und starrte auf die Zimmertür. Aus ihrem Blick, aus ihrem ganzen Wesen strömte verzweifelte Liebe zu Joseph, der sich, das sah man deutlich, nicht mehr entziehen konnte.

Endlich verließ Joseph das Zimmer. Er betrachtete sie alle drei, ohne bei einem von ihnen zu verweilen, mit der gleichen, furchtbaren Ohnmacht. Dann setzte er sich neben Suzanne, ohne ein Wort zu sagen. Die Frau nahm eine Zigarette aus dem Etui, zündete sie an und reichte sie ihm. Joseph rauchte gierig. Kurz nach seiner Rückkehr in das Wohnzimmer bemerkte er die Bauern, die um den Bungalow herumstanden. Er stand auf und ging auf die Veranda. Suzanne, Agosti und die Frau folgten ihm.

»Wenn ihr sie sehen wollt«, sagte Joseph, »dann tut das. Alle, auch die Kinder.«

»Wollen Sie fort von hier?« fragte ein Mann.

»Für immer.«

Die Frau verstand die Landessprache nicht. Sie sah bald Joseph, bald die Bauern an, ratlos, wie aus einer anderen Welt.

»Die werden die Konzession einstreichen«, sagte ein Mann. »Sie sollten ein Gewehr hierlassen.«

»Ich lasse euch alles hier«, sagte Joseph, »vor allem die Gewehre. Wenn ich hierbliebe, würde ich euch dabei helfen. Aber wer von hier fort kann, soll es tun. Ich kann es und gehe fort. Doch vor allem tut ganze Arbeit. Schafft ihre Leichen in den Wald, noch höher als das letzte Dorf, auf die zweite Lichtung, in zwei Tagen ist nichts mehr von ihnen übrig. Verbrennt ihre Kleider in Feuern aus grünem Holz, die ihr abends anzündet, aber vergeßt nicht die Schuhe, die Knöpfe. Und vergrabt die Asche. Das Auto versenkt weit oben im Fluß. Laßt es durch Büffel auf das hohe Ufer schleppen, legt dicke Steine auf die Sitze und werft es in den Fluß, wo ihr damals beim Bau der Dämme gegraben habt. In zwei Stunden ist es vollständig versunken, und nichts mehr ist von ihm übrig. Vor allen Dingen aber laßt euch nicht erwischen. Keiner soll weder sich noch andere beschuldigen. Oder aber alle sollen ihre Schuld bekennen. Wenn ihr tausend seid, die sich schuldig bekennen, vermag niemand etwas gegen euch.«

Joseph öffnete die Tür des Zimmers der Mutter, die auf die Straße hinausging, und auch die, die in den Hof führte. Die Bauern traten ein. Die Kinder spielten Jagen in den Räumen des Bungalows. Joseph kam wieder in das Wohnzimmer zu Suzanne und der Frau. Agosti wandte sich an Joseph.

»Wir sollten jetzt auch an das andere denken.«

Joseph fuhr sich mit der Hand durch das Haar. Richtig, daran mußte man jetzt denken.

»Ich nehme sie heute abend mit nach Kam«, sagte er leise, »und lasse sie dort beerdigen. Gleich morgen.«

Agosti sagte, es wäre besser, die Mutter noch heute abend zu begraben. Auch die Frau war dieser Meinung.

Sie fuhren beide im Wagen der Frau in Richtung Ram davon. Joseph hatte den Grund von Agostis Anwesenheit erraten. Sobald er mit Suzanne allein war, sagte er ihr, er fahre wieder in die Stadt, und wenn sie wolle, könne sie mitkommen. Er bat sie, ihm ihren Entschluß erst im letzten Augenblick, wenn er abführe, mitzuteilen. Dann ging er in sein Zimmer, nahm die Patronentasche und die Gewehre und legte alles auf dem Wohnzimmertisch auf einen Haufen. Und während die Bauern beratschlagten, wie sie sie verstecken sollten, setzte er sich auf das Bett der Mutter und betrachtete sie die ganze Zeit über, die ihm noch blieb.

Als Agosti und die Frau aus Ram zurückkamen, war es fast Nacht. Auf dem Verdeck des Wagens brachten sie einen Sarg aus hellem Holz, wie die Eingeborenen sie herstellten. Der Delage bog in den Weg ein und fuhr bis dicht an die Terrasse vor der Veranda des Bungalows.

Agosti führte Suzanne in die Nähe der Brücke. Er wollte nicht, daß Suzanne im Bungalow blieb, während Joseph und die Bauern die Mutter einsargten. Als er mit ihr allein war, sagte er zu ihr:

»Ich will dich nicht daran hindern fortzugehen. Aber wenn du vorläufig bei mir bleiben willst …«

Dumpfe, regelmäßige Schläge ertönten aus dem Bungalow. Suzanne bat Agosti zu schweigen. Wieder, wie am Abend vorher, brach sie in Tränen aus.

Sie ging in den Bungalow zurück. Die Frau saß im Wohnzimmer und weinte still vor sich hin. Suzanne betrat das Zimmer der Mutter. Der Sarg stand auf vier Stühlen. Joseph lag auf dem Bett, wo bisher die Mutter gelegen hatte. Er weinte nicht mehr. Wieder zeigte sein Gesicht den Ausdruck furchtbarer Ohnmacht. Er schien nicht zu wissen, daß Suzanne das Zimmer betreten hatte.

Agosti machte Kaffee und füllte vier Tassen. Dann rief er Joseph und Suzanne. Er zündete ein letztes Mal die Azetylenlampe an. Jedem brachte er eine Tasse Kaffee. Man fühlte, wie ungeduldig er auf Josephs Abfahrt wartete.

»Es ist spät«, sagte die Frau langsam und leise.

Joseph erhob sich. Er trug eine lange Hose, schöne Schuhe aus rötlichem Leder, und sein Haar war kürzer geschnitten. Er war gepflegt und elegant. Auch er hatte keinen Blick mehr für sie, während sie ihn keine Sekunde aus den Augen ließ.

»Wir wollen fahren«, sagte Joseph.

»Ob sie vorläufig mit mir oder einem anderen zusammen ist, das spielt keine Rolle«, sagte Agosti plötzlich.

»Das glaube ich auch«, erwiderte Joseph. »Sie braucht sich nur zu entscheiden.«

Agosti hatte sich eine Zigarette angesteckt. Er war ein wenig blaß geworden.

»Ich fahre mit«, sagte Suzanne zu ihm, »ich kann nicht anders.«

»Ich kann dich nicht daran hindern«, sagte Agosti endlich. »Ich würde an deiner Stelle genauso handeln.«

Joseph stand auf, und die andern taten das gleiche. Die Frau ließ den Motor an und wendete den Wagen auf der Stelle. Agosti und Joseph verluden den Sarg.

Es war Nacht geworden. Die Bauern waren immer noch da, warteten darauf, daß sie abfuhren, damit auch sie gehen könnten. Die Kinder aber waren mit der Sonne verschwunden. Man hörte sie in den Hütten leise lärmen.

*Die Bücher von Marguerite Duras im
Suhrkamp Verlag:*

Die Pferdchen von Tarquinia. Roman. 1960
Auch: *suhrkamp taschenbuch 1269. 1986*

Ein ruhiges Leben. Roman. 1962
Auch: *suhrkamp taschenbuch 1210. 1985*

Der Nachmittag des Herrn Andesmas
Bibliothek Suhrkamp 109. 1963

Hiroshima mon amour
edition suhrkamp 26. 1963
Auch: *suhrkamp taschenbuch 112. 1973*

Ganze Tage in den Bäumen
edition suhrkamp 80. 1964
Auch: *Bibliothek Suhrkamp 669. 1980*
Auch: *suhrkamp taschenbuch 1157. 1985*

Die Verzückung der Lol V. Stein. Roman
Bibliothek Suhrkamp 159. 1966
Auch: *suhrkamp taschenbuch 1070. 1984*

Dialoge. 1966

Der Vize-Konsul. Roman. 1967
Auch: *suhrkamp taschenbuch 1178. 1985*

Moderato cantabile. Roman.
Bibliothek Suhrkamp 51. 1969
Auch: *suhrkamp taschenbuch 1178. 1985*

Sommer 1980
edition suhrkamp 1205. 1984

Der Liebhaber. Roman. 1985

Vera Baxter oder Die Stände des Atlantiks
edition suhrkamp 1389. 1986

Abahn Sabana David. 1986

Liebe
Bibliothek Suhrkamp 935. 1986

Der Fernlaster
suhrkamp taschenbuch 1349. 1987

Im Park. Roman. 1987

Marguerite Duras/Michelle Porte
Die Orte der Marguerite Duras
edition suhrkamp 1080. 1982

Weißes Programm: Im Jahrhundert der Frau

Ingeborg Bachmann
Malina
Roman

Djuna Barnes
Nachtgewächs
Roman

Tania Blixen
Ehrengard

Rosario Castellanos
Die Neun Wächter
Roman

Colette
Diese Freuden

Catherine Colomb
Das Spiel der Erinnerung
Roman

Ding Ling
Das Tagebuch der Sophia

Marguerite Duras
Heiße Küste
Roman

Marieluise Fleißer
Eine Zierde für den Verein
Roman vom Rauchen, Sporteln,
Lieben und Verkaufen

Natalia Ginzburg
Caro Michele
Der Roman einer Familie

Lillian Hellman
Eine unfertige Frau
Ein Leben zwischen Dramen

Weißes Programm: Im Jahrhundert der Frau

Ricarda Huch
Die Geschichten von Garibaldi

Marie Luise Kaschnitz
Eisbären
Ausgewählte Erzählungen

Gertrud von le Fort
Die Magdeburgische Hochzeit

Clarice Lispector
Nahe dem wilden Herzen
Roman

Elsa Morante
Lüge und Zauberei
Roman

Grace Paley
Adieu und viel Glück
Geschichten

Sylvia Plath
Die Glasglocke
Roman

Mercè Rodoreda
Auf der Plaça del Diamant
Roman

Monique Saint-Hélier
Morsches Holz
Roman

Rahel Sanzara
Das verlorene Kind
Roman

Gertrude Stein
Ida
Ein Roman

Weißes Programm: Im Jahrhundert der Frau

Deutsche Gedichte
Von Hildegard von Bingen bis Ingeborg Bachmann
Herausgegeben von Elisabeth Borchers

Deutsche Essays
Herausgegeben von Marlis Gerhardt

Deutsche Briefe
Von Liselotte von der Pfalz bis Rosa Luxemburg
Herausgegeben von Claudia Schmölders

Spectaculum
Mit einem Nachwort von Anke Roeder

Im Jahrhundert der Frau
Ein Lesebuch
Herausgegeben von
Elisabeth Borchers, Hans-Ulrich Müller-Schwefe
und Rainer Weiss